Veröffentlicht von
DREAMSPINNER PRESS

5032 Capital Circle SW, Suite 2, PMB# 279, Tallahassee, FL 32305-7886 USA
www.dreamspinnerpress.com

Dies ist eine erfundene Geschichte. Namen, Figuren, Plätze, und Vorfälle entstammen entweder der Fantasie des Autors oder werden fiktiv verwendet. Ähnlichkeiten mit lebenden oder verstorbenen Personen, Firmen, Ereignissen oder Schauplätzen sind vollkommen zufällig.

Dunkle Schatten
Urheberrecht der deutschen Ausgabe © 2016 Dreamspinner Press.
Originaltitel: Ink and Shadows
Urheberrecht © 2015 Rhys Ford
Original Erstausgabe. Juli 2015
Übersetzt von Teresa Simons.

Umschlagillustration
© 2015 Anne Cain
annecain.art@gmail.com
Die Illustrationen auf dem Einband bzw. Titelseite werden nur für darstellerische Zwecke genutzt. Jede abgebildete Person ist ein Model.

Deutsche ISBN. 978-1-64405-878-7
Deutsche eBook Ausgabe. 978-1-63477-751-3
Deutsche Erstausgabe. Juni 2016
Deutsche Buchausgabe. Mai 2020
v 1.0

Gedruckt in den Vereinigten Staaten von Amerika.

DUNKLE SCHATTEN

RHYS FORD

Ich widme die vier ... den fünfen, Z.A. Maxfield und LE Franks.
Den fünfen, weil sie die Grundlage für jedes meiner Werke sind.
ZAM, die von ihrer Liebe zu mir überzeugt ist.
Und LE, weil sie offenbar an den Pixeln geleckt und die Geschichte für sich
beansprucht hat.

DANKSAGUNG

FÜR DIE fünf, die alles sind – von Drache bis Ratte: Penn, Lea, Tamm und Jenn. Und für meine Hanai-Schwestern: Ren, Ree und Lisa.

Ich kann mich niemals genug bei Elizabeth North und dem Rest der Dreamspinner Press bedanken. Alles Gute ist mir nur ihretwegen widerfahren. Grace und ihrem Team bin ich unendlich dankbar, dass sie eine mitgenommene einäugige Katze wie mich auf den rechten Weg gelenkt haben.

Mein Dank gilt außerdem meinen Test-Lesern und den Dirty Ford Guinea Pigs, die sich SOOOOO viel Unsinn und Gejammer und „verdammt, lest das doch nicht, ich habe eine andere Idee" von mir anhören mussten. Geduld ohne Ende.

Und zu guter Letzt wären da noch sämtliche Künstler in meiner Musiksammlung. Gott, danke für die Gesellschaft.

1

WÄHREND ER sich eine reife Orange aus der Obstschale nahm, schob Tod sich
weiter auf die Arbeitsplatte, deren kalten Marmor er selbst durch den dicken Stoff der
tief sitzenden Baumwollhose spürte, in die er nach seinem Training geschlüpft war.
Die Stille ihres Penthouse war von jaulender, hämmernder Musik
durchbrochen worden, was Tod allerdings nicht störte. Es war gut, Colm bei ihnen
zu haben, weshalb Tod ihrem Jüngsten bereitwillig einiges nachsah. Neu in der
Rolle der Pestilenz, brachte er eine Jugendlichkeit in das Quartett, die seit langem
gefehlt hatte – auch wenn die anderen zwei es nicht ganz so positiv sahen wie Tod.
Zumindest hatten diesmal nicht die Fenster gebebt. Vor kurzem hatten sie sogar
einen Spiegel ersetzen müssen, der Colms Musik zum Opfer gefallen war.

Als sich der älteste apokalyptische Reiter vorbeugte, verdeckte sein
tintenschwarzes Haar sein kantiges Kinn und fiel beinahe bis über seine hohen
Wangenknochen. Hinter ihm leuchtete San Diego in der untergehenden Sonne,
kämpfte gegen die Nacht an, die bereits am Horizont herankroch.

Mit dem Fingernagel ritzte Tod die mit winzigen Dellen übersäte
Orangenschale an und atmete den stechenden Geruch des Zitrusöls ein, bevor er
den Nagel vorsichtig etwas tiefer schob, um die Schale zu durchbrechen. Die Frucht
lag noch unbeschädigt unter ihrer leuchtenden Hülle, scheinbar immun gegen die
Finger des Unsterblichen. Links vom Küchenbereich öffnete sich eine Tür, durch
die gleich darauf Ari frisch geduscht in den gemeinsamen Wohnraum trat.

An einer Stelle seines Brustkorbs war eine Erhebung zu sehen – eine auf
gebräunter Haut erblühende Narbe, die wie eine strahlende Sonne unter dem
Handtuch hervorbrach und Tod von seiner Orange und seinem neuen Problem
ablenkte. Kriegs Narbe war ihm so vertraut wie seine eigene, jedoch wesentlich
faszinierender. Mit ihren sich vom Zentrum ausbreitenden feinen Linien regte
sie noch immer seine Fantasie an. Seiner eigenen Narbe – ein schmaler Streifen
unterhalb seines linken Auges, der sich bis über seinen Nasenrücken zog – schenkte
er weit weniger Beachtung.

Tod fragte sich, ob die Narben mit ihrem Ableben zu tun hatten. Er gestattete
sich nur selten, über die genaue Herkunft der vier Reiter nachzudenken, und fand
auch diesmal keine Antwort. Pestilenz, ihr neuestes Mitglied, besaß keine Narben.
Dass ironischerweise gerade Pestilenz an einer Krankheit gestorben zu sein schien,
war ein amüsanter Gedanke. Mins flachen Bauch zierte ein heller Halbmond
zwischen ihren Hüftknochen, beinahe ein Fingerbreit vernarbter Haut.

„Oh, wir sind allein. Na gut, vielleicht nicht ganz allein, aber solange
Bazille in seinem Zimmer bleibt, sind wir allein genug. Sollen wir rummachen,

ein bisschen Spaß haben?" Aris Zähne näherten sich dem Ohr des dunkelhaarigen Mannes, um daran zu knabbern, hatten allerdings kaum das weiche Ohrläppchen berührt, als dieser sich ihm mit einem nur allzu vertrauten missbilligenden Blick entzog. Die schrägstehenden Augen warfen Ari angesichts seiner Aufdringlichkeit eine finstere Warnung zu.

„Hör auf." Er hatte den Blick gesenkt und seine Stimme war ein leises Flüstern, als er aus Gewohnheit den halbherzigen Protest vorbrachte. Mit einem Blick auf die widerspenstige Frucht widmete sich Tod erneut der Schale, zerdrückte dabei jedoch das Fruchtfleisch. „Ich denke nach."

„Damit übertreibst du manchmal. Und gib die her. Ich schäl sie dir", unterbrach er mit seiner rauen Stimme Tods Bemühungen. Mit einem abfälligen Blick auf die mitgenommene Orange streckte er die Hand nach ihr aus und zog daran, bis Tod sie losließ und seine langen Finger widerstrebend unter Aris schwieliger Hand öffnete.

Ari starrte unbeirrt in die nachdenklichen dunklen Augen, ohne sich von Tods Sturheit beeindrucken zu lassen. Tod senkte den Blick und betrachtete stattdessen das um Aris Hüften geschlungene Handtuch.

Aris flacher Bauch war nackt bis auf einen Streifen blonder Härchen, an einigen Stellen vom Wasser verdunkelt, der sich von seinem Nabel nach unten zog und unter dem Handtuch verschwand. Während er sich energisch der Orangenschale widmete, näherte sich der blonde Mann, bis seine muskulösen Oberschenkel Tods Knie einrahmten.

So standen sie in der Küche, berührten sich wie zufällig. Dennoch war Tod vorsichtig – er wusste, dass Ari sich auf das kleinste Anzeichen von Intimität stürzen und sich davon fortreißen lassen würde. Es wäre nicht Aris erster Annäherungsversuch gewesen, auch wenn er sich nach jedem Misserfolg zurückzog, seine Wunden leckte und schwor, es nie wieder zu tun, nur um dann leise fluchend einen neuen Anlauf zu wagen. Zurzeit herrschte ein seltener Waffenstillstand – Ari wartete auf eine gute Gelegenheit, während Tod es nicht zu bemerken schien.

Die Luft zwischen ihnen knisterte mit der Spannung unzähliger Auseinandersetzungen, angereichert mit der Leidenschaft des blonden Mannes, der häufig zu energisch vorging. Tod war in Aris Spielen der Gegner und gab nur weit genug nach, um Aris Appetit anzuregen.

Die Schale der Frucht löste sich unter Aris Fingern. Saft spritzte heraus.

Ari leckte das an seinem Daumen zurückgebliebene Stück weißer Haut ab und reichte Tod die Orange. Als dieser mit gerümpfter Nase die tropfende Frucht betrachtete, musste Ari grinsen.

„Du hast sie umgebracht." Tod zerteilte die saftige Kugel mit einem gespielt vorwurfsvollen Blick auf die durch Aris aggressive Vorgehensweise zerdrückten Zellen.

„Du gehst mit allem zu sanft um." Ari zog schniefend das Handtuch hoch, das von seiner Hüfte zu rutschen drohte. Der größte Teil seines Körpers war noch feucht und sein langes dunkelblondes Haar begann gerade erst an den Spitzen zu trocknen. Ari stützte sich mit den Händen auf die Marmorplatte, sodass seine Fingerspitzen Tods Knie berührten, und zog eine Augenbraue hoch. „Manchmal muss man Dinge zerreißen. Bei dir sah es aus, als würdest du niemals fertig werden."

„Manchmal muss man es behutsam angehen", antwortete Tod, während er ein Stück aus der Orange löste.

„Ich habe es versucht. Aber Zerreißen funktioniert besser."

Ari drehte sich um und schaute auf die Stadt hinunter. Die Fensterfront auf der Westseite war der Innenstadt und dem Hafen zugewandt. „Die Stadt sieht heute schön aus. Es könnte sein, dass bald Nebel aufzieht."

„Möglich", nickte Tod.

Plötzlich flatterte ein wabernder Wraith ins Blickfeld der überraschten Reiter und warf sich gegen die Glasscheibe.

Die Augen des Geisterwesens schienen an seinem länglichen, reptilienartigen Gesicht herabzurinnen, das sich zu einer Grimasse verzog, als es ihnen lautlos zuheulte. Die fahlweiße Erscheinung presste sich dicht an das Fenster, wie um die Aufmerksamkeit der so knapp außerhalb ihrer Reichweite lebenden Männer auf sich zu ziehen. Mit einem bläulichen Schimmer verdichtete sich die Grenzwelt und der Wraith prallte zurück. Kurz wurde er in die Schatten gesogen, wo andere Kreaturen lauerten, bevor er wieder auftauchte und sich wie ein blassgrauer Nebelfetzen vor dem Himmel abzeichnete.

„Was soll das denn?" Ari richtete sich auf und schlang einen Arm um Tods Taille, bereit, ihn von der Marmorplatte zu ziehen und in Sicherheit zu bringen. „Was zum Teufel macht das hier oben?"

„Es macht sich seit einer halben Stunde an den Fenstern zu schaffen", antwortete Tod mit einem Schulterzucken. „Ich mache mir keine Sorgen, solange es nicht die Scheibe zerbricht."

Das Wesen bewegte sich weiter um das Gebäude herum und schwebte auf den Teil mit Colms Fenstern zu.

Ari, durch die plötzliche Erscheinung gefährlich aufgeregt, grinste, als er den überraschten Schrei des Jüngsten hörte. Er lachte gegen Tods Schulter und warf ihm einen schelmischen Blick zu. „Bazille scheint sich erschreckt zu haben."

In seinem Zimmer bemühte sich Colm darum, die Musik leiser zu stellen, ohne versehentlich den Bass zu verstärken und das Glas seiner Bücherregale zu beschädigen. Das flackernde Grün auf dem Display der Fernbedienung half ihm, trotz seiner verschwommenen Sicht, die richtigen Knöpfe zu finden. Als er sich die Knie am Couchtisch aufschürfte, schrie er auf und biss sich auf die Zunge. Mit den Fingern suchte er die Tischplatte nach seiner Brille ab, bis er klappernd gegen einen der Bügel stieß. Als er sie aufsetzte, konnte er endlich deutlich sehen: Ein unordentliches Zimmer voll von aufgeschlagenen Büchern und leeren Gläsern. Colm strich sich sein helles Haar aus dem Gesicht, auch wenn ihm einige Strähnen gleich wieder in die Augen fielen.

„Habt ihr das gesehen?" Colm streckte den Kopf aus seiner Zimmertür und gestikulierte wild in Richtung seines Fensters, bis ihm klar wurde, dass die Männer nicht durch die Wand schauen konnten. „Ein Wraith. Hier oben!"

„Eins muss man dem Jungen lassen, manchmal ist er nicht ganz strohdumm." Ari lehnte sich mit der Hüfte gegen die Arbeitsplatte. „Aber so mutig sind sie normalerweise nicht. Das Ding sollte eigentlich nicht in der Lage sein, uns so nahe zu kommen."

„Ja, ziemlich frech", stimmte Tod zu, während er ein weiteres Stück von seiner Orange löste. „Vielleicht fühlt es sich hinter der Scheibe sicher? Aber warum sollte es dann versuchen, hereinzukommen?" Tod war beunruhigt, seit er die Nachricht erhalten hatte, dass sie vier für eine Aufgabe gebraucht würden. „Ich glaube, in unserer Nähe schwächt irgendetwas die Grenze. Und ich habe Gerüchte über Vorfälle gehört …"

„Schwächt? Wie sehr?", fragte Ari finster.

„Offenbar ist einiges durchgekommen." Tod sah zu, wie Colm voller Energie in den Raum kam und dem Wraith auf seinem Weg um das Penthouse folgte. „Du kannst in meine Zimmer gehen, falls er in die Richtung fliegt. Aber wenn es aussieht, als käme er durch, sag uns Bescheid. Wir kümmern uns darum."

„Danke." Colm ging an Ari vorbei, ignorierte den anderen Reiter. „Ich dachte erst, er hätte mein Fenster zerbrochen, aber es hat gehalten."

„Mach bloß kein Fenster auf!", rief Ari dem jungen Mann hinterher, als er dem Wesen in Tods Teil des Penthouse folgte. „Ansonsten frisst ihn das Ding dann vielleicht und wir können uns eine neue Pestilenz besorgen. Zum Beispiel eine, die mit einem Schwert umgehen kann, oder so."

„Sei nicht so gemein, Ari", antwortete Tod. „Außerdem haben wir andere Sorgen als einen Wraith vor unseren Fenstern. Ich habe mich ein bisschen umgehört, aber nichts Konkretes herausgefunden. Nur Gerede."

„Verrückte führen eben gern Selbstgespräche." Ari streckte eine Hand nach der zerdrückten Orange in Tods Hand aus. Seine Gedanken waren so verworren wie Tods die Frucht umklammernde Finger. „Jetzt bringst du sie um."

„Ich bin der Tod. Was hast du anderes erwartet?" Tod warf Ari einen gekränkten Blick zu, der den Blonden zum Lachen brachte, dröhnend und warm.

„Dass du sie isst. Du isst nämlich zu wenig."

Ein Kribbeln regte sich in Aris Bauch, als er Tod ein Stück Orange hinhielt und dieser sich vorbeugte, um hineinzubeißen, wobei seine Zähne Aris Fingerspitzen streiften. Während der andere Mann das Obststück aß, leckte Ari seine Finger sauber und hoffte, daran einen Hauch von Tods Geschmack zu finden. Einen Moment lang stand die Welt für Ari still.

Nachdem er geschluckt hatte und sein Mund nicht mehr zu trocken zum Reden war, fragte Ari: „Was hast du denn genau gehört? Ist es nur das übliche *Oh mein Gott, Außerirdische untersuchen die Kühe*? Und von wem hast du die Informationen, von den Idioten auf der anderen Seite?"

„Diese Idioten, wie du sie nennst, sind hilfreich. Ich habe gestern Nachmittag eine Nachricht erhalten und musste erst mal darüber nachdenken." Die Anweisungen, die der Anführer der Reiter entgegennahm, waren ein Grund, aus dem Ari mit dieser Rolle nichts zu tun haben wollte. „Wir sollen etwas für sie herausfinden."

„Immer wenn du so eine Nachricht kriegst, bin ich froh, dass du dich um so etwas kümmerst." Ari spuckte einen Orangenkern aus. „Ich hasse sie. Sie sind furchtbar kryptisch und erinnern mich daran, dass wir nur Marionetten sind. Schon beim Gedanken daran bekomme ich Gänsehaut."

Tod zuckte mit den Schultern und zupfte einige weiße Fäden von der Frucht. „Ich habe mich mittlerweile daran gewöhnt. Und es ist nicht mehr so schlimm wie früher. Dass meine Dieffenbachie Feuer fängt und in fremden Zungen redet, ist mir lieber, als wenn mein Pferd plötzlich Runen in den Boden kratzt. Das war irgendwie wesentlich verstörender."

„Geht's deiner Pflanze gut?"

„Ja, prima. Diesmal haben sie den Fernseher benutzt." Tod grinste Ari zu.

„Und was wollte das elende Ding?"

„Wie gesagt, irgendetwas hat die Grenze aus dem Gleichgewicht gebracht und einiges hat sie durchdrungen. Von unserer Seite." Tod lehnte sich nach hinten und stützte sich auf seine Hände, an denen noch Orangensaft klebte. „Viele Informationen konnten sie mir nicht geben. Du weißt, wie schwer ihnen der Blick in die Welt der Sterblichen fällt."

„Allmächtig aber blind. Interessante Kombination. Schon lustig, wie sie sich immer mit ‚die Welt der Sterblichen ist uns verborgen' rausreden, wenn sie uns nicht genug sagen." Ari behielt seine Meinung über die unsichtbaren Drahtzieher selten für sich. „Wonach genau suchen wir?"

„Ich weiß es nicht. Ich weiß nur, dass die Grenze ernsthaft geschwächt wurde. Möglicherweise ist etwas Großes entwischt. Vielleicht weil jemand mit Dingen herumgespielt hat, von denen er keine Ahnung hatte."

„Ein Seher oder Magus? Die sind immer so nervig." Ari grübelte über die Möglichkeit der Rückkehr zu einer Zeit nach, zu der Menschen die Grenzgänger unter ihnen als selbstverständlich hingenommen hatten. „Es wäre zum Kotzen, wenn wir wieder unsere ganze Zeit damit verbringen müssten, Schatten zu jagen."

„Mit denen würden wir fertigwerden. Mir wurde gesagt, dass Dinge aus der Grenze hervorkriechen und Menschen sie sehen und berühren können." Tod biss von einer weiteren Orangenspalte ab und verzog das Gesicht. „In San Diego scheint es am schlimmsten zu sein."

„Dann sieht es so aus, als wäre hier die Quelle." Ari stibitzte ebenfalls ein Stück Orange und saugte das Fruchtfleisch heraus.

„Vielleicht", antwortete Tod. „Was hier auch vor sich geht, es macht sogar die Elfen nervös. Sie wollen auf keinen Fall in der Welt der Sterblichen landen. Sie haben sich schon lange nicht mehr den Menschen gezeigt und hätten damit vermutlich Probleme. Heutzutage würden sie nicht verehrt, sondern verfolgt werden."

„Glaubst du, irgendetwas ist ins Wasser geraten?", fragte Ari, während er nachdenklich an seinem Handtuch zupfte. „In Montana ist doch mal die Sache mit diesem Getreidepilz passiert, der dafür gesorgt hatte, dass eine ganze Stadt unheimliche Dinge gesehen hat. Es hat Tage gedauert, bis Pestilenz ... Batu ... es entdeckt hat."

„Ich weiß es nicht. Ich wünschte, wir hätten mehr Unterstützung, aber die anderen sind nicht willens, uns zu helfen. Ich habe sie gefragt." Tod kam Aris Gejammer über die anderen Unsterblichen mit einem Kopfschütteln zuvor und fuhr fort: „Der Fernseher hat sich heute Morgen noch einmal gemeldet, aber die Nachricht war nicht viel deutlicher."

„Auch wenn es nichts Ernstes sein sollte, wäre es vielleicht gar nicht schlecht, mal wieder rauszukommen und etwas zu erleben." Ari streckte sich, bis seine Wirbelsäule knackte. „Jetzt ist die passende Zeit für eine Jagd: Die Nächte sind kühl und der Mond ist nur eine schmale Sichel. Genau richtig, um Beine zu brechen und das Mark aus Knochen zu saugen."

„Ich wollte Näheres herausfinden, aber der Erfolg hielt sich in Grenzen", antwortete Tod, der es endlich aufgegeben hatte, an den Resten der Orange herumzuzupfen. „Die Menschen, die uns sehen können, meiden mich meistens."

„Sterbliche." Ari beugte sich vor, als er diese alte Wunde in Tods Bewusstsein berührte. „Nimm dir nicht so zu Herzen, dass du nicht gern mit ihnen redest und sie nicht mit dir. Aus einem für den Festtagsbraten bestimmten Schwein macht man kein geliebtes Haustier. Außerdem ist es besser, wenn du mysteriös und unnahbar bleibst."

Tod schnaubte. „Wir sind, was wir sind."

„Stimmt, aber du schleichst herum, gespenstisch und schattenhaft – das beeindruckt die Leute. Ich dagegen stampfe, fluche und hure mich durch die Welt. Nicht besonders geheimnisvoll." Ari schenkte seinem ältesten Freund ein breites Grinsen. „Aber Stampfen und Fluchen gefällt mir."

„Und das Huren auch", fügte Tod hinzu.

„Stimmt, das macht ziemlich viel Spaß", gab Ari zu. „Aber ich ziehe mich jetzt lieber an, damit wir ein paar Häschen jagen können."

„Das geht nicht."

Der Schmerz in Tods Blick ließ Ari innehalten. Hinter den zimtfarbenen Augen schien ein Feuer zu brennen.

„Ich werde in Asien gebraucht."

„Du musst dich um Seelen kümmern?" Ari neigte den Kopf und näherte sich wieder. Er wusste, was Tod dabei erwartete, dachte allerdings nur ungern darüber nach. Zu viele widersprüchliche Gefühle waren damit verbunden. „Kein guter Zeitpunkt, wenn wir mit dieser anderen Sache fertigwerden müssen."

Ari sehnte sich danach, Tods Gesicht zu berühren, die kräftigen Knochen mit seiner Handfläche zu umschließen. Während Ari seine Rolle bei den Reitern liebte, graute es Tod davor, Seelen ins Jenseits zu locken. Die meisten gingen unaufgefordert, und zwar an einen Ort, den niemand kannte. Selbst die, die hinter der Grenze lebten, in den Schatten jenseits der Welt der Sterblichen, wussten nicht mehr darüber. Auch wohin ein Unsterblicher ging, nachdem er seine Dienste geleistet hatte, konnte niemand sagen. Nicht einmal Tod.

„Musst du wirklich gehen? Sofort?" Ari wusste es bereits, bevor er die Frage ganz über die Lippen gebracht hatte, und Tod hielt es nicht für nötig, die Antwort auszusprechen.

Natürlich würde Tod gehen. Was wäre sonst aus der Welt geworden? Aus ihren Körpern gerissene Seelen – meist durch Tragödien oder Gewalt – spukten herum und bedrohten das Vermögen der Grenze, Gefährlicheres von der Welt der Sterblichen fernzuhalten. Einzelne Geister stellten kein großes Problem dar, doch größere Ansammlungen führten häufig zu Schwierigkeiten. Wenn die Seelen nicht davon überzeugt wurden, ihre Verbindung zur Welt der Sterblichen aufzugeben, brachten sie manchmal andere dazu, ebenfalls zu bleiben, oder versuchten Kontakt zu Menschen aufzunehmen, da sie nicht verstanden, dass sie ihren Körper verlassen hatten.

Ari atmete geräuschvoll aus. „Wann?"

„Bald." Tod machte sich an einem Stück Orangenschale auf der Arbeitsplatte zu schaffen, zerquetschte es zwischen den Fingerspitzen. „Ein Feuer in den Slums von Hongkong. Ich weiß noch nicht, wie viele, aber ich sollte dort sein."

„Du musst nicht von Anfang an dabei sein. Es dauert Stunden, bis sie hier festsitzen." Ari biss die Zähne zusammen. Diese Diskussion hatten sie schon so oft geführt. „Geh später. Erspar dir den Schmerz."

„Jemand muss bei ihnen sein, wenn sie sterben. Niemand sollte diese Welt unbeachtet und unberührt verlassen", antwortete Tod. Oft reagierte Ari unbedacht und ließ seiner Wut freien Lauf, doch jetzt schien er sie energisch zu unterdrücken. Tod wusste es zu schätzen. „Wenn ich es nicht tue, wer dann? Es ist meine Aufgabe. Damit sie nicht einsam und vergessen umherziehen."

Ari presste seine Hände rechts und links von Tod auf die kalte Marmorplatte. „Ja, wir sind die Reiter der Apokalypse. Die vier. Aber hier ist niemand, der dir vorschreibt, dass du das dir servierte Getränk jedes Mal kochend heiß herunterstürzen musst. Lass es doch erst abkühlen."

„Darüber haben wir doch gesprochen, Ari." Tods Stimme war ein Flüstern, heiser durch Aris Nähe. „Ich kann nicht anders. So bin ich, so ist meine Rolle. Also musst du dich heute Nacht für mich umsehen. Mein Gefühl sagt mir, dass es nicht warten kann."

„Na gut, du bist schließlich der Kopf der ganzen Sache und ich steuere nur meine Muskeln bei", sagte Ari, während er sich von der Arbeitsplatte abstieß und das Handtuch wieder fester um seine Hüften schlang. Trotzdem ließ er nur ungern

7

zu, dass Tod zu den Slums aufbrach, wo er stundenlang umherwandern und jeder Seele seine Unterstützung beim Verlassen dieser Welt anbieten würde. „Aber ich bin eindeutig heißer."

„Nimm Colm mit." Tod hob eine Hand, um Aris Protesten zuvorzukommen. „Er ist einer von uns und muss endlich lernen, was unsere Aufgaben sind. Und zwar nicht nur durch Geschichten beim Mittagessen."

„Das ist doch nicht dein Ernst", zischte Ari frustriert. „Sieh ihn dir doch an: Er jagt gerade einem Wraith nach wie ein Goldfisch seinen Futterflocken."

„Er soll das Gefühl haben, zu uns zu gehören." Tods Blick schien in weite Ferne zu schauen, als dächte er an etwas anderes. „Im Augenblick ist das noch nicht der Fall. Ich weiß, wie schlimm Batus Verlust für dich war. Er war für uns alle schlimm. Er war ein guter Freund."

„Ein *verdammt* guter Freund", brummte Ari und verschränkte die Arme vor seiner nackten Brust. „Und eine verdammt gute Pestilenz. Colm ist … Tod, neben Batu ist er unbrauchbar."

Colm erstarrte vor der Tür zum Wohnbereich. Er hörte die anderen manchmal über Batu flüstern, wenn sie sich seiner Anwesenheit nicht bewusst waren. Aris Worte lösten einen heftigen Schmerz in seiner Brust aus und der junge Reiter biss die Zähne zusammen, um eine wütende Reaktion zu unterdrücken.

„Das ist nicht Colms Schuld. Die Neuen fühlen sich immer erst fremd", widersprach Tod. „Und so kann das nicht bleiben."

„Aber er fühlt sich wie ein Außenseiter an. Bei Min war das ganz anders. Es gab keine Probleme. Sie ist ein guter Hunger. Ein dünnes, kleines Gör, aber gehässig. Das passt zu Hunger", gab Ari zurück, obwohl er Tods vorwurfsvollen Blick auf sich spürte. „Er ist anders als wir. Zu anders."

„Aber genau das brauchten wir." Tod beugte sich vor, wandte den Blick nicht von Aris gebräuntem Gesicht ab. „Also haben sie uns Colm geschickt. Du und ich, wir sind schon ewig hier. Aber bei den anderen ist manchmal eine Veränderung nötig. Das weißt du doch. Selbst wenn wir uns nicht von ihnen trennen wollen, müssen sie von uns gehen. Colm ist hier, weil wir ihn brauchen. Und vielleicht braucht er uns auch. Das wird sich noch zeigen."

„Batu hat einfach seine Arbeit gemacht. Ohne Theater. Man musste ihn nicht wie einen kleinen Jungen trösten oder auf sein Ego Rücksicht nehmen. Er kam einfach und hat getan, was von Pestilenz erwartet wird." Ari verzog das Gesicht, als er daran dachte, Stunden mit dem jungen Reiter verbringen zu müssen. „Colm ist wie eine Scheide, die zu eng für ihr Schwert ist."

Ihre neue Pestilenz schien ständig im Weg zu sein und die vielen Fragen gingen Ari auf die Nerven. Auch wenn Ari nicht abstreiten konnte, dass es vor allem damit zusammenhing, wie sehr er ihre alte Pestilenz vermisste.

Es hatte sich um einen schlanken schwarzen Mann mit langen Dreads gehandelt, der immer für einen Scherz oder ein entspanntes Gespräch bei einem Bier zu haben gewesen war. Als er beschlossen hatte, die Reiter zu verlassen, war

Ari in tagelange Trauer verfallen und hatte versucht, sie in Whisky und Wodka zu ertränken. Nachdem sie ihm einen Tag lang dabei Gesellschaft geleistet hatte, war Min wieder ihrer Arbeit nachgegangen, doch ihr Blick ruhte häufig auf den von Batu geschnitzten Ebenholzfiguren, die dieser zurückgelassen hatte. Tod hatte sich darauf vorbereitet, dass bald eine neue Pestilenz auftauchen würde – nackt, verwirrt und mit dem Kopf voller Wissen, wie man die Menschheit am besten quälte.

Batu war ersetzt worden, wie er die Pestilenz vor ihm ersetzt hatte. Bereits nach zwei Stunden war ein neuer Unschuldiger eingetroffen, ein kurzsichtiger blonder Mann. Mit seiner Metallbrille und seinem zerzausten flachsfarbenen Haar wirkte er lernbegierig, und seine Neugier und sein Interesse für moderne Erfindungen und Technologie schienen tatsächlich keine Grenzen zu kennen.

„Redest du schon wieder über mich?" Barfuß näherte sich Colm beinahe lautlos über den glatten Holzboden, wobei er eine Tasse mit einem Rest kalten Kaffees in der Hand trug. „Hast du keine bessere Beschäftigung? Versuch's doch mal mit Malbüchern."

„Tod möchte, dass wir uns nach etwas umsehen. Und irgendwie muss ich ihn so sehr verärgert haben, dass er mich zwingt, dich mitzunehmen." Dass sein Freund einen abgelenkten Blick auf Pestilenz warf, nutzte Ari aus, um seine Lippen sanft an Tods Kiefer entlanggleiten zu lassen. „Überzeug den Jungen doch bitte davon, zur Abwechslung mal auf mich zu hören. Und vielleicht auch, sich Schuhe anzuziehen."

„Er hört besser auf dich als du auf mich", brummte Tod, als Ari das Zimmer verließ.

Colm sah Ari wütend an, hielt sich jedoch mit weiteren Bemerkungen zurück, als er Tods Blick auf sich spürte. Er wandte sich dem Älteren zu, kräuselte die Lippen und murmelte: „Ich kann ihm nie widersprechen, ohne wie ein weinerliches Kind zu klingen."

„Er ist eben besser im Streiten als du", antwortete Tod. „Das liegt in seiner Natur."

„Er hasst mich." In Anbetracht seiner eigenen Worte verzog Colm das Gesicht. „Ich klinge immer noch wie ein weinerliches Kind."

„Ari ist im Grunde ziemlich einfach gestrickt." Tod dachte kurz darüber nach. Ari trug viele heftige Gefühle in sich, die manchmal hervorbrachen wie ein Wirbelsturm. „Wenn er etwas oder jemanden nicht versteht, knurrt er. Dich versteht er nicht. Ist der Wraith verschwunden?"

„Ein geschickter Themenwechsel", sagte Colm grinsend. „Aber ja, er ist nicht lange geblieben."

„Ich übe ja auch seit Jahrtausenden", antwortete Tod. Die schmale Narbe unter seinem Auge war kaum zu sehen, als er Colms Lächeln erwiderte. „Lass Ari nicht zu lange warten, sonst wird seine Laune noch schlechter."

Colm kaute unsicher auf seiner Unterlippe. Beim letzten Mal hatte er ein absolutes Chaos angerichtet. Die Welt hatte sich noch nicht davon erholt, wie er sich vor den älteren Reitern aufgespielt hatte. Er wusste nicht, ob er für die nächste Aufgabe bereit war, nachdem seine erste Katastrophe ganze Gebiete ausgelöscht und so viele unschuldige Menschen das Leben gekostet hatte.

„Soll ich wirklich mitgehen?" Colm hob den Blick. „Was ist mit dir?"

„In ein paar Stunden wartet Arbeit auf mich." Tod betrachtete die im Licht glänzenden Brillengläser, während er die Schalenstücke von der Arbeitsplatte in seine Hand fegte. „Vielleicht musst du in ein paar Tagen mit Min nachkommen. Mal sehen, wie es sich entwickelt."

Tods Gesicht war zu einer starren, gelassenen, aber nichtssagenden Maske geworden, die sicher mehr Geheimnisse verbarg, als Colm sich je vorstellen konnte. Er wusste, warum Tod nicht mit ihnen kam und warum Ari so verärgert verschwunden war.

Nur eine einzige Sache konnte bei Ari diese verbitterte Wut hervorbringen. In der Nacht würde etwas Großes, Schreckliches passieren und Tod würde sie zwischen sterbenden Menschen verbringen müssen, um diese ins Jenseits zu leiten.

Colm hatte bereits Grauenvolles erlebt, allerdings bei weitem nicht im selben Umfang wie Tod.

Als seine erste Seuche ihren Lauf genommen hatte, war er überglücklich gewesen. Zwar waren Tausende gestorben, doch er hatte gewusst, dass ihr Tod notwendig war und die Gemeinschaft der Menschen nur stärker machen würde. Er hatte darauf gewartet, dass sie sich zusammentaten, um das Virus zu besiegen.

Nur waren stattdessen mehr und mehr Menschen gestorben und Verzweiflung hatte sich ausgebreitet. Anführer hatten sich erhoben und verkündet, die Opfer hätten den Tod verdient. So verwandelte sich Krankheit in Hass und Colm wurde klar, was er angerichtet hatte. Doch da es seine Schuld war, konnte er nicht wegsehen. Er beobachtete genau, welche Folgen sein Handeln hatte.

Und weinte bitterlich.

Tod war für ihn da. Als sich sein großartiger Plan, die Menschheit in eine mitfühlendere, hilfsbereitere Gemeinschaft zu verwandeln, in Luft auflöste, war Tod für diese arrogante, gedankenlose Pestilenz da. Tod tröstete ihn mit Worten und warmem, dampfendem Tee, während er ihn daran erinnerte, dass sie sich jetzt außerhalb der menschlichen Welt befanden und vieles einfach geschehen lassen mussten. Die Reiter konnten nur wenig Einfluss nehmen – am Ende wurden die Menschen durch ihren eigenen Willen gelenkt.

„Und trotzdem darfst du nicht vergessen, dass du ... das wir, trotz unserer Unsterblichkeit, auch jetzt noch Menschen sind. Wir haben menschliche Schwächen und menschliche Stärken. Wir wurden aus der Welt der Sterblichen für diese Rollen ausgewählt", sagte Tod damals. „Niemand von uns ist perfekt. Die Reiter existieren, um der Menschheit einen Weg zur Hoffnung aufzuzeigen. Wir tun abscheuliche Dinge und versuchen, darauf zu vertrauen, dass die Menschheit an unseren Herausforderungen wächst. Das ist unsere Bestimmung, Pestilenz."

„Tut mir leid", stotterte Colm jetzt, als er daran zurückdachte. „Es war gedankenlos, so etwas zu sagen. Ich werde schon zurechtkommen, selbst mit Ari."

„Es wird Zeit, dass du deinen Beitrag leistest", stimmte Ari zu, der sich mit mittlerweile trockenem Haar zu ihnen gesellte, während er in eine vom jahrelangen Tragen weiche Lederjacke schlüpfte. Dann warf er ein Schlüsselbund in die Luft und fing es auf. „Manchmal müssen wir eben die Drecksarbeit erledigen, für die niemand anders Zeit hat."

„Das weiß er, Ari", antwortete Tod leise. Er rutschte von der Arbeitsplatte und ließ Colms Schulter los. „Menschen, die uns sehen können, fürchten sich vor mir. Aus gutem Grund."

„Nur weil sie dich nicht kennen", verteidigte ihn Colm.

„Wenn sie mich kennen, sind sie normalerweise schon lange tot und suchen jemanden, mit dem sie sich unterhalten können. Und Tote sind selten geistreich." Tod grinste. „Keine Sorge, Colm. Ich bin daran gewöhnt, dass Menschen vor mir davonlaufen. Es ist eine ganz natürliche Reaktion. Geh mit Ari und lass dich nicht zu viel von ihm ärgern. Und auch nicht von anderen."

„Lass uns gehen, Pest." Ari stieß seine Schulter gegen Colms, was den Jüngeren beinahe aus dem Gleichgewicht brachte.

„Ich hasse es, wenn du mich so nennst." Colm hielt sich an der Arbeitsplatte fest und warf Krieg einen bösen Blick zu, bevor er drüben bei den Sofas ein Paar Sneaker entdeckte, die er wohl dort vergessen hatte. Während er sich Socken und Schuhe anzog, hörte er mit halbem Ohr den anderen beiden in der Küche zu.

„Deswegen mache ich es ja", sagte Ari nicht allzu leise. Er näherte sich Tod, bis ihre Nasen sich beinahe berührten, ihr Atem sich miteinander vermischte. „Glaubst du, du bist schon hier, wenn wir zurückkommen?"

„Unwahrscheinlich." Tod schüttelte den Kopf. „Ich rechne mit einigen Stunden. Das Gebiet hat viele Bewohner und die Regierung betrachtet sie als entbehrlich. Ich bezweifle, dass es zu gut organisierten Rettungseinsätzen kommt."

„Also wird es schlimm." Ari hakte seine Daumen in die Gürtelschlaufen seiner Jeans. Im Augenblick fasste er Tod besser nicht an. Wut brodelte in seinem Bauch, als er sich vorstellte, wie der Reiter stundenlang zwischen sterbenden Menschen umherlaufen musste, um die zu finden, die für den Weg ins Jenseits seine Hilfe benötigten. Mit einem stummen Gebet zu einem, wie er leider vermutete, tauben Gott bat Ari um starken Regen, der die Ausbreitung des Feuers verlangsamen und den Menschen eine Gelegenheit zur Flucht verschaffen würde. „Soll ich hinkommen, falls wir vor dir zurück sind?"

„Was hätte das für einen Sinn?" Tod neigte den Kopf, ein Kunstwerk aus Schatten und Licht. „Bei einer so angespannten, emotionalen Atmosphäre führt deine Anwesenheit am Ende noch zu Krawallen."

„Für dich bringe ich doch gern ein paar Krawalle in Gang ...", sagte Ari mit einem anzüglichen Grinsen. „Aber das hat Zeit. Erstmal schauen der Junge und ich, in wie große Schwierigkeiten wir geraten können."

„Lasst euch bitte nicht verhaften." Tod zog sich widerstrebend von Aris warmem Körper zurück und ging den Flur entlang auf seine Zimmer zu. „Dann müsst ihr nämlich warten, bis ich zurück bin und die Kaution bezahle. Min stellt gerade etwas Schreckliches in Afrika an und ist wahrscheinlich noch bis morgen unterwegs."

„Pass nur gut auf dich auf, Shi", murmelte Ari, während er Tod nachsah. Dann wandte er sich mit einem Seufzer Colm zu. Er hatte absolut keine Lust, den jungen Mann mitzunehmen. „Jetzt muss ich mich wohl erst mal mit dir abfinden."

„Ich könnte dir ja von Tod ausrichten, dass du dich benehmen sollst, aber dann wirst du nur wieder sauer." Colm bemühte sich auf dem Weg ins Foyer, mit Ari Schritt zu halten, was ihm selbst mit seinen langen Beinen nicht leichtfiel.

„Dann wüsste ich, dass du lügst." Ari drückte energisch den Knopf für den Aufzug. „Tod hat es schon vor Ewigkeiten aufgegeben, mir das zu sagen. Jetzt warnt er nur noch alle anderen davor, dass ich ein Arschloch bin und sie damit leben müssen."

2

SCHMETTERLINGE.

Einfache Geschöpfe. Ungefährlich. Sie verbrachten den Tag damit, hübsch auszusehen und Zucker zu trinken. Ein leichtes Leben.

Lieblich und harmlos.

Sie krochen nie unter der Haut hervor, nachdem man sie gestochen hatte. Nein, dachte Kismet, als er einem Flügel etwas rote Tinte hinzufügte. Schmetterlinge blieben immer dort, wo man sie platzierte. Sie befanden sich unter der Haut und entrollten niemals ihre Rüssel, um das Blut aufzusaugen, das um die Nadel herum aufwallte.

Kismet hasste Schmetterlinge. Hasste es, sie zu stechen. Hasste es, sie zu sehen.

Weil sich in ihnen kein Leben befand, beschloss Kismet, während er den Kopf neigte, um den Schwarm bunter Insekten zu betrachten, mit dem er die Hüfte einer Blondine verziert hatte. Schwache Kreaturen, kaum in der Lage, einen heftigen Windstoß zu überstehen. Eigentlich war es unlogisch, dass Menschen beim Anblick eines Schmetterlings dahinschmolzen. Kakerlaken waren wesentlich bewundernswerter. Sie überlebten Hass und stampfende Füße. Das Leben der Schmetterlinge war kurz und leicht. Vermutlich planten die Kakerlaken bereits ihren Untergang, die Vernichtung ihrer hübscheren Geschwister.

Oder sie dachten über Wege nach, selbst hübscher zu werden. Schönheit schützte oft gegen Hass.

Andererseits zog sie manchmal Brutalität an.

Oh, er wusste nur zu gut, wie gern grausame Menschen Schönes beschmutzten. Kismet schnaubte leise und konzentrierte sich wieder auf das Farbenspiel, das er auf seine unbarmherzige Leinwand auftrug. Noch ein bisschen Blau und dann einen etwas dunkleren Farbton, um den Flügel aus seiner Starre zu ziehen und ihm Tiefe einzuhauchen.

Seine Kundin murmelte etwas, gefolgt von einem leisen, erregt klingenden Stöhnen. Ihre Finger wanderten zu seinem Nacken, um lange braune Haarsträhnen zu streicheln. Die Berührung ließ ihn aufschrecken, Schmetterlinge und Kakerlaken vergessen. Ein Lächeln lag auf ihrem Gesicht und sie schaute unter schweren Lidern hervor. Kismet kannte diesen Blick. Kannte ihn nur allzu gut.

„Ich bin fast fertig." Mit geschürzten Lippen wandte er sich seinen Pappbechern mit Tinte zu und reinigte die Maschine, bevor er die Nadeln in ein lebendiges Gelb tauchte. Das von seiner Kundin mitgebrachte Schmetterlingsbuch gab ihm eine Vorstellung davon, wie es mit den vielen anderen Farben harmonieren würde – die Natur war beim Einkleiden der Nektartrinker großzügig gewesen.

„Gut, es tut nämlich ziemlich weh." Wie sie ihr Haar über eine Schulter nach hinten warf, sollte wohl einladend wirken, genau wie die Finger, die über seine Lippen wanderten. Er spürte die Wärme über ihrem Bauch, roch ihren süßen Duft. „Hast du heute Abend Zeit? Wir veranstalten eine Party. Ich könnte dich allen vorstellen, wenn ich ihnen mein neues Tattoo zeige."

„Ähm, ich weiß nicht. Eigentlich bin ich heute Abend beschäftigt." Kismet schüttelte den Kopf und senkte den Blick.

Das war ein Fehler: Unter der Arbeitsfläche hockte sein Bruder – mit angezogenen Knien, damit sie den Pferden, die er mit seinen Fingern formte, als Berge dienen konnten. Riesige Augen schauten unter Chase' wildem Haarschopf hervor und strahlten eine jungenhafte Unschuld aus, die Kismet bereits vor langer Zeit verloren hatte.

Er wusste noch genau, wann. An dem Morgen, als er aufgewacht war und den kalten, leblosen Körper seines Bruders neben sich vorgefunden hatte. Jede Spur von Unschuld hatte sich im Licht des Morgens in Luft aufgelöst. Seine Kindheit wurde hinfortgespült, als er unter der Dusche stand und zusah, wie die getrockneten Reste von seinem und Chase' Blut die Fliesen rot färbten.

Die Unschuld in den Augen des Geistes war geblieben. Das Einzige, wofür Kismet wirklich dankbar war.

Die Erscheinung spielte weiter mit ihren Fantasietieren, ließ sie über Berg und Tal galoppieren. Als Kismet Chase' Beine durchquerte, erzitterte die Ansammlung von Schatten und zersprang in Splitter aus Dunkelheit, bevor sie sich wieder zusammensetzte und der blasse Junge so menschlich wirkte, wie ein Geist es eben konnte.

„Du bist übrigens süß." Auch diesmal schwang in ihrer Stimme eine Einladung mit. Dieses Spiel kannte Kismet ebenfalls. „Wie einer meiner Schmetterlinge."

„Ich wäre lieber eine Kakerlake", murmelte er leise, während er den Blick seiner dunkelbraunen Augen weiterhin gesenkt hielt. Nachdem er die Stelle gefunden hatte, der er das Sonnengelb hinzufügen wollte, zog er die helle Haut glatt, neben der seine dunklen Latexhandschuhe wie Blutergüsse wirkten. „Halten Sie kurz still. Ich bin fast fertig."

Normalerweise vermied er es, bei der Arbeit zu reden – zu Nicks Leidwesen. Der Ladenbesitzer nervte ihn ständig mit der Aufforderung, sich um Small Talk mit seinen Kunden zu bemühen, was Kismet allerdings einfach zu sehr ablenkte. Es war schon schwer genug, mit Nadeln zu malen, und Leute bewegten sich häufig, wenn sie redeten. Beim Tätowieren konnte er einen Fehler nicht so einfach übermalen. Acrylfarben verziehen einem wesentlich mehr, doch Bilder brachten weniger Geld ein.

Hätte er jemals einen Weg gefunden, Geister zu tätowieren, wäre sein Lebensunterhalt gesichert gewesen.

„Ich mache es für meine Mutter", sagte die Blondine plötzlich. „Sie hat Schmetterlinge geliebt. Sie ist gestorben, als ich noch ein Kind war."

„Scheiße. Verdammter Nick." Kismet ließ beinahe die Maschine fallen und zog sie hastig zurück, bevor er Schaden anrichtete. „Er hätte es mir sagen sollen. Mit Porträts und Erinnerungen will ich nichts zu tun haben."

„Ja, deswegen wollte er, dass ich es verschweige. Aber das möchte ich nicht." Sie blinzelte mit feuchten Augen. „Jetzt weißt du also, wie viel es mir bedeutet. Macht es das nicht sogar besser? Du hörst doch nicht etwa auf?"

Am liebsten wäre Kismet aufgesprungen und davongestürmt. Seine Finger verkrampften sich um die Maschine. Er schloss die Augen, um einige Male tief durchzuatmen und sich um Gelassenheit zu bemühen. *Außer Chase hast du hier heute nichts gesehen*, ermahnte er sich. Keine anderen Schatten. Keine anderen in der Dunkelheit lauernden Gesichter. *Ihre Mutter ist wahrscheinlich schon lange fort, an einem anderen Ort.*

Nicht jeder trägt sein Grauen mit sich herum, flüsterte Kismets Verstand. Nur die Schuldigen wurden ihre Geister nicht los.

„Nein, schon gut." Er schüttelte das kalte Prickeln unter seiner Haut ab. „Ich weiß, wie es ist, seine Familie zu vermissen."

Er öffnete die Augen und sah sich um, entdeckte jedoch nichts als Staubteilchen, die durch die Nachmittagssonne schwebten. Im Studio herrschte Stille, abgesehen vom leisen Klicken der Maschinen und gelegentlichen Gelächter der anderen Mitarbeiter, die sich mit ihren Kunden unterhielten. Er hörte Nick vorn im Laden telefonieren, konnte ihn jedoch wegen des bemalten Plastikvorhangs, der den Eingangs- und Wartebereich abtrennte, nicht sehen.

Kismet wollte auf keinen Fall den Geist einer Person in ihrer Haut verewigen. Menschen sagten oft nicht die Wahrheit darüber, wie sehr sie jemanden liebten. Genauso wenig darüber, wie der geliebte Mensch gestorben war. Kismet hatte mehr Geschichten über tragische Unfälle gehört, als ihm lieb war. Und Kunden mit diesen Geschichten wurden normalerweise von den Überresten eines menschlichen Wesens verfolgt, das mit von wütenden Fäusten zerschmettertem oder von einer Kugel zerrissenem Gesicht in ihrem Schatten lauerte.

Porträts hatte er an dem Tag aufgegeben, als einer Frau ein blutüberströmtes Mädchen mit verweinten Augen ins Studio gefolgt war. Die traurige Geschichte einer ertrunkenen Tochter war danach nicht überzeugend gewesen. Genauso wenig wie Nicks Versprechen, ihn bei diesem Auftrag das gesamte Geld behalten zu lassen. Der Schmerz in den Augen des Mädchens war einfach zu viel gewesen. Er machte ihn dankbar für Chase' Naivität.

Außerdem machte ihm der Vorfall klar, dass Menschen sich offenbar eine Art Trophäe für ihren Schmerz wünschten – aus Schuldgefühlen heraus oder weil es ihnen eine grausige Genugtuung verschaffte. Er wollte nicht daran beteiligt sein, die Toten auf diese Weise zu verewigen. Er hoffte immer noch, dass Chase eines Tages den Weg ins Jenseits finden würde.

Seit langer Zeit fragte er sich, ob er Chase' Seele irgendwie dazu gebracht hatte, bei ihm zu bleiben, weil er zu jung gewesen war, um wirklich zu begreifen, dass sein Bruder tot war. Oder vielleicht hatte der Geist einfach niemand anderen – genau wie Kismet. Es war schwer, die einzige Person loszulassen, die man je geliebt hatte.

„He, alles in Ordnung?" Die junge Frau berührte ihn erneut, doch ihre Fingerspitzen fühlten sich an seinen erhitzten Wangen eisig an.

Kismet zuckte mit zitternden Händen zurück und schluckte schwer, bevor er antwortete: „Ja, mir geht's gut. Aber sagen Sie niemandem, dass ich das hier mache. Es ist eine Ausnahme. Nick nehme ich mir später vor."

„Ich wollte ihn nicht in Schwierigkeiten bringen."

„Wie viele Schwierigkeiten könnte ich ihm schon machen?", lachte Kismet mit einem bitteren Unterton, während er seine langen Beine unter der Massageliege, die er für seine Kunden benutzte, in eine bessere Position brachte. „Nick gehört der Laden. Ich habe mich nur bei ihm breitgemacht."

Der Rest ging schnell. Bald konnte er das Tattoo desinfizieren und die übliche Erklärung dazu abgeben, wie die Kundin in den nächsten Tagen damit umgehen sollte. Er warnte sie vor Krustenbildung und wies sie darauf hin, dass es einige Zeit so aussehen würde, als träte Tinte unter der Haut hervor. Sie war nicht begeistert. Noch weniger gefiel ihr sein Rat, es ein oder zwei Tage abgedeckt zu lassen, damit es verheilen konnte, ohne dass ihre Kleidung darunter litt.

„Die Leute wollen ihre Tattoos ansehen, Andreas." Einer der anderen Tätowierer kam an Kismets Arbeitsbereich vorbei und warf einen angewiderten Blick auf die sterilen Mullkompressen, die Kismet für neue Tattoos benutzte. „Frischhaltefolie ist viel besser."

„Menschen sind keine Sandwiches, Mike. Man muss sie nicht frischhalten", antwortete er, während er um Chase' Füße herumging. Wenn es möglich war, wich er ihm aus. Meistens war es das nicht. „Ein frisches Tattoo unter Folie sieht schlimmer aus als ein verschimmelter Wackelpudding mit Obstsalat."

„Ich sag's ja nur, Prinzessin." Mike stützte sich auf die niedrige Trennwand. „Leute geben gerne damit an, dass sie gerade höllische Schmerzen durchgemacht haben. Das liegt in ihrer Natur."

Kismet ignorierte ihn und legte seine Instrumente zur Sterilisation in einen Autoklav. In seiner Zeit als Mitarbeiter im Steel Sin hatte er schon schlimmere Beleidigungen gehört. Einigen stimmte er sogar zu. Nachdem er seinen Arbeitsplatz gereinigt hatte, knüllte er die Papierauflage der Liege, Pappbecher und Tücher zusammen, um sie im Sondermüll zu entsorgen.

„Na, Baby." Er spürte Nicks Hand an seinen Rippen. Die Finger des älteren Mannes glitten unter sein T-Shirt und wanderten über Kismets Rücken. „Das war gute Arbeit heute. Ich habe davon ein Foto für dein Buch gemacht. Und sogar den Mull wieder draufgeklebt."

„Du hättest mir sagen sollen, dass es für ihre Mutter ist." Kismet machte einen Schritt zurück, um sich von Nick zu lösen. Er wusste, wie albern es war, Nick böse zu sein. Der Mann verstand die Gründe für seine Abneigung nicht. Er konnte von Nick nicht erwarten, dass er eine so unvernünftige Eigenheit einfach so akzeptierte.

Nur wie konnte man jemandem sagen, dass man fürchtete, versehentlich eine Seele unter der Haut eines anderen Menschen zu versiegeln?

Nick war viel zu realistisch, um solch eine Erklärung hinzunehmen. Da war es besser, es als ungewöhnliche Macke stehenzulassen. Kismet haftete ohnehin der Ruf an, etwas verrückt zu sein. Warum sollte er sich diesen also nicht zunutze machen?

„Dann hättest du abgelehnt. Und, Kleiner, du brauchst das Geld." Er nahm einen Stapel Geldscheine aus der Tasche. „Hier. Ich habe nichts für das Studio behalten. Du bekommst alles."

„Die anderen werden sauer sein, falls sie es herausfinden." Kismet sah sich um, als könnten seine Mitarbeiter ihn beobachten. Doch Nick hatte hinter sich den Vorhang zugezogen, sodass sie vor Blicken geschützt waren. Trotz seines Widerspruchs schob Kismet das Geld in die Tasche. Sein Portemonnaie war zu leer, als dass er sich wegen der anderen Gedanken machen konnte.

„Der Laden gehört mir." Nick lehnte sich an die Arbeitsfläche, wobei er Chase' Beine durchquerte. „Also können die mich mal."

Die sinkende Nachmittagssonne fiel von hinten auf Nicks dunkles Haar und tauchte sein Gesicht in tiefe Schatten. Der Mann legte seine Finger um Kismets Handgelenk, um ihn an sich zu ziehen, sodass er zwischen seinen Beinen stand. Nicks Zähne leuchteten in seinem gebräunten, rauen Gesicht auf, als sich sein Mund zu einem Grinsen verzog, und neben seinem kräftigen Körper kam Kismet sich mit seiner schlanken Gestalt zerbrechlich vor.

„Danke", sagte Kismet ehrlich. Er verdankte Nick wirklich eine Menge. Er wusste Kismet zu schätzen und ließ ihn bei sich arbeiten, wenn er Geld brauchte. „Ich schulde dir etwas."

„Ich mag es, wenn du mir etwas schuldest." Nick zog Kismet noch dichter an sich und verschränkte die Finger hinter seinem Rücken. „Alles okay bei dir?"

Nicks aufrichtig scheinende Sorge um ihn überraschte Kismet nicht. Nick war immer auf der Suche nach Schwächen. Ihm eine solche einzugestehen wäre gewesen, als hätte ein Schwein einem Fleischer ein frisch geschärftes Messer gereicht. Beim Anblick von Kismets Stirnrunzeln verzogen sich Nicks schmale Lippen zu einem noch breiteren Grinsen. Doch Kismet nickte nur und unterdrückte ein Zittern, als Nicks Hände über seinen Körper wanderten und seine Finger sich in Kismets Hosenbund schoben. „Ja, mir geht's gut. Nur, na ja, ich brauche bald wieder was."

„Oh, da habe ich genau das Richtige." Der Mann beugte sich grinsend vor, um an Kismets Ohr zu knabbern. „Guck in meiner Tasche nach."

Dieses Spiel spielten sie schon lange – seit Kismet elf Jahre alt gewesen war und Nick Kismets Mutter für ein bisschen Spaß besucht hatte. Damals hatten sich in seiner Tasche Süßigkeiten oder Kaugummi befunden. Jetzt fanden sich darin andere Genüsse. Kismet schob seine Finger unter den Jeansstoff und zog ein Plastikpäckchen heraus. Er wog das Heroin in seiner Hand und versuchte einzuschätzen, wie viel es ihn wohl kosten würde.

„Wie viel?" Das war ein weiteres ihrer Spiele: zu sehen, wie viel von seinem Verdienst Nick gleich wieder zurückforderte. Auch wenn er zu schätzen wusste, was Nick für ihn tat, vergaß Kismet nie, dass seine Güte oft einen hohen Preis hatte. Manchmal war es nicht unbedingt Geld. Allerdings war Kismet heute gleichzeitig zu müde und zu nervös für diese Art von Bezahlung. Er wollte nur nach Hause, sein Verlangen stillen und dann etwas bemalen, das sich nicht bewegte.

„Bleib ein bisschen." Nicks Mund fühlte sich warm an, hinterließ einen glühenden, feuchten Pfad an Kismets Hals, den er am liebsten abgewischt hätte. „Wir finden sicher etwas, womit du mich entschädigen kannst."

„Du verwechselst mich mit meiner Mutter." Kismet machte einen großen Schritt zurück, löste sich von Nick. „Ich bin keine Hure."

„Hätte sie nicht rumgehurt, wärst du jetzt nicht hier. Du solltest ihr dafür dankbar sein. Wäre ich nicht scharf auf sie gewesen, hätte ich dich nie kennengelernt. Das wäre doch schade."

„Aber ich bin trotzdem nicht sie. Vergiss das nicht. Ich bezahle meine Schulden. Ich treibe es nicht mit Leuten, damit ich etwas umsonst bekomme."

„Aber du siehst ihr wirklich ähnlich. Lange Beine, samtige braune Augen … Nur bist du nicht blond. Aber ich mag deine Haarfarbe. Wie Kaffee." Der ältere Mann betrachtete den schlanken Künstler. „Jedenfalls bist du so hübsch wie sie es war. Und besser im Bett, als sie es je gewesen sein könnte – deine Mutter war eine prüde Ziege. So kühl du dich auch manchmal gibst, Kiz, das liegt dir mehr."

„Nicht ablenken, Nicky: wie viel?" Kismet hielt das Päckchen hoch. „Ich möchte dir nichts schulden."

„Aber schuldest du mir nicht schon so viel, Kizzie?" Die bissige Erinnerung daran, wie viel er ihm verdankte, brannte fast so sehr wie der Kuss, den Nick sich raubte. „Nimm es einfach. Ich will nichts dafür."

„Sicher?" Nicks Großzügigkeit machte ihn misstrauisch. Das Päckchen würde für mindestens fünf Schüsse reichen. Mehr als genug, um ihn durch eine Woche zu bringen – vielleicht sogar zwei, wenn er sparsam damit umging. „Wieso?"

„Außer dir mag das Zeug niemand. Alle anderen macht es verrückt. Du bist der Einzige, der davon nicht durchdreht." Nick zuckte mit den Schultern, während er Kismet unverwandt ansah. „Also habe ich dem Typ gesagt, dass ich es nicht mehr für ihn unter die Leute bringen will. Wie soll das auch gehen, wenn ich dafür nur einen Kunden habe? Baby, so heiß ich dich auch finde, kann ich nicht mit irgendeinem Scheiß handeln, den ich nicht loswerde."

„Anscheinend hilft es, wenn man vorher schon verrückt ist." Er bemühte sich, seine Finger ruhig zu halten, doch es wurde zunehmend schwerer, das Zittern unter Kontrolle zu bringen. Seine Sucht machte sich immer heftiger bemerkbar, strömte durch seinen Körper. Wenn er ihr nicht bald nachgab, würden Schweißausbrüche und Bauchkrämpfe folgen.

„Bring dich nur nicht damit um, mehr verlange ich nicht." Nick stieß sich von der Arbeitsfläche ab, um Kismets Handgelenk mit seinen Fingern zu umschließen. Er packte fest zu, hinterließ beinahe einen Bluterguss. „Ich will dich nicht an dieses Zeug verlieren."

„Dann hättest du mich vielleicht nicht darauf bringen sollen", erwiderte er und fixierte den größeren Mann mit einem unnachgiebigen Blick.

Das erste Mal war in Nicks Bett gewesen. Er hatte auf dem schmutzigen Laken gelegen und sich gefragt, warum um ihn herum eine Party stattfand. Die Dunkelheit hatte sich ihm mit jedem Atemzug genähert, bis die Gespenster und Gesichter in den Schatten ihn beinahe ertränkten. Er war erstarrt vor Angst. Selbst Alkohol konnte die Ungeheuer offenbar nicht mehr von ihm fernhalten. Sein Körper brannte, wo Klauen rote Furchen in seine Haut kratzten. Sie verschwanden nach einigen Minuten, doch die Schmerzen blieben zurück, ein unsichtbares Leiden, das Kismet wahnsinnig machte.

Eine Metallnadel in seiner Vene heilte ihn davon. Im Nirwana zu schweben verschaffte ihm ein Gefühl des Friedens, an das er sich mit aller Kraft klammerte. Das in perlengleiche Tropfen verwandelte Pulver war seine Rettung, als die Welt immer dunkler wurde. Sein Verstand flehte um das Ende der Albträume, die ihn verfolgten – und bald verzehrte sich auch sein Körper nach der bitteren Erlösung.

Er verdankte es Nick, dass er noch nicht völlig verrückt geworden war. *Verdammt*, dachte Kismet, *eigentlich sollte ich ihm dafür, dass er mir diese Nadel ins Fleisch geschoben hat, die Füße küssen.* An manchen Tagen war die Droge das Einzige, was ihn am Leben erhielt.

Auch wenn er sich an diesen Tagen fragte, warum er das überhaupt versuchte.

KISMET SCHOB seine Hände tief in die Taschen seiner Jeans, um das Geld zu berühren, das er hineingestopft hatte. Sein Daumen streifte das Plastikpäckchen, dessen bröseliger Inhalt baldigen Frieden versprach. Im Augenblick wünschte er sich jedoch nichts als einen Atemzug süßen Rauchs und Schlaf. Sein Magen und seine Venen würden warten müssen, bis er sich ausgeschlafen hatte. Na ja, zumindest sein Magen. Ob er mit der Öffnung des Päckchens warten konnte, musste sich zeigen.

Die College Area hatte sich seit seiner Geburt kaum verändert: ein Sumpf, in dem die Verzweifelten und Ungewaschenen versanken, so lange er sich erinnern konnte. Den größten Teil seiner Kindheit hatte er im Umkreis von fünf Kilometern um seinen jetzigen Wohnort verbracht. Manchmal im Schutz von vier Wänden, manchmal bei dem Versuch, auf dem Vordersitz eines Autos zu schlafen, während seine Mutter auf der Rückbank halbherzig für den Mann stöhnte, der schwabbelig und feucht auf ihrem zierlichen Körper lag.

Kismet fühlte sich den Straßen so zugehörig wie die wechselnde Einwohnerschaft von Prostituierten und ihren Bewachern.

Er war zwischen ihnen aufgewachsen, sodass er jetzt, als Erwachsener, ganz zwanglos in weiten T-Shirts und farbbespritzten Jeans durch den vertrauten Schmutz die Straße entlanggehen konnte – ein blasser Geist, der an noch kaputteren Leben vorbeidriftete.

Ein finster dreinblickender Latino trat herausfordernd aus der Eingangsnische eines Hauses, wurde jedoch gleich von einem zweiten Mann am Arm festgehalten, der flüsternd auf Kismet deutete. Kismet war an das Geflüster gewöhnt und wusste, was über ihn gesagt wurde – oft so laut, dass er es hörte. Mittlerweile musste so ziemlich jeder gehört haben, dass er verrückt war. Allerdings war es unter Leuten, die ständig nach jemandem suchten, dem sie das Geld abnehmen konnten, nicht der schlechteste Ruf. Wahnsinn schien andere auf Abstand zu halten. Er war wie eine Rüstung.

„Kizzie."

Kismet ging weiter, ließ den Laden an der Ecke nicht aus den Augen. Er maß die Entfernung mit seinen Schritten, zählte leise jeden Spalt im Gehweg. Kismet hatte aufgehört, sich nach dem flackernden Schatten am Rand seines Sichtfeldes umzusehen. Mittlerweile wusste er, wo Chase lauerte und ihm in jeder wachen Minute folgte. Als er den Laden betrat, signalisierte ein Läuten dem durch ein Metallgitter geschützten Verkäufer seine Ankunft.

Der dunkelhäutige Mann nickte ihm zu und holte eine Schachtel Nelkenzigaretten aus dem Regal. Kismet hielt zwei Finger hoch – er musste ausnutzen, dass er gerade so flüssig war. Als der Verkäufer die Schachteln auf die Theke legte, um zu kassieren, wurde er durch Kismets nachdenklichen Gesichtsausdruck gebremst.

„Sonst noch was?" Der Mann warf einen Blick auf den abgeschlossenen Schrank mit den alkoholischen Getränken. „Ich habe noch was von dem Buckfast. Der bringt wieder Farbe in so ein blasses Gesicht."

„Ja, warum nicht." Kismet räusperte sich. Der Verkäufer hörte weder das Tapsen der kleinen Füße auf dem Linoleumboden noch sah er Chase' Haar wippen, als dieser sich mit seinen Gespensterhänden an die Theke klammerte, um davor auf und ab zu hüpfen.

„Was Süßes, was Süßes. Ich will was Süßes." Kismet schloss kurz die Augen und wartete dann, bis sich der Verkäufer von ihm abgewandt hatte, bevor er die Erscheinung neben sich ansah. Chase' Augen waren so grau wie der Rest seines Körpers, durch den Tod zu aschfahlem Nichts verblichen. „Haben wir Geld dafür?"

Der Geist würde nicht verschwinden, bevor Kismet auf ihn einging – wie eine Marionette, die von den Fäden seines kranken Gehirns durch das Theater seiner Gedanken bewegt wurde. Das Gespenst flackerte und kämpfte gegen die Logik an, unter der Kismet diesen Wahnsinn zu begraben versuchte. Wenn er unter dem Einfluss von Drogen oder Alkohol stand, rückten die Erscheinungen in den Hintergrund. Wenn er nüchtern war, wurden sie ganz deutlich, allen voran sein Bruder.

Also musste er bald etwas gegen seinen nüchternen Zustand unternehmen, ihn zumindest mit ein paar Schlucken abschwächen.

„Was willst du denn haben?" Das Klicken des Schlüssels im Schrankschloss und die Schritte des Verkäufers kündigten seine Rückkehr an. Kismet sprach leise, damit der Mann ihn nicht hörte. Das Gesicht seines toten Bruders strahlte vor Freude, als Kismet sich den Süßigkeiten zuwandte. „Such dir schnell etwas aus, Chase. Bevor der Mann zurückkommt."

„Was Großes mit Schokolade." Chase hüpfte wieder, was seine Umrisse zum Wabern brachte, als bestünde er aus Nebel.

Kismet entschied sich für einen in braunes Plastik gehüllten Schokoriegel und legte ihn zu seinen Zigaretten auf die Theke. Nachdem er bezahlt und vom Verkäufer die Tüte mit seinen Einkäufen entgegengenommen hatte, verließ er mit Tränen in den Augen den Laden.

Er überquerte den Parkplatz und bog in eine schmale Gasse ein, ständig begleitet von Chase' fröhlichem Schokoladen-Singsang. Bald tauchte zwischen den anderen grauen Gebäuden das leuchtend blaue Dach seines Motels auf. Als er sich näherte, wurde Chase' Stimme immer leiser, je heller es wurde, bis sie schließlich ganz verschwand.

An den Müllcontainern neben dem Motel kauerte eine schmale Gestalt, auch wenn das jägergrüne Metall wohl kaum Schutz vor den Elementen bot. Das tabakfarbene Haar der Frau umrahmte strähnig ihr verlebtes Gesicht, als sie mit trüben Augen von ihren Fingern aufblickte, deren Nagelhaut sie blutig geknibbelt hatte.

Aus ihrem Zahnfleisch ragten schwarze Stümpfe, da die Zähne bis auf die Wurzel verfault waren. Sie streckte eine knochige, wettergegerbte und vom Rauchen gelblich verfärbte Hand aus, senkte jedoch den Blick. Kismet näherte sich und ging neben ihr in die Knie, um ihr einen Fünfdollarschein in die Hand zu drücken.

„Hi, Lucy", sagte er leise. Kismet atmete flach, um den Gestank nach getrocknetem Urin und altem Schweiß so gut es ging aus seiner Nase fernzuhalten. Sie war ein vertrauter Anblick. Ein schmerzhafter Anblick.

Die Frau hob den Kopf. Kismet konnte sehen, wie sich die Haut über den vorstehenden Knochen spannte. Von der lachenden Schönheit, die ihm manchmal einige Dollar für Süßigkeiten oder einen Burger zugesteckt hatte – die Freundinnen seiner Mutter hatten dem hübschen Jungen, der zwischen ihnen umhertobte, nur selten widerstehen können –, war nichts zurückgeblieben. Jetzt wirkte sie welk, als wäre ihr jegliches Leben entzogen worden.

„Kizzie!", rief sie. Wegen der Drogen, die ihren Zahnschmelz zerfressen hatten, roch ihr Atem faulig. Sie klopfte mit der Hand auf den Boden neben sich – so unbekümmert in der schmutzigen Gasse wie andere Frauen in einem eleganten Salon. „Setz dich. Du solltest mir kein Geld geben. Du brauchst es dringender."

„Ich habe heute genug mit einem Tattoo verdient", murmelte er. Sie hatte ihn bei sich wohnen lassen, als er zum ersten Mal von einem der Männer seiner Mutter auf die Straße gesetzt worden war. Etwas Geld war das mindeste, was er ihr dafür geben konnte.

Als er ihr Gesicht aus der Nähe betrachtete, sah er die zuckenden schwarzen Kaulquappen, die sich in ihre Haut fraßen. So nüchtern konnte er deutlich erkennen, wie sie mit ihren messerscharfen Zähnen gnadenlos Stücke aus ihrem Fleisch rissen. Sie fraßen ihren Verstand. Da war Kismet sicher. Eine schob sich sogar in das weiche Gewebe ihres Auges. Kismet wühlte den mit Koffein versetzten Wein aus seiner Tüte hervor und nahm einen kräftigen Schluck, bevor er ihn Lucy anbot.

„Du nimmst deine Medikamente nicht, Luce", sagte er, nachdem der brennende Wein seine Kehle passiert hatte. „Du weißt doch, dass du sie brauchst."

„Sie … sie machen mich verrückt, Kizzie." Lucy nahm die Flasche in beide Hände, um sie zitternd hochzuheben. Dann öffnete sie den Mund und goss einen Schluck hinein, ohne die Flasche mit den Lippen zu berühren. „Ich kann nicht denken, wenn ich so ein Ding geschluckt habe."

„Lucy, du musst sie nehmen, bis du dich daran gewöhnt hast. Du kannst nicht einfach aufhören, sobald es dir etwas besser geht." Kismet half ihr, die Flasche für einen weiteren Schluck zu neigen, bevor er sie ihr abnahm, um selbst von der betäubenden Flüssigkeit zu trinken. „Halt still, ich muss was gegen dieses Zeug machen."

Als Kind hatte er zusehen müssen, wie die kleinen, augenlosen Schatten über die Brüste seiner Mutter hergefallen waren, sich unter ihre Haut gefressen hatten, bis nur noch Narben auf ihrem blassen Körper zurückgeblieben waren. Die Menschen, denen er begegnete, waren oft mit den schwarzen Klumpen übersät, die sich unbemerkt in Arme und Gesichter fraßen.

Wenn er nüchtern genug war, um sie zu sehen, überprüfte er regelmäßig seinen eigenen Körper, immer auf der Suche nach verräterischen Dellen zwischen seinen Beinen oder über seinem Herzen. Er hasste die Dinger. Noch viel mehr hasste er allerdings den Gestank, den sie absonderten, wenn er mit den Fingerspitzen die zuckenden, kreischenden Kreaturen von jemandem löste.

Nachdem er sich gewappnet hatte, entfernte er als Erstes die unter Lucys Auge und zerquetschte sie zwischen seinen Fingern, bis der schrille Schrei abbrach. Durch den Gestank würgend arbeitete er sich vorsichtig über Gesicht und Schultern der Frau vor und entfernte alles, was er finden konnte. Er musste gegen das Bedürfnis ankämpfen, sich zu übergeben, als er Lucys fettige, strähnige Haare zur Seite schob, um einen langen, schlangenartigen Schwanz hinter ihrem Ohr hervorzuziehen.

Nach einer letzten Überprüfung widmete er sich Lucys Besitztümern in einem gehäkelten Rucksack, den der Schmutz braun gefärbt hatte. Sie protestierte gegen diese Verletzung ihrer Privatsphäre und beruhigte sich erst, als Kismet ihr die Flasche reichte und ihr zumurmelte, sie zu behalten. Dann verstummte sie, wand sich aber so unruhig auf dem Boden, dass sie Kismet beinahe mit ihren Beinen in den Schmutz warf. Schließlich entdeckte er eine Plastikschachtel, die klapperte, als er sie schüttelte. Die Tabletten darin waren staubig, da sie auf Lucys täglichen Wegen durchgeschüttelt wurden.

„Hier, nimm eine." Kismet stützte sich mit dem Knie an der Wand neben Lucys Kopf ab und hielt ihr eine Tablette hin.

„Ich hab nur das hier." Lucy hielt mit zitternden Händen die Flasche hoch. „Aber die Ärzte sagen, ich soll nicht so viel trinken."

„Tja, ich werde dich wohl kaum bei deinen Ärzten verpetzen." Kismet, selbst unglaublich erschöpft, streichelte ihr über die Schläfe. Sie trank einen Schluck und rülpste unauffällig hinter ihrer Hand. „Alles okay, Lucy?"

Es war erschreckend leicht, diese heruntergekommene, dünne Frau, die in alter Kleidung im Abwasser saß, mit der frechen, aufreizenden Dame in Verbindung zu bringen, die Zeit mit seiner Mutter verbracht hatte. Sie war nicht die Einzige, die abgestürzt war. Vielleicht hielt Lucy ihm nur einen Platz warm, der immerhin vor dem Wind geschützt war, wenn auch nicht vor der erbarmungslosen San-Diego-Sonne. Eines Tages würde sie einfach verschwinden, nichts als einen Fleck auf dem Boden zurücklassen.

„Grüß deine Mutter von mir. Sie soll sich mal melden." Lucys verwaschene braune Augen schauten zu ihm hoch und etwas regte sich in ihnen. Es war schon seltsam, wie oft sie von der Frau redete, die sie beide kaum gekannt hatten, ohne sich daran zu erinnern, dass sie vor Jahren gestorben war. „Kümmer dich gut um sie."

„Klar, Lucy." Kismet zwang sich, ihr die Stirn zu küssen, obwohl er darauf noch den Geschmack der ekelhaften Schatten wiederfand. Er kroch auf seine Zunge, ein bitteres Brennen, das sich mit seinem Speichel vermischte. Kismet ließ den Buckfast und die Schokolade bei Lucy zurück. Lediglich seine Zigaretten nahm er mit.

Durch das Seitentor betrat er den mit rissigen Pflastersteinen bedeckten Hof nicht weit von der Tür zu seinem Raum. Vor langer Zeit hatte ein optimistischer Mensch den Gehweg mit leuchtend türkisen Steinen gesäumt. Mittlerweile war die Farbe größtenteils verblichen, doch hin und wieder blitzte noch ein Hauch des auf Stein eingefangenen Himmels durch.

Nachdem er das schmiedeeiserne Tor hinter sich geschlossen hatte, sah Kismet zum echten Himmel hinauf, an dem das Tageslicht mittlerweile beinahe ausgebrannt war. Allmählich wurde es kalt.

Kismet betrat seinen Raum und schaltete das Licht ein, um die Schatten zu vertreiben. Als er seine Hände aneinander rieb, um etwas Wärme hineinzubringen, nahm er den fauligen, schmutzigen Geruch der Schattenwesen wahr. Er wusch sich kurz in seinem winzigen Badezimmer, um ihn loszuwerden. Nur unter den Nägeln blieb ein Hauch des modrigen Geruchs zurück, da die stinkende Flüssigkeit aus dem Innern der Kreaturen darunter gespritzt war.

In einer Schublade seiner Kommode befanden sich mehrere halb volle Flaschen: ein Wodka, der wesentlich billiger und stärker war als der verschenkte Buckfast, und einige Flaschen Tequila, die etwas seltsam gefärbt waren. Kismet bezweifelte ernsthaft, dass Agaven bei der Herstellung überhaupt eine Rolle gespielt hatten – der Geruch erinnerte eher an den Verdünner, den er bei seiner Ölmalerei verwendete.

Sein Rücken schmerzte von der vornübergebeugten Haltung und die Vibration der Tätowiermaschine hatte seine Arme ermüdet. Seine Schultermuskeln waren verspannt, weil sie sich so lange in derselben Position befunden hatten. Wenn er etwas mehr Geld hatte, würde er sich einen Stuhl kaufen, wie ihn die anderen Jungs benutzten. Andererseits war er nicht sicher, ob er es zwischen den Arschlöchern dort lange genug aushalten konnte, um genug Geld für einen Stuhl zu verdienen.

Er entschied sich für den Wodka und öffnete ihn. Nachdem er sich die Schuhe abgestreift hatte, ließ er sich auf die unebene Matratze des den Raum beherrschenden großen Bettes fallen. Was noch an freiem Platz vorhanden war, wurde fast vollständig von seinen Bildern eingenommen, die sich wie fortgeworfene Kartensoldaten neben der Badezimmertür stapelten. Die Leinwand, mit der er sich zurzeit auseinandersetzte, wartete auf der Staffelei. Bleistiftstriche skizzierten bereits die Albträume, die aus seiner Fantasie auf die weiße Oberfläche krochen.

Der erste Schluck ließ ihn zusammenzucken und er rang nach Luft. Er musste sich die Nadel noch aufheben, bis er ein bisschen geschlafen und gegessen hatte, damit er die Nacht mit Malen verbringen konnte. Mit etwas Glück würde er eines der großen Bilder fertigstellen können. Die Leere störte ihn. Er wollte sie ausfüllen.

Doch die im Dunkeln lauernden Albträume hatten andere Pläne für den Abend.

Eine stygische Masse schob sich über den Rand des Bettes und kroch durch die ausgefransten Fäden seiner Bettdecke. Kismet schluckte und zog die Beine an, um seine Zehen aus der Reichweite des herankriechenden Schattens zu entfernen. Klauen schoben sich aus dem Schatten hervor und in den roten Augen lag eine schneidende Drohung.

Kismet kämpfte blinzelnd gegen die in ihm aufsteigende Panik an und flüsterte ein Gebet, als könnte er die Erscheinung damit vertreiben.

„Scheiße." Er hatte beinahe die Flasche fallen lassen und ein großer Spritzer des starken Alkohols war auf dem abgenutzten Industrieteppich neben dem Bett gelandet. Er leckte die herbe Flüssigkeit von seinen Fingern und musste ein Husten unterdrücken, als sie erneut in seiner Kehle brannte. „Komm schon, Kiz, reiß dich zusammen. Dieses Zeug ist nicht real. Das ist es nie. Du bildest es dir nur ein."

Kismet nahm einen großen Schluck aus der Flasche. Die kriechende Schattenmasse schimmerte und Teile des Schwarms wogten unter der schwarzen, öligen Oberfläche ihrer Haut. Dann pulsierte das Ganze und wuchs, bis es aus einem breiten, flachen Körper bestand, und schob sich vorsichtig weiter, wobei sich die Klauen in die Bettdecke senkten. Hinter ihm blieb eine Rußspur zurück.

Als er jünger gewesen war, hatte er die Schatten anfangs als willkommene Abwechslung von seinem Hunger betrachtet. Als sie sich in vertraute Gesichter verwandelten, in Hände, die sich zu ihm ausstreckten und um Erlösung baten, wandte er sich den betäubenden Lastern zu, die die Schatten zurückhielten. Jetzt hatten sie die Form von Monstern angenommen – Zähne und rote Augen in pechschwarzem Sirup, ein gieriges Maul oder scharfe Krallen, die nach Schwachstellen suchten.

Der Wodka war eine Notlösung und im Vergleich zum Biss der Nadel in seiner Vene nur ein schlecht schmeckendes Placebo. Das Heroin erlöste ihn für eine Weile von den Schatten, doch wenn er zu viel nahm, stoppte es den Fluss der Fantasie für seine Malerei, die er so dringend brauchte, um nicht völlig den Verstand zu verlieren. Nahm er allerdings zu wenig, lag er hilflos da, während die Schatten sich an ihm labten und mit ihren erbarmungslosen Mäulern kleine Stücke aus seiner Seele rissen. Im Augenblick war es noch zu früh für die Droge. Wenn er sie jetzt nahm, standen ihm von Dämonen bevölkerte Morgenstunden bevor, denen er nicht entkommen konnte.

Doch eigentlich griffen ihn die Schatten selten an, bis sein Widerstand gegen sie schwächer geworden war. So weit war er noch nicht und es hätte normalerweise noch Stunden dauern sollen. Aus irgendeinem Grund schienen sich die Regeln geändert zu haben, ohne dass man ihn darüber informiert hatte.

Unter dem tiefen, grollenden Knurren der Kreatur nahm Kismet die Stimme eines Mannes wahr, Bruchstücke eines Gesprächs begleitet von einem dumpfen Summen. Sein nackter Knöchel brannte, als Klauen über seine Haut glitten, bevor mit erschreckender Geschwindigkeit dicke rote Striemen daraus hervorwuchsen.

Kismet schmeckte Erbrochenes und spuckte, rang nach Atem. Alles tat weh. Tief in seinem Kopf zerfraß der Schmerz seine Gedanken, bis er das Bedürfnis verspürte, sich selbst die Augen auszukratzen, wenn er dann nur nachließe. Ein weiterer heftiger Stich in seinem Kopf und Kismet schrie auf, vergrub die Hände in seinem Haar und wand sich auf dem Bett.

Er kämpfte gegen die Schmerzen an, doch sein Magen kämpfte genauso heftig gegen den Wodka. Als er versuchte, das Schattenwesen durch pure Willenskraft zum Verschwinden zu bewegen, schien sich in seinem Kopf plötzlich etwas zu lösen. Es war, als wäre hinter seinen Augen eine Art Flüssigkeit explodiert. Ein brennender Schmerz raste durch seinen Körper, prallte gegen seine Schläfen und schien das Blut in seinen Hoden gefrieren zu lassen. Weinend versuchte er, sich von der Kreatur loszureißen, und warf sich wild auf dem Bett hin und her. Die Flasche fiel um und verteilte ihren spärlichen Inhalt in kleinen Pfützen auf der wasserabweisenden Decke.

Er folgte der Flasche mit einem filigranen Fall auf den Boden.

Der Geruch des Teppichs stieg Kismet in die Nase, abgestanden und säuerlich wie alter Urin oder Erbrochenes. Er würgte seinen Mageninhalt hoch, während die raue Teppichoberfläche über sein Gesicht kratzte. Der Schatten folgte ihm, kroch über die Bettkante und riss das Maul weit auf wie eine Schlange, als wollte er Kismets ganzen Kopf verschlingen. Doch plötzlich nahm Kismet wie ein fernes Echo erneut die Stimme des Mannes wahr, der der Erscheinung einen Befehl zuzurufen schien.

Die Luft um das Wesen herum zog sich zusammen und schleuderte es wie mit einem Windstoß wieder in den Schattenvorhang. Zurück blieb nichts als der ölige Gestank.

Dann blitzte etwas vor Kismets Augen auf und sein Körper verlor den Kampf gegen die Bewusstlosigkeit. Dankbar für die Taubheit, die sich in seinen Knochen ausbreitete, ließ er zu, dass sein Körper in tiefem Schlaf versank. Falls die Kreatur zurückkehrte, sollte sie ihn sich eben holen.

3

DIE LUFT im Aufzug wurde eisig, als sich die Grenze um sie verdichtete – eine Kälte, die durch Mark und Bein ging. Während Ari sie kaum noch spürte, brachte sie Colm zum Zittern. Ari unterdrückte ein Grinsen und begann zu summen – ein unterhaltsames Lied über ein Mädchen aus Brasilien –, bis der Aufzug das Parkhaus erreichte.

„Ist dir klar, wie nervig du bist?", fragte Colm, als sie den Aufzug verließen. „Allerdings." Ari klimperte mit den Schlüsseln. „Deshalb macht es so viel Spaß."

Colm war nicht sicher, wer für das private Parkdeck bezahlte – oder für das zweistöckige Penthouse, in dem vier abgetrennte Bereiche den großen Wohnraum mit Küche umgaben. Das riesige, eigentlich für viele Gäste gedachte Esszimmer wurde von den Reitern stattdessen als Trainingsraum genutzt, weshalb die Wände mittlerweile deutliche Spuren ihrer Übungskämpfe trugen. Doch als Colm sich einmal bei Tod nach der Finanzierung erkundigt hatte, war dieser nicht weiter darauf eingegangen und hatte lediglich versichert, alles sei geregelt.

Colm hasste Geheimnisse und Tod hatte viele.

Die trüben Lichter in der Garage empfingen sie mit blassgelbem Licht. Die dicken, halbhohen Wände des Parkdecks reichten beinahe bis zu Aris Brust hinauf, sodass sie fast den Blick auf die Stadt verdeckten. Betonpfeiler warfen ihre Schatten auf den Boden, dessen weiße Linien durch Staub verwischt wurden. Ihre Schritte verursachten in der Leere dumpfe Echos.

Aris schnittiger roter Mustang begrüßte sie mit einem Piepen, als Ari ihn entriegelte. Er vermisste nach wie vor sein altes Auto, ein breites Grande Coupe aus den 60er-Jahren, das allerdings ein tragisches Ende gefunden hatte. Glücklicherweise hatte er sich beim ersten Anblick in diese neuere Version verliebt und sie grinsend wie ein Junge mit einem neuen Spielzeug hergebracht. Tod hatte das Auto gebührend bewundert. Min war empört darüber gewesen, nur wegen eines Metallkastens von ihm ins Parkhaus geschleift zu werden. Colm hatte er nicht nach seiner Meinung gefragt und der Junge hatte vorgegeben, sich nicht daran zu stören. Doch als Ari ihn bei einer nächtlichen Fahrt zum Ocean Beach mitgenommen hatte, war sein Strahlen nicht zu übersehen gewesen, als sich das Auto mit quietschenden Reifen durch die engen Kurven von Point Loma wand.

„Ich kann auch fahren", bot Colm mit einem Blick auf seinen zuverlässigen SUV an. In dem kantigen Ungetüm war man auf den Straßen sicherer als in Aris Auto. Mins Motorrad stand neben Tods aschgrauem Aston Martin Vanquish, dessen polierte Oberfläche von einer dünnen Staubschicht bedeckt war. Ari reagierte auf

Colms Vorschlag mit einem Schnauben, während er die Fahrertür des Mustangs öffnete.

„Du kannst auch laufen", sagte er und deutete auf die Beifahrerseite.

„Bestimmt hast du nur Angst vor meinen Fahrkünsten. Der große, böse Ari fürchtet sich vor meinem SUV." Trotzdem ging Colm auf den Mustang zu.

Und rutschte auf einem Schatten aus.

Mit den Armen rudernd kämpfte er um sein Gleichgewicht, während sich eine Hand aus der Schwärze hinaufstreckte. Klauen vergruben sich im Betonboden, als die Kreatur sich daran hinaufzog. Dann schossen lange, dünne Arme hervor und Finger krallten sich um Colms Bein. Ein Kopf tauchte auf, rote, blinzelnde Augen in einem ausdruckslosen Gesicht. Der Schädel lief spitz zu einem vorstehenden Kiefer zu, in dem weiße Zähne glitzerten.

Der gedrungene, rundliche Körper des Wesens schien das Licht zu verschlucken, als es sich schließlich ganz aus dem Boden befreit hatte und die Zähne fletschte. Drei kurze, kräftige Beine, die in flossenartigen Fortsätzen endeten, stützten den schweren Körper. Der Grenzgänger umklammerte sein Opfer und leckte sich über den lippenlosen Mund, sodass Speichel von seiner Schlangenzunge auf Colms Schuh tropfte.

Colms Bein brannte, wo sich die Krallen in seine Haut gruben. Nach Ari rufend zerrte er an den schwarzen Händen, schaffte es jedoch nicht, sie von seinem Bein zu lösen. Also holte er mit seinem anderen Bein aus und trat dem Monster mit voller Wucht ins Gesicht. Dass unter seinem Fuß etwas nachzugeben schien, beruhigte ihn nicht besonders, da sich der Kopf gleich wieder senkte, während sich das Maul so unglaublich weit öffnete, dass Colms ganzer Brustkorb hineingepasst hätte.

„Scheiße", zischte er mit weit aufgerissenen Augen. Die Schmerzen machten ihn ganz benommen. Erleichterung durchflutete ihn, als er aus dem Augenwinkel eine Bewegung wahrnahm: Krieg schlich um den Mustang herum auf sie zu.

Doch das Wesen hatte Ari ebenfalls bemerkt und warnte ihn mit einem tiefen Knurren davor, seiner Beute zu nahe zu kommen. Ari schob sich vorsichtig heran, wobei er den im trüben Licht aufblitzenden Zähnen auswich, und zog einen langen Dolch hinter dem Rücken hervor.

Durch den stärkeren Feind verunsichert geriet das Wesen in Panik und schleuderte Colm mit aller Kraft von sich. Der junge Reiter ruderte überrascht mit den Armen, konnte allerdings nichts unternehmen. Zwar machte Krieg einen Satz und versuchte, ihn zu packen, verfehlte ihn jedoch ganz knapp.

Colm knallte heftig vor eine der Betonsäulen und die Welt verschwamm vor seinen Augen. Feiner Betonstaub rieselte auf ihn herab, als er auf den Boden rutschte und mit dem Gesicht in einer öligen Pfütze landete. Seine Lunge lechzte nach Sauerstoff und er bemühte sich verzweifelt, den Druck in seiner Brust loszuwerden. Hustend schüttelte er den Kopf, als könnte er so das Klingeln aus seinen Ohren vertreiben – ein schriller Ton, der mit jedem Atemzug zu schwanken schien.

Ari wich fluchend aus, als sich das Wesen jetzt auf ihn konzentrierte – die Zähne hätten beinahe seinen Arm erwischt, ritzten dann jedoch nur seinen Handrücken an, sodass spiralförmige Blutfäden durch die Luft flogen. Ari zuckte zusammen. Er bemühte sich, das Monster im Auge zu behalten, aber gleichzeitig einen Blick auf Colm zu werfen.

„Pest? Alles in Ordnung?" Als sich die Kreatur auf ihn stürzte, zückte er seinen Dolch und rammte ihn ihr ins Gesicht. Sie gab ein schauerliches Heulen von sich, als die Klinge sich glänzend in ihre Wange senkte.

Colm lag noch immer nach Luft ringend da und atmete mit schmerzendem Kopf abgeblätterte Farbflocken ein. Er räusperte sich und stützte sich auf dem Boden ab, kam zitternd auf die Füße. Verwundert darüber, nicht das Bewusstsein verloren zu haben, spuckte er einen Mundvoll Blut aus.

Die Schmerzen waren weitaus schlimmer als alles, was er bei den Trainingskämpfen mit Tod erlebt hatte.

Alles tat unglaublich weh. Die anderen ermahnten ihn immer zur Vorsicht. Unsterblich zu sein verhinderte nicht, dass sie jeden Bluterguss und jeden gebrochenen Knochen spürten, bis er verheilt war. Jetzt verstand er endlich, warum Min oft sagte, es sei vielleicht besser, eine Weile zu sterben, bis ihr Körper sich regeneriert habe – die Qualen seiner sich wieder zusammensetzenden Knochen weckten in ihm die Sehnsucht nach Bewusstlosigkeit. Doch das war jetzt nicht möglich. Ari würde es ihm bis in alle Ewigkeit vorwerfen, wenn er jetzt aufgab. Colm bemühte sich, die Benommenheit abzuschütteln und den Brechreiz zu unterdrücken.

„Alles in Ordnung. Aber ich glaube, ich habe mir ein paar Knochen gebrochen." Beim nächsten Husten würgte er rötlichen Schaum hoch und seine Sicht verschwamm kurz, bevor er die Risse auf dem Parkhausboden wieder deutlich erkannte. Seine Hände schmerzten unter seinem Gewicht und die Schatten um ihn herum flackerten, zogen sich von den Reitern zurück. „Was zum Teufel ist hier los? Und was ist dieses Ding? Ein Wraith?"

„Ähm, lass uns doch später darüber reden. Ich bin gerade ziemlich beschäftigt, Kleiner." Ari griff erneut an und bemühte sich, ein Gefühl für die Reichweite der Kreatur zu bekommen. Sie wich mit gesenktem Kopf zur Seite aus, während Ari ihre Reaktion genau beobachtete. Auch der nächste Angriff ging ins Leere.

Nach seinem Ausweichmanöver schoss das Wesen vorwärts und versuchte, Ari unter seinem Arm hindurch mit den Zähnen zu erwischen. Ari drehte den Oberkörper zur Seite und rammte seinen Dolch in den dunklen Kopf, mitten zwischen die pupillenlosen Augen. Die Klinge sank einige Zentimeter hinein, bis sie vom Stirnbein gestoppt wurde. In den roten Augen spiegelte sich Schmerz wider, als sich das Metall in die Finsternis des aus Äther geformten Skeletts bohrte.

Der Wraith versuchte taumelnd, Krieg mit seinen Klauen zu verletzen und von ihm loszukommen. Aus der Stichwunde sickerte eine zähe, ölige Flüssigkeit. Das Wesen schlug wild um sich, als sie ihm in die Augen floss, und kratzte tiefe Schrammen in den Vanquish. Rauch stieg vom Kotflügel auf, als durch heiße Klauen versengte Farbe abblätterte, bis sich schließlich ein ganzes Blechstück löste.

„Scheiße, nicht das Auto. Komm schon, nicht das Auto!", flehte Ari. Wut stieg in ihm auf, als die Kreatur ihre Klauen weiter in das Blech rammte. Er stürzte sich mit dem Dolch auf sie und schob ihr die Klinge in den Nacken, in der Hoffnung, von unten das Gehirn zu erreichen. „Verdammt, er wird mich umbringen."

Mehr von der schwarzen Flüssigkeit rann aus den Schnitten und die Blutrinne der Klinge füllte sich bei jedem Stich damit. Aris Haut brannte, als sie darauf spritzte, und bildete Blasen. Doch er ignorierte das ätzende, giftige Blut, um sich auf die Kreatur zu werfen und sie festzuhalten, bis sie ihr Leben ausgehaucht hatte.

Klagend zog sie sich am angesengten Auto hoch und kratzte dabei tiefe Furchen ins Metall. Doch ihre Augen wurden bereits immer trüber, als sie ein letztes Mal vergeblich nach Ari schnappte, während ihre Lebensenergie auf den Parkhausboden tropfte. Die spitzen Ellbogen verbeulten die Autotür, als sie sich taumelnd aufrichtete. Dann flackerte sie, als hätte sie Mühe, ihre Form zu bewahren, und fiel vornüber. Das Wesen zerfloss zu einer schattigen Pfütze, die bald trocknete und aufhörte, sich zu bewegen.

Ari stupste mit dem Fuß dagegen, konnte jedoch nichts mehr von dem Wesen entdecken. Mit einem erleichterten Zischen schüttelte er die Dolchklinge sauber, bevor er die Waffe wieder einsteckte.

Nach einem kurzen Blick auf den ruinierten Aston Martin, der in ihm den Wunsch weckte, jemanden zu treten – am liebsten noch einmal das Monster –, ging er zu Colm hinüber.

Dieser stand mittlerweile wieder aufrecht, auch wenn er noch benommen war. Seine Schläfe pochte heftig und sein linkes Bein gab beinahe nach, als er sich darauf lehnte. Als er seine Stirn berührte und etwas Feuchtes spürte, verzog er das Gesicht. Dann starrte er fasziniert das viele Blut auf seiner Handfläche an.

„Ich blute." Er streckte Ari die Hand entgegen.

„Ja, das sehe ich. Und das bestimmt nicht zum letzten Mal." Ari hielt seine eigenen Hände in die Höhe, um Colm die verheilenden Brandblasen zu zeigen. „Also stell dich nicht so an, Schlappschwanz."

Trotzdem legte er die Hände an Colms Gesicht und betrachtete seine Augen, um die Pupillen des jungen Mannes zu überprüfen.

Da nichts auf eine Kopfverletzung hinwies, ließ er ihn los und wandte sich Tods zerstörtem Auto zu. Die abgesplitterten Bruchstücke der Betonsäule knirschten unter seinen Füßen, als er das Fahrzeug umrundete.

„Siehst du, was das Ding mit dem Auto gemacht hat?" Ari fuhr sich mit den Fingern durchs Haar und verkrallte sie frustriert stöhnend an seinem Hinterkopf. „Tod wird so was von sauer sein."

„Das kann er dir nicht vorwerfen." Colm hinkte zu ihm hinüber und betrachtete die Löcher, die scharfe Klauen in seine Jeans gerissen hatten. „Es war nicht deine Schuld."

„Das glaubst auch nur du", antwortete Ari mit einem verächtlichen Schnauben. „Er hat mir immer noch nicht verziehen, dass ich mal mit einer Armbrust auf sein Pferd geschossen habe."

Colm schluckte trotz der geschwollenen Stelle seiner Zunge, auf die er sich gebissen hatte, und riss den Mund auf. „Du hast auf sein Pferd geschossen?"

„Genau genommen habe ich es *er*schossen. Es war natürlich ein Versehen, aber versuch mal, ihm das klarzumachen." Krieg zuckte seufzend mit den Schultern. „Glaub mir, er wird nicht schnell wütend, nur wenn er einmal so weit ist, dauert es ewig, bis er einem verzeiht. Vor allem, wenn man sein Pferd umbringt. Ich will gar nicht erst daran denken, wie er auf das Auto reagiert. Er liebt dieses Auto. Das Pferd wäre sowieso irgendwann gestorben – es war nun mal ein Pferd. Aber ein Auto sollte eigentlich länger durchhalten."

„Glaubst du nicht, dass er sich mehr Sorgen um einen Wraith macht, der uns in der Tiefgarage offen angegriffen hat?" Als er diesmal auf den Boden spuckte, war nicht mehr viel Blut zu sehen. Er holte tief Luft, um seine gequälte Lunge mit Sauerstoff zu füllen. „Ob es der von vorhin war? Sollen wir hochgehen und es ihm erzählen?"

„Nein. Bloß nicht." Ari wandte sich ab. „Wir haben es beide überstanden und ich habe jetzt wirklich keine Lust, ihm das mit dem Auto beizubringen. Wir können es ihm später sagen. Vielleicht sollten wir deine Rettung dabei etwas ausbauen – er mag dich, also könnte ihn das nachsichtiger stimmen."

Colm nickte vorsichtig und atmete noch einmal durch, bevor er die Beifahrertür öffnete und sich behutsam auf den Autositz sinken ließ. Als sich seine schmerzenden Muskeln entspannten und er den Kopf gegen den Sitz lehnen konnte, fühlte er sich gleich viel besser. Mit einem erleichterten Seufzen wagte er einen Seitenblick zu Ari.

„Glaubst du, dass der Wraith so aggressiv war, hat mit der Schwächung der Grenze zu tun?"

„Vermutlich ja." Ari startete mit finsterem Gesicht den leistungsstarken Motor, der das Lenkrad zum Vibrieren brachte. „Wraith greifen eigentlich keine Unsterblichen an, schon gar nicht uns Reiter. Das Ding war riesig, noch größer als das oben. Vielleicht haben wir zu sehr nach Mensch gerochen und es hat uns für Beute gehalten. Hoffentlich sind da draußen nicht noch mehr von der Sorte."

„Aber so menschlich sind wir nicht."

„Jedenfalls menschlich genug, dass es uns fressen wollte." Ari lenkte das Auto aus dem Parkhaus. Er war nach wie vor angespannt und beobachtete jeden

31

Schatten. „Lass uns erst mal ein paar Informationen für Tod sammeln. Dann verzeiht er uns die Sache mit dem Auto vielleicht."

ALS KISMET aufwachte, tat ihm alles weh. Vielleicht hätte er es als weniger schlimm empfunden, wenn die Schmerzen nicht so vertraut gewesen wären: Sein Körper verlangte nach Drogen. Und er würde ihm keine Ruhe lassen, bis er dem Jammern nachgab.

Unzählige unsichtbare Spinnen schienen unter seiner Haut zu krabbeln, während er in jedem Nerv quälende Nadelstiche spürte. Seine Knochen fühlten sich an, als hätten sie nicht genug Platz und würden zu eng zusammengepresst. In seinem trockenen Mund schmeckte er Erbrochenes und die säuerliche Note billigen Wodkas. Als er den Kopf drehte, berührte seine Wange den feuchten Motelteppich, auf dem sich eine übel riechende Pfütze unter seinem Kopf und Rücken ausbreitete. Heftige Kopfschmerzen erinnerten ihn an den vielen Alkohol, den er seinem Körper zugemutet hatte. Nachdem er einige Male mit seinen verklebten Augen gezwinkert hatte, versuchte er, sich aufzusetzen.

Sein Magen protestierte prompt und alles schien sich zu drehen, während die Stockflecken der Wandverkleidung vor seinen Augen verschwammen. Dem Geruch nach zu urteilen hatte er sich bisher nur übergeben, aber wenn er es nicht bald ins Badezimmer schaffte, würden noch andere Körperflüssigkeiten hinzukommen.

„Ich muss endlich aufhören, auf diese Weise aufzuwachen", murmelte er. Der Badezimmerspiegel zeigte kobaltblaue Augenringe, die sein schmerzendes Gesicht zierten. Als er sich die Schläfen rieb, zitterten seine Hände, da das Verlangen immer weiter anwuchs. Es war, als saugte es jeden Tropfen Blut aus seinem Körper. Jedes seiner über zwanzig Jahre hatte sich in seine Gesichtshaut eingebrannt – auch wenn Kismet wusste, dass die Falten verschwinden würden, sobald er etwas gegessen und getrunken hatte. Plötzlich schienen sich die weißen Badezimmerfliesen zu bewegen und in der gesprenkelten Duschabtrennung tauchten dunkle Flecken auf. Kismet wandte den Blick ab und ignorierte die Erscheinungen.

Die Abtrennung klapperte, bevor sich eine skelettartige Hand dahinter hervorschob, um den Geist einer blassen Frau hinauszulassen, die allerdings einfach durch die Seitenwand der Plastikwanne trat. Er hatte sie bereits mehrmals gesehen und sie auch im Badezimmer herumstolpern hören, während sie sich zum Ausgehen vorbereitete und dann durch die Zimmertür nach draußen trat, ohne jemals irgendwo anzukommen.

Der Geist erinnerte ihn an Lucy: spindeldürr mit kleinen, schlaffen Brüsten und wie durch ständiges Frieren aufgestellte Brustwarzen, vom Tod grau gebleicht. Narben zogen sich über ihren Bauch und ihre Schenkel, verzerrten ihre Haut, als sie aus der Wanne trat und nach einem Handtuch griff, das sich nicht länger am Handtuchhalter befand, da dieser auf einer Seite abgerissen war und zum abgenutzten Boden herabhing. Reste blauer Tinte, gesprenkelt und verlaufen, zierten eines ihrer

Handgelenke – vielleicht der Name eines geliebten Menschen, der ihr nichts mehr bedeutete. Ihr Venushügel wurde von spärlicher Behaarung bedeckt, welche die grauen Sprenkel zeigte, die sie auf ihrem Kopf mit billiger Farbe überdeckte – dort war sie honigblond mit einem schwarzen, von Grau unterbrochenen Ansatz.

Sie drehte sich um, sodass die eingeschlagene Hälfte ihres Gesichts sichtbar wurde, und schenkte Kismet ein zahnloses Lächeln, während ihre kalten Finger über seinen Rücken glitten und ihm Gänsehaut verursachten. Er entzog sich ihr zitternd und schluckte schwer, konnte den Blick aber nicht von dem Auge abwenden, das an einem blutigen Faden auf ihre Wange hinabbaumelte. Er wusste, ohne hinzusehen, dass man durch die Wunde an ihrem Kiefer ihre Zunge sehen konnte und ein ganzer Teil ihres Gesichts einfach herunterhing und beim Gehen wippte. Ihre Zähne waren verfault oder ausgefallen, das Zahnfleisch geschwollen und entzündet. All das hatte er oft genug gesehen und allmählich war er es leid, dass sie in seinen Zimmern herumlief.

„Hau ab." Die Kälte durchflutete ihn erneut, bevor sie in Richtung Schlafzimmer weiterwanderte, wo sie verschwinden würde, sobald ihre Füße den schmutzigen Teppich berührten. „Du bist wie alles andere an allen anderen Orten, die ich je bewohnt habe: Du bist nicht echt."

Er presste keuchend die Hände vors Gesicht und ließ die in seiner Kehle aufsteigenden Schreie zu einem leisen Schluchzen verebben. Seine Magenschmerzen nahmen immer weiter zu und seine Arme pochten, wo die beinahe verheilten Einstiche wässrige Tropfen weinten und die durch das viele Spritzen ausgelaugten Venen lagen. Er musste sich endlich zusammenreißen, damit er etwas gegen den sich aufbäumenden Drachen in seinem Innern unternehmen konnte.

„Ich hab ja noch das Zeug von Nick", murmelte er. „Das sollte helfen."

Er zwang sich, in die gerade noch besetzte Wanne zu steigen, wo er das lauwarme Wasser der protestierenden Leitungen über sich hinwegspülen ließ und seine zerzausten Haare sauber rubbelte, bis seine Kopfhaut kribbelte. Die Zahnbürste aus dem Plastikhalter beseitigte das pelzige Gefühl in seinem Mund. Wie immer verbrachte er nicht viel Zeit damit, sich im Spiegel zu betrachten – zu viele verzerrte Gesichter begegneten ihm darin und manchmal streckten sich Hände hindurch, um nach ihm zu greifen, während Schmerzensschreie in seinem Kopf widerhallten.

Er hatte nur noch wenige saubere Kleider, weshalb bald ein Ausflug zum Waschsalon nötig sein würde. Ein paar Jeans hielt die Duschabtrennung normalerweise aus. Um sie im Salon zu trocknen, fehlte ihm das Geld und die Frau am Automaten passte genau auf, dass niemand einfach Kleidung in unbenutzte Trockner legte. Unter einer Decke fand er eine zerknitterte Hose und zog sie über seine schmalen Hüften, bevor er sich auf die Suche nach einem T-Shirt machte.

„Andreas!" Heftiges Klopfen ließ die dünne Tür erzittern und brachte das billige Metallschloss in Gefahr. „Mach gefälligst auf."

Kismet dachte kurz darüber nach, sich still zu verhalten, bis Carl aufgab, doch im Augenblick fehlte ihm die Geduld. Als er die Tür öffnete, schob der korpulente, knollennasige Mann gleich einen Fuß hinein. Unter dem zu engen Polohemd mit abgeschnittenen Ärmeln wölbte sich ein beachtlicher Bauch.

„Hast du Geld für mich?"

Kismet rechnete aus, wie viel er noch hatte. So wenig ihn der Gedanke, dem Motelmanager etwas von seinem neusten Verdienst abzugeben, auch begeisterte, hatte er dafür bereits hundert Dollar in einen blau schraffierten Umschlag gesteckt, den er nach kurzer Suche auf der Kommode fand.

Carl öffnete ihn und zählte nach. „Zwei Wochen gebe ich dir damit noch, aber wenn ich bis dahin nicht den Rest bekomme, fliegst du raus. Verstanden?"

„Ja, ich weiß." Kismet schob seine volle Unterlippe vor und lehnte sich gegen den Türrahmen. Er hatte nicht vor, sich von Carl einschüchtern zu lassen.

Der Mann schlich sich oft einfach in sein Zimmer, wenn Kismet fort war, und durchsuchte seine Sachen. Mittlerweile bewahrte er fast alles in einer Truhe mit einem schweren Vorhängeschloss auf. „Sonst noch was?"

„Falls du dich mit deiner Scheiße umbringst, schmeiße ich deine Sachen raus. Sollen die Obdachlosen doch darin wühlen." Carl stieß einen Finger gegen Kismets Brust. „Tu mir nur den Gefallen und stirb woanders."

„Fahr zur Hölle", murmelte Kismet, nachdem er die Tür hinter Carl geschlossen hatte, und schlug mit der Faust gegen die Wand. Er atmete tief und zittrig ein, sog die stickige Luft in seine Lunge. Auf dem Teppich waren noch immer die feuchten Fußspuren der Frau zu sehen, die zum Bett führten. Während er damit kämpfte, sein Portemonnaie in die Tasche seiner Jeansjacke zu stecken, starrte er die Spuren an, bis sie vor seinen Augen verschwammen.

„Kizzie, willst du mich einfach hierlassen?" Chase' Hand griff nach seinem T-Shirt, durchdrang jedoch einfach den Stoff. Kismets Haut brannte, wo sein Bruder ihn berührte, und die Geistererscheinung brachte seine Haut zum Kribbeln. Er rieb mit der Hand über die Stelle.

Chase' Körper wirkte nahezu lebendig, realistisch bis ins kleinste Detail. Kismet konnte sich beinahe vorstellen, dass sein fünfjähriger Bruder wieder bei ihm war. Das Schlimmste war sein unschuldiges Gesicht, große Augen mit langen Wimpern, in einer Zeit gefangen, in der das Leben ein fröhliches Abenteuer aus wechselnden Hotelzimmern und Übernachtungen im Park unter den Sternen gewesen war. Dann zwinkerte Kismet und Chase war verschwunden, eine Nebelschwade, die vom durch das rissige Fenster eindringenden Wind davongetragen wurde.

Kismet hob den Blick zur Decke und zählte langsam, um seine Fassung zurückzuerlangen. Sein Bruder würde niemals älter werden, nie mehr mit ihm streiten oder Essen von seinem Teller stibitzen. Dieser Bruder war lange von ihm gegangen und Kismet sah lediglich ein Fantasiegebilde, das der von seiner Mutter geerbten Geisteskrankheit entsprang.

Er wurde vom Jucken seiner Armbeugen abgelenkt und musste gegen den Drang ankämpfen, darüberzukratzen. Stattdessen zog er den Vorhang zu, wobei er durchs Fenster einen langsam vorbeifahrenden Streifenwagen bemerkte.

Die örtliche Polizei kannte ihn als das zurückgelassene Kind einer drogensüchtigen Hure. Auf die Gesellschaft uniformierter Beamter konnte Kismet definitiv verzichten. Er hatte sich oft genug von ihnen anhören müssen, dass er wie seine Mutter enden würde – getötet vom flüssigen Gift in ihren Adern, ein in der Sommerhitze verrottender, ausgetrockneter Körper. Danach war er einige Zeit in die Fänge des Staates geraten, der ihn allerdings mit siebzehn Jahren kurzerhand wieder sich selbst überlassen hatte. Er war eines von vielen tausend Kindern gewesen, die für die Fehler ihrer Eltern bezahlen mussten. Immerhin war er jetzt noch am Leben. Andere hatten nicht so viel Glück gehabt.

Auch wenn ihn sein mitgenommenes Gehirn oft daran erinnerte, dass er dabei auf die Geister seiner Mutter sehr gut hätte verzichten können.

Sie waren überall, manchmal nur Gesichter, schwebende Ovale mit großen Mündern und stechendem Blick. Andere umschwärmten ihn mit vollständigen Körpern und versuchten, ihn auf den begrenzten Wegen ihrer Erinnerung mit sich zu ziehen. Zuletzt gab es da noch die formlosen Erscheinungen am Rand seines Blickfelds, wogende, schleimige Wesen die plötzlich Klauen und Zähne bildeten, um sie in sein ungeschütztes Fleisch zu schlagen. Schon als Kind hatten ihm diese Albträume, die nachts in sein Bett krochen, immer wieder Kratzer zugefügt.

„Scheiße. Nicht zu schnell, Kiz", rügte er sich selbst mit vor Verlangen klappernden Zähnen. „Du musst so lange wie möglich damit auskommen."

Das Pulver vorzubereiten war leicht. Es sich zu spritzen fiel ihm schwerer. Er hasste es, diese Droge zu brauchen. Er hasste, was sie mit ihm machte.

Doch die Albträume waren grauenhaft und wurden stetig schlimmer.

Die Vene rutschte stur unter der Nadel weg und die Haut zog sich zusammen, während er danach suchte. Kismet seufzte erleichtert, als eine rote Wolke das Heroin dunkler färbte. Er hielt die Spritze still, während er vorsichtig auf den Kolben tippte, um kleine Mengen der Droge in sein Blut zu befördern.

Dann löste er die Spritze aus seinem Arm und schluckte, als er den Rausch spürte. Eine zweite Welle durchspülte ihn und er hörte sich zusammenhanglose Worte murmeln, die er selbst nicht verstand.

Seine Beine trugen ihn nicht, als er versuchte, über das Bett zu krabbeln. Sein Fuß blieb am Bettgestell hängen, sodass er mit dem Gesicht nach unten auf der zusammengeknüllten Bettdecke landete, die er auf den Boden geworfen hatte.

„Erbärmlich." Geisterhafte Zehen, bedeckt mit abgeblättertem lila Nagellack, stupsten sein Gesicht an. Sie waren nass und einige Seifenblasen hafteten noch daran. Trotz der Anzeichen kürzlicher Reinigung entdeckte Kismet eine Schicht von Schmutz über der Nagelhaut. Die Zehen bohrten sich erneut in seine Wange, in die weiche Haut gleich unter seinem Auge. Trotz des Lochs in ihrem Gesicht bemühte sich die Geisterfrau zu sprechen, wobei ein lockerer Zahn in ihrem Mund wackelte. „Du bist erbärmlich."

Der Teppich bewegte sich unter ihm, ein wogendes Meer aus Fasern, das ihn vom Bett wegtrug. Kismet griff nach der offenen Truhe, um sich daran festzuhalten, doch der Boden hatte andere Pläne und warf ihn mühelos auf den Rücken. Die Frau aus der Dusche starrte teilnahmslos auf ihn herunter, ihr nackter Körper schlaff und ausgelaugt.

Hinter ihr stand ein Mann, den Kismet nie zuvor gesehen hatte. Seine Silhouette wirkte dunkel und an den Rändern unscharf. Seine Gesichtszüge waren in einem Schleier des Nichts verborgen, rußig und verzerrt, während durch ihn hindurch gelegentlich die Wand aufblitzte, als wollte sie Verstecken spielen. So ragte er mit erhobenen Fäusten hinter der Frau auf und für eine kurze Ewigkeit schien die Zeit stillzustehen. Kismet spürte die von ihm ausgehende Wut und war erstaunt, dass die Frau dort so ruhig stehen konnte. Dann senkten sich plötzlich seine Fäuste und schlugen ihr den Kopf ein. Feuchte Teile ihres Gehirns landeten in Kismets Gesicht.

Im nächsten Moment waren sie verschwunden und zurück blieb nur die blutige Masse, die in Kismets Haar versank.

Mit einem unterdrückten Schrei mühte er sich auf die Füße und taumelte kurz, bevor er auf der harten Matratze landete. Dort atmete er mehrmals tief durch und versuchte, den Mord aus seiner Erinnerung zu löschen. Doch plötzlich schien sich die Zimmerdecke durchzubiegen und ein einzelner schwarzer Tropfen löste sich aus einem Riss. Er landete mit einem Zischen neben seinem Ohr auf der Matratze und Rauch stieg auf, als sich der Schattenpunkt ausdehnte und auf seine ungeschützte Haut zukroch.

„Gott." Seine Zähne fühlten sich unter seiner Zunge pelzig an, als die Zeit ihm entglitt. Seine Augenlider wurden schwer und seine Glieder weigerten sich, den verzweifelten Schreien seines Verstandes zu gehorchen. Der Gestank brennenden Stoffes nahm zu, füllte seine Nase. Mehr Rauch stieg auf und wallte sanft gegen die hervorstehenden Stücke der rissigen Decke. Gesichter bildeten sich aus den Schwaden und blinde Augen versuchten rollend einen Blick auf den jungen Mann zu erhaschen, der unter dem Einfluss der Droge hilflos zuckend dalag.

Kismets Kehle war trocken und seine Zunge klebte so fest an seinem Gaumen, dass er sie mit einem knackenden Geräusch losreißen musste. Als er sich aufsetzen wollte, drehte sich das Zimmer in einem wallenden Strudel von Geräuschen, der seine Augen traf.

Vor seiner Tür zerrissen Stimmen die Stille, eine Flut von Spanisch in örtlichem Dialekt. Den wütenden Schreien nach zu urteilen, hatte Luis' Freundin ihn mit einer anderen Frau im Bett überrascht. Kismet dachte kurz darüber nach, hinauszugehen, doch sein Körper gehorchte ihm ohnehin nicht.

So blieb er auf seiner Matratze liegen, deren kratzigen Bezug er durch sein T-Shirt spürte. Knöpfe gruben sich in seine Haut.

Er drehte sich mit Mühe um und spürte Übelkeit in sich aufsteigen. Der Rausch nahm bereits ab und hinterließ Paranoia und Unruhe in Kismets Kopf. Ein Blick auf die rot leuchtenden Zahlen seines Weckers verriet ihm, dass nur einige Minuten vergangen waren. Zu wenige für diese Menge Heroin.

Er lauschte der Welt um sich herum, konnte sie atmen hören wie ein lebendes Wesen. Selbst der Streit nebenan kroch wie etwas Lebendiges unter seine Haut. Als die Taubheit nachließ, spürte Kismet jede kleinste Luftbewegung, die Schwingungen anderer Menschen.

Dann, ganz plötzlich und ohne Vorwarnung, war alles still.

Luis und seine Freundin waren nicht mehr zu hören. Das Geplapper der Menschen auf dem Hof, die wohl den Streit beobachtet und sich am Leid anderer erfreut hatten, war verstummt. Selbst der Verkehrslärm, der sonst durch die Gasse bis zu seinem Zimmer drang, hatte aufgehört. Kismet hörte nichts als sein eigenes Atmen.

Alles schien stillzustehen, bis auf die Schatten um ihn herum.

„Scheiße. Vielleicht hat mich das Zeug endgültig kaputtgemacht." Er sog keuchend Luft ein, zwang sie in seine Brust.

Etwas hatte sich verändert. Er konnte es spüren. Dieser Trip war anders. Er konnte es nicht genau bestimmen, doch die Taubheit und der honigzähe Fluss der Welt waren ihm plötzlich fremd. Und so viel beängstigender. Keine der schwarzen, schattigen Gestalten löste sich auf. Im Gegenteil schienen die in den Ecken lauernden Kreaturen immer realer zu werden.

„Das sollte nicht passieren", murmelte er leise. „Wenn ich das Zeug nehme, verschwindet ihr. Das tut ihr immer. Ihr könnt nicht einfach noch stärker werden." Er kämpfte um Kontrolle, wehrte sich gegen die Lethargie der Droge. „Was ist hier eigentlich los?"

Sein Herzschlag hallte ihm in den Ohren wider, wurde ungleichmäßig. Sein Körper wollte nicht zulassen, dass er sich aus dem Rausch losriss. Das geschmolzene Pulver in seinen Adern packte ihn erneut und seine Glieder wurden schwer wie Blei. Er konnte nur hilflos mit ansehen, wie sich ein Schatten von den anderen löste und auf ihn zukam.

4

COLM BETRACHTETE durch das Beifahrerfenster die vorbeiziehende Stadt. Einige Male hatten sie angehalten, damit Ari – nachdem er Colm befohlen hatte, im Auto zu warten – sich mit Leuten unterhalten konnte. Er war ziemlich sicher, dass Tod ihn nicht nur als stillen Beifahrer mitgeschickt hatte. Doch Ari war nach dem Angriff in der Tiefgarage ernst geworden und der ständig neckende Tonfall war verschwunden. Colm gegenüber verhielt er sich ruhig, beinahe professionell. Ganz anders als ihre übliche Beziehung.

Beinahe vermisste er Aris Hänselei. Beinahe.

Aris Gesprächspartner waren nicht immer Menschen. Einige Dunkelelfen waren darunter, genau wie eine Sidhe. Außerdem ein am Rand der Grenze gefangenes Gespenst, das sich seiner Situation bewusst war. Tod konnte nicht jedem helfen. Manche dieser Geister verblassten nach und nach, während andere dort blieben und den Lauf der Welt beobachteten. Einige weigerten sich sogar zu akzeptieren, dass sie tot waren.

Tod und Ari hatten ihm beide versichert, dass sie nicht wussten, was mit den Seelen der Toten geschah – ob sie an einen anderen Ort gingen oder schlicht aufhörten zu existieren. Das Leben und die Seele bargen für die Unsterblichen ähnlich viele Geheimnisse wie für die Sterblichen – auch wenn Colm ziemlich sicher war, dass Tod zumindest mehr wusste, als er zugab.

Geheimnisse machten Colm wahnsinnig. Aber Tod war Tod. Wenn der älteste Reiter etwas nicht sagen wollte, gelang es niemandem, ihn dazu zu bringen.

Als Ari erneut in einer Gasse verschwand, seufzte Colm. Er bemühte sich, etwas zu sehen, doch Ari wurde schon bald von einem Blumenkübel verdeckt. Colm stellte sich auf eine längere Wartezeit ein.

Auf dem Parkplatz wimmelte es nur so von Grenzgängern, Schattenfetzen zwischen Menschen, die ihrem Alltag nachgingen. Hinter dem Mustang spielten zwei Kinder, während Autos hin und wieder einfach durch sie hindurchfuhren wie in einem gescheiterten Versuch, sich am Fangenspielen zu beteiligen. Er sah noch andere Geister, manche so durchsichtig, dass man sie kaum wahrnahm.

Diese schwachen Echos eines Menschenlebens berührten ihn am meisten.

Colm zuckte zusammen, als etwas an die Windschutzscheibe klopfte. Er hob den Kopf und entdeckte eines der gedrungenen niederen Elfenwesen, die als Rotkappe bekannt waren. Die Kreatur hockte mit frisch von Blut durchtränkter Kopfbedeckung auf der Motorhaube und leckte sich mit spitzer Zunge rote Tropfen von den braunen Wangen, bevor sie auf ihre Kleidung tropften, auch wenn diese aus abgelegten Altkleidern zu bestehen schien. Dadurch wirkte das Wesen trotz der aus seinem Unterkiefer ragenden Hauer eher wie ein aus verbrannten Keksen zusammengesetzter Gartenzwerg.

„Reiter", sagte es mit einer Stimme wie über Metall kratzende rostige Nägel. „Wach auf. Ich will mit dir reden."

Colm sah sich nach Ari um, entdeckte jedoch nur Menschen und schattenhafte Wraith. Ein Blutstropfen landete auf dem Mustang und Colm zuckte zusammen – er konnte sich Aris Reaktion vorstellen, falls der Lack darunter litt.

Letztendlich stieg Colm widerstrebend aus, behielt das Wesen allerdings genau im Auge. Sie waren unberechenbare Kreaturen, die hinter der Grenze lebten – nicht wie die blassen Kinder, die neben ihnen spielten. Die Rotkappen verbargen sich vor Menschen, während sie sich von ihnen ernährten. Und sie waren durchaus in der Lage, einem anderen Grenzgänger Schaden zuzufügen. Wie zum Beispiel einem nichtsahnenden Reiter mit einem frisch verheilten Bein.

Als er sich näherte, legte er die Hand um das kurze Messer in seinem Hosenbund, das Ari ihm gegeben hatte. Leider hatte er sich bei den schnellen Scheinangriffen und kraftvollen Dolchstößen im Training mit Tod und Ari nicht besonders geschickt angestellt. Es war wesentlich wahrscheinlicher, dass er sich selbst verletzte, anstatt seinen Gegner zu treffen. Trotzdem richtete er sich zu seiner vollen Größe auf und bemühte sich, beeindruckend zu wirken, wie es sich für einen Reiter der Apokalypse gehörte.

„Was willst du?" Seine Worte kamen ihm kindisch vor, als wäre er ein kleiner Junge, der einen Erwachsenen spielte. Er zwang sich, nicht das Gesicht zu verziehen. *Wenigstens hat meine Stimme nicht gezittert.*

„Ich muss mit Tod reden. Ist er in der Nähe?" Die gedrungene Kreatur deutete in die Richtung, in die Ari verschwunden war. „Bei dem hat es keinen Sinn. Leuten wie mir hört er kaum zu."

„Tod ist beschäftigt." Das Reden fiel ihm leichter, wenn er sich auf kurze Sätze und die Wahrheit beschränkte. Er wurde mutiger. „Du kannst mit mir reden."

„Mit dir?" Die Rotkappe runzelte die Stirn und spuckte Colm vor die Füße. „Du bist Pestilenz. Kein richtiger Reiter. Du und die magere Tussi, ihr steht doch nur zur Dekoration hinter den beiden."

Colm blieb ruhig. „Ich bin der Einzige, der hier ist. Rede oder ich setz mich wieder ins Auto."

„Vielleicht sollte ich es doch mit Krieg versuchen." Das Wesen fuchtelte mit einem vom Zurechtrücken seiner Kopfbedeckung blutigen Finger. „Vielleicht hört er ausnahmsweise auf mich."

„Er ist ebenfalls beschäftigt. Im Gegensatz zu mir."

„Aber ich brauche jemanden, der wirklich etwas unternehmen kann." Der Blick der wachsamen Augen wanderte zur negativen Energie eines in der Nähe streitenden Paares. „Ich habe nämlich Informationen, die ich euch verkaufen kann."

„Informationen?" Colm musste sich zusammenreißen, um nicht zurückzuweichen, als das Wesen von der Motorhaube sprang und seine nackten Füße mit einem feuchten Platschen auf dem Asphalt landeten. Dann legte es den Kopf in den Nacken, um den großen Reiter anzusehen, während seine spitze Zunge unablässig aus seinem Mund zuckte.

„Über etwas, das aus den Schatten gekommen ist. Nichts Gutes." Die Rotkappe schnüffelte und betrachtete Colms Bein. Sie schien das frische Blut unter seiner zerrissenen Hose zu riechen. „Aber ich verlange eine Gegenleistung."

„Ich habe nichts, was ich dir geben könnte." Er dachte daran zurück, was Tod ihm über die bevorzugten Zahlungsmittel verschiedener Wesen erzählt hatte. Ihm fiel nichts ein, was ihm in diesem Moment geholfen hätte.

„Lass mich an deinem Bein lecken." Die Zunge zuckte erneut hervor, flatternd wie ein Kolibri. „Ich habe noch nie einen Reiter probiert."

Beim Gedanken an diese Zunge auf seiner Haut lief Colm ein Schauer über den Rücken und die Übelkeit kehrte zurück. Er schluckte schwer und schüttelte den Kopf. „Weißt du was, ich habe einen Lappen im Auto, mit dem ich das Blut abgewischt habe. Den kann ich dir geben."

„Das ist sogar noch besser." Wenn das Wesen lächelte, sodass man die scharfen Zähne sah, die in einem zu kleinen Mund um Platz kämpften, war es noch hässlicher.

Colm holte das Handtuch aus dem Auto, das Ari ihm beim Verlassen des Parkhauses zugeworfen hatte und das jetzt mit getrockneten Blutflecken bedeckt war. Die Rotkappe griff danach und streifte Colm, als er es wegzog.

„Erst redest du", beharrte Colm, während sich das Metall des Messers in seine Rippen zu brennen schien. „Danach bekommst du es."

„Also gut", brummte das Wesen. „Du bist vielleicht kein besonders guter Reiter, aber du siehst ehrlich aus. Als ich drüben beim Plattenladen etwas Essbares gesucht habe, ist hinter mir etwas aufgetaucht." Es hatte seine kurzen Arme verschränkt und umklammerte seine Ellbogen, als müsste es sich beim verführerischen Duft des Blutes mit aller Kraft zurückhalten. „Es war groß, größer als ein Mastiff. Einen Wraith von dieser Größe habe ich schon lange nicht mehr gesehen, aber es war einer. Sie sind unverkennbar."

„Wie groß genau?" Colm senkte den Arm. Es kam vor, dass sich andere Gespenster aus der Grenze befreiten und die Form von Albträumen oder Tieren annahmen, doch ein Wraith war anders, ein schlechtes Omen aus der menschlichen Vergangenheit.

Plötzlich zerriss ein klagendes Heulen die Stille der Nacht. Die Menschen um sie herum gingen ahnungslos plaudernd weiter, ohne sich der Gefahren außerhalb ihres Sichtfelds bewusst zu sein. Als ein Stampfen den Boden erschütterte, stolperte Colm, während die Rotkappe auf dem Rücken landete. Mit einem Quäken versuchte die Kreatur, sich aufzurappeln und gleichzeitig ihre blutdurchtränkte Kopfbedeckung festzuhalten. Ein weiteres Stampfen ließ die Erde erzittern, brachte

40

die Grenze ins Wanken. Nicht weit von ihnen explodierte ein Feuerhydrant und katapultierte Metallstücke durch die Luft. Colm duckte sich, als eines auf seinen Kopf zuflog. Er hatte nicht vor, seine Unsterblichkeit an einem Metallsplitter in seiner Schläfe zu testen. Schnell wäre das ganz sicher nicht verheilt.

Die Rotkappe nutzte die Gelegenheit, um ihm mit einem Hauer das Handtuch zu entreißen und ein paar Meter weit zu flüchten. Dann hockte sie da, wiegte sich vor und zurück und zeigte um das Tuch herum murmelnd auf die riesige, hundeartige Kreatur, die sich jetzt an den Überresten des Hydranten vorbeischob. Obwohl sie noch zwanzig Meter entfernt war, roch Colm ihren Atem – der süßsaure Geruch geronnener Milch, die in eine überreife Ananas gegossen worden war. Die Schultern reichten beinahe bis zu Colms Ellbogen und waren mit Knochenplatten bedeckt, zwischen denen braunes Fell hervorwuchs.

„Verdammt, das Ding ist wirklich groß", flüsterte Colm, während er einer Frau zusah, die vor dem Wasserstrahl des Hydranten floh.

Das Wesen schnappte nach ihr, doch die hundeähnliche Schnauze bekam das sterbliche Fleisch nicht zu fassen, glitt einfach hindurch. Unter den Knochenschuppen befand sich ein kräftiger, rundlicher Körper mit breiter Brust und schmaleren Hüften. Es pirschte sich auf allen vieren immer näher heran, um den Sterblichen hinterherzuschnuppern, die vor dem Wasser flüchteten. Kurz zuckte die Kreatur, als wollte sie losstürzen, doch dann zögerte sie und bewegte sich im Kreis, schien etwas zu suchen.

„Was zum …?" Ari kam, dicht in die Grenze gehüllt, aus der Seitenstraße gestürzt.

Für Sterbliche unsichtbar rannte er zum Mustang hinüber und konnte gerade noch bremsen, bevor er gegen Colm prallte. Der lange Dolch befand sich bereits in seiner Hand.

„Scheiße! Wo kommt dieses Ding her?", knurrte Ari, wie als Antwort auf das Knurren des Wraith.

Das Wesen schien frustriert darüber zu sein, dass es die vorbeilaufenden Menschen genauso wenig beißen konnte, wie diese es wahrnahmen.

„Was zum Teufel ist hier los? Und versteck dich gefälligst. Wenn das Ding dich sieht, greift es dich an."

Colm duckte sich mit Ari an seiner Seite hinter den Volvo, der neben dem Mustang stand. „Die Rotkappe hat es einen Wraith genannt. Sieht auch irgendwie so aus. Nur in Dinosauriergröße."

Ein weiteres Metallstück flog vorbei und traf ein Wohnmobil, das beim Aufprall schaukelte. Menschen schrien, als der Hydrant einen noch kräftigeren Wasserstrahl ausspie, ohne allerdings das Schattenwesen zu sehen, das zwischen ihnen kauerte, nach ihnen schnappte und durch den Wachmann geisterte, der sich bemühte, die Menschen vom Hydranten fernzuhalten.

„Ich weiß, dass es ein Wraith ist. Ich mache das hier schon etwas länger, Bazille." Ari knurrte erneut, als er das Blut auf seinem Auto bemerkte. „Diese hinterhältigen Biester machen immer alles dreckig. Und habe ich dir nicht gesagt, du sollst im Auto bleiben?"

„Er hat mir Informationen zu diesem Ding angeboten." Colm nickte in Richtung des Ungeheuers. „Und offensichtlich hat er nicht gelogen."

„Was hast du ihm dafür gegeben?" Ari schob sich um die eckige Vorderseite des Volvo herum, um zwischen den aufgeregten Sterblichen die genaue Position des Wraith auszumachen. Ein weiterer Hydrant fiel dem erhöhten Wasserdruck zum Opfer und schleuderte Metallbolzen ins Schaufenster einer Buchhandlung.

Dann schimmerte plötzlich die Luft um den riesigen Körper. Die Grenze wurde dünner, gab dann ganz nach und der Wraith betrat die reale Welt. Sein Heulen ließ die Fenster des Mustangs erzittern. Er setzte zum Sprung an und warf sich auf den Wachmann, senkte seine sich verfestigenden Krallen in die Schulter des Mannes.

„Doppelscheiße! Das Vieh hat es aus der Grenze geschafft", fluchte Ari. „Jetzt müssen wir es umbringen und ich habe nur dich dabei."

In der Ferne waren heulende Sirenen zu hören und rote und blaue Lichter zu sehen. Die Kreatur ragte über dem Körper des Mannes auf, der für Aris Geschmack zu reglos dalag. Der Wraith schnüffelte mit geifernder Schnauze an dem Sterblichen und stieß ihn zur Seite. Seine Nase schob sich ein Stück durch den Körper hindurch und ließ klebrige schwarze Streifen auf der Haut des Mannes zurück. Fäden der teerartigen Masse klebten kurz an der Schnauze, bevor sie rissen und sich wieder in den Oberkörper des Mannes schlängelten.

„Woher weißt du, dass ich ihm etwas gegeben habe?" Colm überlegte, ob er versuchen sollte, den Mann aus der Gefahrenzone zu ziehen. Ein großes abgebrochenes Stück des Hydranten stand zittrig neben seinem Kopf und das Blut aus den Wunden an seinem Hals bildete bereits kleine Rinnsale. Aus dem Augenwinkel sah Colm, wie sich die Rotkappe möglichst unauffällig von einem nicht weit entfernten Gebüsch in die zweifelhafte Sicherheit eines Pfeilers schlich, während ihre Zunge unablässig ihre Lippen leckte.

„Von ihnen bekommt man nichts umsonst – und meistens bekommt man nichts, was man nicht selber herausfinden kann." Er warf Colm einen vorwurfsvollen Blick zu. „Also, was hast du ihm gegeben? Doch hoffentlich nichts aus meinem Auto."

„Nein. Er war zufrieden mit dem Handtuch, das du mir gegeben hast, damit ich nicht dein geliebtes Auto vollblute", fauchte Colm. „Das wird dir doch wohl nicht fehlen."

„Du dämlicher Idiot." Ari ballte die Fäuste und hätte ihm am liebsten eine verpasst. Allerdings war Tod ziemlich wütend gewesen, als er Colm einmal bewusstlos geschlagen hatte. „Du hast dem Ding dein Blut gegeben?"

„Es kam mir wie eine gute Idee vor. Ich habe es sowieso nicht mehr gebraucht. Wäre auch ziemlich schwer gewesen, es wieder in mich zu kriegen. Du weißt schon, es war getrocknet und so." Colm verlagerte sein Gewicht, wobei er

42

jedes Steinchen unter seinen Knien spürte. „Es war sowieso ziemlich wenig. Davon hat er nicht viel."

„Wenn er es mit Wasser tränkt, wird das Blut wieder flüssig. Und es war mehr als genug." Ari fluchte im Stillen über die Leichtsinnigkeit des jungen Mannes. „Warum hast du nicht gleich einen Seraph erstochen, ihm die Flügel ausgerissen und ihm die auch noch gegeben?"

„Es nervt allmählich, dass du von mir verlangst, alles schon zu wissen." Teile einer Hecke flogen durch die Luft und der Gehweg zersplitterte unter scharfen Klauen. Die Wasserleitungen darunter platzten, als der Schatten mit dem kalten Eisen in Kontakt kam. Die Sirenen wurden lauter, während sich die Kreatur an den chaotischen Emotionen der verängstigten Menschenmenge labte. „Außerdem habe ich doch sowieso nicht viel Macht, oder? Schließlich bin ich Pestilenz, schon vergessen? Du sagst immer, ich wäre der schwächste der Reiter."

„Heb dir dein Gejammer für später auf, Pest. Das Ding da macht alles kaputt und zerfetzt Menschen." Ari hatte endlich einen guten Blick auf das Wesen. „Also los. Du bist wohl besser als nichts."

Doch plötzlich, in der Mitte des Parkplatzes, senkte der Wraith die Nase auf den Boden und schnüffelte, schien etwas zu wittern. Die Kreatur hob den Kopf, nahm die Fährte auf und setzte sich mit einem Ruck in Bewegung, um an den Menschen vorbei davonzurennen. Ari fluchte, als das Wesen an ihnen vorbeistürmte. „Komm schon, wir müssen hinterher."

„Ist das eine gute Idee?", protestierte Colm, als Ari ihn in den Mustang schob. „Na gut, Tod würde es wahrscheinlich wollen, aber …"

„Sei still!", unterbrach ihn Ari und startete den Wagen. Er fuhr rückwärts aus der Parklücke, wendete hastig und hatte kaum den richtigen Gang eingelegt, bevor er bereits aufs Gaspedal trat. Geübte, kräftige Hände lenkten den driftenden Mustang vom Parkplatz und nach einem unsanften kleinen Hüpfer über den Gehweg schossen sie die Straße entlang.

„Ich weiß einfach nicht, ob das besonders klug ist." Colm klammerte sich an die Armlehne. „Glaubst du wirklich, so kannst du mit einem Wraith mithalten?"

„Wenn ich in diesem Mustang nicht mit einem Wraith mithalten kann, fresse ich Tods Vanquish."

„Das musst du vielleicht sowieso, wenn er rausfindet, was damit passiert ist", entgegnete Colm, der die Augen geschlossen hatte, als sie mit quietschenden Reifen einen langsamen Minivan überholten. „Du bringst uns noch um. Manchmal glaube ich, dass du dich so waghalsig verhältst, damit ich ‚versehentlich' sterbe und dir niemand die Schuld geben kann."

„Für einen Unsterblichen machst du dir ziemlich viele Sorgen ums Sterben." Ein Motorrad scherte vor dem dahinrasenden Ford ein. Ari trat auf die Bremse und schob sich in die winzige Lücke zwischen zwei schwerfälligen Lastwagen. „Und jetzt lass mich in Ruhe fahren. Außer du siehst dieses Ding, dann sag mir Bescheid."

„Ich glaube, es ist da drüben abgebogen." Colm zeigte auf eine schmale abzweigende Straße, deren rasenbedeckte Vorgärten sich wie grüne Teiche tapfer gegen den Asphalt von Straßen, Gehwegen und Zufahrten behaupteten. „Entweder das oder VWs sind heutzutage wesentlich hässlicher."

„Dann lass uns versuchen, es zu erwischen." Ari beschleunigte und schnitt die Kurve. „Vielleicht führt es uns an den Ort, wo die Schwächung der Grenze begonnen hat."

„Wie viel schwächer kann sie werden? Das Ding ist doch schon durchgekommen", quietschte Colm, als ein weiteres Manöver von Ari ihn gegen die Tür drückte. „Dann schließt sich der Riss doch wieder, oder? Sollte er das nicht eigentlich tun?"

„Eigentlich schon. Aber manchmal eben nicht. Und dann wird's ungemütlich." Ari bremste endlich etwas ab, um die Umgebung nach dem Wesen abzusuchen. Als er auf einer Hauswand einen sich schnell fortbewegenden Schatten entdeckte, gab er wieder Gas. „Einer von den Irren hinter dem Laden …"

„Nenn sie nicht so, Ari", unterbrach ihn Colm leise murmelnd.

„… also dieser irre Typ meinte, er hat Sachen durchkommen sehen. Nur kleine Gespenster und Kobolde und so was, aber gut ist das trotzdem nicht." Ari fluchte, als sich ein anderes Auto vor ihm einordnete. „Wo kleine Wesen durchkommen, schaffen es irgendwann meist auch die großen. Und bei diesem hier mache ich mir Sorgen, dass es ungebeten hergekommen ist. Wenn das stimmt, haben wir ein Problem."

„Glaubst du wirklich, ein so großer Wraith kann durchkommen, ohne herbeigerufen zu werden?" Colms Mund fühlte sich plötzlich trocken an.

„Nein. Scheiße, vielleicht." Ari riss das Lenkrad herum, um einer auf die Straße gestürzten Mülltonne auszuweichen. „Die Sache mit der Grenze wirkt jedenfalls nicht, als hätte sie jemand absichtlich verursacht. Wenn jemand etwas beschworen hätte, etwas Großes, dann hätte sich die Grenze dafür geöffnet und wieder geschlossen. Dass sie dadurch geschwächt wird, ergibt keinen Sinn. Irgendetwas stimmt da nicht."

„Und wenn jemand so etwas herbeirufen würde, wäre es kein Problem?" Colm gab einen Laut von sich, als er das Hundewesen unter einer Straßenlampe herumkratzen und dann weiter schnüffelnd seiner Spur folgen sah. „Ich persönlich finde das ziemlich problematisch."

„Vieles kann aus der Grenze gerufen und kontrolliert werden. Vielleicht nicht von uns, aber von jemand anderem", antwortete Ari. „Wenn jetzt allerdings so fiese und große Dinge alleine hereinspazieren können, sieht es nicht gut aus. Schon hinter der Grenze kann man sie nicht leicht umbringen, aber wenn sie einmal durchgekommen sind, ist es fast unmöglich."

Colm hatte Tod und Ari hin und wieder über die Vergangenheit reden hören und manchmal waren in den Geschichten riesige Schattenkreaturen vorgekommen, die ganze Städte vernichtete hatten, bevor sie getötet werden konnten. „Dann ist es also eine ziemlich üble Sache?"

„Verdammt übel", stimmte Ari zu. „Also lass uns herausfinden, wo das verdammte Monster hinwill."

DIE KREATUR sprang auf ihn zu und streifte seine Schulter, bevor sie in die hölzerne Wandverkleidung prallte. Kismet zitterte, als eisige Kälte den Arm hinaufkroch, den sie getroffen hatte. Seine Schulter tat weh, wo sich winzige Nägel hineingebohrt hatten. Er schob den Ärmel seines T-Shirts hoch, um auf die hervortretenden Kratzer und Blasen zu pusten, die sich von seiner Brust bis zu seinem Unterarm zogen.

Um ihn herum schien der ganze Raum zu brodeln. Einst schwarze Schatten waren jetzt zu bläulichen, grauen und dunkelroten Formen geworden. Augen bildeten sich in den Wänden und folgten den Streifen des Holzes, leuchtende Kugeln auf braunen Straßen. Manchmal stieß eine Nase vor, bog mit schnüffelnden Nasenlöchern das Holz durch. Der Umriss eines Gesichts, ein Stück Kinn oder Wangenknochen mit Schrammen, aus denen weitere Schatten hervorquollen. Finger drückten gegen die Ritzen und pressten scharfe Klauen in den Raum, nur um sich wieder zurückzuziehen, da sie nicht stark genug zum Hindurchstoßen waren.

Kismet klammerte die Hände um den Rand seiner unebenen Matratze und starrte das wilde Treiben an, die durchscheinenden menschlichen Gestalten, die sein Zimmer durchquerten und ihm manchmal einen Blick zuwarfen, bevor sie verschwanden. Schließlich zog er sich hoch und fiel beinahe vom Bett, bevor er sein Gleichgewicht fand und auf die Tür zuging.

Die kalte Luft vor dem Motel brachte seinen schweißnassen Körper unter dem dünnen T-Shirt zum Zittern. Kismet verschränkte die Arme vor seiner schmalen Brust und betrachtete die veränderte Welt um sich herum.

Der Mond hing tief über den weit entfernten Hügeln, schaute immer wieder zwischen einem vorbeiziehenden Wolkenband hindurch. Die Nachbarn standen immer noch vor der Tür, ihre Stimmen wie von einem Vorhang verdeckt. Kismet konnte nicht feststellen, was sie sagten, doch ihre Lippen bewegten sich unablässig. Luis, den Kismet selten laut werden hörte, schrie jetzt geräuschlos seine Freundin an. Die Wut in ihrem Gesicht wurde nur durch ein leicht verrücktes Leuchten in ihren Augen gemildert, als sie ihm ganz offensichtlich ihre Meinung sagte.

„He!" Kismet rieb sich die kalten Arme. „Alles okay bei euch? Luis, vielleicht solltet ihr euch erst mal beruhigen."

Doch die Frau verpasste ihrem Freund eine Ohrfeige, die einen roten Abdruck auf der rauen Wange hinterließ. Luis' Gesicht verzog sich zu einer Grimasse, als er ein unhörbares Brüllen ausstieß. Sie schrie zurück, wirkte jedoch plötzlich ängstlich, als Luis einen wütenden Schritt auf sie zu machte. Ein goldenes Armband glitzerte an ihrem Handgelenk, als sie die Hände hob, um ihn von sich zu stoßen, doch der größere, stärkere Mann ließ sich davon nicht beeindrucken und schob sie gegen die Betonmauer.

Kismet ging einen Schritt vorwärts, erstarrte dann aber. Ein Nebelfetzen stieg zwischen den beiden auf, nahm die Form eines Kindes an. Bald war das scharf geschnittene Gesicht zu erkennen, mandelförmige, dunkle Augen ohne einen Hauch von Weiß. Mit jedem Atemzug, der in den Körper strömte, wurde die Gestalt deutlicher. Scharfe Zähne schoben sich über die Lippen, bedrohliche Klingen über einem spitzen Kinn. Als das Wesen Kismet entdeckte, öffnete sich sein Mund zu einem „O" und es bewegte sich auf ihn zu, als wollte es ihn vertreiben. Dann warf es einen Blick in die Schatten hinter ihm und bremste mit rudernden dünnen Armen.

Luis hatte derweil die Frau bei den Oberarmen gepackt, um sie zu schütteln, während sie, den Mund zu einem lautlosen Schrei aufgerissen, ihre roten Fingernägel über seine Wange zog. Den blassen jungen Mann, der sie beobachtete, bemerkten sie nicht.

Ein warmer Luftzug traf Kismets Schulter und vertrieb die Kälte aus seinem Körper. Ein Hauch von Verwesung lag darin. So willkommen ihm die Wärme auch war, bezweifelte Kismet, dass ihm gefallen würde, was sich hinter ihm befand. Die kindliche Schattengestalt gönnte sich einen letzten Atemzug des Streits, bevor sie sich in die Schatten zu Luis' Füßen stürzte und verschwand.

„Gott, was ist hier nur los?" Er wollte sich umdrehen. Nein, eigentlich wollte er in sein Zimmer zurückkehren und die Tür schließen. „Dreh dich schon um, Kiz. Viel schlimmer als vor dir kann's hinter dir nicht sein."

Die Wärme nahm zu, als Kismet sich widerstrebend umwandte – und es gleich bereute.

Nur wenige Meter von ihm entfernt hatte sich eine hundeartige Kreatur breitbeinig aufgebaut. Sie senkte den Kopf mit ihrem schäumenden Maul, um Kismets Geruch einzusaugen.

Der riesige Schädel war mit dickem Fell gesprenkelt und die spitz zulaufenden Ohren hingen an den Seiten herab. Dahinter erhoben sich kräftige Schultern, bevor sich der Rücken zu den Hüften hinab etwas senkte. Die Krallen klackerten auf dem Boden und blieben in dem Kunstrasen hängen, der am Rand des Wegs zu den Moteltüren ausgerollt war.

„Oh, Scheiße", hauchte Kismet, als Panik wellenartig in seinem Oberkörper aufstieg. Das Monster schluckte. Die Muskeln in seinem kräftigen Hals und in seiner Brust spannten sich an.

Faltige, gescheckte Haut bedeckte fleckig und schuppig seine Flanken, während an seinen Hüftknochen dünne Haarbüschel wuchsen. Mit glühenden Augen näherte es sich, bis Kismet sein beißender Gestank in die Nase stieg.

Er wich zurück, blieb allerdings am unebenen Rand des Rasens hängen und fiel auf die Knie. Der Plastikboden schürfte seine Hände auf. Zusätzlich meldete sich durch die plötzliche Erschütterung seine Übelkeit zurück und er verschluckte sich an seinem eigenen Erbrochenen, während er sich vergeblich bemühte, aufzustehen und zu fliehen. Hätte er doch nur verschwinden können wie das Nebelwesen. Stattdessen musste er sich damit begnügen, sich auf den Rücken zu drehen, damit er sich wenigstens mit Tritten wehren konnte.

Ein dünner Speichelfaden lief aus dem Maul des Ungeheuers und tropfte auf den Boden, der beim Aufprall darunter zerplatzte und kleine Steinstückchen in die Luft schleuderte. Eins davon traf Kismets Gesicht und streifte brennend seine Wange. Ein weiterer Schritt und das Monster, das ihn nicht aus den Augen ließ, hatte ihn beinahe erreicht. Kismet zog mit einem tiefen Atemzug die Beine an und wartete auf den Angriff.

Plötzlich kehrten alle Geräusche zurück. Unerwartet und überwältigend.

Es war zu laut. Alles stieg zu einer betäubenden Lautstärke an, schrill und chaotisch. Kismet bemühte sich, aus dem Lärm seine nähere Umgebung herauszufiltern: Er hörte die Atemzüge des Monsters, ein tiefes Knurren in seiner Brust, als es sich näherte. Hinter ihm war der Streit eskaliert und Luis' Fäuste trafen das Gesicht seiner Freundin.

Ihre Schreie waren laut und flehend, seine Fäuste prallten dumpf und feucht auf ihre Haut. Kismet riss entsetzt die Augen auf, gefangen zwischen dem Anblick der bedrohlichen Bestie und der sterbenden Frau.

Als die Schreie plötzlich abbrachen, gab er einen verzweifelten Laut von sich. Alle anderen Geräusche gingen einfach weiter, als wäre nichts passiert.

Ihr Blut war auf die verblichene, elfenbeinfarbene Motelwand gespritzt, ein leuchtend roter Fleck, der auf den Gehweg tropfte. Luis' Jogginghose saugte es auf und es kroch in roten Pfaden den Stoff hoch. Der Mann, dessen Fingerknöchel die Nachwirkungen der heftigen Schläge zeigten, ignorierte es. Seine Freundin verblutete zu seinen Füßen und ihre Körperflüssigkeiten krochen den schrägen Gehweg hinab.

Das Monster war mit zuckender Nase erstarrt. Der frische Geruch des Todes in der Nähe schien es fast so sehr anzuziehen wie der junge Mann, den es zu seiner Beute erklärt hatte. Kismet bemühte sich, die Lethargie abzuschütteln und aufzustehen. Vielleicht konnte er seine Zimmertür erreichen, bevor die Kreatur ihn erwischte.

Doch das Monster bemerkte die Bewegung und sprang. Riesige Pfoten landeten neben Kismets Kopf, während es das Maul aufriss.

Ein Brummen ließ die Ohren der Kreatur zurückschnellen. Sie gab ein so lautes Knurren von sich, dass es beinahe ihren Brustkorb zu sprengen schien, und schnupperte in die Luft. Dann senkte sie den Kopf und biss in Kismets Hals. Sein Versuch zu schreien wurde von den Zähnen erstickt, die sich in seine Kehle senkten. Er verschluckte sich an seinem eigenen Blut und schlug wild um sich, wand sich im Griff des kraftvollen Kiefers.

Seine Hände schoben sich vergeblich gegen das Gewicht auf seiner Brust, denn er konnte das schwere Monster keinen Zentimeter bewegen. Gleißender

Schmerz durchzuckte seinen Körper, löste einen Kurzschluss in seinem Verstand aus. Sein Blut rann auf den Kunstrasen, wo es einen kleinen Sumpf mit winzigen grünen Büscheln bildete. Wo die Zähne des Monsters seine Haut durchbrochen hatten, brannte sich brodelnd und zischend der säurehaltige Speichel des Wesens hinein.

Einen Moment lang ließ das Monster von ihm ab, nur um dann noch fester zuzupacken. Als er allmählich das Gefühl in seinem Gesicht verlor, musste er plötzlich lachen – ein keuchendes Kichern, das in seiner verletzten Kehle rasselte, während sich eine vertraute Taubheit in seinem Körper ausbreitete. Wäre er bereit gewesen zu sterben, hätte er das angenehme Gefühl des Nichts, dem er so verzweifelt mit Pillen und Nadeln nachjagte, jetzt ganz einfach haben können.

Das Monster begann, ihn Richtung Parkplatz zu schleifen, wobei eine feuchte Spur aus Kismets Blut den Boden verdunkelte. Er kämpfte keuchend dagegen an, wie ein Huhn von einem Fuchs davongeschleppt zu werden. Das Monster knurrte und schüttelte ihn.

„Nicht so. So will ich nicht sterben." Kismet wehrte sich, obwohl die Kraft seiner Hände zunehmend schwand und gegen die kraftvolle Kreatur nicht viel ausrichten konnte.

Ein Schachbrettmuster tanzte vor seinen Augen und sein Magen krampfte sich schmerzhaft zusammen. Jeder Atemzug war eine Tortur, ein verzweifelter Kampf um Sauerstoff. Wieder war das Brummen zu hören, das er jetzt als einen Automotor erkannte, bevor erneut alle Geräusche verschwanden, als sein Körper ihm nach und nach den Dienst versagte. Doch er ballte mit letzter Kraft die Faust, um gegen das große Maul zu schlagen.

„Fick dich, Scheißvieh." Jedes Wort war eine Qual und seine Faust schmerzte von den Schlägen gegen den harten Schädel. Trotzdem holte er erneut aus. Er hatte nicht vor zu sterben, ohne dem Ding wenigstens einen Zahn auszuschlagen.

5

NOCH WÄHREND er sich aus dem Auto schwang, packte Ari seine Waffe. Der Griff lag fest in seiner Hand, passte genau in seine Finger. Als er sich zügig über den Parkplatz bewegte, sah er aus dem Augenwinkel eine Geisterfrau hinter einem Vorhang hervorschauen. Nachdem er sie bemerkt hatte, verflüchtigte sie sich und ließ lediglich einen Abdruck auf dem Glas zurück.

Das riesige Schattenwesen knurrte, und so nah an seinem Ohr nahm Kismet das bedrohliche Geräusch selbst mit seinem nachlassenden Hörvermögen wahr. Von seiner unteren Körperhälfte war fast nichts mehr zu spüren, als er erneut heftig geschüttelt und weitergeschleift wurde.

„Es hat sich einen Jungen geschnappt", rief Colm Ari zu, während er sich von der einen Seite näherte. Die leuchtenden Augen folgten dem Reiter aufmerksam. Kurz blieb das Monster stehen und schnupperte, schien Colm dann jedoch nicht als ernsthafte Bedrohung einzuordnen. Es hob seine Beute wieder hoch und zog sie weiter.

„Das sehe ich selbst. Eigentlich sollte es ihn gar nicht so lange zu fassen kriegen", entgegnete Ari, während er sich darauf konzentrierte, mit der Kraft seiner Gedanken die Grenze zu ergreifen und sie über den Wraith zu legen. Die Schatten um sie herum verdunkelten sich, hüllten das Wesen ein. Es zitterte kurz, als die Kälte seinen Körper erfasste, schloss seine Zähne dann aber wieder fest um die Kehle des Jungen. Die Luft um es herum flackerte und beruhigte sich wieder.

Eine Sekunde lang stand Ari mit offenem Mund da. Die Grenze hätte das Wesen überwältigen und es von dem Jungen ablenken sollen. „Nichts. Verdammt. So hat das keinen Sinn. Komm, vielleicht kriegen wir das Ding dazu, den Jungen loszulassen."

Aris Blick fiel auf den schluchzenden lateinamerikanischen Mann, der sich über eine blutige Frauenleiche beugte. Seine Erfahrung sagte ihm, dass sie noch nicht lange tot sein konnte – die Totenstarre schien noch nicht eingesetzt zu haben. Das viele Blut machte es schwer, Vermutungen über die Todesursache anzustellen. Hatte das Monster erst alle drei angegriffen und sich dann auf den Jungen konzentriert? Oder war etwas anderes vorgefallen? Jedenfalls mussten sie sich jetzt um die Kreatur kümmern.

„Du lenkst es von vorne ab", wies er Colm an. „Ich greife dann von hinten an, da ist es verwundbarer. Und hat weniger scharfe Zähne. Du darfst den Köder spielen."

„Aber ich habe kein Messer." Colm hob seine leeren Hände hoch. „Guck, nichts Spitzes."

„Was hast du damit gemacht?", fauchte Ari. „Es war ein *gutes* Messer."

„Es im Auto gelassen. Ich stelle mich damit sowieso nur dumm an", antwortete Colm, während er einen zaghaften Schritt vorwärts machte.

„Was denkst du dir bloß dabei, so schutzlos rauszugehen?" Ari verzog angewidert das Gesicht. „Scheiße. Na gut. Wir müssen damit leben. Du lenkst es trotzdem ab. Ich schleiche mich von der anderen Seite an."

Colm näherte sich vorsichtig, auch wenn er davon ausging, dass der Junge tot war. Ein Mensch konnte solche Verletzungen nicht überstehen. Doch überraschenderweise zeigte das Gesicht noch eine Spur von Leben und den trockenen Lippen entwich ein leises Stöhnen. Er war älter, als Colm von weitem vermutet hatte. Ein so hübsches Gesicht dermaßen schmerzverzerrt zu sehen, brach ihm das Herz. Der kräftige Kiefer hatte schlimmen Schaden angerichtet und die Arterien am Hals des Mannes aufgerissen. Eine tödliche Wunde. Colm war überrascht, dass er noch nicht ganz verblutet war. Für diese Seele lag das Ende nicht mehr fern.

Plötzlich richtete sich der trübe Blick des jungen Mannes auf Colm und er rief ihm etwas zu. Die Worte waren durch seinen Zustand nicht zu verstehen, doch seine Absicht war klar: Er hatte nicht vor, aufzugeben. Colm schluckte schwer, nickte aber und setzte sich in Bewegung. Aris Stimme bremste ihn.

„Colm, verdammt, nicht so schnell! Der Junge hat sowieso keine Chance", schrie Ari dem Jüngeren zu. „Gott, Pest. Du bist so ein Idiot."

Ari musterte hastig den Körper des Wraith und überlegte, wie er ihn am schnellsten töten konnte. Die Knochenplatten, die Teile des Körpers bedeckten, machten es ihm nicht leicht. Er dachte darüber nach, wie in der Tiefgarage auf den Kopf zu zielen, doch die wuchtige, knochige Stirn ließ ihn zögern. „Dieses Vieh ist gut gepanzert."

„Er kann mich sehen", flüsterte Colm. Dann lauter, damit Ari ihn hörte: „Krieg, der Junge kann mich sehen."

Colm war sicher, dass kein Sterblicher, der noch bei Verstand war, die Reiter hinter der Grenze sehen konnte. Um gesehen zu werden, mussten sie normalerweise daraus hervortreten – und er hatte sich bisher nur in sorgfältig ausgewählten Situationen einem Menschen gezeigt. Auch wenn er dabei nie direkt mit einem kommuniziert hatte, war es jedes Mal angenehm gewesen. Colm fühlte sich nie lebendiger, als wenn er den Nachmittag in einem Café verbrachte und den Unterhaltungen lauschte oder die stille Gegenwart der Sterblichen in einem Kino genoss. Menschen erfrischten und faszinierten ihn. Doch wenn sie es nicht beabsichtigten, waren sie für Sterbliche nicht zu sehen.

Nur war er es für diesen hier doch, obwohl er bei klarem Verstand zu sein schien. Dieser sterbende junge Mann strömte nicht den typisch unangenehmen Gestank des Wahnsinns aus. Er roch lediglich nach säuerlichem Gift und beißender Angst. Und er sah Colm eindeutig.

Als Ari angriff, flogen Funken, wo der Dolch auf die Rückenpanzerung traf. Aus einer Spalte zwischen den Platten, in der die Spitze eine verwundbare Stelle gefunden hatte, quoll Blut hervor. Voller Energie durch das Blut des Jungen und die Angst vor seinem Angreifer schoss der Wraith vorwärts, raste an Colm vorbei. Doch ein Arm des Jungen, den er mit sich schleifte, blieb am Pfosten eines Vordachs hängen, der an seiner Schulter riss. Das vorbeirennende Monster wurde mit einem Ruck gestoppt.

Während es heftig den Kopf schüttelte, um sein Opfer von dem Pfosten zu lösen, schlich sich Ari unbemerkt heran. Er hatte den Dolch mit der Spitze nach oben gedreht, um ihn in eine weiche Stelle zwischen den Vorderbeinen zu rammen und so hoffentlich einen Schultermuskel zu erwischen, der das Biest in seiner Bewegung einschränkte. Das rutschige Blut brachte ihn etwas aus dem Gleichgewicht, weshalb er weniger kräftig zustieß, doch es reichte definitiv, um die Aufmerksamkeit des Wraith auf sich zu ziehen: Blutiger Schaum tropfte ihm vom Maul, als er herumwirbelte und mit gesenktem Kopf auf Krieg zustürzte, um ihn zu töten.

Das Stöhnen des jungen Mannes lenkte Colm von ihrem Widersacher ab. Schließlich beschloss er, dass Ari ohne den Menschen im Weg sowieso besser zurechtkommen würde, und schob ihm die Hände unter die Schultern, um ihn anzuheben. Obwohl der junge Mann zum Glück nicht schwer war, kämpfte er einen Moment mit dem Gewicht. Als er ihm in die Augen sah, wusste er, dass er seine Verletzungen nicht überleben würde. Er hatte Menschen schon oft genug sterben sehen.

Er hatte zu viel Blut verloren, selbst wenn ihn der Schock nicht umbringen sollte. Colms Hände waren bereits nass und dunkel gefärbt. Trotzdem fühlte sich der Körper in seinen Armen noch warm an. Das rote Lebenselixier blieb an Colms Wange kleben, als er seinen Oberkörper anhob, um den gequälten Atemzügen zu lauschen. Hinter ihm baute sich Ari auf, um sie vor dem nach dem Verlust seiner Beute tobenden Wraith zu schützen.

„Wie heißt du?" Colm beugte sich zu ihm hinunter. Falls der Mensch starb, würde er wenigstens seinen Namen wissen. Er hatte nie zuvor einen sterbenden Menschen in den Armen gehalten. Seine Aufgabe brachte ihn selten nah an den Tod, schon gar nicht nah genug, um ihn zu berühren.

„Kismet." Der junge Mann keuchte und würgte Blut aus seiner Lunge.

„Ich bin Colm." Es waren wirklich bizarre Umstände für ein Gespräch. Trotzdem zog er Kismet dichter an sich und bemühte sich, es ihm bequem zu machen.

„Da ist ein Monster", krächzte Kismet, nachdem er mit seiner zerfetzten Kehle gequält geschluckt hatte. „Passt auf. Verdammt fieses Ding."

„Wir können es sehen. Rede lieber nicht. Spar dir deine Kraft." Auch wenn Colm nicht wusste, wofür – der Tod kroch immer näher. Vermutlich würde er in wenigen Minuten eine Leiche in den Armen halten. Es tat beinahe weh, den Jungen sterben zu sehen. Irgendetwas an seiner Haltung, zugleich trotzig und verletzlich, berührte Colm. „Keine Angst. Ich lasse dich nicht los."

Colm versuchte sanft, das blutverschmierte Haar aus den Wunden zu ziehen, um zu sehen, wie schlimm es wirklich war. Als der junge Mann ein weiteres Mal Luft holte, zwar keuchend, aber leichter als zuvor, fragte er sich, ob er die Verletzungen falsch eingeschätzt hatte. Selbst die Farbe kehrte in sein Gesicht zurück, gesunde Röte unter seiner Haut. Es war nicht leicht, das verklebte braune Haar zu entfernen, das an den zerklüfteten Wundrändern hängen blieb. Colm zog etwas fester und hoffte, dass er dem sterbenden Mann nicht noch schlimmere Schmerzen zufügte.

Doch als er das Haar endlich gelöst hatte, keuchte er schockiert: Die Wunden schlossen sich. Selbst die zerrissene Kehle heilte – langsam, aber unübersehbar. Colm sah ehrfürchtig zu, wie sich zerstörtes Gewebe regenerierte, wie sich gerissene Sehnen zusammenfügten und wieder verbanden.

Ein Husten befreite Kismets Lunge von einem Blutklumpen und schob diesen durch eine der schrumpfenden Wunden hinaus. Kismets braune Augen schlossen sich, als er das Bewusstsein verlor. Colm beugte sich erneut über ihn und fand einen kräftiger werdenden Puls sowie angestrengte, aber gleichmäßige Atemzüge vor. Mit einem halb schockierten, halb erleichterten Seufzer schob Colm seine Arme unter den Körper des Jungen, um ihn aus der Blutlache unter ihnen zu heben.

Währenddessen wich Ari dem Angriff des Wraith aus, der sich jedoch herumwarf und nach seinem Oberschenkel schnappte. Ari stöhnte, als sich brennender Schmerz in seinem Bein ausbreitete, behielt aber das Gleichgewicht. Das Wesen warf sich erneut herum und bemühte sich um Halt auf dem blutbeschmierten Asphalt. Ari nutzte die Gelegenheit, um einen genaueren Blick auf den Hals des Wraith zu werfen.

Die Panzerung um den Hals klaffte auseinander, als die Kreatur den Kopf hob und diesmal auf Aris Gesicht zusprang. Mit Rücksicht auf die Bordsteinkante zu seinen Füßen drehte er sich auf den Zehenspitzen seitwärts, sodass das Wesen erneut an ihm vorbeischoss.

Diesmal reagierte es schneller und drehte sich so plötzlich herum, dass sich seine Wirbelsäule durchbog. Mit einem erzürnten Brüllen nahm es erneut Anlauf und seine kraftvollen Beine trommelten in langen Sprüngen auf den Boden. Ari wich zurück, nahm etwas Abstand vom erhöhten Zugang zu den Motelzimmern. Der Wraith stieß sich mit den Krallen vom rauen Betonboden ab und warf sich auf ihn. Doch Ari war bereit: Er hatte eine Hand unter den Knauf des Dolchs gelegt und die andere unter die Parierstangen geschoben.

Als der riesige Kopf beinahe seine Brust erreicht hatte, schob er den Dolch nach oben in eine Lücke der Halspanzerung. Mit vor Anstrengung schmerzenden Schultermuskeln bohrte er ihn in den festen Körper, bis er plötzlich auf einen Knochen stieß. Fluchend drehte er die Klinge, während er Zähnen und Klauen auswich. Trotz des brodelnden Blutes, das ihm über die Hände strömte und seine gebräunte Haut verbrannte, konzentrierte er sich einzig und allein darauf, das Monster zu töten. Aris Knie knackte, als sein Bein unter dem Gewicht der Kreatur nachgab und sich verdrehte.

Der Wraith versuchte jetzt nur noch, sich zu befreien, indem er mit den Hinterbeinen wild nach dem Reiter trat. Ari stolperte unter dem Gewicht und sank auf die Knie, bevor er auf den Rücken geworfen wurde, als das riesige Maul nach ihm schnappte. Der herabtropfende Speichel war beinahe so ätzend wie das Blut und hinterließ Brandblasen auf Aris Gesicht und Hals. Ari nahm all seine Kraft für einen letzten Stoß zusammen, der den Dolch endlich an dem Knochen vorbei tief in den Hals schob.

Als er ein lautes Knacken und das erstickte Keuchen der Kreatur hörte, seufzte Ari erleichtert. Er presste einen Fuß gegen den Bauch des Monsters, um es von sich zu stoßen, woraufhin es mit zuckenden Beinen auf dem Boden liegen blieb. Ein mühsames Knurren löste sich aus seiner Brust und die Zähne blitzten bedrohlich in seinem blutigen Maul auf, als es ein letztes Mal mit einem scheußlichen Geräusch in die Luft schnappte. Dann erlosch das Leuchten in seinen Augen und der aufgeschlitzte Hals sank zu Boden.

Mit einem Seitenblick auf den schluchzenden Lateinamerikaner hinter dem toten Monster humpelte Ari zu Colm hinüber. Sein Gesicht brannte, als die Blasen aufplatzten und Flüssigkeit über seine Haut ergossen. Seiner Jacke war es nicht viel besser ergangen und Ari zupfte traurig an dem teuren Leder: Der Speichel des Monsters hatte große Löcher in das weiche Material gefressen, nachdem beim Kampf in der Tiefgarage bereits das Ärmelfutter beschädigt worden war.

„Komm schon, Colm. Wir müssen abhauen, bevor die Polizei kommt und den Jungen findet." Er ging seufzend neben seinem Reiterbruder in die Knie und berührte mit sanften Fingern sein blondes Haar. „Wenn wir hinter die Grenze schlüpfen, können sie uns zwar nicht sehen, aber der Mustang wird ihnen auffallen. Am Ende schleppen sie ihn noch ab und ich werde mir von Tod sowieso schon genug anhören müssen."

„Wir können ihn nicht hierlassen." Colm zog den bewusstlosen Mann dichter an sich. „Der Wraith hat ihn verletzt."

„Ja, er ist stark genug geworden, um einen Menschen zu verletzen. Und stark genug, um mich zu verletzen. Das kommt manchmal vor. Aber jetzt müssen wir zurück und Tod erzählen, was passiert ist." Ari zupfte an Colms T-Shirt. „Komm. Lass den Jungen los, damit wir fahren können."

„Ich lasse ihn nicht hier." Colm kämpfte sich mit dem unkooperativen Körper in den Armen auf die Füße. „Hilf mir, ihn zum Auto zu tragen."

„Colm, wir können ihn nicht mitnehmen. Er ist ein Sterblicher." Ari ballte die Fäuste und kämpfte gegen den Drang an, Colm einfach bewusstlos zu schlagen und ins Auto zu schleppen. „Lass ihn liegen. Er stirbt sowieso. Die Polizei wird denken, der andere Typ hat ihn auch auf dem Gewissen. Wir müssen hier weg, und zwar sofort."

„Aber er kann uns sehen, Ari", sagte er zu dem Reiter, der sich bereits dem Auto zugewandt hatte. „Obwohl ich hinter der Grenze geblieben bin, hat er mich gesehen und mit mir gesprochen. Mich vor dem Wraith gewarnt."

„Dann ist er verrückt. Das macht es auch nicht besser. Leg ihn endlich hin."

„Hilf mir, ihn in dein verdammtes geliebtes Auto zu bringen. Ich lasse ihn nicht zurück."

Der aggressive Tonfall traf Ari wie ein Schlag und er legte unschlüssig den Kopf in den Nacken – er war nicht ganz sicher, wie er mit einem aufbrausenden Colm umgehen sollte.

„Ich. Lasse. Kismet. Nicht. Hier."

„Toll! Du hast dich also damit angefreundet, während ich mit dem Wraith gekämpft habe?", fauchte Ari zurück. „Verdammte Scheiße. Also gut, mach die Tür auf."

Der Wind trug das schockierend laute, klagende Geräusch von Sirenen heran, als Ari sich hinunterbeugte und Kismet aus Colms Armen entgegennahm, um den schlanken Körper an seine breite Brust zu heben. Nachdem Colm die Tür des Mustangs geöffnet hatte, schob Ari ihn brummend zur Seite und beförderte Kismet auf die Rückbank.

„Und jetzt steig ein. Wir müssen los." Ari ließ bereits den Motor an, während Colm noch seine Beine durch die Tür ins Auto zog. Dann schoss der Mustang auch schon rückwärts, sodass Colm sich mit einer Hand am Armaturenbrett festhielt und einen besorgten Blick auf den Sterblichen warf, der auf Aris Rückbank blutete.

„Das machst du alles sauber", brummte Ari finster, während er mit durch die Brandblasen knisternden Händen das Auto auf die Straße lenkte. „Jeden einzelnen Tropfen auf dem Teppich und dem Polster. Sonst wirst du es ablecken."

„Verstanden." Colm versuchte vergeblich, sein strahlendes Lächeln zu verbergen.

„Das Grinsen kannst du dir sparen. Du darfst die ganze Sache nämlich Tod erzählen." Ari schlug mit der Faust gegen das Lenkrad. „Und was mit seinem Vanquish passiert ist. Du erklärst ihm das mit dem Auto und sagst, dass es deine Schuld ist."

„Das mit dem Auto versteht er schon", sagte Colm leise und warf einen letzten Blick auf den jungen Mann, bevor er sich wieder umdrehte. „Und das mit Kismet auch. Er wird es verstehen."

Ari fädelte sich mit einem verächtlichen Schnauben in der Verkehr Richtung Innenstadt ein. „Das glaubst auch nur du. Das mit dem Jungen vielleicht. Aber die Sache mit dem Auto – niemals."

MICHAEL BECKETT wartete zwischen den Schaulustigen auf dem Motelparkplatz ungeduldig darauf, dass die Polizisten verschwanden. Die verschiedenen Detectives waren noch mit ihren Machtkämpfen beschäftigt, da jeder von ihnen eine andere

54

Meinung zum Ablauf der Geschehnisse hatte. Das im trüben Licht glänzende, trocknende Blut wurde von wie für einen Slalom aufgebauten Pylonen eingerahmt. In regelmäßigen Abständen leuchtete der Blitz einer Kamera auf und blendete den glatzköpfigen Mann, wenn er nicht rechtzeitig wegsah.

Aus seiner Position konnte Beckett hinter die Grenze blicken, auch wenn er seine Fähigkeiten dafür bis zum Äußersten strapazieren musste. Der Wraith, den er aus der Grenze gezogen hatte, löste sich im Licht der aufgehenden Sonne zügig auf und machte seinen Misserfolg deutlich. Er knirschte mit den Zähnen und kämpfte um Gelassenheit.

„Ich hätte früher hier sein sollen, Sir", murmelte Frazier, dessen große Gestalt neben seinem Arbeitgeber aufragte. Er machte sich Vorwürfe. Wäre er nur wenige Minuten eher eingetroffen, hätte er Beckett den Jungen bringen können.

Beckett winkte ab. Die chaotischen Geschehnisse hatte keiner von ihnen vorhersehen können. „Keine Sorge, Frazier. Wir finden ihn wieder. Jemand wie er kehrt immer dahin zurück, wo er sich wohlfühlt. Ich bin sicher, dass wir schon bald über ihn stolpern."

„Aber das Gemisch scheint zu wirken", antwortete Frazier. „Ich glaube, ich kann sehen, was Sie hergerufen haben. Sieht ziemlich widerlich aus."

„Gut." Beckett lächelte angespannt. „Wenn Sie jetzt sehen können, ist es ein Schritt in die richtige Richtung. Dann dauert es nicht mehr lange, bis Sie wie der Junge sind."

Es war ein Risiko, Frazier die Substanz zu verabreichen, doch Beckett war bereit, den Mann zu opfern. Ihn an den hinter der Grenze lauernden Wahnsinn zu verlieren war ein Preis, den er bezahlen würde, wenn das Mittel dafür tatsächlich wirkte. Außerdem wusste Frazier, worauf er sich einließ. Für die Chance auf Unsterblichkeit hatte er sich bereitwillig zum Versuchskaninchen machen lassen. Wenn sie dann den Jungen hatten, konnte Beckett sich ein genaues Bild von den Effekten machen und nötige Änderungen vornehmen, bevor er es selbst probierte.

„Ich werde versuchen, näher heranzukommen." Ohne auf Becketts Zustimmung zu warten, schob er sich selbstsicher durch die Menge. Der Mann wusste, wie man mit der Obrigkeit umging, und mischte sich unter die Polizisten, als gehörte er zu ihnen. Bald hatte er einen der Detectives in ein Gespräch verwickelt, um Informationen für seinen Arbeitgeber zu beschaffen.

Aus dem Zustand des Wraith schloss Beckett, dass der Drogensüchtige nicht nur in die Grenze blicken, sondern sie auch beeinflussen konnte, was Beckett selbst sich sehnlichst wünschte. Obwohl es einem Sakrileg gleichkam, dass ein heruntergekommener Junkie in der Lage war, den flüchtigen Schattenvorhang zu durchqueren, musste er es akzeptieren. Opfer waren manchmal einfach nötig. Ein kleiner Kratzer an seinem Ego war, objektiv betrachtet, kein besonders großes. Jetzt musste er nur Geduld haben. Um den Süchtigen würden sie sich später kümmern.

Die Hitze begann, die dunklen Pfützen in dem Meer aus Reifenspuren auszutrocknen, als immer mehr Polizeisirenen die Morgenluft durchschnitten. Fast alle anderen Fahrzeuge hatten den Parkplatz verlassen und die Motelbewohner ihre Vorhänge zugezogen. Im dunstigen Dämmerlicht wirkte das Gebäude wie ausgestorben. Putz blätterte von den mit Maschendraht eingefassten Wänden. Der Rost des an der frischen Luft verfallenden Metalls rahmte die von Luis' Händen stammenden Blutspritzer und die von Kismets Wunden stammenden Lachen ein.

Füße hatten das Ganze wild trampelnd verschmiert, da einige Bewohner hastig geflohen waren, bevor die Polizei eingetroffen war und Fragen gestellt hatte.

Beckett hätte sich unglaublich gern den Wraith aus der Nähe angesehen, bevor er sich in das Nichts verflüchtigte, aus dem er geformt worden war. Die blau uniformierten Polizisten gingen größtenteils mitten hindurch, während einige wenige ihn unbewusst zu spüren schienen und sich von dem knochigen Kadaver fernhielten, der zwischen ihnen verweste. Beckett nahm den Gestank wahr, eine Mischung aus süßlichem Verfall und übelriechenden Eingeweiden. Plötzlich regte sich ein Schatten am Kopf des Monsters, ein vom Tod angezogener Wraith.

Klein und gedrungen huschte er über den größeren Körper, während er seine Umgebung mit gelben Augen musterte, in denen sich viereckige Pupillen befanden. Als sich ein Polizist näherte, hielt er still, bis das menschliche Bein durch den Kadaver hindurchgegangen war. Kecke Ohren mit leicht geknickten Spitzen wandten sich jedem Geräusch zu, während das winzige Monster zu überlegen schien, wo es beginnen sollte. Schließlich hakte es seine Krallen in einen tiefen Schnitt unter dem Brustkorb und versenkte sein rundes Gesicht in der Wunde, bis nur noch der gräuliche Stummelschwanz zu sehen war. Kurz darauf tauchte es mit vollem Mund wieder auf und kaute mit seinen Pausbacken, während geronnenes Blut seine Lippen zierte wie ein bizarrer Lippenstift. Dann tauchte es für einen weiteren Bissen in die Wunde, schaute allerdings mit wachsamen Augen über den Rand, als sich Menschen durch den toten Körper bewegten.

„Es ist faszinierend, dass die Nahrungskette auf beiden Seiten der Grenze funktioniert", flüsterte eine geliebte Stimme in Becketts Ohr.

Da sich andere Menschen in seiner Nähe befanden, konnte er ärgerlicherweise nicht antworten. Er schob sich aus der Menge, bis er einen ruhigen Platz bei einer ungepflegten Baumgruppe gefunden hatte, von dem aus er trotzdem noch den Kadaver im Auge behalten konnte. Sie schlenderte zufrieden hinter ihm her. Einige Menschen zitterten, als sie vorbeikam, und rieben sich angesichts der plötzlichen Kälte die Hände oder das Gesicht.

Zwar konnte ihn jetzt niemand mehr hören, doch Beckett musste sich davon abhalten, die schimmernde Frau neben ihm auffällig anzustarren. Er hatte sie seit beinahe einer Woche nicht gesehen und sehnte sich danach, mit den Fingern durch ihr Haar oder über die weiche Haut ihres Halses zu streicheln. Er unterdrückte die Sehnsucht und schluckte um den Kloß in seiner Kehle herum, den er immer spürte, wenn er sie sah.

Er wusste noch, wie er sie zum ersten Mal erblickt hatte. Es war während der Grabrede bei der Beerdigung seines Vaters gewesen. Anschließend war er zu ihr gegangen, da ihn die Frau mehr interessierte als der Mann, den er sein Leben lang gehasst hatte – doch sie war mit einem Wirbel aus Regentropfen im Nebel verschwunden.

Er hatte ihren Anblick in seinem Herzen bewahrt und mit Fantasien ihres Körpers in seinen Armen genährt. Jahre später hatte sie ihn aufgesucht und ausgesehen und sich angefühlt, wie er es sich erträumt hatte. Er genoss jede einzelne Sekunde in ihrer Gegenwart. Sobald er die richtige Formel für das Elixier gefunden hatte, würde er die Ewigkeit mit Glaube verbringen können.

„Was ist passiert?", fragte sie und musterte ihn mit ihrem ausdrucksvollen Blick. Sie kam näher, um ihre Wange an seiner zu reiben, auch wenn ihr geisterhafter Körper durch seine Haut hindurchdrang. „Haben die Drogen funktioniert? Machen wir Fortschritte?"

„Ja, vermutlich." Beckett legte eine Hand an die Stelle, die sie berührt hatte. Sie hatte sich mittlerweile von ihm gelöst, um einen Blick auf den Wraith zu werfen. „Ganz sicher bin ich noch nicht. Einer der Männer, denen ich sie gegeben habe, hat mir von einem Kunden erzählt, der mit dem Heroin zurechtgekommen ist. Anscheinend ist er mehrere Male zurückgekommen."

„Könnte das nicht einfach bedeuten, dass es nicht gewirkt hat?" Glaube wandte sich ihm wieder zu. „Könnte der Wirkstoff inaktiv geworden sein?"

„Das glaube ich nicht", antwortete Beckett. „Alle anderen, die es diesmal ausprobiert haben, sind verrückt geworden. Das war vorherzusehen. Ich habe eben auf jemanden gehofft, bei dem es funktioniert."

„Aber wenn es das tut und er jetzt hinter der Grenze verschwindet, wird ihn dann niemand vermissen?" Sie runzelte die Stirn. „Irgendjemand wird doch bemerken, dass er nicht mehr da ist."

„Niemand vermisst einen Junkie. Alle werden denken, er ist an einer Überdosis gestorben", erklärte Beckett mit einem Blick auf die Überreste des Wraith. „Ich vermute, dass der Junge von vornherein mehr gesehen hat als alle anderen, mit denen wir experimentiert haben. Und deshalb hat es ihn in die Grenze gebracht. Um Genaueres zu sagen, müssen wir ihn finden. Allerdings weiß ich nicht, wie es ihm gelungen ist, einen Wraith zu töten. Hatte er eine Waffe?"

„Ein Messer ist leicht zu bekommen." Sie näherte sich wieder dem Kadaver, denn das Blut zog sie an. Das hier war anders als die Schauplätze, an die sie gerufen wurde. Es wirkte persönlicher, sprach sie auf gewisse Weise an. Nicht zum ersten Mal fragte sie sich, ob man sie zur falschen Unsterblichen gemacht hatte.

„Vielleicht hatte er eine Pistole", mutmaßte Beckett. „Wundern würde es mich nicht."

„Eine Pistole hätte keine Wirkung gehabt. Die Kugeln wären durch so eine Kreatur einfach hindurchgeflogen wie auch bei einem von uns", antwortete sie leise. „Hätte eine Kugel erst einmal die Waffe verlassen, wäre sie durch die Grenze gedrungen und hätte nur noch etwas Sterbliches verletzten können. Das gilt auch für Armbrüste und andere Schusswaffen. Es kann nur durch etwas getötet worden sein, das in der Grenze verankert war."

Das kleine Wesen am Kadaver des Wraith hielt beim Fressen inne und hob den Kopf, als es die Unsterbliche in der Grenze bemerkte. Sie wedelte mit den Fingern in seine Richtung und kicherte, als es mit einem „Puff" verschwand und eine kleine Rauchwolke hinterließ. Als durch menschliche Emotionen aus dem Nichts erschaffenes Wesen blieb lediglich sein Geruch zurück, als es dorthin verschwand, wo es hergekommen war. Es würde bald andere Nahrung finden müssen, um zu überleben. Seine Existenz war ein ständiger Kampf zwischen aufkeimendem Bewusstsein und fürchterlichem Hunger.

„Ich bin froh, dass wir ihn gefunden haben, doch jetzt haben wir ihn wieder verloren." Sie sah sich vor dem Motel um und verstand nicht, wieso jemand in diesem heruntergekommenen Elend leben wollte.

„Frazier hat seine Spur bis hierher verfolgt", sagte Beckett. „Vielleicht hat er auch nur ein Gartengerät gefunden oder dieser Ausländer, den die Polizei mitgenommen hat, hatte irgendeine Waffe bei sich. Wenn die Droge ihn nicht irgendwie verändert und stärker gemacht hat …"

„Möglich ist es." Sie klang nicht überzeugt. „Allerdings wäre es unerwartet. Keiner von uns scheint stärker als ein Mensch zu sein. Falls es zu überraschenden Nebenwirkungen kommt, bin ich nicht sicher, ob wir weitermachen sollten."

„Noch wissen wir es nicht genau", antwortete Beckett. „Lass uns erst mal abwarten. Es könnte Zufall gewesen sein."

Ihre Zweifel verunsicherten ihn. Er wollte auf keinen Fall in Gefahr bringen, woran sie so lange gearbeitet hatten. Etwas Unerwartetes bedeutete etwas Ungeplantes, das sie nicht kontrollieren konnten. Es konnte andere unliebsame Überraschungen nach sich ziehen, die Beckett nicht riskieren wollte. Alles musste perfekt sein.

„Du findest sicher für alles eine Lösung." Die Frau schaute in das aufrichtige Gesicht mit seinem schiefen Lächeln hinauf. „Glaubst du, der Junge kommt hierher zurück?"

„Ich weiß es nicht. Frazier wollte versuchen, etwas herauszufinden." Beckett seufzte, als ein weiterer Schwung wichtig aussehender Fahrzeuge eintraf, unter anderem ein schwarzer Kleinbus, der die Aufschrift Coroner trug. „Es ist wahrscheinlich, wenn die Polizei ihn nicht verschreckt hat. Ich kann mir nämlich nicht vorstellen, dass er schon alles aufgebraucht hat."

„Das wäre bedauerlich." Sie legte den Kopf schräg. „Aber wenn er nicht zurückkommen kann, muss er an einem anderen Ort neue Drogen finden, nicht wahr? So war das doch bei dieser Krankheit."

„Es ist keine Krankheit, es ist eine Schwäche", antwortete Beckett verächtlich. „Er ist ein Feigling, der die Drogen benutzt, um vor seinen Problemen wegzulaufen. Bestimmt kommt er nicht einen Tag ohne aus. Leute wie er widern mich an."

„Leute wie er helfen uns, dich zu mir zu bringen." Mit dieser Erinnerung an ihren Plan näherte sie sich, bis sie direkt vor ihm stand und seinen Atem spürte. „Aber so funktioniert es, oder? Er braucht diese Droge?"

„Ja. Ohne sie wird er verrückt. Und wir wissen, von wem er sie kauft. Also können wir es ihm leicht machen, mehr zu bekommen", stimmte Beckett zu. „Frazier wird beim Manager schon irgendetwas über den Jungen herausfinden. Zumindest, in welchem dieser Löcher er gewohnt hat."

Sie betrachtete die Menschenmenge, das Leben gleich neben dem Gestank des Todes. „Wenn der Junge sein Freund ist, hilft er uns vielleicht nicht."

„Geld wird ihn schon dazu bringen", antwortete Beckett. „Bei ein paar gut platzierten Hundertern würde er den Jungen wahrscheinlich an einen Stuhl fesseln, bis einer von uns kommen könnte – selbst wenn er für ihn wie ein Sohn wäre. Solche Leute besitzen keinerlei Vertrauen oder Loyalität."

„Das ist das Problem mit Menschen." Sie begann, durch die Grenze fortzudriften, wurde immer schattenhafter. „Sie bemühen sich nicht, besser zu werden."

„Tut mir leid, Glaube." Beckett streckte eine Hand nach dem Wenigen aus, das noch vorhanden war.

„Ich muss gehen. Man ruft mich." Ihr selbst gewählter Name brachte sie zum Lächeln. Es war schön, ihn laut ausgesprochen zu hören – als würde sie dadurch realer. „Versuch ihn zu finden, Beckett. Er könnte die Antwort auf all unsere Probleme sein. Hier ist es so einsam. Ich möchte dich bei mir haben."

„Und ich möchte bei dir sein", antwortete er mit Nachdruck, obwohl sie nicht mehr zu sehen war. Frustration mischte sich unter seine Zuneigung, bis sie in Wut überging. Wut auf die Grenze, die sie trennte. „Gib mir nur etwas Zeit. Ich werde ihn finden. Versprochen."

KISMET WAR noch bewusstlos, als Ari ihn, Colm dicht an seiner Seite, in das Penthouse trug. Eine dünne chinesische Frau betrat gerade mit einer Schüssel Nudeln den Wohnbereich. Als sie den jungen Mann in Aris Armen bemerkte, der noch blasser war als sie, kratzte sie sich an ihrem deutlich vorstehenden Schlüsselbein und ihr Gesicht verfinsterte sich.

In einer bequemen Baumwollhose und einem weißen Tanktop hatte Min sich auf einen gemütlichen Abend vorbereitet. Auf einem niedrigen Tisch vor einem der Sofas wartete bereits ein Glas mit gekühltem grünen Tee. Eine Dampfwolke aus der Schüssel stieg zu ihrem aus scharfen Ecken und Kanten bestehenden Gesicht auf, als sie mit einem missbilligenden Stirnrunzeln auf Ari zuging, um sich seine Last genauer anzusehen. Dann stellte sie die Schüssel *Somen* ab, damit sie die Hände in die Hüften stemmen konnte, während sie Ari einen wütenden Blick aus ihren dunklen Augen zuwarf.

„Was zum Teufel macht das hier?" Min zeigte auf den jungen Mann. Ihr schwarzes Haar war sehr kurz geschnitten, ihr Pony jedoch etwas länger. Jetzt schob sie ihn sich ungeduldig aus der Stirn. „Was soll das, Ari?"

„Frag Colm, es war seine Idee." Ari sah sich nach einem guten Platz um, an dem er den Mann ablegen konnte. „Mach mir die Tür zu deinen Zimmern auf, Pest. Du kannst dich um ihn kümmern."

„Er und seine verdammten Ideen. Weiß er überhaupt, was er da macht?" Mins Wut fegte wie ein Orkan durch das Penthouse, während sie zu Colms Tür stampfte und sie aufriss. „Gott, das ist noch schlimmer als die misslungene Seuche. Was denkt er sich nur dabei?"

„Er denkt überhaupt nicht", antwortete Ari und ging an ihr vorbei. „Vielleicht kannst du ja mal versuchen, ihm Vernunft beizubringen. Er denkt, er muss sich nicht an die Regeln halten. Er hat sich geweigert, ohne den Jungen mitzukommen. Ich wollte Tod nicht erklären müssen, dass ich seine neuste Pestilenz verloren habe."

„Ich stehe übrigens direkt neben euch", brummte Colm, der die Eingangstür geschlossen hatte. Auch wenn ihm allmählich klar wurde, dass er tatsächlich gerade einen Menschen in ihr Haus gebracht hatte.

Die Blutergüsse des Angriffs breiteten sich auch jetzt noch wie eine Decke aus Schmerzen auf der blassen Haut des jungen Mannes aus. Seine Kleidung hatte ebenfalls gelitten: Sein T-Shirt war zerfetzt worden und die tief auf seinen Hüftknochen hängende Jeans hatte vermutlich auch vorher schon abgetragen ausgesehen, war jetzt allerdings zusätzlich mit getrocknetem Blut beschmiert, während der ätzende Speichel riesige Löcher hineingefressen hatte.

„Ist Tod schon zu Hause?", fragte Ari und deutete mit dem Kinn zur Seite, damit Min ihm aus dem Weg ging.

Ihr Blick wurde noch finsterer, als sie den Überwurf von Colms Couch nahm, damit das Blut ihn nicht ruinierte.

„Nein. Er ist noch in Hongkong. Ich bin froh, dass du hier bist. Ich glaube, er braucht jemanden, der ihn zurückholt." Sie seufzte frustriert. „Und ich habe den Vanquish gesehen. Er wird dich umbringen."

„Wem sagst du das!" Ari bugsierte Kismet auf die Couch, musste ihn dann aber festhalten, bevor er hinunterrollte. „Kümmer dich darum", wandte er sich an Colm. „Mir ist egal, wie. Tu es einfach. Ich will nicht, dass Tod ihn sieht. Also versteck ihn hier, bis wir überlegt haben, was wir mit ihm machen."

„Was sollte ich denn tun?" Colm baute sich vor Krieg auf und das Licht schimmerte auf seiner Brille. „Ich hätte ihn nicht einfach da liegen lassen können."

„Warum nicht?" Min stupste Kismet mit dem Fuß an. In ihrem drahtigen Körper verbarg sich jede Menge Kraft, sodass der junge Mann selbst bei der leichten Berührung etwas durchgeschüttelt wurde. „Er sieht doch ganz gut aus. Ein bisschen mitgenommen, aber nicht zu sehr. Und selbst wenn er gestorben wäre – das machen sie eben manchmal. Man lässt sie da, wo man sie gefunden hat. Du kannst nicht einfach einen Sterblichen mitbringen wie eine Lampe vom Flohmarkt."

„Ein Wraith hat ihn erwischt", brummte Ari. „Der größte, den ich seit langem gesehen habe. Aber wenn ich gewusst hätte, dass Colm sein neues Haustier mitbringen will, hätte ich ihn erst den Jungen fressen lassen und ihn dann umgebracht."

„Wenigstens ist er jetzt tot." Min zog eine Augenbraue hoch, als sie zum ersten Mal ihre Aufmerksamkeit auf Aris Kleidung und sein noch heilendes Gesicht richtete. Sie ging mit einem anerkennenden Pfeifen um den großen Reiter herum. „Ich hoffe, du hast das Ding genauso fertiggemacht wie es dich. Du siehst schlimm aus."

„Wie gesagt: Es ist tot. Wegen dem ganzen Theater musste ich es dalassen, aber es sollte eigentlich hinter der Grenze verrotten, ohne dass es jemand bemerkt. Und natürlich musste ich die ganze Arbeit machen", brummte Ari. „Colm ist einem im Kampf keine Hilfe. Er hat nicht mal das verdammte Messer mitgebracht, sondern nur dagesessen und über seinen Menschen gejammert."

„Leck mich!", fuhr Colm ihn an. „Ich kämpfe nicht. Das weißt du genau. Scheiße, du sagst mir doch immer, ich soll dir nicht im Weg sein. Also spar dir das ‚Colm hat mir nicht geholfen'."

„Wenn du …" Ari machte einen wütenden Schritt auf Colm zu, bereit zu einer Auseinandersetzung. Der Raum wurde warm und die Luft schien sich zu verdichten. Colm hob trotzig das Kinn, obwohl er wusste, dass er dem Älteren nicht viel entgegenzusetzen hatte. Ari besaß Muskeln und Übung.

„Krieg", unterbrach ihn Min. „Du musst zu ihm. Hol ihn da raus und komm zurück. Das hier läuft nicht weg."

„Aber du kümmerst dich um dieses Ding, Pest. Und halte es versteckt. Tod soll es nicht sehen." Ari bohrte Colm einen Zeigefinger in die Brust. „Ich bringe ihn nach Hause und er kann dein Theater nicht gebrauchen."

„ICH HABE einen Zwischenstopp in Hongkong eingelegt, bevor ich hergekommen bin", erklärte Min in besorgtem, trübem Tonfall. „Einige wollten sich einfach nicht von ihm überzeugen lassen. Menschen lassen so ungern los – selbst nach ihrem Tod klammern sie sich zu fest an Bekanntes."

„Wie viele?", fragte Colm leise. „Wie viele sind gestorben?"

„Genau weiß ich es nicht. Hunderte", antwortete Min, während sie sich auf das Sofa setzte und die Beine anzog. „Er hat gesagt, er musste fast alle berühren. Ich möchte nicht mit ihm tauschen – Menschen sind bestimmt nicht begeistert, wenn man ihnen sagen muss, dass sie tot sind."

„Ich könnte das nicht." Colm hatte sich neben Kismets Kopf niedergelassen und streichelte jetzt über das verknotete Haar, das ihm ins Gesicht fiel. „Ich weiß nicht, wie er es schafft, und das schon so lange. Allein beim Gedanken daran bekomme ich Kopfschmerzen."

„Wenn du keinen Weg findest, diesen Menschen loszuwerden, tun dir bald noch andere Körperstellen weh", warnte Min. „Das muss so ziemlich das Dümmste sein, was du je getan hast."

„Ich konnte ihn nicht zurücklassen, Min." Colm beugte sich vor, als könnte er sie so überzeugen. „Er kann uns sehen."

„Viele von ihnen können uns sehen", sagte Min mit einem Kopfschütteln über die Dummheit ihres Bruders. „Es heißt nur, dass sie verrückt sind. Das weißt du doch."

„Nein. Er nicht. Na ja, vielleicht ein kleines bisschen. Aber nur, weil er alles hinter der Grenze sehen kann", beharrte Colm. „Er hat mich ganz deutlich erkannt. Nicht im Delirium oder durch eine Vision. Ich konnte keinen Wahnsinn in ihm spüren. Und ich weiß selbst nicht, warum ich ihn unbedingt mitnehmen wollte", gab Colm zu. „Der Gedanke, ihn zurückzulassen, war einfach zu schmerzhaft. Irgendetwas in mir wollte ihn dort wegbringen. An einen sicheren Ort."

„Also hast du ihn zu uns gebracht", seufzte Min. „Ari hat recht: Du bist ein dämlicher Idiot."

„Es ist der sicherste Ort, den ich kenne", antwortete der Jüngste. „Er ist zu meinem Problem geworden."

„Dein Problem ist, dass du einfach nichts verstehst. Du präsentierst uns dauernd stolz irgendeine Scheiße und erwartest dann auch noch, dass wir dich dafür loben." Min ließ ihrer Frustration freien Lauf. „Tod lässt es dir durchgehen, weil du ihm leidtust. Sogar mir tust du manchmal leid. Aber das muss trotzdem endlich aufhören, Colm. Du kannst ihn nicht einfach herbringen, nur weil er uns sehen kann. Das können andere auch und ich lade sie trotzdem nicht zu Tee und Keksen ein."

„Aber du hast doch selbst gesagt, dass diese Leute verrückt sind", widersprach Colm. „Sie rutschen durch die Ritzen in der Grenze. Er ist nicht verrückt Da bin ich sicher."

„Wenn er uns sehen kann, wird er das vielleicht noch", antwortete Min. „Er ist immer noch ein Mensch. Ein Sterblicher."

„Seine Wunden sind verheilt, wie sie es bei uns tun. Nur ein bisschen langsamer." Als Min ihm einen schockierten Blick zuwarf, zuckte er mit den Schultern. „Der Wraith hat ihn zerfetzt, Min. Teile seines Körpers hingen heraus."

„Wahrscheinlich sah es nur schlimmer aus, als es war." Auch wenn die Kleidung des Jungen zerrissen und mit getrocknetem Blut durchtränkt war, konnte Min sich nicht erinnern, Hinweise auf Wunden gesehen zu haben. Andererseits machte sie sich im Augenblick auch mehr Sorgen um Tod als um Colms Fundstück aus der Gosse.

Trotzdem schob sie Kismets T-Shirt hoch, um einen Blick auf den dünnen Körper zu werfen. Abgesehen von den Einstichstellen an seinen Armen und einigen Blutergüssen auf der blassen Haut entdeckte sie kein Anzeichen auf Verletzungen.

„Es scheint wirklich alles verheilt zu sein. Du solltest morgen mit Tod darüber reden. Normal ist das nicht."

„Aber es hat sich nicht unnormal oder wie etwas Schlechtes angefühlt, Min. Eher wie etwas … ganz Natürliches." Colm rieb sich das Gesicht, schmeckte seinen eigenen salzigen Schweiß. „Ich habe ihn mir nur so genau angesehen, weil ich dachte, er würde sterben und ich müsste vielleicht Tod rufen, falls er nicht loslassen will. Ich habe ihn gefunden. Wäre er gestorben, ohne es in seinem Zustand zu verstehen, wäre er in der Welt der Sterblichen gefangen gewesen. Das wollte ich nicht."

„Du hättest Tod wegen eines einzigen Menschen gerufen?", fragte Min voller Abscheu. „Obwohl du wusstest, dass er eine andere Aufgabe hat, von der er todmüde und emotional ausgelaugt ist?"

„Er wäre gekommen." Auch wenn es egoistisch klang, hatte es Colm in diesem Moment nicht gekümmert. Seine Gedanken waren bei dem jungen Mann in seinen Armen gewesen, der sich vor Schmerzen gewunden hatte. Nie zuvor war er einem sterbenden Menschen so nah gewesen und es hätte etwas tief in ihm zerstört, das Leben aus diesen leuchtend braunen Augen schwinden zu sehen. „Tod wäre gekommen, wenn ich ihn darum gebeten hätte."

„Dass du es getan hättest, zeigt nur, dass du selbst nicht ganz richtig im Kopf bist", erwiderte Min. „Und bei Tod bin ich mir auch nicht sicher, wenn er dir immer deinen Willen lässt. Du brauchst einen kräftigen Tritt in deinen weichherzigen Arsch, Colm. Wenn du auf mich nicht hörst, muss Ari das vielleicht übernehmen."

„Ari wollte mir einreden, ihn dazulassen", antwortete Colm, während er Kismets verworrene Mähne aus dem Weg schob. „Es sah aus, als hätte ihm das Ding fast den Hals durchgebissen. Da war so viel Blut. Aber dann hat er sich plötzlich erholt und wurde immer lebendiger. Seine Wunden sind verheilt. Es waren riesige Löcher, in die mehrere Finger gepasst hätten. Jetzt sind nur noch ein paar Blutergüsse da."

Min betrachtete die leuchtend roten Flecken auf der Haut, bevor sie sich wieder auf das Sofa fallen ließ und sich nervös über die Oberschenkel rieb. „Irgendetwas stimmt hier nicht, Colm. Bei Menschen verheilt so etwas nicht. Vielleicht ist er ein von den UnSidhe zurückgelassener Mischling."

Colm nickte. „Könnte er ein Unsterblicher wie wir sein? Vielleicht ist etwas mit ihm passiert, das ihn zu einem von uns gemacht hat. Allerdings weiß ich nicht, was."

„Irgendetwas muss passiert sein, da gebe ich dir recht. Aber wenn er wie wir wäre, hätte er eine Berufung. Habt ihr etwas Ungewöhnliches gespürt, als er noch bei Bewusstsein war?", erkundigte sich Min, während sie sich fragte, ob sie jemals zum Essen kommen würde.

„Ari hat ihn ins Auto getragen, aber auch wenn er es nicht gezeigt hat, war er mit den Gedanken ziemlich sicher bei Tod und wollte so schnell wie möglich nach Hause", antwortete Colm. „Deswegen habe ich ihm lieber keine Fragen gestellt."

„Er spekuliert auch nicht einfach, ohne vorher mit Tod zu reden – sonst steckt er in Schwierigkeiten", antwortete Min. „Ich frage mich, ob die anderen Unsterblichen mehr wissen. Vielleicht gehört er zu einer ihrer Gruppen."

„Über die anderen weiß ich praktisch gar nichts, abgesehen von Hoffnung." Colm stand auf, um sich zu strecken. Seine Schultern waren verspannt und seine Beine schmerzten noch von seiner Auseinandersetzung mit dem Wraith in der Tiefgarage.

„Sie halten sich von uns fern, weil wir den Menschen so Furchtbares antun. Ihnen ist egal, dass es einen guten Grund für unsere Existenz gibt."

Min stand auf, um sich endlich ihren Nudeln zu widmen. Vor Colms Tür zupfte sie erst an einer Nudel, entschied sich dann für ein rosa gestrudeltes Stück *Kamaboko* und biss hinein. Beim Geschmack des kalten Fisches verzog sie das Gesicht und begab sich auf schnellstem Weg in die Küche, um den Inhalt der Schüssel zu entsorgen.

Anschließend holte sie sich ihren Tee und ging mit im Glas klimpernden Eiswürfeln zur Tür des jüngeren Unsterblichen. „Lass ihn am besten einfach auf der Couch liegen. Er macht nicht den Eindruck, als würde er so bald aufwachen. Ich werde noch ein bisschen fernsehen und dann ins Bett gehen. Du solltest dasselbe tun – es ist schon fast Morgen."

„Danke, Min", sagte Colm.

„Wofür?" Min trank einen Schluck Tee und verzog erneut das Gesicht, als die zuckersüße Flüssigkeit auf ihre Zunge traf. Vielleicht konnte sie Tod das Herstellen des Tees in Zukunft abnehmen. Er besaß eine viel zu große Schwäche für Zucker.

„Dafür, dass du netter als Ari bist", antwortete Colm. „Mir fällt das alles nicht leicht. Ich lerne wohl einfach nicht schnell genug."

„Das ist wahr", stimmte Min zu. „Aber wenigstens bist du einigermaßen nett. Bei weitem nicht so ein Arschloch wie Ari, also bist du wohl ganz okay. Trotzdem musst du endlich aufhören, Scheiße zu bauen. Am Ende bist du sonst der Erste, der gefeuert wird. Wenn das wirklich jemand schaffen sollte, dann doch hoffentlich ich – dann wäre ich berühmt."

6

DIE TOTEN waren überall. Sie wogten wie Wolken durch brennende Gebäude und glühende Asche, sammelten sich um die Sterbenden und riefen nach anderen Seelen oder Menschen, die sie nicht mehr hören konnten. Das Ghetto bestand aus hoch aufragenden Türmen behelfsmäßiger Unterkünfte, die entlang schmaler Straßen aus altem Holz und Wellblech gebaut worden waren. Manchmal standen sie so dicht zusammen, dass man kaum den Nachthimmel sehen konnte.

Für einen Slum, fand Ari, war es gar nicht so schlecht. Aber wie in den meisten Slums brannte alles wie Zunder.

Er war Tods Energie durch die Grenze gefolgt und in einen Sturm aus Feuer hinausgetreten, einen Tornado aus Funken und sengender Hitze. Die Grenze musste einen hinterhältigen Sinn für Humor besitzen, um ihn einfach an die gefährlichste Stelle des Gebiets zu transportieren und nicht an Tods Seite.

Feuer wie dieses brachten einen beißenden Geruch mit sich. Einst war er natürlicher gewesen, wurde heutzutage allerdings durch künstliche Materialien wie Plastik verfälscht. Ari schnupperte in die Luft und musste würgen, als sich der verbrannte Nussgeruch geschmolzenen Polyesters mit dem vertrauteren von verkohlten menschlichen Körpern mischte. Dazu kamen säuerlicher Müll und modriger Schimmel, die dem bitteren Rauch ihre eigene Note verliehen. Ari schlug den Kragen seines Hemdes hoch, um seine Nase so gut es ging zu schützen.

Ein Geist schwebte vorbei. Die Frau hatte ihre Arme fest um ihren dünnen Körper geschlungen und Ari ließ sie einfach passieren. Tods Berührung würde bei ihr viel zu spät kommen. Ihr konnte man nicht mehr helfen, ins Unbekannte hinter der Grenze zu gelangen. Seufzend machte er sich daran, nach Tod zu suchen, während er sich weiterhin in die Grenze hüllte. Er hatte nicht vor, in einen Rettungsversuch zu geraten oder sich der wütenden Menge auszusetzen.

Sein Wesen zog Unruhen geradezu an und er musste zugeben, dass er sie nicht übel fand – auch wenn die anderen von ihnen weniger begeistert waren. Über einen Aufstand inmitten dieser Katastrophe wäre Tod jedenfalls kein bisschen begeistert gewesen. Krawalle bei seiner Arbeit mochte er nicht.

„Ari?", rief plötzlich die müde Stimme seines Freundes. „Bist du das?"

„Wie viele andere große, blonde Männer treiben sich hier rum?"

Er näherte sich Tod mit großen, hastigen Schritten, rannte beinahe.

Bei seinem Freund angekommen, legte er ihm die Hände auf die Schultern und betrachtete sein Gesicht. Was er darin sah, gefiel ihm nicht: Er wirkte völlig erschöpft, am Ende seiner Kräfte.

Der andere Mann hob eine Hand, um sanft über die heilenden Brandblasen auf Aris Wange zu streicheln. Dann ließ er die Hand zu Aris Jacke sinken und verkrallte sie in dem weichen Leder. Seine Stirn berührte Aris, doch Aris aufgewühlte Miene blieb Tods geschlossenen Augen verborgen. So standen sie eine Zeit lang einfach da, zerrissen durch innerliche Kämpfe, bis Ari sich irgendwann löste.

„Du siehst schlimm aus. Und du bist ganz voll Ruß." Ari fuhr mit den Fingern über einen der schwarzen Streifen, verschmierte ihn dabei allerdings nur noch mehr. Er verzog das Gesicht und wischte sich die Hand an seiner zerrissenen Jeans ab. „Ist es schlimm?"

Der Unsterbliche nickte langsam, steckte noch im Sumpf seiner Gedanken fest. Dann holte er tief Luft und bemühte sich, die Müdigkeit und den Geruch knisternder Körper aus seinem Kopf zu verbannen. Mit einem schiefen Lächeln schob er einen Finger durch eines der Löcher in Aris Jacke und antwortete leise: „Schlimm genug. Aber es sieht aus, als hätte nicht nur ich heute eine Feuerprobe überstehen müssen. Was ist mit dir passiert?"

„*Wie* schlimm ist es, Shi?", fragte Ari leise. „Wie schlimm?"

„Nicht so schlimm wie in Pompeji." Tods Grübchen zeigten sich, als ihn der Spitzname, den ihm ein ehemaliger Hunger gegeben hatte, zum Lächeln brachte. Wenn Krieg ihn aussprach, kam er ihm nie komisch vor. Vielleicht würde er ihn irgendwann als seinen Namen akzeptieren. „Aber trotzdem noch ziemlich übel. Viele von ihnen wollten nicht gehen. Was machst du hier? Du verursachst noch Probleme."

„Das ist mein Hobby", neckte Ari.

„Ari, ich meine es ernst. Wenn du hier bist, greifen mich die Sterbenden am Ende noch an. Das kann ich nicht gebrauchen."

„Shi, hier ist niemand mehr am Leben." Ari legte eine Hand an Tods Wange. „Wenn es zu Kämpfen kommt, dann erst später, wenn die Plünderer sich um die Reste prügeln."

Tod wurde ernst. Er konnte auch jetzt noch die Seelen verbrannter Körper nach ihren verlorenen Familien schreien hören. Wenn er die Augen schloss, sah er tote Kinder, die ihn anflehten, ihnen bei der Suche nach ihren Eltern zu helfen, die unter eingestürzten Häusern langsam erstickten. Er hatte Versprechungen gemacht, um verstörte Geister, die mit ihren transparenten Händen vergeblich versuchten, in brennenden Trümmern zu wühlen, dazu zu bringen, durch die Grenze zu gehen. Sonst würden sie für immer gefangen sein wie halb tote, mit Nadeln aufgespießte Schmetterlinge.

„Und ihr? Habt ihr etwas gefunden?" Nachdenklich fügte Tod hinzu: „Du hast meine Frage nicht beantwortet."

„Und ob wir etwas gefunden haben." Ari sah den Aston Martin vor sich. Ihn und den Jungen, den Colm mitgenommen hatte. Doch Tods Erschöpfung hielt ihn davon ab, etwas darüber zu sagen.

„Was ist passiert?" Tod gab nicht auf.

„Es ist eine lange Geschichte. Ich erzähl sie dir später." Ari legte ihm einen Arm um die Taille. „Komm mit, jetzt bringen wir dich erst mal ins Bett. Da können wir reden."

„Reden? Willst du nicht meistens mehr als nur das?" Tod blieb bewegungslos stehen wie eine Statue des Schmerzes aus Knochen und Haar. Doch in seiner Stimme schwang Humor mit, ein Silberfaden, der sich durch die Finsternis zog. „Ich bin noch nicht bereit zu gehen, Ari. Ich möchte noch ein letztes Mal alles absuchen, falls ich jemanden übersehen haben sollte."

Der zerbrechliche Waffenstillstand zwischen ihnen geriet ins Wanken. Im Augenblick hätte er mit Aris halb ernsten Angeboten und wandernden Händen nicht umgehen können. Tod sehnte sich danach, in der Stille seiner eigenen Gedanken zu ruhen und zu verarbeiten, was er heute gesehen hatte.

„Nur reden", versprach Ari. „Und wenn du unbedingt noch einmal durch diesen Trümmerhaufen gehen musst, werde ich dich begleiten."

Tod musterte Aris Gesicht, suchte nach einer der zahllosen Lügen, die er von ihm im Laufe der Jahrhunderte gehört hatte. Es brach Ari beinahe das Herz, als Tod ihm schließlich mit einem widerwilligen Nicken antwortete, einer hilflosen kleinen Geste des Vertrauens.

„Warum?", fragte Tod so sanft, dass Ari beinahe die Kontrolle über sich verlor.

„Weil du meine Hilfe brauchst. Oder vielleicht nur mich brauchst", sagte Ari. „Und danach gehen wir nach Hause. Min wartet mit warmem Tee auf dich. Mit viel Zucker. Wahrscheinlich hat sie sogar darauf verzichtet, ihn zu vergiften."

Mit beruhigender Geduld führte Ari Tod durch die Trümmer und ließ ihn nicht los, während sie flüsternd ihre Unterhaltung fortführten. Dann blieb Tod plötzlich stehen, erstarrte im Rauch.

„Hast du das gehört?"

„Habe ich was gehört?" Ari war ebenfalls stehen geblieben und lauschte auf etwas Menschliches. „Ich höre nichts."

„Weil du nichts hören *willst* oder weil du wirklich nichts hörst?" Tod schob den anderen Unsterblichen von sich und sorgte mit ein paar großen Schritten für Abstand.

„Warum denkst du immer nur schlecht von mir?", rief Ari dem anderen hinterher und musste gegen die in ihm aufsteigende Wut ankämpfen. Dann brummte er, während er Tod vorsichtig durch glühende Trümmer folgte, leise vor sich hin: „Ich bin gekommen, um dich zu holen, du Arschloch. Ist dir das gar nichts wert?"

„Ich möchte noch eine letzte Reinigung vollführen", sagte Tod mit einem Blick über die Schulter. „Bei so vielen kann es immer sein, dass ich jemanden übersehen habe. Hilfst du mir?"

„Natürlich", antwortete Ari, auch wenn er weiterhin leise Flüche murmelte. „Ich werde dir immer helfen."

Tod fand eine kleine freie Fläche auf einer Straße und zog sein Messer aus der Scheide an seinem Oberschenkel. Die Bronzeklinge war nach langjähriger Benutzung stumpf und schartig, doch sie musste nicht scharf sein. Die Grenze reagierte auch so auf das Ritual. Tod hob die Hand, um sie um sich zu ziehen, woraufhin sich an seinen Fingerspitzen die Schatten verdichteten. Als die Dunkelheit sich immer mehr zusammenzog, hob er das Messer und schnitt eine Öffnung hinein.

Das Messer war ein alter Begleiter aus der Zeit, als sie auf dem Pferderücken das Land durchquerten, immer auf der Suche nach Wanderern, die in ihrem eigenen Tod gefangen waren. Woher genau er es hatte, wusste er nicht mehr. Vermutlich gehörte es zur Beute aus einem von Aris Feldzügen oder war ihm von einem der anderen geschenkt worden. Jedenfalls passte es gut in seine Hand und die aus Knochen gefertigte Parierstange lag an genau der richtigen Stelle auf seinem Fingerknöchel.

Er hatte Bronze immer gemocht und war traurig gewesen, als andere Metalle sie ersetzt hatten. Keines von ihnen leuchtete mit derselben Kraft, auch wenn ihre Klingen wesentlich schärfer waren. Er hatte das Messer zu diesem einen Zwecke behalten, um den Toten den Übergang zu erleichtern.

Als die Grenze aufriss, traf warme Luft sein Gesicht – ein Wind, der aus den Tiefen unbekannter Hitze aufstieg. Der Weg in die Schatten brachte immer Wärme mit sich – mal willkommen und angenehm, mal ein Inferno. Tod dachte nicht zu genau darüber nach. Der Hitzesturm hatte schon lange vor der Verbreitung der Idee einer Hölle getobt – obwohl es natürlich trotzdem möglich war, dass ein ewiges Feuer dort auf unglückliche Seelen wartete.

Der Riss brachte die noch zurückgebliebenen Toten zum Toben. Als sich das Jenseits in der Umgebung ausbreitete, durchschnitt ihr entrüstetes Heulen die Luft. Die Geister vor langer Zeit Verstorbener erhoben sich kreischend aus ihren selbst erschaffenen Gefängnissen. Tod war nicht verwundert, als sich ein Wraith in Gestalt einer Frau von oben auf ihn stürzte und versuchte, ihm durchs Gesicht zu kratzen. Ari machte einen Schritt auf ihn zu, doch Tod schüttelte nur den Kopf. Er verließ sich darauf, dass sie ihn nicht berühren konnte.

„Lass sie in Ruhe, Ari." Er tätschelte ihm den Arm. „Sie kann mir nichts anhaben."

„Sie sind wie Kakerlaken." Ari stellte sich noch dichter neben Tod. „Sie wimmeln genauso herum. Das ist manchmal echt gruselig."

„Du bist nicht gerade hilfreich." Tod zeigte auf eine einige Meter entfernte Stelle. „Geh da rüber. Sonst bist du mir im Weg."

„Und wenn du mich brauchst?", protestierte Ari und streichelte flüchtig über Tods Nacken.

„Ich brauche dich doch. Aus unerfindlichen Gründen ist es beruhigend, dich in der Nähe zu wissen." So sanft die Worte auch klangen, gruben sie sich doch wie scharfe Krallen in Aris Verstand. „Aber deswegen musst du nicht gleich auf meinem Schoß sitzen. Bitte, Ari."

Der Unsterbliche nickte brummend und entfernte sich einige Meter, allerdings nicht zu weit. Tod widmete sich wieder dem Riss in der Grenze und schnitt ein weiteres Mal in den schattigen Vorhang.

„Warum schneidest du immer Dreiecke?", fragte sich Ari laut. „Du könntest doch mal was anderes versuchen."

Ein verzweifelt wirkender Geist ging unruhig umher. Während er auf den Tod wartete, warf er immer wieder Blicke auf die Überreste seines Heims, als überlegte er, dorthin zurückzukehren.

Ari schob sich zwischen ihn und seine zerstörte Bleibe. „Du wartest hier. Versuch ja nicht, abzuhauen. Du hast einen dringenden Termin."

„Ich mag einfach die Form", beantwortete Tod Aris vorhergegangene Frage. „Sie wirkt, als könnte sie Seelen an einen anderen Ort bringen." Nachdem er das Messer weggesteckt hatte, faltete er den Schattenvorhang mit den Händen auseinander. In seinem erschöpften Zustand musste er eine Weile damit kämpfen, bis er ein so großes Portal geschaffen hatte, dass ein Mensch hindurchpassen würde.

„Es sieht wie ein Fluss aus", sagte der tote Mann plötzlich mit einem verwunderten Blick auf das breite silberne Band, das sich jenseits des samtig schwarzen Vorhangs wand. „Es klingt wie fließendes Wasser."

Viele Tote sagten etwas Derartiges. Ihre Augen schienen in dem silbernen Band in der dunklen Hitze etwas zu erkennen. Manche sprachen von einem Fluss, andere von einem Flügel. Wieder andere sahen Wolken oder nur einen Lichtstrahl.

Jeder Unsterbliche konnte die dunklen Spiralen hinter der Grenze betreten, um Orte auf der Erde zu erreichen, an die er gerufen wurde. Doch dieses silberne Band konnten sie nicht berühren. Tod hoffte, dass es menschliche Seelen an einen friedlichen Ort brachte. Er hatte nie mit jemandem gesprochen, der von der Reise zurückgekehrt war. Er konnte nur glauben und vertrauen.

Der Mann fragte nervös: „Kannst du mitkommen? Ich meine ... solltest du mir nicht den Weg zeigen?"

„Nein, es tut mir leid. Ich kann nicht hingehen, wo du hinmusst." Es war schwer, dem Mann seine Bitte abzuschlagen und sein trostloses Gesicht zu sehen. Er legte ihm eine Hand auf die geisterhafte Schulter und schob ihn auf das leuchtende Band zu. „Du musst nur hineingehen. Es wird dich an den richtigen Ort bringen."

Die Seele zögerte, schob sich ein Stück durch die Öffnung. Heiße Winde schlugen ihnen entgegen, so wild wie das Feuer, das noch in der Nähe wütete. Der Mann hielt inne, wollte sich instinktiv von der Strömung des seltsamen Flusses fernhalten. Doch die Erinnerung an die Gesichter seiner Kinder war stärker als seine Angst, sodass er schließlich weiter in die Schatten trat, auch wenn er sich noch am Rand der Öffnung festhielt.

„Manchmal möchte man sie einfach kräftig reinschubsen." Ari blieb mit einem eingerissenen Fingernagel an seiner Jeans hängen und hob ihn an den Mund, um die Ecke abzubeißen und auf den Boden zu spucken.

„Ari", knurrte Tod, der mit seiner Geduld ohnehin beinahe am Ende war.

„Ja, ich weiß. Ich bin schon still." Als Tod ihm einen bösen Blick zuwarf, zuckte er mit den Schultern. „Sieh mich nicht so an. Ich spreche doch überhaupt nicht seine Sprache. Er kann mich sowieso nicht verstehen."

„Aber ich kann dich verstehen", antwortete Tod. Er sah zu, wie der Mann den silbernen Pfad betrat und glitzernde Funken aufwirbelte. Dann wurde er von der Strömung erfasst und auf den Strudel aus Licht am Horizont zugetragen.

Die Seele begann, sich aufzulösen. Der Mann drehte sich ein letztes Mal um und betrachtete mit Tränen in den Augen die verkohlten Überreste seines Körpers. Er hob eine Hand, als wollte er nach Tod greifen, doch seine Finger waren verschwunden, bevor sie den Unsterblichen berühren konnten, verloren im Nichts des Jenseits.

„Lass einfach los", sagte Tod. „Alles wird gut. Ich verspreche es."

Bald war von dem Mann nichts mehr zu sehen und nur noch ein letztes Echo seiner Stimme schien vom heißen Wind herangetragen zu werden. Tod atmete erleichtert aus und rührte sich nicht von der Stelle, bis Aris Räuspern – ein schroffes, raues Geräusch, das für Tods Ohren leicht genervt klang – ihn aus seinen Gedanken riss.

„Was ist?", fragte Ari unschuldig, als ihm sein Freund einen vorwurfsvollen Blick zuwarf.

„Du könntest etwas respektvoller sein."

„Warum? Sie gehen fort, wir machen weiter." Der Unsterbliche zuckte mit den Schultern und streckte Tod, der auf dem Boden hockte, eine Hand entgegen. „Das liegt in ihrer – und unserer – Natur."

„Eines Tages werde ich es dir vielleicht begreiflich machen können", antwortete Tod, ergriff aber Aris Hand und ließ sich von ihm auf die Füße ziehen. Anschließend klopfte er sich die Asche von der Hose und entfernte sich einige Schritte von den Ruinen.

„Ich würde dich jetzt lieber nach Hause bringen." Ari schlang einen Arm um Tods Taille und suchte nach ihrer Zufluchtsstätte, nach der Gegenwart der anderen Reiter in den Schatten der Grenze. „Und unter die Dusche. Du, mein lieber Freund, stinkst nämlich gewaltig."

„Das Kompliment kann ich zurückgeben", antwortete Tod und rümpfte die Nase, als er an Aris Hemd schnupperte. „Worin hast du dich gewälzt? Hundescheiße?"

„Schön wär's", lachte Ari. „Und jetzt komm. Schaffst du es alleine oder muss ich dir helfen?"

„Ich komme zurecht." Er schüttelte Aris Hände ab. „Aber zu Hause stellst du dich auch erst unter die Dusche, bevor du ins Bett kommst. Den Gestank will ich nicht an meiner Bettwäsche haben."

COLM KEHRTE in sein Zimmer zurück und ließ sich vorsichtig auf der Couch nieder, ohne Kismet durchzuschütteln. Allein mit dem schlafenden jungen Mann lehnte er sich in die weichen Polster zurück und überlegte, was er jetzt tun sollte.

„Hey", sagte Kismet heiser. Blass, aber wach schaute er sich blinzelnd um.

Die Stimme kam so unerwartet, dass Colm zusammenzuckte und sich die Knie am niedrigen Couchtisch stieß. Kismets braune Augen waren wieder voller Leben und auf seinem Wangenknochen bildete sich ein dunkler Bluterguss.

„Hallo." Colm schob seine Brille hoch und rutschte widerwillig ein Stück von dem warmen Körper weg, woraufhin sich die Polster unter Kismet etwas hoben. „Wie geht es dir?"

Kismet versuchte hustend, sich umzudrehen, wurde allerdings von einer Welle des Schmerzes gestoppt, die durch seinen Kopf rollte. Er ließ sich wieder auf das Sofa sinken und zwinkerte Tränen aus seinen Augen. „Scheiße, das tut weh."

„Beweg dich nicht, Kismet." Als er den gequälten Gesichtsausdruck sah, litt Colm mit ihm. Er griff nach einem Polster und rückte es zurecht, damit Kismet besser liegen konnte. „Weißt du noch, was passiert ist?"

„Ich weiß, dass es mir besser geht als erwartet, nachdem ich von einem riesigen Hundemonster zerrissen wurde." Kismet verzog das Gesicht, als er seine Beine bewegte, die nach dem langen Liegen in derselben Position kribbelten. „Ich glaube, es wollte mich umbringen. Und dann seid ihr gekommen. Danach ist alles ziemlich verschwommen. Oh, und mir tut alles weh."

Colm setzte sich auf den Couchtisch, damit er die Blutergüsse in Augenschein nehmen konnte. Eigentlich hatte er nicht damit gerechnet, dass der junge Mann so früh aufwachen würde. Jetzt überlegte er hektisch, was er dem Menschen sagen konnte. „Es kam dir schlimmer vor, als es war. So schwer hat dich das Monster nicht verletzt."

„Hast du mir schon deinen Namen gesagt?", fragte Kismet plötzlich. „Ich erinnere mich nicht daran."

„Colm", antwortete der Reiter.

„Okay, Colm, dann hör bitte auf zu lügen. Das Ding hat mich praktisch aufgefressen. Es waren mehr als nur ein paar Kratzer. Das war kein wilder Hund." Jede Bewegung sandte ein schmerzhaftes Stechen durch Kismets Körper. Er keuchte und bemühte sich, mit flachen Atemzügen Luft in seine Lunge zu bringen.

„Halt still. Lass mich deine Verletzungen ansehen." Colm schob das T-Shirt hoch, um sich den roten Bereich auf den Rippen des jungen Mannes anzusehen. Er war nicht sicher, ob ihn die auf rätselhafte Weise verheilten Verletzungen freuten oder frustrierten. Die meisten Wunden hatten sich vollständig geschlossen und rosige neue Haut hinterlassen.

„Was macht dein Kopf?", fragte Colm. Er hatte kaum Erfahrung mit Verletzungen – abgesehen von ein paar kleinen Stichwunden, die Ari ihm angeblich versehentlich beim Training zugefügt hatte. Dennoch wusste er, dass man an Blutergüssen nicht viel ändern konnte. Sie würden abwarten müssen, bis sie verblassten.

„Ich kann nicht besonders gut sehen. Ich sehe dich, aber hinter dir wird es unscharf."

„Das kann am Blutverlust liegen. Blut und der Sauerstoff darin sind für das Sehvermögen wichtig. Eigentlich müsste es bald besser werden." Colm wedelte mit den Fingern vor Kismets Gesicht herum, als ihm plötzlich die wunden Stellen in Kismets Armbeuge auffielen. Er berührte sie vorsichtig, bis Kismet seine Hand abschüttelte. „Hat es dich da auch gebissen?"

„Nein. Da habe ich mich selbst gebissen." Kismet versuchte erneut, seinen Körper vom Sofa zu heben, musste allerdings bald einsehen, dass ihm die Kraft fehlte. Er spürte nichts mehr von dem Heroin in seinem Körper und wusste, dass bald das erste Zittern beginnen würde. „Ich kann nicht lange bleiben. Dieses Monster hat mich fast zu Tode erschreckt. Wahrscheinlich brauche ich bald den nächsten Schuss."

„Schuss? Eine Pistole hätte dir nicht geholfen", antwortete Colm. „Etwas Geschossenes oder Geworfenes kann so einem Ding nichts anhaben. Eine Waffe muss sich in Kontakt mit einem Grenzgänger befinden, um etwas wie einen Wraith zu verletzen."

„Pistole?" Kismet versuchte, sich auf das unscharfe Gesicht zu konzentrieren. Er konnte blondes Haar und runde Brillengläser ausmachen, leichte Stoppeln auf einem kantigen Kinn. „Wow, du meinst das wirklich ernst. Wo zum Teufel bin ich überhaupt?"

„Du bist in meinem Zimmer." Colm bemerkte ein leichtes Zittern der blassen Finger. Es beunruhigte ihn. Seine bisherigen Erfahrungen mit Menschen hatten immer dazu geführt, dass diese starben. Und Zittern war kein gutes Zeichen. Da war er sicher. „Vielleicht solltest du etwas schlafen."

„Aber *wo* bin ich. In Narnia?" Kismet schaute sich ratlos in dem stillen Raum um. Er lauschte auf die flüsternden Stimmen, die unablässig in der Dunkelheit lauerten. Doch nichts rief nach ihm und im ersten Moment war die Stille beinahe erschreckend. Dann entspannte er sich mit einem erleichterten Seufzen auf den Sofakissen und spürte, wie der Schmerz nachließ. Wieder auf den jungen Mann neben sich konzentriert fügte Kismet hinzu: „Und wie habt ihr das gemacht? Mir dürfte es nicht so gut gehen, nachdem mich das Ding zerfleischt hat."

„Wie gesagt", beantwortete Colm die erste Frage, „in meinem Zimmer. In unserem Zuhause. Wo wir vier wohnen."

„Vier?", fragte Kismet. „Ist das so eine Gruppensache? Verdammt, ich hab schon mit einer Person Probleme und du hast gleich drei? Wow."

„Eine Gruppensache?" Colm war nicht sicher, ob er wegen Kismets Ausdrucksweise so wenig verstand oder ob es daran lag, wie wenig er über Menschen wusste. „Als Gruppe könnte man uns wohl bezeichnen."

„Colm, nimm's mir nicht übel, aber du bist nicht der Hellste. Ich glaube, du verstehst nicht, was ich meine." Kismet versuchte, sich hochzustützen, und stöhnte vor Schmerzen. „Nett und süß, aber nicht der Hellste. Ich meinte eine Gruppenbeziehung. Sex und Liebe. Poly-irgendwas. Mehr als zwei Leute."

„Oh!" Colm stieg langsam, aber sicher das Blut ins Gesicht. „Nein, so ist das nicht. Wir sind ... ich bin nicht ... wir sind nicht diese Art von Gruppe. Dagegen habe ich natürlich nichts, nur wir ..."

„Schon gut." Kismet grinste, obwohl die verheilende Haut in seinem Gesicht und an seinem Hals dabei spannte. „Du musst mir nichts sagen, was du nicht sagen willst. Nur wie ihr mich geheilt habt. Das möchte ich wissen."

„Ich will nur nicht, dass du etwas Falsches denkst ..." Colm brach ab und fluchte leise, wie Ari es so gern tat. „Eigentlich weiß ich gar nicht, worauf ich hinauswill. Vielleicht sollte ich von vorn anfangen."

„Dann fang doch damit an, warum meine Eingeweide nicht vor dem Motel verteilt sind."

„Ich weiß es nicht", antwortete Colm. „Wir haben dich nur gefunden. Vielleicht hat dich jemand ins Krankenhaus gebracht."

„Mann, du bist der schlechteste Lügner der Welt." Kismet zupfte an seiner zerrissenen Kleidung. „Ich war nicht im Krankenhaus und ich habe noch das gleiche Zeug an wie bei dem Angriff."

„Na gut, Ari und ich haben dich mitgenommen, nachdem der Wraith dich verletzt hat." Der Reiter biss sich auf die Unterlippe. „Ich weiß nicht, was ich dir sonst sagen soll. Halt mal kurz still. Ich muss etwas überprüfen."

Colm holte tief Luft und streckte seine Seele aus. In der Gegenwart der anderen spürte er ihre Berufung wie seine eigene. Dadurch waren sie zu einer Einheit verbunden. Andere Unsterbliche mieden die Reiter, doch bei den seltenen Gelegenheiten in der Gegenwart eines solchen hatte Colm ihn auf der Grenze wahrgenommen wie ein Leuchtsignal. Trotz seiner schnell verheilten Wunden konnte er bei dem jungen Mann allerdings nichts davon fühlen. Zwar war er kein gewöhnlicher Mensch mehr, aber ein Unsterblicher wie Colm war er nicht.

„Du bist keiner von uns." Colm lehnte sich enttäuscht zurück. Er hatte so sehr gehofft, Kismet wäre ein Teil ihrer Welt. „Scheiße."

„Alles in Ordnung?" Kismet legte eine Hand auf Colms Bein, auch wenn ihn diese kleine Bewegung bereits völlig erschöpfte. Sein Körper reagierte langsam und fühlte sich schrecklich schwach an.

„Ja", antwortete Colm. Er errötete erneut. Kismets Hand auf seinem Oberschenkel brachte seine gerade erst zurückgewonnene Fassung ins Wanken.

Er wurde nur selten von jemand anderem als den Reitern berührt. Der letzte intime Kontakt hatte in Vegas stattgefunden – Ari hatte ihn hingeschleift und selbst dafür bezahlt, dass Colm die Freuden einer Frau kennenlernte. „Ich weiß nur nicht, wie viel ich dir erzählen soll."

„So viel du eben willst", antwortete Kismet. „Du musst mir nicht alles erklären. Du hast mich aus dem Maul dieses Dings gerettet, also kann ich mich nicht beschweren. Im Moment verstehe ich nur einfach überhaupt nichts mehr."

„Ich glaube, ich sollte dir wenigstens sagen, was wir sind", beschloss Colm. Er berührte Kismets Arm und staunte über das Gefühl der feinen Härchen unter seinen Fingerspitzen. „Vielleicht wirst du mir nicht glauben. Ich kann nicht einschätzen, was Menschen glauben."

Auf seine Hände hinunterschauend grübelte Colm darüber nach, was er preisgeben konnte. Er hatte nie zuvor mit jemandem geredet, der die Grenze sehen konnte, ohne etwas über die vier Reiter zu wissen. Während der dunkeläugige Mann auf dem Sofa interessiert zuhörte, erklärte Colm schließlich ausführlich, wie die Reiter lebten, verborgen vor der Welt und mit wenig beneidenswerten Aufgaben betraut.

„Also seid ihr so eine Art Engel?", fragte Kismet verwirrt, nachdem Colm endlich ein Ende fand. Er hatte sich in seinem Leben oft für verrückt gehalten, aber der blonde Mann neben ihm schlug ihn um Längen. „Das soll ich wirklich glauben?"

„Nein, keine Engel. Ich hab es wohl nicht gut erklärt." Colm ging noch einmal durch, was er gesagt hatte. Es war wirklich etwas verworren gewesen. „Wir sind die vier apokalyptischen Reiter, wie in der Bibel. Zumindest so ähnlich."

„Die Bibel steht nicht auf meiner Leseliste, Kumpel. Ich kenne die Reiter nur von Vorlagen, die Leute für Tattoos mitbringen", antwortete Kismet. „Vielleicht bist du wirklich verrückter als ich."

„Nein. Es ist wirklich wahr. Ich weiß nicht, wie ich dich überzeugen kann."

„Davon, dass ihr vier hier seid, um die Menschheit zu retten?"

„Na ja, da sind noch andere wie wir, aber sie haben nicht viel mit uns zu tun." Colm konnte sehen, dass Kismet noch immer zweifelte. „Ernsthaft. Leute wie Glück und die Laster sind zum Beispiel auch echt. Zumindest ziemlich echt. Und wir sind nicht unbedingt hier, um die Menschheit zu retten."

„Ich muss dir leider immer noch sagen, dass du verdammt verrückt klingst", gab Kismet zu. „Süß, aber irre."

„Witzig, dasselbe sagen die anderen über dich." Colm lachte ein lautes, herzliches Lachen. „Ari glaubt, du kannst uns nur deshalb sehen."

„Oh, ich habe allerdings ein paar verrückte Tendenzen. Daran besteht kein Zweifel." Kismet stöhnte, denn das schmerzhafte Pochen in seinem Kopf nahm immer weiter zu. Er legte eine Hand an seinen Hinterkopf und gab einen leisen Jammerlaut von sich, als seine gequälten Schultermuskeln heftig protestierten. „Verdammt, das tut weh. Mein Kopf."

„Vielleicht hilft ein bisschen Schlaf?" Colm war nicht sicher, was er für den jungen Mann auf seinem Sofa tun konnte.

„Kannst du mir Aspirin besorgen?", flehte Kismet. Selbst seine Sucht hatte ihm bisher nie so heftige Schmerzen bereitet. Es fühlte sich an wie Wellen aus Feuer, die kurz abnahmen, nur um dann aufs Neue seine Nerven zu entzünden und ihn zu blenden. Seine Innereien krampften sich zusammen, als wären sie verknotet. „Gott, im Augenblick würde ich alles nehmen."

„Ich gehe fragen." Er selbst besaß keins, wusste jedoch, dass die anderen manchmal auf Schmerzmittel zurückgriffen – meistens nach einem langen Übungskampf mit Tod. „Min hat vielleicht welches."

„Danke." Kismet riskierte es, seinen Arm ein weiteres Mal zu bewegen, um sich die Schläfe zu reiben. Mittlerweile fühlte es sich an, als stünde sein Kopf kurz vor dem Platzen. „Mein Kopf tut fast so weh wie meine Rippen."

Colm verließ das Zimmer und klopfte an Mins Tür. Die gedämpften Geräusche einer Verfolgungsjagd wurden lauter, als Min sie plötzlich öffnete. Colm wäre beinahe zurückgewichen, als Min direkt vor seinem Gesicht in eine geschälte Banane biss. Reifen quietschten mit ohrenbetäubender Lautstärke, bis Min den Actionfilm mit der Fernbedienung leiser stellte.

„Was willst du?", fragte sie durch einen Mundvoll Banane. Ihre Zehen waren durch Wattebällchen getrennt und der Geruch von Nagellack mischte sich unter den staubigen Duft der Frucht. „Bitte sag mir, dass er unsere Probleme gelöst hat, indem er gestorben ist."

„Im Gegenteil, er ist sogar wach", antwortete Colm. „Aber er hat nach Aspirin gefragt. Hast du vielleicht welches?"

„Da kann ich dir weiterhelfen." Min tapste durch ihren Wohnbereich und um die frei stehende Treppe herum ins Badezimmer. „Ewiges Leben und trotzdem Kopfschmerzen. Wenigstens erkälten wir uns nicht. Dann würde ich dir auch einen Arschtritt verpassen, weil es deine Schuld wäre."

„Erkältungen habe ich mir nicht ausgedacht", erwiderte Colm. „Da müsstest du dich bei einer anderen Pestilenz bedanken."

„Das fällt unter Erbschuld. Ich mache euch alle dafür verantwortlich", rief Min durch die offene Tür.

Im Gegensatz zu Colms unaufgeräumten Zimmern bevorzugte Min in ihren klare Linien und Ordnung. Das Einzige, was nicht ins Bild passte, war die offene Nagellackflasche auf dem Freiform-Glastisch. Von der Bananenschale fehlte jede Spur. Während er Min in ihrem Badezimmerschrank wühlen hörte, warf Colm einen Blick auf ihre Filmsammlung. Sie bestand hauptsächlich aus Actionfilmen und chinesischen Filmepen, alle alphabetisch sortiert. Auf dem Regalbrett darunter befanden sich CDs, ebenfalls peinlich genau nach Künstler und Erscheinungsjahr geordnet.

„Du bist irgendwie seltsam", sagte Colm. „So übertrieben ordnungsliebend."

„*Du* nennst andere seltsam?" Sie reichte ihm eine Pillendose, an deren Boden noch einige weiße Tabletten klapperten. „Du besitzt Kuscheltiere in der Form von Krankheitserregern."

„Sie sind ironisch gemeint", antwortete er leicht gekränkt. „Ich habe es für eine witzige Idee gehalten."

„Ironisch und witzig wäre es gewesen, wenn *wir* sie dir geschenkt hätten", widersprach Min. „Wenn du sie selbst kaufst, ist es armselig. Und jetzt fütter den Jungen damit. Mit ein bisschen Glück überlebt er den nächsten Tag und wir können ihn wieder in der Wildnis aussetzen. Wenn man sie zu lange behält, nimmt die Mutter sie manchmal nicht mehr an."

„Glaubst du, Tod würde ihn hierbleiben lassen?", fragte Colm. Als Min den Kopf schüttelte, fügte er hinzu: „Ich glaube nämlich nicht, dass er noch ein normaler Mensch ist."

„Vergiss es. Wenn du ein Haustier willst, besorg dir eine Katze." Min schob Colm auf die offene Tür zu. „Ja, er ist hübsch. Aber er gehört dir nicht. Du musst ihn dahin zurückbringen, wo du ihn gefunden hast. Irgendein Mädchen heult sich bestimmt schon die Augen aus, weil ihr kleines Kuscheltier nicht nach Hause gekommen ist."

„Du bist gemein", brummte Colm, während er die Anweisungen auf der Dose las.

„Ich bin Hunger." Min lehnte sich gegen den Türrahmen. „Man wird nicht Hunger, weil man ein liebenswerter Sonnenschein ist. Um Leute verhungern zu lassen, muss man zäh sein. Und jetzt hau ab. Ich will meinen Film sehen."

Mit einem Glas Wasser aus der Küche kehrte Colm in seine Suite zurück. Doch als er sich mit einigen Pillen in der Hand zwischen Sofa und Couchtisch schob, sah er, dass der verletzte junge Mann tief und fest schlief. Seine Augen bewegten sich hektisch hinter ihren Lidern und die Blutergüsse in seinem Gesicht traten noch deutlicher hervor. Als die Morgensonne über den niedrigen Bergen hervorschaute und ihm das erste rötliche Licht ins Gesicht warf, drehte sich Kismet mit einem leisen Wimmern um und schob einen mit kleinen Narben gesprenkelten Arm über seine Augen. Dabei rutschte sein T-Shirt hoch und gab den Blick auf die verheilenden Blutergüsse frei.

„Wahrscheinlich ist es sowieso besser, wenn du ein bisschen schläfst." Colm platzierte das Wasserglas und die Tabletten auf dem niedrigen Tisch, bevor er mit einem letzten Blick auf den jungen Mann die Vorhänge zuzog und das Licht ausschaltete. „Schlaf gut, Kismet. Ich hoffe, du hast nur schöne Träume."

7

ARI STRECKTE sich auf Tods Bett und genoss das Gefühl weicher Baumwolllaken und Federkissen. Von allen menschlichen Erfindungen gefiel ihm Bettzeug am besten – wahrscheinlich sogar besser als ein leistungsstarker Motor. Außerdem roch die Bettwäsche wie Tod – der kräftige Duft von grünem Tee mit einem zarten Hauch von Zitrusfrüchten. Als Ari den Kopf wandte, fand er auf dem Kissen ein einzelnes schwarzes Haar. Er nahm es zwischen die Finger und ließ es über seine Lippen gleiten.

Neben ihm fühlte sich die Matratze kühl an, auch wenn das Laken noch von Tods Körper zerknittert war. Ein Blick auf die Uhr zeigte ihm, dass sie sich erst vor wenigen Stunden schlafen gelegt hatten. Tod hätte, zumindest Aris Meinung nach, nicht schon wieder wach sein sollen. Also verließ der Unsterbliche das Bett und ging, nachdem er in eine Jogginghose geschlüpft war, die Treppe hinauf, um sich auf die Suche nach dem anderen Reiter zu machen.

Unter dem Penthouse glitzerte Balboa Park – Grünflächen und Baumgruppen, die durch von Lampen gesäumte Alleen durchschnitten wurden. Der reich verzierte Turm des Museum of Man ragte von innen erleuchtet in der Dunkelheit auf. Tagsüber wirkte der Park ruhig und beschaulich. Nachts wurde er zu einem schillernden Lichterfest, besonders das angestrahlte Museum. Da in ein oder zwei Stunden die Sonne aufgehen würde, leuchtete die Turmspitze jetzt bereits in einem zarten Rosa.

Tods Arbeitszimmer gefiel Ari. Es beherbergte eine Mischung aus alten Möbeln, weichen Sofas und niedrigen Tischen. Neben einer Tasse mit kaltem Tee befanden sich ein Stapel alter Bücher und einige lose Blätter, auf denen er Tods undeutliche Handschrift erkannte. Tiefrote Wände wurden von Bücherregalen gesäumt, gelegentlich unterbrochen von Kunstwerken, die Ari nicht verstand und nicht unbedingt mochte.

Tod umgab sich nicht mit vielen Erinnerungen an die Vergangenheit. Das meiste landete früher oder später in einer Kiste und wurde irgendwo verstaut. Die wenigen Dinge, die er behielt, waren persönliche Kleinigkeiten aus seinem gemeinsamen Leben mit Ari, wie zum Beispiel das im Licht golden schimmernde winzige Elfenbeinspinnrad, das Ari während ihrer Zeit in Schanghai einmal als Geschenk auf seinem Kopfkissen hinterlassen hatte.

Ari schob die glänzenden Blätter einer großen Dieffenbachie zur Seite, um den Asiaten zu betrachten, der über seine Bücher gebeugt dasaß.

„Warum bist du hier?", fragte Ari. „Du solltest schlafen, anstatt staubige Bücher zu wälzen."

„Meine Bücher würde ich niemals verstauben lassen." Tod war so auf die Seiten vor ihm konzentriert, dass er kaum zu Ari aufsah. „Warum bist *du* hier? Und dann auch noch halb nackt."

„Ich habe dich gesucht. Vielleicht habe ich ja gehofft, dich wieder ins Bett locken zu können. Du bist doch müde, Shi." Ari ließ sich neben Tod nieder. Am liebsten hätte er ihn in die Arme genommen und ihn aufgefordert, den Mund zu halten, die Bücher wegzulegen und zu schlafen. Es war ein alter Streit, den Ari niemals ganz aufgab – vor allem deshalb, weil er ganz, ganz selten sogar damit durchkam. „Du hast Augenringe. Sie sind nicht sehr hübsch."

„Ich habe das Gefühl, ich könnte hier irgendwo Antworten finden." Als Tod umblätterte, stieg der unverwechselbare Geruch alten Papiers auf, ein bittersüßer Duft, den Tod sehr liebte. „Ich musste einfach etwas tun."

„Ja, das kenne ich. Niemand von uns ist gern hilflos." Etwas Schwarzes flackerte über Tods Notizen, ein einzelner Satz, der sich langsam von rechts nach links bewegte. Ari hob das Blatt hoch und bemühte sich, das Gekritzel zu entziffern. „‚Sie haben also beschlossen, sich mal wieder zu melden? Was soll das heißen?"

Tod warf mit gespitzten Lippen, die Aris Meinung nach sehr zum Küssen einluden, einen Blick auf das Blatt, nahm es Ari aus der Hand und drehte es um. „Versuch's mal so", sagte er und widmete sich wieder seinen Büchern.

„Viel geholfen hat das nicht." Ari ahmte neckend Tods Schmollmund nach. „Ich habe erst lesen gelernt, nachdem der Mist hier veraltet war. Schon vergessen? Hat irgendwer hinter dem Vorhang zur Abwechslung sinnvolle Informationen ausgespuckt? Sodass wir nur noch nach einem rot blinkenden Schild mit der Aufschrift ‚dummer Magus' suchen müssen?"

„So hilfreich waren sie leider nicht."

„Aber der wandernde Text ist ein interessanter Effekt, das muss ich ihnen lassen." Ari berührte das Blatt und erwartete, etwas zu spüren, fühlte jedoch lediglich glattes Papier. „Aber man könnte Kopfschmerzen bekommen, wenn man zu lange draufschaut."

„Ich wünschte, es würde aufhören. Ich glaube, auf dem Zettel stand vorher etwas Wichtiges, das ich überprüfen wollte", sagte Tod, während er mit dem Finger an einer Zeile in seinem Buch entlangfuhr. „Und ‚sie' haben uns nur mitgeteilt, dass alles noch viel schlimmer wird, wenn wir diese Sache, was sie auch immer sein mag, nicht stoppen."

„Oh, toll", antwortete der Blonde. „Das wussten wir ja noch gar nicht. Vielleicht sollten wir einfach alle sterben lassen. Ich meine, wünschst du dir nicht manchmal, die Menschen würden ihre Probleme selbst lösen?"

In der Hoffnung, endlich etwas erkennen zu können, warf Tod einen weiteren Blick auf seine entwendeten Notizen. „Seit wann bist denn gerade du so gleichgültig?"

„Vielleicht bin ich nur eifersüchtig. Ich möchte für dich im Mittelpunkt stehen." Ari streichelte Tod über den nackten Arm, spürte seine Wärme. „Hast du wenigstens in deinen Büchern etwas gefunden? Oder soll ich dich einfach wieder ins Bett zerren?"

„Nur Kleinigkeiten." Tod seufzte tief. Als er sich das Gesicht rieb, wurde er von heftiger Erschöpfung ergriffen, die ihn bis in die Knochen betäubte. „Eigentlich weiß ich gar nicht, wonach ich genau gesucht habe. Ich habe wohl gehofft, einen ähnlichen Fall aus der Vergangenheit zu finden, der uns jetzt weiterhelfen könnte."

„Der Wraith, der uns fressen wollte, kam mir jedenfalls nicht wie ein Zufall vor", antwortet Ari.

„Nein", stimmte Tod zu. „Das sehe ich genauso. Vielleicht habe ich einfach nicht die richtigen Bücher. Oder die richtigen Übersetzungen. Immer wenn ich glaube, etwas gefunden zu haben, scheint es mir wieder zu entgleiten wie ein Gespenst. Das Nützlichste, was ich habe, sind Berichte über einen Zauberer aus dem 13. Jahrhundert, der in den Schatten verschwunden und nie wieder aufgetaucht ist."

„Wenn er nie wieder aufgetaucht ist, woher weiß man dann davon?"

„Er hat seinen Lehrling damit beauftragt, seine Experimente fortzuführen." Tod lehnte sich an Ari und hielt sein Buch zwischen ihnen hoch. „Das ist eine Übersetzung der Aufzeichnungen des Lehrlings. Er beschreibt, dass sein Meister jahrzehntelang an einem Elixier gearbeitet und es an Kriminellen getestet hat."

„Und was ist dabei rausgekommen?"

„Laut dem Text sind die meisten Versuchspersonen gestorben. Einige sind wahnsinnig geworden." Tod blätterte um und zeigte auf die Skizze eines Mannes, der einen Vorhang zur Seite schob. „Er schreibt weiter, dass der Zauberer den Trank irgendwann selbst getrunken und dann einen See aus Quecksilber durchschritten habe. Danach soll er nie mehr gesehen worden sein."

„Das klingt, als könnte es mit unseren Vorfällen zusammenhängen." Ari nahm einen Schluck von Tods Tee, verzog aber das Gesicht, als die kalte, bittere Flüssigkeit auf seine Zunge traf. „Einen See aus Quecksilber durchschreiten. Das klingt doch ziemlich nach der Grenze."

„Allerdings", stimmte Tod zu. „Wenn der Lehrling die Grenze wahrnehmen konnte, war er vielleicht ein Seher, ohne es zu wissen. Viel mehr Interessantes ist in den Aufzeichnungen nicht zu finden. Möglicherweise hat Frieden den Originaltext – er hat mir diese Übersetzung überlassen."

„Das ist überraschend großzügig von ihm." Der zweite Schluck war genießbarer mit einer frischen Note unter der Bitternis. „Und jetzt komm zurück ins Bett. Wir können später mit Frieden darüber reden, was er uns alles leiht. Vielleicht können wir ihm zum Tausch ein paar Ziegen und einen Korb mit Eiern anbieten."

„Dann denkt er, du bringst ihm eine Mitgift." Als Aris Hand sich um seine Finger schloss, gestattete Tod ihm, ihn von der Couch hochzuziehen. Nachdem Ari das Licht ausgeschaltet hatte, führte er Tod zurück zu dem Bett, das sie geteilt hatten. Während Ari sich seiner Jogginghose entledigte, zog Tod die Vorhänge zu und sperrte die erwachende Stadt aus. Sie hatten kaum ernsthafte Anweisungen bekommen, und während Ari sowieso nicht optimistisch gewesen war, hatte Tod wenigstens mit einem Hinweis darauf gerechnet, wo sie nach dem Verantwortlichen für den Vorfall suchen sollten.

Als Krieg die Bettdecke für ihn hochhielt, schlüpfte der älteste Reiter darunter.

Sie lagen oft zusammen im Bett, wenn sie Trost oder einfach nur Wärme suchten. Tod rutschte näher an Ari heran, schmiegte sich an dessen Seite. Die rechte Schulter des Blonden diente ihm als Kissen, während Aris Hand begann, seinen Rücken zu streicheln, von der Vertiefung am unteren Ende bis zu den Schulterblättern, die wie Flügel unter dem schwarzen Haar lagen. Der Ältere legte einen Arm über Aris Bauch, sodass sein Ellbogen Aris Hüftknochen berührte.

Dann befreite er mit der anderen Hand die zwischen ihnen eingeklemmte Kordel seiner Schlafanzughose.

Da der Schlaf sich ihm noch entzog, ließ Tod seine Gedanken schweifen, während er über die Narbe auf Aris Brustkorb streichelte. Ari wartete geduldig, lag still und nackt unter Tods Körper, als dieser nachdachte und ihre Atemzüge sich aufeinander abstimmten.

„Colm wird wahrscheinlich bald nach Hongkong müssen", sagte Tod schließlich. Sein warmer Atem liebkoste Kriegs Brust. Das sanfte Licht einer Lampe auf dem Nachttisch war gerade hell genug, dass Tod sehen konnte, wie sich Aris Bauchmuskeln unter seiner Berührung zusammenzogen. „Ich glaube, in den Überresten des Slums braut sich etwas für ihn zusammen."

„Lass uns die Arbeit doch mal vergessen", murmelte Ari in Tods Haar. „Wenn du reden möchtest, habe ich einiges auf dem Herzen."

„Ich bin jetzt zu müde für die alten Diskussionen, Ari." Tod wusste, dass er sich von Ari hätte lösen sollen, doch die Wärme des anderen tat seinem erschöpften Körper einfach zu gut.

„Ich hätte da etwas Neues." Ari atmete aus, entledigte sich der Spannung, die seinen Magen zusammenkrampfte. Als Tod sich bewegte, als wollte er sich von ihm entfernen, stoppte Ari ihn mit einer Hand auf seinem Hinterteil und hielt ihn gegen sich gepresst. „Hör mir zu, Tod."

Er klang nicht verärgert, sondern lediglich kühl, um die unermessliche Angst zu unterdrücken, die ihm beim Schlucken in die Kehle geschnitten hatte. Doch jetzt spürte er eine überraschende Gelassenheit. Seine Gefühle, die sonst oft im Widerspruch zu seinem Herzen standen, harmonierten mit den Entscheidungen, die er getroffen hatte. Das übliche Chaos seiner Gedanken hatte sich beruhigt. Tod spürte die Veränderung und blieb mit dem Gesicht an Aris Schlüsselbein ruhig liegen.

„Ich muss dich etwas fragen." Ari sprach langsam und bedachtsam. „Und sag mir bitte die Wahrheit. Weich der Frage nicht aus."

„Ich werde sie dir beantworten, Ari."

„Warum Batu?" Ari konnte Tods von Dunkelheit und Haaren verdecktes Gesicht nicht sehen, hörte allerdings die Verwirrung in seiner Stimme. „Wie meinst du das?"

Ari begann wieder, ihm den Rücken zu streicheln, wagte es jedoch nicht, ihn anzusehen. „Warum bist du mit Batu ins Bett gegangen, aber nicht mit mir?"

„Wie kommst du jetzt darauf?", flüsterte Tod, dessen Hand auf dem dunkleren Haar um Aris Bauchnabel erstarrt war. „Er ist von uns gegangen. Was hat es für einen Sinn, jetzt darüber zu reden?"

„Ich muss wissen, ob du ihn geliebt hast." Aris Finger fanden Tods Kinn und hoben es an, damit er sein Gesicht sehen konnte. Die silberne Narbe durchschnitt kalt die blassgoldene Haut, ein Hinweis auf Gewalt in Tods früherem Leben. „Ich muss wissen, warum du mit einem meiner guten Freunde geschlafen hast, mich aber nach wie vor abweist."

„Ich möchte jetzt nicht darüber reden." Tod verstummte, als Ari ihm mit dem Daumen über die Lippen streichelte.

„Aber ich halte es für einen guten Zeitpunkt, um darüber zu reden", widersprach Ari. Er drehte sich auf die Seite, ohne Tod loszulassen, und schob ein langes Bein über den Schenkel des Reiters. Sein Schwanz wurde steif, als er Tods warme Haut berührte und sich Hitze zwischen seinen Beinen ausbreitete. „Heute habe ich nämlich auf dich gewartet – und glaub mir, Angst ist ein hervorragendes Mittel, um wichtige Gedanken von unwichtigen zu trennen. Also sag es mir, Tod." Ari fuhr mit dem Finger an Tods Narbe entlang. „Warum Batu?"

Trotz der Wärme ihrer Körper schien die Zeit stillzustehen, als wäre sie zu Eis geworden. Doch seiner ungeduldigen Natur zum Trotz biss Ari sich auf die Zunge und ließ den anderen in Ruhe denken. Er hatte diese Frage seit Jahren für sich behalten, ein weiterer Keim des Zweifels in seinem Herzen, der sich zu den vielen anderen gesellt hatte.

„Weil er ein Freund war", antwortete Tod schließlich. Sein dunkler Blick wirkte nachdenklich und aufgewühlt.

„Und ich?"

„Du bist manchmal kein Freund."

„Hast du ihn geliebt?", bohrte Ari nach, während er über Tods Schulter streichelte und eine Hand zu seiner Taille hinabgleiten ließ. Tod nahm den Rand der Bettdecke zwischen die Finger, zupfte an der Naht. „Antworte mir, Tod: Hast du ihn geliebt?"

„Nein." Der älteste Reiter schüttelte den Kopf, konnte Ari jedoch nicht in die Augen sehen. „Es war nicht … Wir waren nur …"

„Weißt du, wie schwer es manchmal war, ihm gegenüberzusitzen, ohne ihm eine reinzuhauen, weil er dich angefasst hat?", fragte Ari. „Klar, ihr wart vorsichtig und habt es vor mir nicht offen gezeigt, aber wir wussten doch alle, was zwischen euch war."

„Er wollte dir nie wehtun", antwortete Tod. „So war das zwischen uns nicht."

„Ich weiß", gab Ari zu. „Das war das Schlimmste daran. Ich konnte Batu nicht hassen, weil ich ihn wie einen Bruder geliebt habe, obwohl ich wusste, dass er dich geküsst hat, dich berührt hat und in dir war, wo ich eigentlich hätte sein sollen. Einerseits hätte ich ihn am liebsten dafür umgebracht, andererseits wollte ich ihn anflehen, mir zu verraten, wie du schmeckst."

„Manchmal glaube ich, dass er deshalb gegangen ist. Wegen dir und mir", murmelte der Ältere und schloss die Augen, als er sich an die Pestilenz erinnerte, die sie beide geliebt hatten. „Ich vermute, er hat sich zwischen uns gefangen gefühlt. Du warst sein Bruder. Eure Freundschaft war ihm so wichtig. Die Sache mit mir ist nur passiert, weil er mir ebenfalls ein Freund sein wollte und ich ihm Trost spenden konnte. Für ihn habe ich niemals gefühlt, was ich für dich fühle. Das wusste Batu. Er hat bei mir nicht nach Liebe gesucht."

„Dann war es nur Sex?" Ari fiel es in diesem Moment schwer, das Chaos seiner Gefühle zu entwirren. Erleichterung rang mit Verbitterung, Wut auf den ehemaligen Reiter kämpfte mit der Zuneigung, die er für den unbeschwerten Batu empfunden hatte.

„Wir hatten beide unsere Bedürfnisse. Ein Teil von uns ist eben leider doch noch sehr menschlich." Tod war nicht sicher, wie er Ari die Art erklären sollte, auf die ihre ehemalige Pestilenz an ihn herangetreten war. Er hatte eine körperliche Beziehung mit einem Mann gesucht, dem er vertrauen konnte. Es war keine Liebe gewesen, sondern ein ungefährliches, angenehmes Zusammensein, um ihre Bedürfnisse zu befriedigen. Mit der brennenden Leidenschaft, die in Aris Nähe sein Herz bedrohte, hatte es nicht das Geringste zu tun gehabt. „Es war nicht nur Sex. Wir haben uns ausgetauscht. Geredet. Manchmal sogar nur das. Und wenn wir Sex hatten, war es nett."

„Nett", wiederholte Ari. „Nett kannst du von mir auch haben. Warum lässt du es mich nicht versuchen?"

„An dir gibt es absolut nichts Nettes." Tod versuchte erneut, sich loszureißen, wurde jedoch auch diesmal von Aris Hand an seiner Hüfte festgehalten. „Du willst dich bis zur letzten Faser in mich drängen. Das ist nicht ‚nett‘."

„Nein, wahrscheinlich nicht", gab Ari mit einem Brummen zu. „Aber zwischen uns muss sich etwas ändern. Dieses ewige Hin und Her ertrage ich nicht länger. Heute ist es mir wie eine Ewigkeit vorgekommen, bis ich dich berühren konnte. Das mache ich nicht mehr mit. Während ich auf dich gewartet habe, bin ich zu einem Entschluss gekommen."

„Dann willst du es aufgeben, mir nachzujagen?" Ein Teil von Tod zerbrach, zerfiel unter Aris überraschend sanften Liebkosungen.

„Nein." Ari beugte sich lächelnd vor, um die Narbe in Tods Gesicht mit seiner Zungenspitze nachzuzeichnen. „Du, mein Tod, bist die Sünde, die mich verlockt und verbrennt. Ich würde mir eher die Kehle durchschneiden, als mich von dir abzuwenden."

Ari blies auf die feuchte Spur, die er auf der heißen Haut unter seinen Lippen hinterlassen hatte, bevor er sich auf den schlanken Asiaten schob und Tods Hände mühelos mit einer von seinen über dessen Kopf festhielt. Tods Protestlaute ignorierte er, als er sich auf ihm zurechtrückte.

„Geh runter. Du bist schwer." Tod wand sich unter ihm, doch Aris muskulöser Körper ließ sich nicht bewegen. „Krieg, komm schon."

„Nein", wiederholte Ari. „Ich gebe dich nicht auf. Also halt ausnahmsweise mal den Mund und hör mir zu."

Tod drehte stumm den Kopf zur Seite, als Aris raue Zunge an seinem Kiefer entlangleckte. Sein Körper reagierte heftig auf Ari und ließ sich diesmal auch nicht mit ernüchternden Gedanken beruhigen. Überraschenderweise folgte kein wissendes Grinsen von Aris Seite, als sich Tods Erektion durch die tief sitzende dünne Baumwollhose gegen ihn presste. Stattdessen machte er sich weiter wild daran, unentdeckte Stellen auf der Haut des Älteren zu finden und an seinen weichen Lippen zu knabbern.

„Ich warte seit Ewigkeiten auf dich. Ich wollte dich schon immer. Ich wollte deinen Körper, aber vor allem wollte ich einen Weg in dein Herz finden und meinen Namen hineinbrennen." Ari erstickte Tods Protest mit einem energischen Kuss auf seine vollen Lippen. „Du sollst den Mund halten. Das heißt, dass sich deine Lippen nicht bewegen und du keine Geräusche von dir gibst."

Der Reiter fuhr fort: „Du frustrierst mich ständig. Dann laufe ich weg und stecke meinen Schwanz in irgendetwas Feuchtes und Warmes, bis ich mich abreagiert habe. Und danach? Danach fange ich gleich wieder an, dir hinterherzulaufen, weil ich süchtig nach dir bin." Mit seiner freien Hand spielte Ari mit Tods Haar, ließ eine seidige Strähne durch seine Finger gleiten. „Du sagst mir immer, dass du nicht mit mir zusammen sein kannst, weil du es nicht ertragen könntest, mich zu verlieren. Das habe ich gehört. Ich habe es verstanden. Und, Gott, ich habe so sehr versucht, mich von dir fernzuhalten, aber ich schaffe es nicht. Und heute ist mir dann endlich etwas klar geworden."

„Was?", fragte Tod verstimmt und drehte den Kopf von Aris Hand weg. Es war unerwartet schwer, sich nicht in der Wärme des anderen Mannes zu verlieren. Obwohl er Kriegs ungestüme Annäherungsversuche abgewehrt hatte, solange er sich erinnern konnte, brachten die verführerischen Worte und Berührungen seine Entschlossenheit ins Wanken, während sein verräterischer Körper ebenfalls darauf reagierte.

„Dass du für mich dasselbe empfindest wie ich für dich. Ich kenne dich, Tod. Ich kenne dein Herz", sagte Ari sanft gegen Tods Lippen. „Du denkst, wir sind nicht zusammen, solange du mich zurückweist – dabei wissen wir beide, dass du mir gehörst. Andere hast du nur angefasst, um dir Erleichterung zu verschaffen, aber nicht aus Liebe. Niemals aus Liebe."

„Hast du deshalb nach Batu gefragt? Weil du dir bei ihm nicht ganz sicher warst?"

„Ja", gab Ari zu. „Unter allen Leuten in deinem Bett war Batu der Einzige, bei dem ich in dieser Hinsicht besorgt war. Ich habe nicht vor, mit einem toten Mann zu konkurrieren, schon gar nicht mit einem, den ich geliebt habe. Also musste ich sichergehen, dass ihm nicht dein Herz gehört – oder ich hätte daran arbeiten müssen, dass du ihn vergisst." Ari hielt kurz inne, um dem beruhigenden Geräusch von Tods Atemzügen zu lauschen. „Als ich diesen Geist um seine Familie weinen sah, dachte ich: *Das würde Tod auch für mich tun.* Und nachdem du mir dann mal wieder befohlen hast, still zu sein, hatte ich Zeit, darüber nachzudenken, ob du jemals für einen anderen so viel empfunden hast wie für mich. Und mein Gefühl sagte mir, dass das nicht der Fall ist."

„Und daraus hast du automatisch geschlossen, dass ich dir gehöre?" Aris Arroganz brachte Tods Mundwinkel zum Zucken.

„Das tust du. Das hast du schon immer getan." Ari hatte lange über seine Gefühle und ihre Situation nachgedacht. „Du hast Angst, verlassen zu werden. Und manchmal frage ich mich, ob es nicht ein Teil deines Lebens als Sterblicher ist, der dir in deinem unermüdlichen Verstand heimlich diese Ängste einflüstert. Wir wissen beide, dass du entstanden bist, als irgendein primitiver Urmensch sich zum ersten Mal gedacht hat: ‚Eines Tages wird es mich nicht mehr geben'."

Aris Stimme wurde sanfter. „Als dieses Bewusstsein der Sterblichkeit sich in den kleinen grauen Zellen dieses sabbernden Idioten eingenistet hat, wurdest du geboren. Und siehst du, Shi", fuhr Ari fort, „wir wissen auch, dass dieser sabbernde Idiot sich kurz nach dieser Erkenntnis den Mann neben sich angesehen hat, der gerade dabei war, an einem Stück Fleisch zu knabbern, und sich gedacht hat: ‚Moment, ich kann ihn doch umbringen und ihm das wegnehmen'. Und so wurde *ich* geboren."

Ari grinste, als seine Geschichte Tod ein schüchternes Lächeln entlockte. „Also wenn man das bedenkt, waren wir doch eigentlich schon immer zusammen, du und ich – verbunden durch Willensfreiheit, ein Stück Fleisch und das Geschenk des Bewusstseins an eine sehr kurzlebige Spezies, die das Feuer entdeckt hat."

„Das ist dir alles klar geworden, während ich diesen Geist durch die Grenze geschickt habe?", fragte Tod.

„Zeit hatte ich genug. Du hast die verdammte Seele schließlich ewig überredet. Ich hätte den Kerl einfach reingeschoben", sagte Ari. „Ich habe jedenfalls beschlossen, dass ich nicht mehr zusehen werde, wie du dir einfach irgendwelche Leute ins Bett holst. Von jetzt an gehörst du mir und niemand außer mir fasst dich an. Ich warte gern, bis du dich damit auseinandergesetzt hast, was dich an einer Beziehung mit mir hindert, denn im Warten bin ich sehr gut geworden. Aber ich werde nicht mehr hinnehmen, dass dich jemand anfasst."

„Du kannst nicht einfach solche Entscheidungen treffen", widersprach Tod, dessen Arme mittlerweile in Kriegs Griff schmerzten. „Nicht so. Nicht über uns."

„Aber *du* triffst doch für uns Entscheidungen, solange ich denken kann", antwortete Ari. „Etwas muss sich ändern. Ich werde dich nie wieder mit jemandem teilen. Nie mehr. Das meine ich ernst, Tod. Du gehörst mir, wie ich dir gehöre. Ich werde jedes lebende Wesen auf diesem Planeten zerstören, sowohl hinter als auch vor der Grenze, wenn du das ignorierst."

„Dann hast du vor, enthaltsam zu leben?" Tods Kehle bebte vor Lachen. „Das hältst du keine Woche durch."

„Ich komme schon zurecht." Ari grinste ein strahlend weißes Grinsen. „Sowohl mit mir als auch mit dir, bis du zur Vernunft kommst. Solange ich dich nicht verliere." Ari ließ Tod endlich los, legte eine Hand an sein Gesicht und küsste ihn. Er ließ sich von seinem Geschmack mitreißen, nahm ihn in seine Seele auf. „Ich will dich so sehr, dass es mich wahnsinnig macht. Tod, ich werde dich niemals verlassen. Gesteh dir das endlich ein. Akzeptier es."

„Noch nicht." Tod schüttelte den Kopf, senkte jedoch die Arme, um sie um Kriegs Nacken zu legen. „Ich bin noch nicht bereit, dieses Risiko einzugehen. Du könntest mich verletzen wie niemand anders, Krieg. Gott, dafür hasse ich dich."

„Aber nur, weil du mich auch liebst." Ari knabberte an Tods Kinn. „Auch wenn du zu stur bist, es auszusprechen."

„Du bist dir deiner Sache ja sehr sicher."

„Ziemlich", stimmte Ari zu. „Würdest du mich nicht lieben, hättest du mich schon um die fünfhundertmal aufgeschlitzt."

„Stimmt. Ich wäre so erschöpft davon, dich dauernd zu ermorden, dass ich nichts anderes mehr tun könnte."

Tod kuschelte sich an Ari, dessen Wärme ihn immer schläfriger machte. Sie hatten zu viele Auseinandersetzungen gehabt, um nur Freunde zu sein. Aris Streitlustigkeit und Sturheit zum Trotz war er es, dem sich Tod zuwandte, wenn er schwere Zeiten durchmachte. Er ließ sich von Aris frechem Grinsen aufheitern, selbst wenn der andere Mann die Gelegenheit für einen kleinen Grapscher oder einen Kuss nutzte.

„Ohne dich wäre ich verloren, Tyr", sprach Tod ihn mit einem alten Namen an, während er sich an Aris Seite schmiegte und ihm über die Hand streichelte.

„Das weiß ich, Shi." Er bewegte seine Hand unter Tods Fingern. „Gut, dass die Hand nachgewachsen ist."

„Ich möchte nicht wieder in solchen Zeiten leben." Damals hatte es vor Monstern nur so gewimmelt, da die Wand zwischen ihrer Welt und der Welt der Sterblichen an der Einmischung machthungriger Menschen zerbrochen war. „Ich glaube nicht, dass Min und Colm dafür stark genug wären."

„Da gebe ich dir recht. So bösartig unsere Min auch ist, würde es ihr zum Beispiel schwerfallen, kaltblütig einen Menschen zu töten, selbst wenn er gerade bei lebendigem Leib gefressen wird", antwortete Ari. „Diese Tage liegen hoffentlich hinter uns."

Ari schlang die Arme um Tods Taille, um ihn noch dichter an sich zu ziehen. Dann lagen sie beide still da und genossen den seltenen Frieden, bis sich Tod plötzlich auf einen Ellbogen stützte, um auf Aris Gesicht hinunterzuschauen.

„Was?" Der Blonde runzelte die Stirn. „Stimmt was nicht?"

„Nein, alles in Ordnung", flüsterte Tod. Er würde Aris aufgeblasenes Ego nur noch unterstützen, aber das Risiko musste er wohl eingehen. „Sei still. Und beweg dich nicht."

Ari zitterte, als Tods Lippen sich auf seine legten. Seine Zunge hatte er auf Tods Aufforderung zur Stille hin an seinen feuchten Gaumen gepresst, doch jetzt neigte er den Kopf, um den Kuss zu vertiefen, und schob seine Finger in Tods dunkle Haarpracht, auch wenn dieser einen missbilligenden Laut von sich gab. Selbst seine nach Sauerstoff schreiende Lunge ignorierte er, um Tods Mund so lange zu genießen, wie er nur konnte.

Mit klopfendem Herzen löste sich Tod schließlich von ihm, nachdem er ein letztes Mal über Aris feuchte Lippen geleckt hatte. Er lehnte seine Schläfe an Aris Stirn und lauschte kurz Aris lautem Keuchen, das mit dem wilden Hämmern in seiner Brust harmonierte. Dann leckte er sich den letzten Rest von Aris Geschmack von den Lippen und kuschelte sich wieder an ihn.

„Sag jetzt nichts, Krieg." Ohne hinzusehen, legte Tod seine Finger auf Aris Lippen. „Ich brauche nämlich Schlaf und du auch."

„Gute Nacht, Shi", murmelte Ari gegen Tods Handfläche und leckte einmal darüber. „Mehr wollte ich gar nicht sagen. Schlaf gut."

ALS KISMET aufwachte, meldeten sich gleich wieder seine Blessuren. Er hob eine Hand an seinen Hals, an dem er einen Verband erwartete, spürte jedoch lediglich glatte Haut und die feinen Härchen an seinem Kinn. Im ersten Moment wusste er nicht, wo er war. Dann stürmten die Erinnerungen auf ihn ein, allen voran ein blonder Mann mit einem süßen Gesicht und ein durchgedrehter hässlicher Hund.

Abgesehen von seinen Schmerzen fiel ihm vor allem die Stille auf. Eine tiefe, intensive Stille ohne die geringste Bewegung. Er fürchtete sich davor, die Augen zu öffnen. Was würde außerhalb seines Kopfes in den dunklen Ecken eines fremden Zimmers lauern? Der Vortag, der summend in seinem Kopf widerhallte, kam ihm wie etwas vor, dass jemand anderem passiert war.

Kismet beschloss, die Stille eine Weile zu genießen. Nichts von der Außenwelt drang herein, um seine Ruhe zu stören. Wann hatte er das letzte Mal dagelegen, ohne zwischen seinen Atemzügen ein Flüstern zu hören – leise Stimmen, fast zu leise, um sie wahrzunehmen, ein unablässiges Flirren, beinahe außer Hörweite? All das war jetzt fort, von herrlicher Einsamkeit hinweggefegt.

Auch als er schließlich die Augen öffnete, sah er nichts Bedrohliches. Die Schatten lagen bewegungslos da, wo sie hingehörten. Nichts regte sich. Nichts kroch am Rand seines Sichtfelds herum, keine formlosen Gesichter drückten sich durch die Wände, keine Arme streckten sich aus silbernen Spiegeln. Als er den Kopf wandte, huschte nichts davon, um seinem Blick auszuweichen. Es war zugleich wundervoll und unheimlich. Nie zuvor hatte er sich an einem so ruhigen Ort befunden.

Kismet löste sich aus der samtigen Umarmung des Sofas, um seine nackten Füße auf einen weichen gewebten Teppich zu stellen. Mithilfe des Couchtisches kam er zittrig auf die Beine. Ein Wasserglas wackelte und ergoss sich beinahe über die Aspirintabletten, die danebenlagen. Kismet schluckte sie gierig, bevor er den bitteren Geschmack mit dem Wasser aus seinem Mund spülte.

„Colm?", fragte er flüsternd, um nicht doch Schatten anzulocken, und schaute sich um. Glücklicherweise bewegte sich auch jetzt nichts, weshalb er seufzend erneut innehielt, um kurz die Ruhe zu genießen. Der liebenswerte Blonde war ebenfalls nirgendwo zu sehen, doch Kismet entdeckte eine Treppe, die aus dem unaufgeräumten Zimmer nach unten führte. „Bestimmt schläft er da gerade."

Ein vertrauter Schatten fehlte. So oft er sich auch wünschte, ihn loszuwerden, horchte er jetzt in die Stille und wartete auf das Flüstern. Ein nagendes Unbehagen breitete sich in ihm aus, schlug ihm auf den Magen.

„Das ist doch verrückt." Er lachte. „Jetzt muss ich schon Selbstgespräche führen, nur um etwas zu hören. Verdammt."

Kismet warf einen Blick in den Wohnbereich, um zu sehen, ob in der hallenden Leere des Penthouse sonst noch jemand wach war. Der helle Raum mit seiner schlichten Einrichtung wirkte elegant. Die dick gepolsterten, zum Daraufsetzen einladenden Sofas, waren mit glatter, dunkelvioletter Chenille bezogen.

Der honigfarbene Holzboden schien sich durch die gesamt Etage zu ziehen und verschwand unter dem gewaltigen Steinkamin. Er entdeckte drei andere vom Hauptraum abgehende Türen, von denen eine einen Spalt offen stand. Kleine Kunstwerke waren im Zimmer verteilt und wurden von versteckten Lampen in der Decke erleuchtet. Über das Kaminsims marschierten einige abstrakte schwarze Figuren.

Auf der Westseite präsentierte ein großes Fenster den Hafen von San Diego und die Brücke, die sich vom Festland zur Insel spannte. Der größte Teil der westlichen Raumhälfte wurde von einer Küche mit langen Granitarbeitsplatten ausgefüllt, deren Utensilien sich in schwarz lackierten Schränken verbargen, was für freie ordentliche Flächen sorgte. Der einzige Hinweis auf die Bewohner war eine ausgefallene Keramiktasse, die umgedreht auf einem glänzenden Abtropfgitter aus Edelstahl stand und von der Kismet ein gelbes Katzengesicht mit schwarzer Brille anblickte.

Kismet zwang seinen Körper zu einem zaghaften Schritt in den Raum. Seine Sucht machte sich bereits bemerkbar, knabberte an seinen Adern und bohrte ihre winzigen Tausendfüßlerbeine bis in sein tiefstes Inneres. Wenn er nicht bald etwas dagegen unternahm, würden sich wieder Risse in der Welt auftun und alle möglichen Dämonen hinaus- und noch wesentlich mehr hereinlassen. Da er im Wohnbereich keine Uhr entdeckte, ging er auf die leicht geöffnete Tür zu und steckte mit einem leisen „Hallo" den Kopf hinein.

Als hätten Edelsteine als Vorbild gedient, war dieser Raum in verschiedene gedeckte Farben sowie Gold- und Bronzetöne getaucht. Die Wände waren mit ungewöhnlichem Strukturputz bedeckt, den man mit einer Wachsschicht geglättet hatte. Schaurige Masken starrten auf Kismet herunter, Gesichter mit weit aufgerissenen Augen und spitzen, roten Zungen zwischen Gebilden aus gehämmertem Metall und alten, abgenutzten Schwertern. Eine Wand wurde ganz von vollen Bücherregalen verdeckt, die von der Tür bis zu einem kurzen Stück Wand neben den großen Fenstern reichten. Auf der anderen Seite des Zimmers befanden sich mit Kleinigkeiten gefüllte Glasregale.

Kismet schob sich wieder aus dem Zimmer und sah sich stattdessen nach einer Möglichkeit um, sich den säuerlichen Schweiß vom Körper und aus dem Mund zu waschen. Der Flur führte zu einem leeren Zimmer mit Holzboden und einem Wäscheraum. Im Trockner fand Kismet Jeans und ein T-Shirt. Im Raum befand sich ein Waschbecken, an dem er seinen Körper und seine Haare mit Seife vom größten Teil des Blutes und Schmutzes befreite. Mit einem Geschirrtuch trocknete er sich so gut es ging ab.

„Kiz, Mann, du musst nach Hause." Er schlüpfte in die gefundenen Kleidungsstücke und ließ seine eigene ruinierte Kleidung in einem Mülleimer zurück. Nachdem er im Wohnbereich seine Sneaker entdeckt und sie angezogen hatte, machte er sich auf den Weg zum Aufzug vor der Wohnungstür.

Der Aufzug schoss abwärts. Als sich die Türen öffneten, sah Kismet ein Parkhaus vor sich. Er starrte so lange, dass sich die Türen bereits wieder schlossen und er eine Hand zwischen die weichen Gummiränder schieben und sie aufhalten musste, um den Aufzug zu verlassen. Die herrliche Stille aus dem Penthouse war verschwunden und der hämmernde Lärm der Welt zurückgekehrt. Die Schatten hatten wieder Stimmen, die unter den Motorgeräuschen und den Gesprächen auf dem Gehweg draußen an seine Ohren krochen.

Es war, als wäre er heimgekommen.

Allerdings nahm das Jucken seiner Arme ebenfalls zu, riss ihn aus dem betäubenden Gespinst seiner Gedanken und stürzte ihn in ein Meer aus stechenden Schmerzen. Ihre spitzen Klauen breiteten sich bis in Kismets Kopf aus und zerfetzten seine Konzentration. Seine Kehle fühlte sich trocken an, als hätte er Sand geschluckt. In seinem Magen schien sich ein glühendes Stück Kohle zu befinden. Die Symptome waren immer dieselben, doch auch wenn er sie hasste, wäre ein Leben ohne Drogen noch schlimmer gewesen.

Kopfschüttelnd bemühte Kismet sich, auf seine durch Schmerzen und Erschöpfung lückenhaften Erinnerungen zuzugreifen. Colm hatte ihm irgendetwas erzählt. Und er erinnerte sich noch lebhaft daran, wie der Blonde ihn mit sanften Händen auf den Polstern zurechtgerückt und sein Gesicht berührt hatte. Kismet errötete, schob den Gedanken allerdings von sich, als sich seine Sucht erneut heftig meldete.

„*Hab dich vermisst, Kizzie.*" Chase glitt heran, um sein Bein zu umarmen. Beim Anblick des vertrauten Schattens hätte Kismet beinahe geweint. Er versuchte, Chase' Kopf zu streicheln, berührte dabei jedoch nur seinen eigenen Oberschenkel. „*Zeit für die Schule?*"

„Entschuldige, Chase", flüsterte Kismet und sah zu, wie sich die Gestalt unter seiner Hand auflöste. Der Geist verschwand jedes Mal, wenn er ihn berühren wollte, befand sich für immer außer Reichweite. Er schluchzte beinahe los, als er den schwarzen Ruß auf seiner Handfläche betrachtete, und sagte in die Leere hinein: „Entschuldige, dass ich dich alleingelassen habe."

Seine Umwelt war ihm beinahe zu viel. Der Geruch nach Teer und Abgasen des Parkhauses stieg ihm in die Nase und ihm wurde so schwindelig, dass er beinahe das Gleichgewicht verlor. Jetzt bewegte sich überall etwas, laut und kreischend, während kleine, huschende Schatten hinter jeder Erhebung und jedem Pfeiler kauerten. Die Luft schien voller kleiner Teilchen zu sein, glitzernde Staubpartikel, die im zublinkten, als er vorbeistolperte. Ein Wassertropfen streckte sich und dehnte sich zu einer Pfütze aus, bevor er sich wieder zu einem Klecks zusammenzog, in den kaum sein kleiner Zeh gepasst hätte.

Die Etage schien privat zu sein, denn ein Metalltor versperrte den Weg zu einer Rampe. Kismet ging um ein sportliches graues Auto herum, dessen Vorderseite verbeult und von langen Furchen gezeichnet war. An einer Stelle hing ein ganzes Stück Blech herunter und im Lack daneben hatte sich der Abdruck einer Hand mit langen Krallen eingebrannt. Außer zwei weiteren Autos, einem gepflegten Mustang und einem hellen SUV, befand sich daneben noch ein großes, leistungsstark wirkendes Motorrad.

Ein kleiner Schatten löste sich aus den größeren und schlängelte sich durch die Tiefgarage. Die Welt um ihn herum war eindeutig zu ihrer verrückten Version zurückgekehrt. Zwar fehlte ihm die Stille, doch dort gehörte er einfach nicht hin. Der liebenswerte, hübsche Colm lebte in einer Welt, die Kismet nicht verstand.

Als sich die Gestalt näherte, konnte er einen dreieckigen Kopf erkennen, der hin und her schwang. Das Wesen hinterließ keine Spuren auf dem Boden und warf im schwachen Tageslicht, das über den niedrigen Wänden hereindrang, keinen Schatten. Aus Luft und Schmiere erschaffen, schlang es sich um seinen Knöchel und hinterließ eine ölige Spur.

Kismet zitterte und wünschte, er hätte sich auch eine Jacke mitgenommen. Die kühle Luft war nach der Zeit im warmen Penthouse nur schwer zu ertragen – entweder das oder die verrückte Reaktion auf die Droge am Vortag meldete sich in Schüben zurück und brachte Echos des Wahnsinns mit sich. Jedenfalls schien eine für die Jahreszeit ungewöhnliche Kälte vom Boden aufzuwallen und unter die gestohlenen Kleider zu kriechen.

Das Tor ließ sich ganz einfach mit einem Druck auf einen gelben Knopf daneben öffnen. Nachdem er hindurchgegangen war, senkte es sich wieder. Auf der anderen Seite gab es keinen Knopf. Allerdings hatte er ohnehin nicht vor, jemals zum Penthouse zurückzukehren.

Neben einer hölzernen Schranke bewachten zwei Männer die Einfahrt. Die anderen Etagen des Parkhauses waren mir Autos gefüllt, teures Blech eingerahmt von weißen Streifen. Kismet blieb stehen und überlegte, was er den Männern sagen sollte, falls sie eine Erklärung verlangten.

„Das Tor spielt wieder verrückt", sagte der kleinere Mann, dessen sonnengebräunte Haut von den Monitoren der Überwachungskameras erhellt wurde, und warf einen Blick aus dem offenen Fenster des überdachten Häuschens. „Es hat sich von alleine geöffnet und geschlossen."

„Das kommt eben vor." Der andere Mann schaute kaum vom Bildschirm hoch. „Ich glaube, das ist einfach eine harmlose Macke. Ich kann es noch mal überprüfen lassen, aber bisher wurde nie etwas gefunden."

Kismet nutzte die Gelegenheit, um mit gesenktem Kopf an ihnen vorbeizueilen, auch wenn er kaum glauben konnte, dass sie ihn nicht bemerkt hatten. Auf dem Gehweg angekommen joggte er vorsichtshalber ein paar Schritte und tauchte zwischen den Passanten unter. Er beschloss, dass er die College Area am schnellsten mit der Straßenbahn erreichen würde, und sah sich nach einer Haltestelle um. Hinter verwittertem, trübem Plexiglas entdeckte er eine Straßenkarte und warf einen Blick darauf, um sich zu orientieren.

Ein Mann ging vorbei und stieß so heftig gegen Kismets Schulter, dass er ein ganzes Stück herumgedreht wurde. Kismet stieß Flüche aus, doch der Mann ging weiter, ohne ihm die geringste Beachtung zu schenken. Dann stieß eine Frau gegen seinen Arm und schob Kismet in die andere Richtung. Sie ignorierte ihn ebenfalls und konzentrierte sich weiter auf den Verkehr, als sie von Ampel zu Ampel eilend die Straße überquerte. Überall um ihn herum strömten Menschen vorbei, ohne den schlanken jungen Mann, den sie aus dem Gleichgewicht brachten, eines Blickes zu würdigen.

Plötzlich durchzuckte ihn ein brennender Schmerz. Nie zuvor hatte seine Sucht bereits nach so kurzer Zeit so heftig von ihm Besitz ergriffen. Alles tat weh, als würde er bei lebendigem Leibe verbrannt. Er presste keuchend die Hände auf seinen protestierenden Magen, als er Galle in seiner Kehle schmeckte, die sich ölig und grün auf seiner Zunge ausbreitete. Kismet hob blinzelnd den Kopf und starrte durch sein schweißverklebtes Haar in die untergehende Sonne.

Erneut überfiel ihn die Kälte, noch schlimmer als zuvor. Der Schweiß auf seiner Haut roch bitter, als sein Körper die Droge in seinem Blut absonderte. Irgendwie hatte er sich in seinen Schmerzen verloren und fand sich plötzlich zusammengekauert am Straßenrand wieder, während die Augen der Vorbeigehenden nach wie vor durch ihn hindurchschauten. Er schob eine Hand in die Tasche der gestohlenen Jeans und stellte fest, dass sich die Geldscheine, die er aus seiner alten Kleidung gerettet hatte, noch warm und sicher an ihrem Platz befanden. Keuchend verkrallte er die Finger in seinem T-Shirt und beugte sich vornüber, als er erneut von Krämpfen geschüttelt wurde.

„Es ist, als wäre ich unsichtbar", murmelte er, als sein Körper sich etwas beruhigt hatte. Er richtete den Blick auf das Fenster eines Friseursalons und sah darin das hübsche Gesicht, das er sich so selten im Spiegel anschaute. „Aber sonst scheint mich niemand zu sehen."

Auf der reflektierenden Oberfläche waren allerdings auch viele andere Gesichter zu erkennen: längliche Augen in runden Köpfen, Nasen und Münder mal ausgeprägt, mal nur angedeutet. Und alle starrten sie ihn an. Eines der Wesen leckte sich mit gespaltener Zunge die Lippen und hinterließ eine schleimige Flüssigkeit auf seiner trockenen Reptilienhaut.

Unter ihnen befand sich eine zierliche Frau, die um sich schlug, als sie versuchte, die anderen Kreaturen von sich fernzuhalten. Sie streckte einen Arm aus und durchbrach für einen Sekundenbruchteil das Glas, tauchte eisige blaue Fingerspitzen in die warme Luft von San Diego. Dann fiel der Arm wieder herunter, als sie von schlangenartigen Schatten davongezogen wurde. Einmal tauchte ihr Gesicht noch in der Schwärze auf und Kismet konnte sehen, wie sie versuchte, durch die Überreste ihrer zerfressenen Nase zu atmen. Ihr Mund formte sich zu einem schwarzen *O*, als Fäulnis ihre Adern durchflutete und unter ihrer Haut ein immer dichter werdendes dunkles Netz bildete.

Ein uralter Schulbus mit fröhlich kreischenden Teenagern fuhr vorbei und verpestete die Straße mit seinen Abgasen. Drei Mädchen pfiffen einem jungen Mann auf der Straße hinterher, der ihnen lachend zuwinkte. Durch den plötzlichen Lärm wurde Kismets Aufmerksamkeit kurz vom Schaufenster abgelenkt, und als er wieder hinsah, starrte ihm lediglich sein eigenes Spiegelbild entgegen.

„Scheiße, ob ich vielleicht tot bin?" Seine Brust zog sich zusammen und presste die Luft aus seiner Lunge. Als er seinen Weg fortsetzte, senkte er den Blick zum Gehweg und bemühte sich, Fensterscheiben zu ignorieren. „Aber ich fühle mich nicht tot. Und wenn ich tot wäre, hätte ich dann nicht Chase anfassen können?"

Er versuchte das Bild der armen Frau aus seinem Kopf zu verbannen. „Komm schon, Kiz. So was siehst du doch dauernd. Und du bist nicht tot. Tote Menschen waschen sich nicht und klauen keine Klamotten aus Trocknern. Komm wieder runter. Geh einfach nach Hause und dröhn dich zu."

Endlich entdeckte er eine Haltestelle und näherte sich, immer auf der Hut vor einem Kontrolleur, denn er besaß kein Ticket. Da er nicht besonders auf die anderen Wartenden achtete, zuckte er zusammen, als ihn ein alter Mann anrempelte.

Von der Kleidung des Mannes ging ein stechender Geruch aus, eine Mischung aus Rasierwasser und schmutziger Haut. Er streckte die Hände aus, um sich an Kismets T-Shirt zu klammern, wobei er den Halsausschnitt fast bis zu seiner Brust hinunterzog. Aus blassem Zahnfleisch ragten vereinzelt gelbe Zähne auf, von denen einer wackelte, als sich die Zunge des Mannes bewegte.

Und er plapperte ohne Unterlass, auch wenn Kismet kaum etwas verstehen konnte. Kismet entfernte sich gerade einen Schritt und wandte den Blick ab, da packte der Mann ihn plötzlich beim Handgelenk und ließ sich nicht von Kismet abschütteln, obwohl er sich heftig wehrte.

„Lassen Sie mich los!" Kismet legte seine Finger um das Handgelenk des Mannes und zog, konnte seinen Griff jedoch nicht lösen – der Arm fühlte sich seltsam schwammig an, gab leicht unter Kismets Fingern nach. Als er hinunterschaute, keuchte er beim Anblick des Schattens, der ihn festhielt. „Verdammte Scheiße!"

Der geisterhafte Fortsatz hing an einem Stumpf, der aus dem Hemdsärmel hervorschaute und in einer schmutzigen, vergilbten Socke steckte. Offene Wunden blitzten durch große Löcher im Stoff hindurch, wo der rauchige Arm sich gierig an menschlichem Fleisch labte. Rote Tropfen landeten auf dem Gehweg, als sich der Schattenarm mit seinen spitzen Zähnen immer weiter auf den Stumpf schob, auch wenn er in seiner Gier manchmal ein Stück abrutschte.

„Nehmt es weg. Irgendjemand. Bitte." In den trüben Augen des Mannes spiegelte sich Schmerz wider, während sich um seine geröteten Lider Tränen sammelten. „Sie haben ihn abgeschnitten, aber es geht einfach nicht weg. Bitte. Hilfe. Es tut so weh."

„Gott, es tut mir so leid. Ich kann nichts machen." Kismet stolperte zurück, als der Schattenarm zuckte und ihn losließ, da er ein ganzes Stück heruntergerutscht war und sich wieder hocharbeiten musste. Er konnte gerade noch hinter den gelben Streifen springen, als sich eine Straßenbahn näherte. Seine Arme juckten, seine Schulterblätter taten weh und seine Knochen jammerten vor Schmerzen, als der leuchtend rote Wagen vor ihm zum Stehen kam. Kismet ließ den alten Mann zurück und stürzte sich hinter den anderen Fahrgästen in den Straßenbahnwagen.

Als er endlich die Ecke zwischen University Avenue und College Avenue erreicht hatte, zitterte er heftig und die Magenschmerzen waren zurück. Er presste feuchte Hände auf seinen Bauch und würgte einen Mundvoll Wasser mit Galle hoch, der in seiner Kehle brannte. Dann stolperte er weiter und bog in den Schatten einer Gasse ein, in der er sich schon Stoff besorgt hatte. Jetzt war sie menschenleer, auch wenn Uringeruch an den graffitibeschmierten Wänden haftete.

Als er das Bein hob, um über die Bordsteinkante zu treten, schoss ein brennender Schmerz von seiner Brust bis zwischen seine Beine. Seine Oberschenkel verkrampften sich und er fiel auf die Knie, wobei der Jeansstoff darunter zerriss. Mit brennenden Handflächen und hängendem Kopf kniete er da und kämpfte keuchend gegen das Schwindelgefühl an, als seine Sicht verschwamm und ihm der Boden entgegenzukommen schien. Aus dem Augenwinkel konnte er das hellblaue Dach des Motels hinter der Steinwand der Gasse erkennen.

Kismet rollte sich zur Seite und benutzte die Wand, um sich auf die Füße zu ziehen.

„Scheiße, ich bin doch fast da." Er atmete ein, roch die Abgase vorbeifahrender Autos. „Nur noch um die Ecke."

„Gott, das tut verdammt weh." Nadeln schienen sich durch sein Haar zu schieben und über seine Kopfhaut zu schaben. Kismet kratzte sich an der Schläfe und bemühte sich, seinen Körper davon zu überzeugen, noch kurze Zeit durchzuhalten, bis er in seinem Zimmer war. Bald hatte er es um die Ecke und zum Fußweg zu den Motelzimmern geschafft. „Nur noch ein paar Meter. Reiß dich zusammen, Mann. Es wartet auf dich, wo du es zurückgelassen hast. Noch mehr als genug."

Kismet hörte Carl bereits, bevor er ihn sah. Seine laute Stimme hallte über den Hof.

Reste von gelbem Flatterband hingen vom Maschendrahtzaun herunter, der neben der Gasse den Parkplatz säumte – ein vergeblicher Versuch, Autofahrer davon abzuhalten, die Abkürzung über den Motelparkplatz zur Straße zu nehmen. Die zerfledderten gelben Enden flatterten an dem von unvorsichtigen Fahrern zerbeulten Drahtgeflecht im Wind.

An der Tür neben Kismets Raum befanden sich noch getrocknete Blutspritzer, die sich wie ein braunes Blütenmuster von der abblätternden Farbe abhoben. Obwohl bei der Wand ganz offensichtlich bereits ein Reinigungsversuch unternommen worden war, klebte in den tiefen Ritzen des Putzes noch Blut und unter dem stechenden Reinigungsmittel verbarg sich der Geruch von menschlichem Fett und inneren Organen.

Carl führte ein aufgebrachtes Telefongespräch. Es schien nicht gut für ihn zu laufen, denn seine Stimme stand kurz vor dem Überschnappen. Kismet näherte sich zögerlich, da ihm bewusst geworden war, dass er im Rausch des Vortags seinen Schlüssel im Zimmer vergessen hatte. Vermutlich lag er noch neben seinem Portemonnaie auf der Kommode.

Carl wandte sich in seine Richtung und betrachtete den Verkehr an der Kreuzung. Kismet nickte ihm zu und war verblüfft, als der Mann sich wieder umdrehte und sein Gespräch weiterführte, als hätte er ihn nicht gesehen, obwohl er nur wenige Meter von ihm entfernt stand.

„Carl." Kismet ging auf ihn zu und konnte nur ganz knapp Carls Faust ausweichen, als dieser bei seinem Gespräch wild gestikulierte. „He, Mann, du hast mich fast erwischt!"

Carl setzte sich in Bewegung und ging an Kismet vorbei, streifte seine Schulter. Allmählich wurde Kismet wütend und hatte gerade den Mund geöffnet, als die Welt plötzlich zu brodeln begann und sich um ihn herum zusammenzog. Die Zeit schien sich zu dehnen, seine Worte gummiartig auseinanderzuziehen. Es war ein widerliches Gefühl, das an seinem Hinterkopf zog und ihn beinahe nach hinten schleuderte. Kismet kämpfte gegen das schaurige Kribbeln an und zwang sich, die Worte auszusprechen.

„Carl, du musst mich reinlassen. Ich habe meinen Schlüssel vergessen." Es tat weh, zu sprechen, und die Luft stach wie Nadeln in seine Lunge. Doch Carl fuhr herum und starrte ihn überrascht an. Kismet zitterte und schaffte es nur mit größter

Anstrengung, weiter den Mund zu bewegen. Eine vertraute Kälte fraß sich in seine Eingeweide und Oberschenkel. „Kannst du mir die Tür aufmachen?"

„Hey." Der Manager zog das Wort in die Länge und ersetzte den schockierten Gesichtsausdruck durch ein strahlendes Lächeln. „Wie geht's dir, Junge? Wohin bist du letzte Nacht verschwunden?"

„Ich brauchte wohl einfach ein bisschen Abstand von der schrecklichen Sache." Kismets Hände rieben automatisch über seine hartnäckig kribbelnden Arme. Er wollte nicht länger mit Carl reden, so freundlich dieser im Augenblick auch war.

„Schließt du mir die Tür auf?", fragte er möglichst ruhig, während er sich zwang, die Hände von seinen Armen zu nehmen.

„Klar, kein Problem." Carl griff nach dem Ring mit den vielen Schlüsseln an seiner Gürtelschlaufe. Normalerweise machte er ein großes Schauspiel daraus, erst so ziemlich jeden Schlüssel auszuprobieren. Umso überraschter war Kismet, als er die Tür gleich beim ersten Versuch öffnete. „So, bitte."

„Danke." Kismet schlüpfte in die einladende Dunkelheit. Nachdem er die Tür geschlossen hatte, legte er den Kopf in den Nacken und atmete tief durch, um das Zittern zu unterdrücken, bis er sein Drogenbesteck erreicht hatte, das gut sichtbar mitten auf dem Teppich lag. Keuchend ließ er sich davor auf den Boden fallen, bereitete allerdings alles mit möglichst ruhigen Bewegungen vor, damit nicht ein einziges Gramm Heroin auf dem Teppich landete.

Vor Kismets Tür hatte Carl sein Telefongespräch beendet und zog jetzt mit einem ohrenbetäubend ruhigen Lächeln in seinem geröteten Gesicht eine Visitenkarte aus Leinenpapier aus seiner Hemdtasche hervor. Er wählte die Nummer darauf.

„Hallo? Hier ist Carl vom Casa de Mar." Er drehte das Papierrechteck in seinen Fingern herum, zupfte an den umgeknickten Ecken. Schließlich schob er die Karte zwischen seine Schneidezähne, um die Reste seines Mittagessens zu entfernen, bevor er die zurückgebliebenen Papierstückchen herunterschluckte. „Der Junge ist wieder da ... Ja, ich hab ihn reingelassen ... Nein." Carl ging den Weg vor den Zimmern entlang, wobei er einen großen Bogen um die dunklen Flecken auf dem Kunstrasen machte. „Ich habe ihm nichts gesagt. Der kleine Junkie weiß nicht, dass ich mit jemandem geredet habe. Aber Sie können sich Zeit lassen – in ein paar Minuten ist der high und dann geht er erst mal nirgendwohin."

8

COLM WURDE durch lautes Hämmern an seiner Tür aus dem Schlaf gerissen. Blinzelnd zog er ein benutztes Handtuch von seinem Wecker, dessen mattrote Zahlen ihn darüber informierten, dass er nur sechs Stunden geschlafen hatte. Er stolperte aus dem Bett, stieß sich den Fuß an etwas Hartem, suchte hektisch nach Kleidungsstücken. Während er der klopfenden Person zurief, sie solle warten, fand er endlich eine Jogginghose, deren Beine allerdings dermaßen verknotet waren, dass er sie nicht anziehen konnte. Letztendlich hielt er sie einfach schützend vor sich.

„Was?", fragte er, als er die Tür öffnete und unscharf ein blasses Gesicht unter dunklem Haar sah. „Min?" Seine Brille lag noch zwischen den Bücherstapeln auf dem Nachttisch. So sah Mins Gesicht für ihn aus wie ein verschwommener schwarzer Igel auf einer Gipskugel, an der er gerade eben eine Nase ausmachen konnte.

„Zieh dir was an." Sie rümpfte die verschwommene Nase. „Aber dusch dich vorher. Du hast es nötig. Dein Mensch ist abgehauen und er ist stinkig."

„Was?" Colm musste zugeben, dass sein Atem nicht gerade gut roch. „Kismet ist stinkig?"

„Nicht er, sondern Tod. Und damit meine ich nicht stinkig wie du, sondern stinksauer." Sie unterstrich ihre Worte, indem sie gegen Colms nackte Brust klopfte. „Und Kismet? Ist das der Name dieses kleinen Diebs, der gestern noch halb tot war? Er hat meine Sachen aus dem Trockner geklaut. Wer nennt sein Kind denn bitte Kismet?"

„Deine Sachen?", stammelte Colm, während er seine verworrenen Gedanken ordnete. „Warum hat er deine Sachen geklaut?"

„Wahrscheinlich nur, weil du die Kleidergröße eines kleinen Jungen hast. Man könnte dich sowieso für einen halten, wenn da nicht diese winzigen Hügelchen unter deinem T-Shirt wären, Min", mischte sich Ari ein. Grinsend zupfte er an einer Strähne ihres Ponys. „Wenn du die wachsen lassen würdest, wäre das vielleicht nicht so leicht zu verwechseln."

Colm blinzelte. Durch seine undeutliche Sicht konnte er lediglich erkennen, wie Mins Finger verwischt auf Aris Gesicht zuschnellten und sein Kopf zuckte, bevor eine Faust lautstark gegen Aris Schulter prallte. Beide lachten.

Die zwei Reiter zankten sich weiter, bis Min schließlich aufgab, als Ari einen Arm um ihren Nacken schlang und sie in den Schwitzkasten nahm.

„Lass mich los", protestierte sie und schnappte mit den Zähnen nach Aris Brust. Ari gehorchte und rieb sich theatralisch die feuchte Stelle, während Min die Augen verdrehte. „Hör schon auf, ich kenne dich: Du stehst doch auf so was."

„Vergiss es." Ari stupste gegen ihre Nasenspitze, bevor er hineinkniff. „Mein Herz schlägt nur für einen Reiter."

Min revanchierte sich, indem sie ihn mit einem Finger an den Rippen kitzelte. „Apropos Tod: Er köpft uns, wenn er noch länger warten muss. Seine Laune ist ziemlich mies. Glaube ich zumindest – bei ihm ist das schwer zu sagen."

„Das ist doch nicht schwer zu erkennen. Er ist leicht gereizt", antwortete Ari. „Komm hoch, so schnell du kannst, Pest. Wir müssen dein Haustier einfangen."

„Gestern wolltet ihr ihn noch unbedingt loswerden", brummte Colm und zupfte an seinem zerzausten Haar. Die Neuigkeiten zu Kismet beunruhigten ihn auf beinahe schmerzhafte Weise. „Und jetzt, wo er weg ist, wollt ihr in plötzlich wiederhaben?"

„Tod will ihn wiederhaben. Er glaubt, der Junge könnte etwas mit der geschwächten Grenze zu tun haben." Ari nahm sich einen Moment Zeit, um über Colms unbekleideten Zustand zu grinsen, bevor er fortfuhr: „Als ich ihm heute Morgen von dem Wraith erzählt habe, ist er sehr still geworden. Als ich bei dem Jungen angekommen war, hatte sich seine Laune schon erheblich verschlechtert. Und als er sich die Klamotten des Kleinen angesehen hat, ist er erst mal explodiert. Er sagt, da geht etwas Großes vor sich. Und er möchte mit uns allen darüber reden."

„Du hättest ihm den ganzen Mist gestern schon erzählen sollen Ari", rügte ihn Min. „Da war der Junge noch da und wir müssten heute nicht die Nadel im Heuhaufen suchen."

„Shi war todmüde", antwortete Ari kühl. „Er hatte sich Ruhe verdient. Woher sollte ich denn wissen, dass der Junge abhaut? Er ist kaum eine Minute am Stück bei Bewusstsein geblieben. Und jetzt konnte er sich plötzlich einfach wegschleichen?"

„Ich bin jedenfalls überrascht, dass unser Tafelsilber noch da ist. Bestimmt hat er ein paar kleinere Elektrogeräte aus dem Wohnzimmer mitgehen lassen. Das meiste war ja zum Glück in unseren Räumen. Und Ari, wenn er deine Zimmer ausgeräumt hat, hast du es nicht anders verdient. Vielleicht hat er von deinem Handy aus gleich seine Freunde angerufen und die haben ihm geholfen, während du versucht hast, dich an einen schlafenden Tod zu kuscheln", höhnte Min, bevor sie sich umdrehte und davonstapfte. „Ich überprüfe jetzt erst mal, was noch alles da ist."

„Sie tobt vor Wut", stellte Ari fest. „Hat er ihr Lieblingsleichentuch geklaut? Ich habe jedenfalls schon nachgesehen und bei mir fehlt nichts. Sogar mein Geld liegt noch da."

„Tut mir leid. Ich habe nicht damit gerechnet, dass er abhaut." Colm lehnte sich an den Türrahmen und rieb sich die Stirn.

„Wirklich nicht?", fragte Ari. „Hast du ernsthaft gedacht, ein halb toter Streuner bleibt bei dir, nachdem du ihn gesundgepflegt hast? Komm schon, Bazille, so naiv kannst selbst du nicht sein. Er war praktisch ein wildes Tier."

„Er hat einen netten Eindruck gemacht", versuchte Colm ihm zu erklären. „Ich habe gestern mit ihm geredet, bevor er eingeschlafen ist."

„Gott, du bist ein Idiot", sagte Ari und strubbelte Colm durchs Haar. „Ich glaube nicht, dass ich jemals so einfältig war. Aber so bist du nun mal. Der Junge scheint ein ziemlich raues Leben gewohnt zu sein. Ehrlich gesagt bin ich auch überrascht, dass unser Fernseher noch da ist."

Colm tastete ungeschickt nach dem Lichtschalter, bis die Lampen aufflammten und ihn blendeten. „Ich dusche jetzt schnell. Dann komme ich hoch."

„Beeil dich bloß", erwiderte Ari. „Sonst ist hier gleich die Hölle los. Falls es die überhaupt gibt. Und Tod sie irgendwie herkriegt."

„Krieg." Colms leise Stimme ließ Ari aufhorchen. „Ist Tod wirklich so wütend auf mich?"

Ari hörte die Unsicherheit in Colms Tonfall. Sie waren bisher alle sehr streng mit dem Jüngsten umgegangen und hatten sich oft über ihn lustig gemacht.

Bei Ari lag es nicht nur daran, dass er Batu vermisste, sondern auch daran, dass er Colm einfach nicht verstand. Aris Sicht der Dinge war unkompliziert: Die Entwicklung der Menschheit war ein Spiel. Er bewegte verschiedene Spielsteine, um die Aufmerksamkeit der Sterblichen auf etwas Bestimmtes zu lenken oder davon abzulenken, mischte sich allerdings weder direkt in ihren Krieg gegen Unrecht ein noch in ihre Kriege gegeneinander. Colm dagegen sah die Reiter als eine Möglichkeit für die Menschen, eine bessere Zukunft zu erreichen. Ari war der Meinung, dass sich die Menschen entweder irgendwann auslöschen oder es aus eigener Kraft verhindern würden, ohne dass sie ein Unsterblicher absichtlich hinderte oder ihnen half. Colm kam dem oft zu nahe, war bisher allerdings durch Tod vor einem allzu großen Desaster bewahrt worden.

„Nein, auf dich ist er nicht wütend. Und was Min angeht, kann sie sich ein paar neue Klamotten leisten. Die Sachen des Jungen waren ja auch wirklich nicht mehr zu gebrauchen. Wer weiß, vielleicht bringt er sie wieder zurück." Aris Stimme hatte sich zu einem beruhigenden Brummen gesenkt. „Ich glaube, Tod macht sich eher Sorgen um den Jungen. Dieser Wraith hätte nicht einfach so auftauchen sollen. Shi glaubt, dass ihn jemand hergerufen hat. Also müssen wir rausfinden, was mit dem Jungen passiert ist und wer es auf ihn abgesehen hat." Er tätschelte Colms Schulter. „Geh duschen. Ich habe Kaffee aufgesetzt. Bis du hochkommst, ist der fertig."

„Danke, Ari." Colm hatte mittlerweile seine Brille ausfindig gemacht und stellte fest, dass er trotzdem erst klar sehen konnte, als er die Tränen aus seinen Augen geblinzelt hatte. „Er hat einfach so verloren gewirkt. Und ich weiß, wie sich das anfühlt."

„Kein Problem, Bazille." Ari ging, zwei Stufen gleichzeitig nehmend, die Treppe hoch. Oben angekommen drehte er sich noch einmal um und rief: „Übrigens, was du da vor dich gehalten hast, hat absolut nichts verdeckt. So solltest du mal vor die Tür gehen – vielleicht wirst du dann flachgelegt."

MICHAEL BECKETT durchquerte den Flur seines Hauses in La Jolla vom Schlafzimmer ins Wohnzimmer, ohne das Meerespanorama vor dem Fenster zu beachten. Das auf einer Klippe gebaute Haus, welches zum größten Teil aus Glas und glänzendem Chrom bestand, befand sich hoch genug auf den Felsen, um vor den heranrollenden Wellen geschützt zu sein. Schatten mieden diesen Ort – selbst wo kein Licht hinfiel, tummelte sich keine lebendige Dunkelheit. Trotz des Meeres und der zweispurigen Straße jenseits des Zufahrtstors, war es in dem über dem Ozean aufragenden Haus unheimlich still.

Im Wohnzimmer wartete Frazier und straffte seine breiten Schultern, als sich Beckett näherte. Die mattgraue Stoffhose und das passende langärmlige Hemd standen im Kontrast zu seiner durch häufigen Aufenthalt im Freien gebräunten Haut. Sein von Grau durchzogenes braunes Haar war kurz geschnitten. Er senkte die Wasserflasche, aus der er getrunken hatte, um Beckett zuzunicken. Seine Finger zupften am Etikett der Flasche.

Als Beckett an ihn herangetreten war, hatte Frazier es für leicht verdientes Geld gehalten, den verrückten alten Mann zu beschützen, der ihm Unsterblichkeit anbot. Doch als sich dann die Schatten um ihn herum in Kreaturen verwandelten und halb menschliche Erscheinungen am Rand seines Sichtfelds auftauchten, zweifelte er nicht länger an Becketts Verstand – auch wenn er dafür manchmal seinen eigenen in Frage stellte.

Das Wasser hatte einen bitteren Geschmack auf seiner Zunge hinterlassen, da es durch das Pulver getrübt wurde, das er und Beckett regelmäßig zu sich nahmen. Nachdem dem Jungen der Schritt in die andere Welt gelungen zu sein schien, hatte Beckett vorgeschlagen, die Dosis zu erhöhen. Während er dagegen bis vor Kurzem noch protestiert hatte, war seine Meinung nach dem Anblick des öligen, schwarzen Wesens auf dem fleckigen Asphalt vor dem Motel eine andere. Jetzt wusste er, dass es besser war, alles um ihn herum zu sehen – selbst das, was ihn nicht berühren konnte.

Beckett hatte eigene Gründe, aus denen er auf einen Erfolg des Mittels hoffte – sehr persönliche Gründe –, doch Fraziers Ziel war ein anderes. Sehen und manipulieren zu können was eigentlich unsichtbar war, stellte eine verlockende Vorstellung dar. Wenn ewiges Leben dazugehörte, war das Ganze nur noch verführerischer.

„Der Manager vom Motel hat angerufen", sagte Frazier lässig. „Der Junge ist zurück."

„So schnell?" Beckett lächelte. „Menschen sind tatsächlich Gewohnheitstiere. Ich gehe davon aus, dass Sie sich bald darum kümmern."

„Ich wollte Sie nur vorher informieren", antwortete Frazier. „Der Manager wird ihn aufhalten, falls es aussieht, als wollte er verschwinden."

„Sehr gut." Beckett holte sich ebenfalls eine gekühlte Wasserflasche aus der Hausbar und fügte ein glitzerndes Pulver hinzu. „Hat die tote Kreatur irgendwelche Hinweise geliefert?" Die getrockneten Limetten verliehen dem Wasser einen angenehm säuerlichen Geschmack, den Beckett sehr mochte.

Während er die Flasche schüttelte, bis sich das Limettenpulver aufgelöst hatte, lächelte er dem Mann zu, den er mit diesem Trick dazu gebracht hatte, das nicht getestete Elixier zu sich zu nehmen. Er fragte sich, wann sich der Wahnsinn ins Gehirn des Mannes fressen würde. Mit seiner Wasserflasche wieder zurück bei Frazier bedeutete er diesem, sich zu setzen.

„Ich konnte sie nicht anfassen. Ob es daran lag, dass sie kaum noch da war, oder ob ich noch nicht genug von dem Elixier genommen habe, weiß ich nicht." Frazier rieb sich über die Fingerspitzen, zeigte Beckett die dunklen Flecken, die die Körperflüssigkeiten des Wraith hinterlassen hatten. Anfangs hatten sie gebrannt und sich später wie betäubt angefühlt. Jetzt kehrte, beginnend mit einem leichten Prickeln, allmählich das Gefühl zurück. „Der Junge ist eindeutig gebissen worden. Sein Blut war überall, aber die Polizisten konnten es nicht sehen."

„Das ist gut. Aber was ist mit dem Wraith passiert?"

„Die Kreatur muss von einer Klinge getötet worden sein", antwortete Frazier. „Und zwar von einer sehr scharfen. Es waren saubere, präzise Schnitte, als hätte jemand genau gewusst, wie man tötet. Und es war vermutlich etwas Größeres als ein einfaches Messer."

„Wirklich?" Beckett strich sich nachdenklich mit den Fingern über die Unterlippe. „Könnte das dem Jungen gelungen sein?"

„Unwahrscheinlich", antwortete Frazier, während er ein kleines Notizbuch aus seiner Tasche hervorholte. Er blätterte zu den Aufzeichnungen, die er sich bei seinen Gesprächen mit den Motelbewohnern gemacht hatte. „Kismet Andreas. Er wohnt seit ungefähr einem Jahr im Motel, verhält sich relativ ruhig und ist Einzelgänger. Offenbar nimmt er hauptsächlich Drogen und malt Bilder. Er arbeitet regelmäßig in einem Tätowierstudio, dessen Besitzer mit Drogen handelt. So ist er in Kontakt mit unserem Gemisch gekommen."

„Eine interessante Entwicklung." Beckett nippte an seinem Wasser, ließ den Zitrusgeschmack seinen Mund durchspülen. „Prostituiert er sich? Dann weiß er sicher, wie man sich wehrt, und trägt vielleicht auch eine Waffe bei sich."

„Den Nachbarn zufolge nicht. Andererseits heißt das nur, dass er niemanden mitbringt." Frazier zuckte mit den Schultern. „In der Gegend gibt es genug dunkle Gassen und einen Park, also könnte er es woanders machen. Trotzdem glaube ich nicht, dass er so gut mit einer Waffe umgehen kann. Die Kreatur wurde fachmännisch erlegt."

„Das klingt wirklich nicht nach unserem Junkie", gab Beckett zu. „Allerdings gibt es hinter der Grenze noch andere, die ihm geholfen haben könnten. Vielleicht einer der Sidhe. Wenn er Unterstützung hat, könnte die Sache kompliziert werden." „Damit kann ich umgehen, solange ich alles sehen kann." Frazier reichte seinem Arbeitgeber eine der Mappen, die er auf dem Tisch abgelegt hatte. „Hier, ich dachte, die wären vielleicht interessant. Das Zimmer des Jungen war voll davon – ich konnte den Manager überreden, mich reinzulassen."

„Großer Gott." Beckett musste ein Grinsen unterdrücken, als er die von Frazier gemachten Fotos in der Mappe betrachtete. Der Mann hatte Leinwände nebeneinandergelehnt, um mit jedem Foto so viele wie möglich aufzunehmen. „Unser Mr. Andreas kann eindeutig *sehen*."

Horrorgestalten krochen durch die Farbe, zogen sich über die Leinwand und streckten Klauen nach ahnungslosen Opfern aus. Wraith wanden sich um Laternenpfähle und schnappten nach den Köpfen von Passanten. Auf einem Bild war eine obdachlose Frau mit schmutzigem, hoffnungslosem Gesicht zu sehen, das von winzigen, schattenhaften Kaulquappen bedeckt war, die ihre runden Köpfe bereits in ihrer ungewaschenen Haut vergraben hatten. Die Fotos wurden immer düsterer, bis der Magus auch das letzte betrachtet hatte. Seine Hände zitterten, während ihm Bilder von Dunkelelfen und schlanken, anmutigen Sidhe im Kopf herumschwirrten.

„Also hatte er wie Sie bereits die Gabe dazu, diese Dinge zu sehen?", fragte Frazier leise. „Aber berühren konnte er sie bis jetzt wahrscheinlich nicht."

„Bis jetzt", stimmte Beckett zu, wobei er sich bemühte, nicht zu aufgeregt zu klingen. „Gott, die sind wundervoll."

„Wir gehen also davon aus, dass die Droge wirkt." Frazier beugte sich vor, um einen Schluck des bitteren Wassers zu trinken. „Jetzt müssen wir ihn nur noch schnappen, um ganz sicher zu sein. Dann können wir die neue Mischung benutzen, ohne uns um Nebenwirkungen zu sorgen."

„Das hoffe ich", murmelte der Magus, während er mit dem Finger über einen roten Strich auf einem der Bilder fuhr. Als er aufsah, bemerkte er Fraziers berechnenden Blick, den Hunger in seinen Augen. Dieser war Beckett sehr willkommen, da er vorhatte, Fraziers Gier auszunutzen und ihn dadurch zu manipulieren. „Wir sind so nah dran."

Beckett reichte Frazier ein Tütchen mit braunem, goldgesprenkeltem Pulver. „Hier, nehmen Sie das. Damit sollten Sie den Jungen zu fassen bekommen, auch wenn er es vollständig auf die andere Seite geschafft hat. Bringen Sie ihn dann gleich her. Die Wirkung hält etwa vier Stunden an, also müssen Sie ihn bis dahin haben."

„Heute Abend wird er hier sein." Frazier stand auf und nahm das Pulver an sich. „Wir sehen uns in ein paar Stunden."

Beckett wartete, bis er ganz sicher sein konnte, dass der Mann gegangen war, bevor er sich dem Unsterblichen bei der Bar zuwandte. Güte war aus der

Grenze hervorgetreten, sobald sich die Tür hinter Frazier geschlossen hatte, um den Geliebten seiner Schwester mit einem Winken zu begrüßen.

„Er scheint jedes deiner Worte zu glauben. Du hast ihn dazu gebracht, zu nehmen, was du dem Jungen gegeben hast, ohne dass er etwas vermutet." Güte ging auf Beckett zu, wobei seine nackten Füße kaum Spuren auf dem Teppich hinterließen. „Dann läuft also alles nach Plan. Meine Schwester hat mit dir eine gute Wahl getroffen."

„Danke, ich bemühe mich", antwortete Beckett.

„Ich hoffe nur, dass wir den Jungen wirklich zurückbekommen."

„Frazier wird ihn finden. Gier ist sehr motivierend."

Güte lehnte sich mit dem Rücken gegen ein Fenster. „Und jemand hat deinen Wraith getötet? Schwer vorstellbar, dass es der Junge war."

„Er muss wohl Hilfe gehabt haben." Beckett runzelte die Stirn. „Hoffentlich hindert das Frazier nicht daran, ihn sich zu schnappen."

„Mir gefällt es nicht, dass sich jemand einmischt. Wir sind so nah dran." Güte verzog das Gesicht und trommelte mit den Fingern gegen das Glas. „Eigentlich sollte er keine Verbündeten haben. Menschen und Unsterbliche halten sich normalerweise voneinander fern. Und die meisten Grenzgänger wären nicht stark genug für einen solchen Kampf – sie würden sich da lieber nicht einmischen."

„Fällt dir jemand ein, der es gewesen sein könnte?", fragte Beckett.

„Ich kann mir nicht vorstellen, dass die Höfe der Sidhe einem Menschen helfen würden", antwortete Güte. „Bei den Dunkelelfen verhält es sich ähnlich – sie tun selten etwas, wenn es nicht um Profit oder Familienehre geht. Und dass jemand zufällig vorbeigekommen ist und den Jungen aus reiner Freundlichkeit gerettet hat, ist schwer zu glauben."

„Aber jemand hat ihm geholfen." Beckett leerte seine Wasserflasche. „Jemand, der in den Schatten existiert."

„Die vier Reiter befinden sich in dieser Gegend." Der Gedanke an Tod und seine Gefährten beunruhigte Güte. „Allerdings mischen sie sich selten in menschliche Angelegenheiten ein. Sie wollen sich die Hände nicht noch schmutziger machen. Für einen einzelnen Menschen würden sie normalerweise keinen Finger rühren."

„Wäre es möglich, irgendwo Erkundigungen über sie einzuziehen? Herauszufinden, ob sie aus irgendeinem Grund an dem Menschen interessiert sind?"

„Das wirkt nur verdächtig. Die Reiter erwähnt man nicht einfach nebenbei im Gespräch." Güte zuckte mit den Schultern. „Wir anderen haben nichts mit ihnen zu tun. Ari würde sich wahrscheinlich keine Gedanken darüber machen, dass jemand nach ihm gefragt hat – es würde nur sein zu großes Ego stärken. Aber Tod … er würde sofort auf mich aufmerksam werden."

„Tod? Seid ihr gegen den nicht immun?"

„Das ist niemand." Güte dachte über die Möglichkeit nach, dass sich der Unsterbliche mit der Narbe im Gesicht tatsächlich für ihren Jungen interessierte.

„Tod ist ein Jäger. Ich will ihn nicht auf uns aufmerksam machen. Uns nach den Reitern zu erkundigen, brächte uns nur Probleme."

„Aber irgendjemand muss uns doch etwas über sie sagen können – wenn kein Unsterblicher, dann vielleicht ein anderer Grenzgänger."

„Ich werde darüber nachdenken. Aber ich habe dir schon zu viel über die anderen verraten. Wenn man über sie spricht, sorgt es für eine Art Echo. Es hilft uns, zu wissen, wann wir gebraucht werden. Deshalb muss ich vorsichtig sein." Er neigte den Kopf, als er spürte, wie er gerufen wurde. Er tastete nach dem Ruf, suchte den Ursprung. Es war zu wichtig. Er musste sich darum kümmern. „Ich muss gehen."

„Ich werde versuchen, das zu ändern", versprach Beckett. „Ihr könnt doch kaum euer Leben leben, wenn ihr ständig von Ort zu Ort gerufen werdet. Für Glaube wünsche ich mir etwas anderes. Sie hat mehr verdient."

Brennende Verbitterung stieg in Gütes Kehle auf. „Wir *haben* kein Leben. Es gibt keine Privatsphäre und nicht einen einzigen Tag, an dem ich mich weigern könnte, die Rufe der Menschen zu beantworten. Sie jammern und klagen pausenlos, ohne zu bemerken, dass ihnen auf diesem Dreckklumpen, den sie Welt nennen, eigentlich alles zu Füßen gelegt wird. Ich würde alles dafür geben, einfach nein zu sagen. Aber dieses Privileg bleibt uns verwehrt."

„Ich werde es auf die andere Seite schaffen", beteuerte Beckett voller Inbrunst. „Und dann werden wir endlich wissen, ob euch geholfen werden kann."

„Ja, mach weiter. Und vergiss nie, dass wir es für sie tun." Der Unsterbliche verblasste, als er seinem Ruf folgte. „Was aus mir wird, ist mir egal. Aber sie muss endlich aus diesem Gefängnis befreit werden."

„WAR COLM wach?" Ari wurde von Tods heiserer Stimme begrüßt, als er den Wohnbereich betrat. Min war nirgendwo zu sehen – vielleicht zählte sie die Frühstücksflockenschachteln in der Vorratskammer.

„Wir haben ihn geweckt." Ari sah zu, wie der langbeinige Mann seinen Tee zubereitete. „Er will hochkommen, sobald er sich geduscht und angezogen hat. Der arme Kerl war noch ganz verschlafen."

Tod tauchte schweigend das Tee-Ei in das heiße Wasser. Er war mit den Gedanken halb bei dem davongelaufenen Jungen und halb bei dem blonden Reiter, während er darauf wartete, dass sich die Flüssigkeit verdunkelte. Als Ari sich näherte, verspannte er sich. Aris Hände legten sich auf seine Hüften und streichelten darüber. So gegen die Arbeitsplatte gepresst dachte Tod erst darüber nach, den Blonden von sich zu stoßen und fortzuschicken, doch das herrliche Kribbeln, als sich ihre Körper gerade eben berührten, tröstete ihn, auch wenn es gleichzeitig die Geheimnisse in seinem Innern erschütterte.

„Lass das", sagte Tod beinahe flüsternd. Ari lächelte, als er die Unschlüssigkeit in seiner Stimme bemerkte. Er hörte auf, Tod zu streicheln, ließ die Hände jedoch auf seiner Hüfte liegen.

„Wir wissen beide, dass du nichts dagegen hast." Ari ließ sein Kinn auf Tods Schulter ruhen und atmete den Duft seines Rasierwassers ein, das nach grünem Tee roch. Tods weiches Baumwollhemd fühlte sich unter der Narbe an Aris Kinn beinahe so verführerisch an wie das seidige schwarze Haar an seiner Wange. „Ich verstehe nicht, warum du mich von dir stößt, obwohl du dir nichts mehr wünschst, als mir näher zu sein."

„Es geht nicht", murmelte Tod mit geschlossenen Augen. Er gestattete sich, Aris Berührung einige Sekunden zu genießen. Während sein Verstand lauthals protestierte, sonnte sich sein verräterischer Körper in der Wärme von Aris Hand, die ihm jetzt kurz über den Bauch streichelte, bevor sie zu ihrem Platz an seiner Taille zurückkehrte. „Wir haben Aufgaben. Das hier macht alles komplizierter."

„Ich glaube, du irrst dich", flüsterte Ari ihm direkt ins Ohr. „Ich glaube, es würde alles einfacher machen. Ich weiß nicht, wovor du mehr Angst hast: was du fürchtest, von mir angetan zu bekommen, oder was du fürchtest, mir anzutun. Aber ich habe nicht vor, dich zu verlassen. Und du mich doch auch nicht."

„Und wenn du es doch tust?" Tod löste sich von Ari, um mit zitternden Fingern nach dem Zucker zu greifen. „Das weiß man doch nicht. Ich kann es nicht wissen."

„Nein, sicher wissen kann man so etwas nie", gab Ari zu. „Aber ich bin bereit, das Risiko einzugehen, wenn du mir eine Chance gibst. Das liegt in meiner Natur. Und manchmal wünschte ich, du würdest einmal alles andere vergessen und dich ebenfalls darauf einlassen. Was hast du zu verlieren?"

Tod hob den Kopf, wurde allerdings durch Min, die den Raum betrat, davor bewahrt, Ari antworten zu müssen. Min schaute vom einen zum andern, seufzte und warf Ari einen bösen Blick zu. „Was hast du jetzt wieder angestellt? War er nicht schon sauer genug?"

„Das bin ich nicht", versicherte Tod und winkte ab, als sie protestieren wollte. „Ari und ich haben nur etwas besprochen."

„Ich weiß genau, wie er etwas bespricht", erwiderte Min. „Mit seinen Händen und seiner Zunge."

„Warum reden wir nicht einfach wieder über Colms kleines Haustier? Das Thema ist doch hoffentlich erlaubt?", fragte Ari mit einem eisigen, wütenden Lächeln, während er sich an Min vorbeischob, um zu sehen, wo Colm blieb.

„Alles okay?", fragte Min leise, als sie sich Tod näherte.

„Natürlich", versicherte er, auch wenn es selbst für ihn nicht überzeugend klang. „Wirklich. Bei uns beiden ist alles in Ordnung. Wir müssen zwischen uns nur einiges klären."

„Hattet ihr dafür nicht Äonen Zeit?", fragte Min und fuhr sich lässig durch ihr stachliges Haar. „Wenn ihr es bis jetzt nicht geklärt habt, sehe ich schwarz."

„Wir kommen schon zurecht", beharrte Tod. „Ich frustriere ihn wohl nur ein bisschen."

„Tu das wenn möglich nicht zu sehr." Min runzelte besorgt die Stirn. „Als er das letzte Mal so richtig frustriert war, hat der Zweite Weltkrieg stattgefunden. Ich habe auch so schon genug zu tun. Mehr Arbeit braucht ihr mir nicht zu machen."

„Versprochen." Tods engelsgleiches Gesicht verzog sich zu einem Lächeln. Die silberne Linie glänzte im Licht. „So weit wird es nicht kommen."

„Das will ich doch hoffen." Min hob warnend den Zeigefinger. „Wenn ich zu viel arbeiten muss, werde ich mürrisch. Und ein mürrisches Gesicht macht Falten. Ich bin zu hübsch für Falten."

Ari kehrte in die Küche zurück und goss sich schweigend eine Tasse Kaffee ein. Als er nach einem Löffel griff, streifte er Tods Bein. Ihre Blicke trafen sich und Aris wurde weich – auch wenn er gleich darauf leise Flüche darüber ausstieß, wie viel Macht Tod über ihn hatte.

Der dunkelhaarige Reiter schenkte ihm ein sanftes Lächeln, bevor er sich mit seinem Tee zum Sofa begab. Ari füllte eine zweite Tasse mit Kaffee und fügte Zucker und einen kräftigen Schuss Milch hinzu, bevor er sie Colm reichte, der den Raum betreten hatte. Colm nahm sie dankbar entgegen und atmete den duftenden Dampf tief ein, ließ ihn die Müdigkeit vertreiben.

„Also, was wissen wir über diesen Jungen?", fragte Tod, als Colm sich auf dem Sofa niederließ, während Ari sich auf die Armlehne neben Tod setzte und Min einen Sessel wählte und ein Bein unter ihren Körper zog.

„Abgesehen davon, dass er ein Dieb ist?", schnaubte Min.

„Und so mickrig wie unser kleiner Hunger?", grinste Ari, woraufhin Min die Zähne bleckte.

„Ich weiß, dass er Kismet Andreas heißt. Und dass er Drogen nimmt." Colm versuchte, sich an etwas anderes als volle Lippen und warme, zimtfarbene Augen zu erinnern. „Heroin, glaube ich. Ich dachte erst, seine Arme wären bei dem Kampf verletzt worden, aber es waren Einstichstellen."

„Interessant. Kismet. Und er ist wirklich ein Junkie. Ich hatte es nur vermutet." Ari trank einen Schluck Kaffee, während er sich die neuen Informationen durch den Kopf gehen ließ. „Es wundert mich, dass er kein Geld für neue Drogen gestohlen hat. Anscheinend hat er aus Dankbarkeit, dass wir ihm geholfen haben, nur das Nötigste genommen. Für einen Straßenjungen ist das nicht selbstverständlich."

„Und der Drogenkonsum ist nachvollziehbar", fügte Tod hinzu. „Ich glaube, schon bevor er irgendwie auf die andere Seite transportiert wurde, konnte er die Grenze sehen. Ich habe zusammengefaltete Zeichnungen in seiner Hosentasche gefunden. Sie sahen aus, als hätte er darauf Wraith und andere Grenzgänger festgehalten."

„Wirklich?" Min legte den Kopf schräg und ließ ihr freies Bein baumeln. „Also glaubst du, er ist einer von uns?"

„Das Blut an seinem T-Shirt riecht wie unseres", sagte Tod. „Aber laut Colm weiß er genau, wer er ist. Er hat ein Leben als normaler Mensch geführt und ist jetzt plötzlich unsterblich."

„Also keine Berufung?" Min pfiff leise. „Ein unsterblicher Mensch. Vielleicht haben wir doch endlich die Apokalypse heraufbeschworen."

„Und dann war da dieser Wraith", fuhr Ari fort. „Er hat ihn einfach so gepackt. Dieses Ding war stark wie die alten damals in Irland. Das ist nicht einfach aus den Schatten gefallen, ohne dass jemand an seiner Leine gezogen hat."

„Kismet scheint die Grenze aufgerissen zu haben, aber das sollte eigentlich keinen Wraith anlocken." Tod strich nachdenklich über die Narbe in seinem Gesicht. Dann beugte er sich vor, wodurch sein Hemd hochrutschte und einen Streifen nackter Haut an seinem Rücken freigab. „Hat *er* ihn vielleicht gerufen? Könnte dieser Junge sich das nötige Wissen angeeignet haben, um ihn zu kontrollieren?"

„Shi, soweit ich das nach der kurzen Begegnung beurteilen kann, ist es ein Wunder, dass ihm sein eigener Schatten folgt", antwortete Ari kopfschüttelnd. „Der Junge hatte kaum genug Kraft, um vor Schmerzen zu schreien."

„Und was ist mit dem Wraith, der uns im Parkhaus angefallen hat?", warf Colm ein. „Der war auch verdammt stark. Hat ihn also ebenfalls jemand gerufen?"

„Das Ding war einfach alt. Es hat sich die Nahrungskette hochgearbeitet." Ari warf dem Blonden einen bösen Blick zu, bevor er sich mit einem Grinsen an Tod wandte. „Mach dir keine Sorgen, ich habe mich drum gekümmert."

„Im Parkhaus? Davon hast du gar nichts erzählt." Tod musterte Ari, der unbehaglich auf der Armlehne herumrutschte und Tods Blick auswich. Tod bohrte ihm einen Zeigefinger in die Rippen, bis Ari nachgab und sagte:

„Wir wurden von einem Wraith angegriffen." Er zuckte mit den Schultern. „Ich bin davon ausgegangen, dass wir ihm einfach bei der Jagd in die Quere gekommen sind. Du weißt, wie sie manchmal sind. Ich glaube, er ist ein bisschen von seinem üblichen Jagdgebiet abgedriftet und fand uns appetitlich."

„So etwas wagen sie sich eigentlich nicht." Tod schüttelte zweifelnd den Kopf. „Meinst du nicht, es könnte auch mit dem Jungen zusammenhängen?"

„Manche sind ganz schön frech. Besonders, wenn sie sich an einen Ort verirren, an dem sie kaum Emotionen als Nahrung finden. Dann verzweifeln sie irgendwann und alles hinter der Grenze wird zum potenziellen Opfer", antwortete Ari. „Das Ding hatte Hunger und wollte sich Colm schnappen. Ich habe mich drum gekümmert."

„Es hat mich in eine der Säulen geschleudert", fügte Colm hinzu und trank von seinem Kaffee. „Es hat mich überrascht, dass es dein Auto so schlimm beschädigen konnte. Andererseits hat der andere Wraith einen Hydranten auseinandergenommen."

„*Wie* schlimm ist es beschädigt?" Tod starrte in Aris unschuldig wirkendes Gesicht hinauf. „Du hast es wirklich Colm *und* mein Auto angreifen lassen? Kann man es noch fahren oder ist es so tot wie mein Pferd?"

„Siehst du?" Ari zeigte auf Colm. „Da erschießt man einmal sein Pferd und das war's dann. Bis ans Ende aller Zeiten ist man an allem Schuld. Das Pferd hätte jetzt schon lange nicht mehr gelebt, Tod, auch ohne den Pfeil."

„Es ist nicht so schlimm", warf Colm ein. „Das Auto, meine ich. Du wirst es nicht fahren können, weil der Kotflügel ein Stück runtergerissen wurde, aber das lässt sich reparieren", fuhr er fort, während er Aris Hand von sich schob, damit dieser ihm nicht den Mund zuhalten konnte. „Und es war nicht Aris Schuld. Der Wraith kam aus dem Nichts. Ari hat ihn erledigt, bevor er mich ernsthaft verletzen konnte."

„Ach ja?" Tod schürzte die Lippen. „Hast du mir sonst noch etwas verschwiegen, Ari?"

„Können wir das Auto kurz vergessen und uns wieder auf den Jungen konzentrieren?", erkundigte sich Min. „Du kannst Ari später anschreien."

„Ja, ganz tolle Idee." Ari streckte den Arm aus, um Colm einen leichten Klaps auf den Hinterkopf zu verpassen. „Der Junge ist bestimmt wieder da, wo wir ihn gefunden haben. Ich glaube, da wohnt er."

„Wenn er drogensüchtig ist, wird er bald wieder etwas brauchen und das hat er hoffentlich zu Hause", stimmte Tod zu. „Jedenfalls wäre ich froh, wenn wir ihn nicht stundenlang auf der Straße suchen müssten. Ich möchte unbedingt herausfinden, was ihn auf die andere Seite gebracht hat. Das ist seit Jahrhunderten nicht passiert. Ich frage mich, ob die Sidhe ihn zu sich geholt haben und er irgendwie entwischt ist."

„Tam Lin. Johnson. Pousão", zählte Ari auf. „An Künstlern waren sie schon immer interessiert."

„Aber nicht in letzter Zeit. Nicht wie früher. Sie haben sich schon lange keinen mehr geschnappt." Min rutschte auf ihrem Sessel nach vorn und stützte das Kinn auf die Hand.

„Außerdem hätten ihn die Elfen nicht unsterblich machen können", fügte Tod nachdenklich hinzu. „Er wäre ein Mensch geblieben, nur eben unsichtbar. Das hier ist anders."

Ari stand auf und nahm Tods leere Tasse vom Tisch. Als Tod ihm dankend zunickte, antwortete er mit einem Brummen. Tods Blick folgte Ari in die Küche, bevor er sich widerstrebend von Neuem auf das Gespräch konzentrierte.

„Aber irgendjemand muss die Macht gehabt haben, ihn durch die Grenze zu ziehen. Und hat vermutlich noch mehr vor."

„Hat er jemanden erwähnt, der in Frage kommt?", erkundigte sich Ari aus der Küche.

„Ich habe nicht mit ihm geredet", antwortete Min. „Weißt du etwas, Pest?"

„Ich glaube, er hat niemanden." Colm drehte die Tasse in seinen Händen. „Er ist alleine, aber ich kann mir nicht vorstellen, dass er sich einfach etwas antun lässt. Er hat einen ziemlich starken Willen."

„Bazille, du kennst dich nicht gut genug mit Menschen aus", murmelte Min.

„Wie stark kann sein Wille schon sein, wenn er mit Drogen vor Schatten davonläuft, die ihm gar nichts anhaben können?", fragte Ari zurück beim Sofa. Er reichte Tod die aufgefüllte Tasse.

Tod drehte das Katzengesicht in seinen Händen herum, bis die Nase in seiner Daumenbeuge lag, bevor er antwortete: „Manchmal betäuben sich Menschen mit Drogen oder Alkohol, um die Grenze nicht mehr sehen zu müssen. Deshalb ist er nicht unbedingt schwach."

„Der Wraith hat ihn gezielt angegriffen. Den anderen Menschen hat er ignoriert", beschrieb Ari, was sie vor dem Motel gesehen hatten. „Und für mich hat er sich ebenfalls nicht interessiert. Er wollte nur den Jungen."

„Eine herbeigerufene Kreatur wird oft auf ein bestimmtes Opfer angesetzt. Sie wurde also wirklich von jemandem gelenkt", sagte Tod nachdenklich. Der Junge war eindeutig jemandes Beute. „Ein Unsterblicher hätte ihre Aufmerksamkeit eigentlich auf sich lenken sollen. Zumindest hätte dich die Kreatur als größere Bedrohung ansehen und ihr Opfer vor dir schützen sollen. Vielleicht sind es doch die Sidhe, die ihn wollen."

„Oder ein Mensch", warf Min ein. „Ein paar von denen mischen sich immer in Dinge ein, die sie nichts angehen."

„Jedenfalls hat der Wraith versucht, den Jungen wegzuschleppen", erinnerte sich Ari. „Ich habe gesehen, wie er die Beine in den Boden gestemmt und ihn mitgezogen hat."

„Und da solche Wesen nicht besonders intelligent sind, muss es einem ziemlich einfachen Befehl gefolgt sein." Tod nippte an seinem warmen Tee, der die Kälte aus seinem Körper vertrieb. „Der Ort, an den es den Jungen bringen sollte, kann nicht weit weg gewesen sein. Es hätte den Jungen nicht bei einem Sprung durch die Grenze mitnehmen können. Dazu sind solche Kreaturen nicht stark genug."

„Aber was seine Kraft angeht, war es sowieso seltsam", sagte Ari. „Es schien Probleme damit zu haben, ihn mitzuschleifen. Ein Wesen, das stark genug ist, um die Welt der Sterblichen zu beeinflussen, hätte den Jungen normalerweise einfach hochheben und wie eine Puppe herumschleudern können."

„Vielleicht konnte es ihn einfach nicht gut festhalten? Der Junge könnte sich zu diesem Zeitpunkt zwischen den Welten befunden haben." Tod stellte seine Tasse ab. „Was auch immer ihn verändert hat, hatte vielleicht gerade erst angefangen und dann auf der Fahrt hierher seine volle Wirkung entfaltet. Du hast doch erzählt, dass er während der Fahrt bewusstlos war. War er später desorientiert?"

„Ich glaube, schon", antwortete Min, „und offenbar mit ziemlichen Kopfschmerzen." Sie deutete auf Colm. „Pest hat mich nach Aspirin gefragt, als der Junge aufgewacht ist. Musstest du dich aus der Grenze lösen, um mit ihm zu reden?"

„Nein, stimmt." Colm wurde klar, dass er einfach mit dem jungen Mann geredet hatte, ohne sich vorher in die Welt der Sterblichen zu bewegen und sich sichtbar zu machen. „Ich habe überhaupt nicht darüber nachgedacht. Zu Hause tue ich das schließlich niemals."

„Aber das müsstest du auch nicht", gab Tod zu bedenken. „Vergiss nicht, dass sich die Grenze nicht bis in unser Heim erstreckt."

„Aber er hat auch schon mit Colm geredet, nachdem ich den Wraith von ihm losbekommen habe", wandte Ari ein, während er von der Armlehne auf die Couch rutschte, um es sich neben Tod gemütlich zu machen. „Auch wenn ich mir zu dem Zeitpunkt keine Gedanken darum gemacht habe. Ich dachte, er wäre nur einer von den Verrückten, die uns zwar sehen können, aber deshalb noch lange nicht unsterblich sind."

„Aber du hast ihn getragen", merkte Min an.

„Dabei hatte ich die Grenze von mir geschoben." Ari zuckte mit den Schultern. „Da Polizisten Autos, in denen sie keinen Fahrer sehen, gerne anhalten, bin ich in der sterblichen Welt geblieben, bis wir angekommen sind."

„Die Frage ist nur, was wir jetzt machen", sagte Min und verließ ihren Sessel, um sich zu den anderen zu setzen. „Suchen wir ihn? Und was machen wir mit ihm, wenn wir ihn haben?"

„Wir müssen herausfinden, wie er unsterblich geworden ist", antwortete Tod. „Jemand hat das mit Absicht getan und wahrscheinlich war es nicht der Junge selbst. Und derjenige möchte ihn vermutlich zurückhaben, um zu sehen, ob es funktioniert hat."

„Glaubt ihr, derjenige will noch mehr Menschen verwandeln?", fragte Colm.

„Darauf würde ich wetten", antwortete Min. „Verdammt. Wenn schon ein Mensch die Grenze dermaßen geschwächt hat, was passiert dann erst bei mehreren?"

„Ich habe keine Lust, das nächste Jahrhundert mit der Jagd auf irgendwelchen Spuk zu verbringen. Es war schlimm genug, als diese Priester dauernd etwas rübergeholt haben." Ari schüttelte den Kopf. „Eigentlich dachte ich, diese Zeiten lägen hinter uns."

„Aber genau das wird passieren, wenn wir nichts unternehmen", erwiderte Tod. „Ich denke, wir sollten den Jungen schnellstmöglich herbringen."

„Ihn herbringen?" Ari drehte sich überrascht zu Tod um. „Was sollen wir hier mit einem Menschen? Er kann doch nicht bei uns wohnen."

„Wo sollen wir ihn sonst hinbringen?" Colm rutschte auf dem Sofa nach vorn.

„Wir spielen hier nicht ‚Die vier Reiter und ihr kleines Pony'. Komm schon, das kann doch nicht dein Ernst sein!" Ari knirschte vor Wut mit den Zähnen, doch Tod hob eine Hand, um ihn zum Schweigen zu bringen.

„Es ist mein Ernst. Und ich werde nicht weiter darüber diskutieren." Tod ignorierte Aris verärgertes Schnauben und stand auf. „Wir teilen uns auf. Zwei von uns beginnen beim Motel und die anderen beiden fangen weiter draußen an und arbeiten sich in Richtung Motel vor. Falls er sich neue Drogen besorgt, wird er das hoffentlich in der Nähe tun."

„Es ist die College Area", bemerkte Colm. Er wich Aris wütendem Blick aus, während er die Tassen nahm, um sie in die Küche zu bringen. „Ich erinnere mich, wo das Motel liegt."

„In der Gegend gibt es jede Menge Dealer. Ein wahres Drogenbüffet." Min stieg über Aris lange Beine hinweg, um ihre Jacke von der Sofalehne zu nehmen. „Es könnte dauern, bis wir ihn gefunden haben."

„Ja, ein zugedröhnter Junge unter vielen zugedröhnten Jungen", stimmte Ari zu. „Ich möchte noch einmal anmerken, dass ich das für keine gute Idee halte."

„Wir haben keine andere Möglichkeit", antwortete Tod. „Also, wer fährt? Ich kann ja nicht, seit Ari zugelassen hat, dass ein Wraith mein Auto frisst."

9

EIN HÖLZERNES Bücherregal verbarg die Treppe zum Keller. Er hatte das aufschwenkbare Gestell dort anbringen lassen, nachdem eine Haushälterin über seinen Arbeitsraum gestolpert war. Sie war die erste Person gewesen, für die ein Zusammentreffen mit seinen aus der Grenze herbeigerufenen Wesen ein tödliches Ende genommen hatte, jedoch keineswegs die letzte. Die Treppe war breit, was es ihm möglich machte, auch die größeren der geheimnisvollen Gegenstände seiner langjährigen Sammlung dort unterzubringen.

Ursprünglich war der Keller während der um die Jahrhundertmitte vorherrschenden Paranoia als Strahlenschutzraum erbaut worden. Über die Jahre hatte er dann als Vorratsraum und Weinkeller gedient, bis Beckett das Küstenhaus erworben hatte. Gleich beim ersten Blick in den fensterlosen Raum hatte Beckett gewusst, dass es sich um den perfekten Ort für seine häufig mit tiefen Schatten zusammenhängenden Experimente handelte.

Jetzt wurde der Raum durch eine Trennwand in zwei Hälften geteilt, von denen er eine in ein gemütliches Bibliothekszimmer umgewandelt hatte. Die andere Hälfte hatte Beckett kaum verändert, wenn man von den langen Tischen und chirurgischen Waschbecken an der Wand absah. Außerdem hatte er einen Steinmetz dafür bezahlt, einen großen Kreis in den Betonboden zu ritzen, sodass auch die mächtigsten Schattenkreaturen hineinpassten.

Die Trennwand wurde von Vitrinen gesäumt, in denen sich seine wertvollsten Besitztümer befanden, die er von seinen Reisen mitgebracht hatte. In einem Glaskasten kletterten quäkende schwarze Tropfen herum, die mit ihren kleinen Mäulern noch winzigere Wraith fraßen. Aus einem anderen starrte ein verformter Schädel in den Raum, dessen gummiartige, gelbliche Augen sich hektisch bewegten. Beckett bewunderte kurz die Sammlung zarter, glänzender Flügelchen, die noch an herausgerissenen Resten von Wirbelsäulen mit schwarzen Blutstropfen hingen.

In jeder Vitrine befand sich etwas, das von Grenzgängern gesammelt und durch magische Kraft in der Welt der Sterblichen sichtbar gemacht worden war. Einiges, besonders die gröberen Stücke, hatte er selbst auf die andere Seite gezerrt. Für andere hatte er viel bezahlt oder war zufällig bei jemandem darüber gestolpert, der von ihrem wahren Wert nichts wusste. Erst im Vorjahr hatte ein Mann einige Gegenstände aus dem Nachlass seines Onkels verkauft. Beckett waren beinahe vor Freude die Tränen gekommen, als er dabei auf die konservierte Haut verschiedener Grenzgänger gestoßen war, durch die Lagerung in einer flachen Museumsvitrine in der trockenen Dunkelheit eines Gemüsekellers beinahe perfekt erhalten.

Beckett nahm ein scharfes Skalpell von einem der Tische und berührte damit ein Stück bräunlich grüner Haut aus der Sammlung, das er auf der Arbeitsplatte zurückgelassen hatte. Anfangs war es ein furchtbarer Gedanke gewesen, die wertvolle Haut des Dunkelelfen zu beschädigen, doch um einen mächtigen Wraith herbeizurufen, war es unumgänglich.

„Egal", murmelte Beckett, als er mit ruhiger Hand in die dicke Haut schnitt. „Nachdem ich das Blut des Jungen habe, wird es ein Leichtes sein, mir weitere Zutaten zu besorgen."

Es beeindruckte Beckett, wie kunstvoll der Magus die Haut konserviert hatte. Als sein Skalpell durch die Epidermis in tiefere Schichten drang, stieg ein strenger Geruch auf, da die darin enthaltenen Fette der Luft ausgesetzt und die Duftdrüsen freigelegt wurden. Mit einer Metallzange hob er das abgeschnittene Stück Haut hoch und platzierte es in der Mitte des unregelmäßigen Sterns, den er zuvor in den Kreis gezeichnet hatte. Nachdem er die Furche mit grobem Salz und Goldstaub gefüllt hatte, wischte er sich die Hände sauber und atmete tief durch, um seine Nerven zu beruhigen.

Dann spuckte er auf das Stück Haut, um den ersten Schritt der Beschwörung zu beginnen und die Kreatur an seinen Willen zu binden. Normalerweise bevorzugte er für seine Zauberkünste Italienisch – die Sprache verlieh dem Ganzen in seinen Augen eine klare Eleganz –, doch die Beschwörung verlangte raue, unverständliche Worte, die er aus verschiedenen Büchern zusammengetragen hatte. Dementsprechend schmerzte seine Kehle, als er die Zauberformel beendet hatte, und fühlte sich beinahe wund an.

Die Schatten sammelten sich entlang des Sterns und wuchsen, bis sie schließlich in den Betonkreis flossen. Die zu stark gespannte Grenze zerriss in der Mitte des Kreises und setzte winzige Wraith frei, die vom Geruch der Haut und Becketts Speichel angelockt wurden. Sie machten sich über ihr Festmahl her und wuchsen mit jedem Bissen. Bald war die Haut aufgefressen und die kleinen Wraith schlossen sich zu einer großen, dunklen Kreatur zusammen, in deren roten Augen eine bösartige Intelligenz flackerte.

Beckett schnitt voller Bedauern ein weiteres Hautstück ab, um es an das wachsende Wesen zu verfüttern, während sich die Ränder der Grenze verzerrten und versuchten, sich zu schließen, um das natürliche Gleichgewicht zwischen der sichtbaren Welt und der verborgenen wiederherzustellen. Die Öffnung in dem schattigen Vorhang blieb allein durch Becketts Kraft bestehen. Auf Italienisch begann er nun, das Wesen nach seinen Vorstellungen zu formen.

Die meisten der kaulquappenartigen Geschöpfe waren mittlerweile von der größeren Kreatur absorbiert worden, die stetig anwuchs. Sie wurde immer stärker, bildete erst einen Kopf aus, dann Flügel und zuletzt einen langen, glänzenden Schnabel, der nach Becketts Kopf schnappte. Er zuckte zurück, da er nicht davon überzeugt war, dass der Kreis die Kreatur im Zaum halten konnte, bis der Zauber beendet war.

Beckett betrachtete zufrieden seine Schöpfung. Trotz des kräftigen Körpers würden die mächtigen ledrigen Flügel des beinahe mannshohen Wesens es problemlos durch schattige Wolken und über hohe Gebäude tragen, während es seiner Beute nachjagte. Seine Texte warnten davor, Unlogisches zu erschaffen. Eine zu blühende Fantasie, die sich zu weit von physikalischen Gesetzen entfernte, führte selten zu etwas Brauchbarem. Bei dieser nach dem Vorbild eines Vogels geformten Kreatur musste sich Beckett darum keine Sorgen machen, auch wenn er für sehr muskulöse Beine mit kräftigen Klauen und einem langen Stachel an der Rückseite gesorgt hatte.

„Und jetzt wird sich zeigen, ob ich dich dazu bringen kann, mir zu gehorchen." Beckett ging um den Kreis herum, wobei ihm der Blick des Wesens folgte. Eine herbeigerufene Kreatur barg immer ein Risiko. Er konnte sich ihres Hungers und ihres Temperaments niemals sicher sein, bis die letzten Worte des Zauberspruchs gesprochen waren, der sie an ihn band und sie ihm unterwarf.

„Einfache Worte, die aufeinander aufbauen", machte er sich noch einmal klar. Er begann mit dem einfachsten Befehl, dem Gehorsam der Kreatur. Mit einem weiteren Stück Haut gab er seine Anweisungen zum Schutz seiner Beute und zur Vernichtung jeder Person, die zu verhindern versuchte, dass der Junge zu Beckett gebracht wurde.

Als er seinen Willen endlich fest im Verstand des Vogels verankert hatte, seufzte er vor Erschöpfung. Seine Kleider waren schweißnass. Durch die Anstrengung, die Kreatur zu beherrschen, war ein Äderchen in seiner Nase geplatzt und etwas Blut rann daraus hervor. Beckett berührte es mit den Fingern und schmierte etwas davon auf ein Taschentuch, das er anschließend dem nach ihm schnappenden Schnabel des Vogels entgegenwarf.

Das Blut zischte, als es die Zunge des Wesens berührte, doch es schluckte das Papiertuch hinunter. Beckett sprach die letzte Beschwörung, die die Kreatur nach erfolgreich erledigter Aufgabe zum Ort ihrer Schöpfung zurückrief. Wenn der Zauber funktionierte, würde sie später in den Kreis zurückkehren – eine weitere Waffe in Becketts wachsendem Arsenal. So sehr er den Verlust der Dunkelelfenhaut auch bedauerte, hielt er das Wesen für ziemlich nützlich.

„Fertig." Beckett entließ die Kreatur in die Grenze und sah zu, wie sich der Vorhang hinter den flatternden Flügeln schloss. Nachdem er das Licht ausgeschaltet hatte, erklomm er mit knurrendem Magen die Treppe ins Erdgeschoss. „Erst eine Dusche und dann wird gegessen. Hoffentlich bringt Frazier bald unsere Beute."

„COLM MAG diesen Jungen. Das könnte ein Problem werden", sagte Ari mit einem Seitenblick auf Tods finsteres, scharf geschnittenes Gesicht in die Stille des Mustangs hinein. Der ältere Reiter war nach dem ersten Blick auf den ruinierten Vanquish in Schweigen verfallen – ein sicheres Zeichen dafür, dass es hinter den halb geschlossenen rußigen Augen brodelte.

112

Da Tod nicht antwortete, fragte Ari mit einem Brummen: „Redest du jemals wieder mit mir?"

„Wahrscheinlich nicht", murmelte Tod. „Du bist eine Gefahr für alle meine Fortbewegungsmittel."

„Das mit dem verdammten Pferd ist schon Jahrhunderte her", widersprach Ari. „Und für das Auto konnte ich nichts. Du solltest froh sein, dass ich Colm gerettet habe. Er scheint zu denken, dass er sterben kann."

„Viele Grenzgänger können sterben. Sie werden nur nicht von Menschen gesehen. Und du scheinst ziemlich oft beweisen zu wollen, dass wir es ebenfalls können."

„Na ja, unter den anderen gibt es schon ein paar, die ich gern umbringen würde." Ari fluchte, als ein Auto seinem geliebten Mustang zu nahe kam. „Menschen können einfach nicht fahren."

Tod beugte sich vor, um das Radio einzuschalten, und suchte einen Sender, der ihm gefiel. Ein kräftiger Bass dröhnte aus den Lautsprechern. Obwohl Ari es hasste, wenn jemand an seinem Radio herumspielte, hielt er es bei Tods Laune für besser, nichts zu sagen. Er dachte sogar darüber nach, das Gespräch auf sich beruhen zu lassen, konnte seine eigene Gereiztheit am Ende aber nicht ganz zurückhalten.

„Soll ich in Zukunft einfach zulassen, dass Colm aufgefressen wird?" Ari hielt vor einer Ampel an und warf im Rückspiegel einen Blick auf Colm und Min im SUV hinter ihnen. „Wenn er wieder um Hilfe ruft, sage ich ihm das demnächst einfach. Oder ist das ein Plan, um ihn abzuhärten? Obwohl wir beide wissen, dass er schon mit einem Buttermesser überfordert ist?"

„Nein", antwortete Tod widerstrebend. Er rutschte ein Stück auf seinem Ledersitz hinunter, stützte ein Bein gegen das Armaturenbrett und lehnte sich mit dem Arm gegen die Tür. Dann betrachtete er Ari, während dieser einen langsamen Minivan überholte. „Ich bin froh, dass du ihn beschützt hast. Und nein, ich weiß auch nicht, warum er sich nicht verteidigt."

„Du sagst immer, er sei anders und wir bräuchten anders. Aber wehren können sollte er sich trotzdem", antwortete Ari. „Vielleicht muss er erst verstehen, wie verdammt ernst die Sache ist."

„Der Junge könnte dabei helfen", sagte Tod. „Manchmal braucht man erst jemanden, für den man sich verantwortlich fühlt."

„Sollten wir ihm dann nicht lieber so was wie eine Schildkröte kaufen? Uns den Jungen aufzuhalsen, ist keine gute Idee." Der Verkehr um sie herum floss träge durch die Asphaltadern, die die verschiedenen Freeways der Umgebung versorgten. Ari bremste, damit sich ein Auto vor ihm einordnen konnte, und blies frustriert die Backen auf. „Findet irgendwo ein Spiel statt? Ich muss hier runter, bevor ich anfange, Leute umzubringen. Ich hoffe, Colm kann in seiner Mistkarre mithalten."

Die Schnellstraßen durchschnitten die Stadt, mit Betontunneln gesprenkelt und gelegentlich von Grünflächen eingerahmt. Tod vermisste die zusammengeschusterten Gemeinschaftsgärten, die dem zunehmenden Verkehr der Stadt hatten weichen müssen. Doch auch wenn er den grünen Nordwesten bevorzugte, hatte die Wüstenstadt ihre Reize, vor allem das beinahe perfekte Wetter und das köstliche mexikanische Essen, das es fast überall billig zu kaufen gab.

Colms SUV folgte ihnen durch die Ausfahrt, obwohl sich mittlerweile einige Autos zwischen ihnen befanden. Ari widerstand dem Drang, aufs Gaspedal zu treten und den knurrenden Mustang davonschießen zu lassen. Bald lag die Ausfahrt hinter ihnen und Ari entdeckte die Einkaufsmeile, vor der sie den Wraith entdeckt hatten. Der beschädigte Feuerhydrant war bereits entfernt worden und das Loch im Boden hatte man mit Sperrholzplatten und Pylonen gesichert. Ari hielt den Mustang am Straßenrand nicht weit von der Feuerwehrzone an. Neben ihnen blinkte ein „Geöffnet"-Schild im Fenster eines Chinarestaurants. Das rot-blaue Neonlicht spiegelte sich im glänzenden Chrom der dampfenden Büfetttische.

„Der Wraith hat viel Schaden angerichtet", bemerkte Tod, der die tiefen Risse im Gehweg betrachtete. Er löste seinen Sicherheitsgurt – wobei er Aris herablassendes Schnauben darüber, dass er überhaupt einen benutzte, gekonnt ignorierte – und stieg aus, um sein Katana vom Rücksitz zu holen. „Jemand muss eine Menge Energie hineingesteckt haben."

„Du glaubst, wir brauchen Waffen?", fragte Ari, griff jedoch bereits nach seinen Dolchen und warf sich das Halfter lässig über die Schulter.

„Nach dem, was euch beim letzten Mal passiert ist, können sie nicht schaden", antwortete Tod. „Außerdem kannst du damit im Notfall dein Auto verteidigen, falls es von einem Wraith angegriffen wird."

„Das wirst du mir wirklich ewig vorhalten, oder?", murmelte Ari. „Aber umparken werde ich das Auto nicht."

Während Tod Aris Sturheit mit gemurmelten Flüchen beantwortete, joggte Min über den Parkplatz auf sie zu und ging neben Ari her.

„Musst du dich schon wieder so anstellen?" Sie bohrte ihm einen Finger in die Rippen, genau ins Zentrum der ausstrahlenden Narbe. „Du weißt doch, dass er immer alles im Griff haben will."

„Allerdings", stimmte Ari zu und grinste Tod an, der ihm wegen seiner albernen Provokation noch immer gespielt finstere Blicke zuwarf. „So muss er immer damit rechnen, dass ich ihm nicht gehorche. Ich muss doch aufpassen, dass er nicht einrostet."

„Wenn du dich jetzt lange genug wie ein Kind aufgeführt hast, könntest du dich ja vielleicht wieder auf unser Problem konzentrieren." Tod betrachtete den aufgerissenen Asphalt und die getrockneten Blutflecken an der abgerundeten Bordsteinkante. Colm, der das Auto geparkt hatte, joggte jetzt ebenfalls zu ihnen hinüber, wobei er einem vorbeifahrenden Motorrad auswich. Mins Blick folgte dem schnittigen Fahrzeug über den Parkplatz. „Wurde jemand verletzt? Der Wraith war also in dieser Welt?"

„Er hat definitiv kurz die Grenze verlassen, ist aber wieder hineingeschlüpft, als er weitergerannt ist", antwortete Ari. „Ehrlich gesagt sind wir nicht lange genug

114

geblieben, um nach Verletzten zu sehen – wir sind ihm so schnell wie möglich rüber zum Motel gefolgt."

„Es überrascht mich, dass er sich nicht an seinen Opfern gestärkt hat", sagte Tod nachdenklich, während er sich hinhockte, um an einem Metallrest des Hydranten zu schnuppern, der unter dem Sperrholz hervorschaute. „Wenn er so stark war, dass er die Grenze durchbrechen konnte, warum hat er dann nicht in Ruhe seine Beute gefressen?"

„Tja, er hatte wohl einen dringenderen Termin bei einem schmackhaften Jungen." Ari kam näher und beugte sich vor. „Ich habe keine Ahnung, was du da riechst."

„Im Moment hauptsächlich chinesisches Essen." Tod drehte den Kopf, um einen Hauch leicht angebrannter süßsaurer Soße einzuatmen. „Ich wollte versuchen, die Energie zu ihrem Ursprung zurückzuverfolgen, aber die Spur ist zu alt."

„Das ist ein Problem?", fragte Min. „Und ich dachte, du wärst wie ein Jagdhund und könntest selbst dem schwächsten Duft folgen."

„In solchen Fällen macht das viel aus", antwortete Tod. „Wenn Ari das besser könnte, hätte er gleich herausfinden können, wer dahintersteckt."

„Ich lerne es wohl einfach nicht." Ari entdeckte vor einem Donutladen am Ende der Einkaufsmeile den Golfwagen des Wachmanns. Der Mustang schien noch eine Weile vor einem Strafzettel für falsches Parken sicher zu sein. „Vielleicht hast du auch nur nicht die richtigen Methoden angewendet, um es mir beizubringen, Shi. Ich denke da an einen guten Wein und ein bisschen gemeinsames Planschen in der Badewanne ... vielleicht wäre ich dann aufnahmefähiger."

„Du bist kein Hund, den man mit Belohnungen erziehen kann." Tod stand auf und wischte sich den Sand von den Händen. „Dazu scheint dir die Geduld und der feine Gaumen zu fehlen."

„Ich biete dir doch dauernd an, dir meinen Gaumen mal näher anzusehen, aber du lehnst immer ab." Ari ignorierte Tods genervtes Seufzen. „Jedenfalls sind Colm und ich nicht lange hierge..."

„Was ist das?", unterbrach ihn Colm. Er zeigte an den Himmel, wo sich eine wirbelnde Masse aus einer tiefhängenden Wolkenbank gelöst hatte.

Der Schwarm wuchs an, bildete schwarze Gestalten aus der verformbaren Dunkelheit. Tod und Ari hoben in einer einzigen fließenden Bewegung gleichzeitig den Kopf. Dann griffen beide hinter sich, zogen mit einem Klicken ihre Klingen aus perfekt passenden Scheiden.

Ari stieß einen Pfiff aus. „Verdammt. Wir bekommen Besuch."

„Wenigstens wissen wir jetzt sicher, dass der Wraith kein Zufall war." Tod schob seinen schlanken Körper näher, bis er Schulter an Schulter mit Ari stand. „Das ist doch beruhigend."

„Das wird ein Spaß." Ari grinste breit, als sich Adrenalin in seinem Körper ausbreitete. „Wir haben lange nicht mehr zusammen gekämpft. Das ist immer unterhaltsam."

115

„Min, hinter uns, mit Colm in unserer Mitte." Tod positionierte sich ein wenig links von Ari, während dieser seinen langen Dolch in der Hand drehte und auch die zweite spitze Klinge zog, deren Schneide im Licht aufblitzte. Ein Summen durchlief Tods Katana, als die Spitze von Aris Dolch kurz die Klinge küsste. Dann warteten sie, während die Grenze um sie herum dünner wurde.

In der Ferne war ein einzelnes schrilles Kreischen zu hören, das ihre Trommelfelle erschütterte. Dann folgten weitere und erhoben sich zu einem in ihren Schläfen pochenden Geschrei. Um sie herum gingen Menschen den Gehweg entlang, ohne sich des grausigen Risses über ihnen bewusst zu sein. Ein kleines Mädchen, noch nicht lange aus den Windeln, sprang mit hüpfenden Zöpfen auf die Reiter zu. Als ihre Mutter ihr nachlief, rannte sie kichernd und kreischend vor ihr davon, ganz knapp an Aris Bein vorbei. Einer ihrer wedelnden Arme schob sich durch Aris Wade.

Min hatte mittlerweile Colm zwischen sich und die anderen geschoben und hielt ihren Morgenstern bereit, dessen silberner Griff über die Jahre von ihrer Handfläche abgenutzt und beinahe schwarz geworden war. Sie bewegte die Finger über den Griff, bis die Waffe gut in ihrer Hand lag, und brachte ihre Füße auf dem Asphalt in die richtige Position für einen Angriff. Jeder Muskel in ihrem Körper war gespannt.

„Könnt ihr erkennen, zu was es sich formt?", fragte Ari, der den Kopf drehte, um den schwarzen Schwarm nicht aus den Augen zu verlieren. Die einzelnen Teile fügten sich zu einer immer größeren Masse zusammen, die auf dem warmen Aufwind dahinglitt.

„Sieht wie ein Vogel aus." Tod bemerkte Aris besorgten Gesichtsausdruck und folgte seinem Blick zu Colm, der mit weit aufgerissenen Augen dastand und krampfhaft ein Messer umklammerte, das er völlig falsch hielt. Mittlerweile waren Flügel zu erkennen, die immer detaillierter wurden.

„Vögel sind gut." Min bemühte sich, ihre Aufregung im Zaum zu halten. „Findet ihr nicht?"

„Ich weiß nicht, ich finde die Dinger am Boden besser", antwortete Ari. „Die können nicht nach oben ausweichen und sind nicht so anstrengend."

„Glaubt ihr, dass es von derselben Person gerufen wurde, die Kismet haben will?", fragte Colm, ohne das Schattengebilde aus den Augen zu lassen, dessen Umrisse zunehmend klarer wurden.

„Etwas anderes kann ich mir nicht vorstellen. Wahrscheinlich soll es entweder den Jungen bringen oder andere daran hindern, Kismet vor ihm zu erreichen." Tod hielt inne, um die Möglichkeit abzuwägen, zu Kismet zu gelangen, bevor sich der Wraith fertig geformt hatte. „Wir müssen davon ausgehen, dass der Magus über unsere Anwesenheit informiert ist. Wenn er die Macht hat, etwas so Großes zu beschwören, weiß er vielleicht mehr über die Grenze, als er sollte."

„Wenn er so mächtig ist, warum will er dann Kismet?", fragte Colm. „Was kann Kismet ihm geben, was er nicht aus eigener Kraft schafft?"

116

„Warum eigentlich *er*?", mischte sich Min ein. Sie pikte Colm mit einem Stirnrunzeln in die Seite. „Es könnte auch eine Frau sein."

„Ist das nicht egal?", antwortete Ari, den das Warten allmählich ungeduldig machte. „Am Ende ist es immer ein verrückter, größenwahnsinniger Mensch. Sie lernen einfach nicht dazu."

„Min, vielleicht schaffst du es mit Colm zu dem Jungen." Tod stand still, als sich die Luft um sie herum abkühlte. „Ari und ich müssten die Aufmerksamkeit des Vogels auf uns lenken können. Mit etwas Glück sucht er sowieso nach der stärksten Kraftquelle, weil er den Jungen dafür hält und nicht mit uns rechnet."

„Kommt ihr wirklich alleine zurecht?", fragte Min besorgt.

„Ja." Ari klemmte einen seiner Dolche unter seinen Ellbogen, um den Schlüssel des Mustangs herauszuholen und ihn ihr zuzuwerfen. „Versucht, den Jungen zu holen und ihn herzubringen. Wir schaffen das schon. Wir haben schwerere Kämpfe unter schlechteren Bedingungen überstanden."

„Los", drängte Tod. „Wenn es einmal hier unten ist, kommt ihr nicht mehr so leicht weg, ohne es direkt zu Kismet zu führen."

Min steckte ihre Waffe weg und packte Colm am Hosenbund, um ihn zu Aris rotem Ford zu ziehen. Kaum saßen sie im Auto, fuhr sie auch schon los, ließ die Reifen eine Gummispur auf den Boden kreischen. Ari wandte sich kurz von dem Schatten ab, um ihr Flüche nachzurufen, bis Tod ihn sanft mit dem Ellbogen anstieß und ihn wieder herumdrehte. Der dunkelhaarige Reiter, der an seiner linken Seite stand und seinen Arm berührte, fühlte sich dort genau richtig an. Ein beruhigender Todesbote, der mit seiner eigenen blutrünstigen Natur harmonierte.

„Es ist lange her", sagte Ari mit einem Lachen in seiner tiefen Stimme. „Dass wir so gekämpft haben, meine ich."

„Das gefällt dir wohl." Tod bewegte sich ein wenig, sodass seine Schulter Aris streifte. Der Wraith hatte sie jetzt entdeckt und setzte zum Sturzflug an, durchschnitt mit ausgestreckten scharfen Krallen so schnell die Luft, dass ein schrilles Pfeifen zu hören war. Tod brachte sich in Position und hielt sein Katana bereit.

„Und ob", antwortete Ari. „Dabei fühle ich mich lebendig."

Frazier schaute hinter dem schmutzigen Musselinvorhang im Apartment des Managers hervor, der vor Schmutz und Fett steif war. Selbst durch die dünnen Latexhandschuhe hindurch fühlten sich seine Finger schmierig an, wo sich ein Film aus Nikotin und den Rückständen gebratenen Essens darübergelegt hatte. Carl war von ihm in der uralten weißen Gefriertruhe im winzigen Esszimmer, die mit Rostflecken und Dellen übersät war, zur ewigen Ruhe gebettet worden. Berge von Fertiggerichten, die Frazier seinem Körper niemals zugemutet hätte, tauten im Spülbecken auf. Carls in Zeitungspapier und Plastikbeutel gewickeltes Geld hatte er eingesteckt.

An der Bürotür des Motels flatterte ein Zettel, der dem Leser in hastig hingekritzelten Buchstaben mitteilte, der Manager sei bis Montag abwesend. Frazier war sicher, dass die Bewohner erst nach Tagen sein Fehlen bemerken und vielleicht erst nach Wochen die Polizei verständigen würden. Dagegen war der Junge, wenn alles nach Plan lief, noch höchstens eine Stunde hier.

Frazier kämpfte gegen sein Verlangen nach einer Zigarette an. Er durfte es nicht riskieren, auch nur ein Speicheltröpfchen oder eine Hautschuppe zurückzulassen. Deshalb trug er Handschuhe und lange Ärmel sowie eine Mütze, um das Herunterfallen von Haaren zu verhindern. Doch je länger er sich in der Wohnung des Mannes aufhielt, desto größer wurde das Risiko, entdeckt zu werden, bevor er den Jungen fortbringen konnte.

Ursprünglich war der Tod des Managers nicht geplant gewesen. Als er Frazier jedoch um Geld angebettelt hatte, war diesem die Gefahr der Situation bewusst geworden. Carl hatte zu viele Informationen besessen und hätte diese mit dem richtigen Anreiz an andere weitergeben können. Davon abgesehen war es ein befriedigendes Gefühl gewesen, die weinerliche Stimme für immer zum Schweigen zu bringen.

In der Zimmerecke flackerte etwas. Frazier drehte sich mit einem Stirnrunzeln um und starrte die leere Stelle an. Das Wohnzimmer war spärlich möbliert: An der Wand mit dem Fenster zum Parkplatz befand sich eine mitgenommene, abgenutzte Couch. Gegenüber stand auf einem nicht besonders stabil wirkenden Spanplattentisch ein alter Fernseher, dessen Kabel zu einem Verteiler an der Wand führte.

Doch so stickig und beengt das Apartment auch war, hatte er durch das Fenster einen fantastischen Blick auf das Zimmer des Jungen, bis der richtige Zeitpunkt gekommen war, ihn sich zu schnappen. Das Flackern kehrte zurück und Frazier drehte hastig den Kopf. Er hatte die kleine Wohnung bereits gründlich nach einem Haustier durchsucht, war dabei allerdings lediglich auf schmutzige Wäsche und Pornos gestoßen.

Nur im Zwischenraum über der Decke konnte man Ratten umherhuschen hören. Zumindest hoffte Frazier, dass die Kratzgeräusche von den kleinen Nagern stammten – er hatte einmal eine Geschichte von einer Stinktierfamilie gehört, die durch einen brutalen Mord aufgeschreckt worden war, wodurch sich ihr öliger Gestank mit Hilfe der Klimaanlage überall verteilt hatte. Er plante nicht, anhand eines solchen Geruchs als Carls Mörder identifiziert zu werden – diese Demütigung hätte sein Stolz nicht überstanden. Bemüht, die Geräusche zu ignorieren, konzentrierte er sich wieder auf die Tür des Jungen.

Seit Frazier in Carls Apartment lauerte, waren nur wenige der Bewohner vorbeigegangen, die alle einen großen Bogen um die Tür des Jungen gemacht hatten. Dunkle Flecken zerknitterten den Putz der Motelwände und Schatten bewegten sich darüber, wenn das Licht von Autoscheinwerfern sie streifte. Frazier strich über die Zigarettenschachtel in seiner Tasche und seine Nasenflügel bebten, als die Folie unter seinen Fingern knisterte. Doch das Verlangen, das seine Zunge feucht und geschwollen machte, war plötzlich vergessen, als sich zwei junge Männer der Tür seines Zielobjekts näherten.

Frazier warf fluchend einen Blick auf Carls weißen Metallsarg. „Scheiße. Am liebsten würde ich dich noch mal umbringen. Du hast behauptet, dass er nie Besuch bekommt."

Carl antwortete nicht, sondern lag weiter stumm und mit zugefrorenen Augen in seinem eisigen Gefängnis. Feuchtigkeit trat aus seinem Körper aus und kristallisierte auf seiner schlaffen Haut, klebte seine braune Polyesterhose an seinen Beinen fest. Als die letzte Wärme seinen Körper verließ, wurde er zu einem kalten Stück Fleisch zwischen den verbliebenen Mikrowellenburritos.

„Scheiße, ich muss mir den Jungen schnappen und abhauen." Nebel musste aufgezogen sein, denn die zwei Männer schienen zeitweise aus seinem Sichtfeld zu verschwinden. Er wandte kurz den Blick ab, um sich zu konzentrieren, und zwinkerte seine feuchten Augen trocken. Hinter ihm kämpften zerbrochene Splitter der Dunkelheit darum, an den Ranken des Wahnsinns zu saugen, die aus Fraziers Kopf wuchsen.

„Ich glaube, ein Sterblicher beobachtet uns aus dem Fenster dahinten." Der pummelige der beiden Männer kratzte sein spärlich behaartes Kinn. Völlerei hakte seine Daumen in seinen Hosenbund, über den sich ein beachtlicher Bauch wölbte, und durchsuchte die Aura des Sterblichen nach einem Hinweis auf Laster. Nichts war zu finden – zumindest nichts, das mit ihm zu tun hatte. Seine Finger wanderten wieder zu seinem Kinn, wobei das Fett seiner dunklen Arme schwabbelte.

„Ich kann ihn fühlen, aber nicht berühren. Er gehört nicht zu mir", stellte Völlerei fest.

Sein Begleiter war versucht, dem Sterblichen zuzuwinken. Wie dünn war die Grenze um das Motel herum geworden? Der Mann war hoch aufgeschossen, besaß jedoch eine jugendliche Eleganz. Seine fließenden Bewegungen standen im Kontrast zu denen seines Bruders, der ungeschickt daherstapfte.

„Vielleicht ist er ja frei von Lastern", sagte Völlerei trocken. Es gelang ihm, seinem runden Gesicht einen ernsten Ausdruck zu verleihen, bis er das amüsierte Glitzern in Lusts leuchtend grünen Augen sah. Da brachen sie in schallendes Gelächter aus, bis sie keuchten. Die rundliche Sünde rang nach Atem, während sie ihrem größeren Bruder auf den Rücken klopfte, und beruhigte sich schließlich mit einem letzten Husten und einem Seufzen. „Er fühlt sich ziemlich normal an. Es überrascht mich, dass er uns sehen kann."

„Mich nicht", widersprach Lust und hob den Kopf, um über sie hinwegströmende Schatten zu betrachten. „Sieh doch, wie schwach die Grenze ist. Bald werden Dinge durchkommen. Dann möchte ich nicht mehr hier sein."

Überall um sich herum konnte Lust die Menschen spüren, die ihn anzogen. Ihre lüsterne Natur schlug ihre Klauen in ihn und zerrte an kleinen Teilen seiner Konzentration. Doch er ignorierte sie alle, um seine Aufmerksamkeit auf die dünne

Tür vor sich zu richten, hinter der Kismet mit seinem Verlangen in seiner eigenen kleinen Hölle gefangen war.

„Kannst du nicht die Spannung der sterblichen Welt spüren? Diese klebrige Hülle auf deinem Gesicht, wenn du dich bewegst? Sie hat sich nie zuvor so dünn angefühlt. Es ist unglaublich." Lust wehrte sich gegen den Sog eines Paares, das händchenhaltend die Straße entlangging. Zwar glitzerte an beiden Händen ein goldener Ring, doch das jeweilige Gegenstück befand sich an anderen Fingern, weit entfernt. „Irgendjemand hat das verursacht. Es ist nicht normal."

Kismets Seele schrie geradezu vor Verlangen. Lusts Schwanz zuckte, seine Brustwarzen prickelten unter dem Stoff seines T-Shirts. Kismets Begehren war beinahe überwältigend und erfüllte Lust mit neuer Energie. „Ich möchte wissen, was hier los ist. Vielleicht können wir es uns zunutze machen."

„Uns zunutze machen? Wie das?" Völlerei zog eine Augenbraue hoch, was das goldene Piercing darin zum Wackeln brachte. „Wir können ihn schließlich nicht versteigern oder so", antwortete er gewohnt gut gelaunt.

Klein und kräftig, immer mit einem Lächeln im Gesicht, begleitete er seinen Bruder häufig durch die Welt der Sterblichen. Auch wenn es ihn nicht besonders reizte, sich die geschwächte Grenze und den Menschen im Zentrum des Phänomens anzusehen, war er seinem Bruder aus Loyalität gefolgt.

„Keine Ahnung", gab Lust mit einem Schulterzucken zu. „Vielleicht ist das mit der Versteigerung gar keine schlechte Idee."

Das andere Laster stupste die knochigen Überreste des Wraith an. Unter der sengenden Sonne würden sie sich in wenigen Tagen vollständig zersetzt haben. Der Schädel der Kreatur zeigte Anzeichen mehrerer Angriffe. Völlerei schob einen dicken Finger in eine Augenhöhle und fiel beinahe hintenüber, als sich eine dunkle Ranke daraus hervorschob.

„Was hast du vor?", fragte er, diesmal ernster, und schaute von den Knochen auf. „Warum ziehst du mich da mit rein?"

„Warum muss ich mich vor dir rechtfertigen?", zischte Lust, den das Desinteresse seines Bruders ärgerte. „Dieser Junge ist wichtig. Ich weiß nicht, warum, aber er zieht mich an, als würde mich ein Stern küssen."

„Und was soll dir dieser Junge bringen?", fragte das Laster, während es mit einem Finger die Ranke aus tiefster Schwärze berührte, die auf den Betonboden gefallen war. Sie löste sich auf, da sie nicht stark genug war, dem Kontakt standzuhalten.

„Denk doch mal nach. Wir sind so viel wichtiger als andere Unsterbliche, werden aber trotzdem als zweitklassig behandelt und müssen uns mit den Überresten ihres Ruhms abfinden wie mit den Knochen eines Festessens", antwortete Lust. „Dieser Junge ist wertvoll. Wer weiß, was wir alles tun können, wenn wir ihn erst kontrollieren."

„Wenn wir so wichtig sind …" Völlerei lehnte sich an die Wand des Gebäudes und schnupperte an den Rückständen des Blutbads, die an der klebrigen

Grenze hafteten. „… warum schleichen wir dann in den Schatten herum und schnüffeln einem Menschen nach, der uns wahrscheinlich mehr Probleme macht, als er wert ist?"

„Halt den Mund und hilf mir", war Lusts Antwort.

Kismet, der sich im Geruch seiner Acrylfarben und den Bildern in seinem Kopf verloren hatte, malte derweil weiter. Sein Pinsel tauchte sich in seine Albträume, bevor er die Leinwand berührte. Lust atmete tief ein und füllte seinen Körper mit dem Duft von Kismets Schmerz, verfeinert mit der süßen Kraft verborgener Leidenschaft. So viel lag unter der Oberfläche, tief im Unterbewusstsein des Künstlers, in einem Sarg der Verleugnung beerdigt. Der Verlust seiner Familie hing wie ein Trauerschleier über den Augen des Mannes, eine quälende Einsamkeit. Seine schmalen Schulterblätter hoben und senkten sich hektisch unter dem dünnen T-Shirt, als die Bewegung seiner Arme sie wie knochige Flügel flattern ließ.

Das Laster drehte vorsichtig am Türknauf, hörte ihn in seiner Hand klappern. Am liebsten wäre Lust gleich hineingestürmt, wollte allerdings erst genießen, anstelle gleich alles hinunterzuschlingen. Wenn er die Gefühle des Jungen genau richtig manipulierte, würde ihm der Künstler aus der Hand fressen und alles für ihn tun. „Ich wünsche mir nur etwas Besseres für uns."

„Du hättest Neid sein sollen." Völlerei schob die Eifersucht seines Bruders mit einer Geste seiner plumpen Hand beiseite. „Warum bist du mit dem, was wir haben, nicht glücklich? Du findest niemals Frieden, sondern willst immer noch mehr."

„Lass mich bloß mit Frieden in Ruhe." Das Laster streichelte über die Tür, die es von dem jungen Mann trennte. „So ein schwacher Versager."

„Jeder hat seinen Nutzen. Selbst Frieden", antwortete Völlerei. „Aber wobei der Junge uns helfen könnte, weißt du nicht genau, oder?"

„Nein, noch nicht." Lusts Fingerspitzen trommelten einen Rhythmus auf den Türrahmen. „Aber ich muss ihn mir holen, bevor es einer der anderen tut. Irgendjemand will ihn dringend haben. Dringend genug, um die Welt zu verändern."

„Vielleicht hat der Junge das alles selber gemacht und wir finden bei ihm ein Ouija-Brett und Hühnerblut." Völlerei kaute auf seiner Unterlippe. „Irgendwer wird am Ende dafür bezahlen müssen. Vermutlich er selbst."

„Nein, das bezweifle ich", widersprach das andere Laster. „Obwohl Menschen Willensfreiheit besitzen und selbst über ihre Handlungen entscheiden, übernehmen sie selten die Verantwortung. Möglicherweise wurde jemand geschickt, um ihn aufzuhalten und dabei ist etwas schiefgegangen."

„Ich glaube immer noch nicht, dass dieser Junge mehr wert ist als die anderen Fleischbrocken, die auf dieser Erde rumlaufen." Völlerei schob sich an Lust vorbei, um durch einen Spalt zwischen den Vorhängen zu schauen. „Er sieht nicht wie etwas Besonderes aus. Ganz hübsch, aber eben nur ein Sterblicher."

„Sieh dich doch um, Bruder. Zu deinen Füßen liegt ein getöteter Wraith. Es wird bereits um ihn gekämpft. Wir wären dumm, wenn wir unsere Chance nicht nutzen würden." Lust sah wieder zum Himmel auf, wo sich dunkle Wolken zu einem großen stürmischen Grauen zusammenfügten. „Wenn wir uns nicht beeilen, werden wir in einen Krieg verwickelt, den wir nicht gewinnen können."

„Dann schnell", sagte Völlerei nervös. Für ehrgeizige Ziele war er nicht geschaffen. Er bevorzugte ein ruhiges Leben unter den Sterblichen, die ihren Leidenschaften frönten. Lusts Sehnsucht, von anderen anerkannt zu werden, verblüffte ihn. Er befürchtete, dass sie irgendwann sein Untergang sein würde.

„Behältst du unseren Spion hinter dem Fenster im Auge? Wenn er auch an dem Jungen interessiert ist, müssen wir etwas gegen ihn unternehmen." Lusts Fingerknöchel streiften die Wand, wurden durch den rauen Putz aufgeschürft. Doch die Schmerzen fühlten sich gut an, vertraut und sauer auf seiner Zunge. Lust presste seinen feuchten Mund gegen die Fensterscheibe und sein Atem ließ das Glas beschlagen, als er hauchte: „Lass mich rein, mein Hübscher. Mach die Tür auf."

Licht fiel auf Kismets Gesicht, als er den Ruf durch die Tür flüstern hörte und den Kopf neigte. Seine Finger glitten über seine Armbeuge, während er sich aus dem halb eingebildeten Traum losriss, den er in verlaufenen Acrylfarben festgehalten hatte. Lust schlüpfte ins Zimmer und schloss die Tür, um den Lärm der Straße auszusperren. Ein Klicken war zu hören, als der Riegel das Schließblech traf und hängen blieb, bevor er in das mit einem Schraubenzieher ausgehöhlte Loch rutschte.

„Da ist Besuch, Kiz." Chase' silberhelle Stimme drang zu Kismets Trommelfell vor und hallte ihm mit einem hohen metallischen Klang in den Ohren wider. Der Künstler zuckte zusammen und biss sich auf die Unterlippe, bis er den schneidenden Geschmack von Blut wahrnahm.

„Halt den Mund. Gott, kannst du nicht einfach deinen verdammten Mund halten?" Kismet kratzte sich mit den Fingernägeln über die Wangen, als könnte er die Stimme seines Bruders im Schmerz ertränken, sein Flüstern unter dem Brennen begraben.

„Ich soll den Mund halten? Etwa wie in dieser Nacht?" Chase kam näher, flackerte durch Kismets Schmerzen hindurch. „Da war ich nämlich plötzlich still, Kizzie. Und du bist nicht mal aufgewacht, um mich sterben zu sehen."

„Das war nicht meine Schuld." Kismet entfernte sich von seiner Leinwand, blieb an einer Wölbung im Teppich hängen. „Gott, ich war noch ein Kind. Wir waren beide Kinder. Und du bist nicht real. Scheiße, warum führe ich schon wieder Selbstgespräche?"

Als er das Klicken der Tür hörte, drehte er sich um und sah zwei Männer in seinem Zimmer stehen. Sein Körper saugte schreiend die letzten Reste des Heroins aus seinem Blut und ließ nichts von der Gelassenheit des Rausches zurück.

Lust blieb ruhig stehen, ließ sein Wesen auf den jungen Mann wirken und streckte schließlich eine vor Erwartung zitternde Hand zu ihm aus. Als er sich vorbeugte, um seine Finger in das zerzauste Haar zu schieben, spürte er den warmen Atem des jungen Mannes auf seinen Lippen und sog ihn gierig ein. Das

Laster labte sich an Kismets Sucht, spürte die säuerlichen Chemikalien, die sein Blut verunreinigten. Der Junge fühlte sich nicht länger menschlich an. Er würde für immer hinter der Grenze gefangen sein – ein aufregender Gedanke.

Auf dem Boden lagen Kleidungsstücke und mehrere weiße Pizzaschachteln, hart durch getrocknete Feuchtigkeit. Auf einem Truhendeckel befand sich ein Hinweis auf Kismets Sucht: der untere Teil einer Blechdose, schwarz versengt und mit Resten eingebrannter Flüssigkeit. Lust packte den Jungen beim Arm und drehte ihn herum, während sich Völlerei näherte, ohne den Sterblichen aus den Augen zu lassen, der aus dem Fenster in ihre Richtung spähte.

„Wer bist du?" Kismet schüttelte Lusts Hand ab und wich zurück.

„Baby, du kennst mich schon dein ganzes Leben." Das Laster legte dem jungen Mann einen Arm um die Taille und schmiegte sich an Kismets schlanke Hüften. „Wenn ich ein Gott wäre, wärst du bestimmt einer meiner Priester."

„Hau ab." Der Mann verwirrte Kismet. Seine Gedanken waren noch chaotischer als unter dem Einfluss des Heroins.

Lust zog den jungen Mann in seinen Bann, brachte seine Welt ins Wanken. „Du willst nicht, dass ich gehe, Baby."

„Was zum Teufel ist das?" Der füllige dunkelhäutige Mann starrte die Bilder an, die achtlos an die Wand gelehnt worden waren. „Lust, wo hast du uns hingebracht?"

Schreiende Münder traten aus blutigen Himmeln hervor, schuppige Flügel wölbten sich über zusammengebrochene Körper, Arme schlangen sich um eingeschlagene Köpfe. Tränen tropften aus frei schwebenden Schädeln und kaum zu erkennenden Körperteilen, schmerzhaft verbogene Finger weinten vor Kummer. Wraith heulten wild, schienen den Betrachter zu belauern. Die ganze Welt der Grenzgänger war auf diesen Leinwänden verewigt worden, festgehalten in dem fließenden Grauen, das der Wahnsinn eines jungen Mannes hervorgebracht hatte, der sie kaum noch auf Abstand halten und schon gar nicht kontrollieren konnte.

„Er ist nur verrückt", flüsterte Völlerei leise, während er seine in einfachen, kräftigen Pinselstrichen wiedergegebene Welt betrachtete. „Wie die anderen auch."

„Nein, das ist er nicht", beharrte Lust. „Er ist unsterblich, nur ohne eine Berufung. Spürst du es nicht? Das ist so cool."

„Vielleicht bist *du* auch verrückt, Lust. Sieh dir doch die Bilder an. Er ist vollkommen übergeschnappt. In ihm ist nichts Menschliches mehr. Die Schatten haben es bis zum letzten Rest aufgefressen", antwortete Völlerei, während er weiter in den Raum trat.

Er näherte sich Kismets neuester Kreation. Lange Weizenhalme mit kräftigen rötlichen und braunen Klecksen, zwei kornblumenblaue Flecken kämpften gegen einen kränklich violetten Farbton an. Sie wurden von durchscheinenden goldenen Kreisen umschlossen, die unter Wolken aus vom Himmel fallenden Würmern glänzten. „Ich kenne dieses Gesicht. Ich habe es schon mal gesehen."

„Ich kann euch übrigens hören." Kismet schwankte und hätte beinahe das Gleichgewicht verloren. „Ich bin nur ein bisschen zugedröhnt, ihr Arschlöcher."

„Baby, sei kurz still." Lust streichelte das Gesicht des jungen Mannes und übte seinen Einfluss auf ihn aus. „Ich muss nachdenken."

Kismet wehrte sich, machte einen mühsamen Schritt. Sein Körper war noch betäubt von der Droge, doch seine Gedanken rasten. Er spürte, wie Lust ihn manipulierte. Doch obwohl er wusste, dass der Mann ihm etwas antat, hatte er nicht die Kraft, es zu verhindern. Leidenschaft kochte in seinem Blut hoch und er stöhnte unter Lusts Händen, die sich über seinen Körper bewegten. Die Kräfte des Lasters drangen immer tiefer in ihn ein und brachen seinen Widerstand.

„Wie ein Kind, dem man Süßigkeiten gegeben hat." Lust ließ seinen Mund über Kismets Lippen wandern, schmeckte seinen süßen Atem. „Gott, du bist einer von meinen."

„Ich glaube, es soll die neue Pestilenz darstellen."

Lust warf einen Blick auf das Gemälde, bevor er Kismet Richtung Tür stieß. „Er muss die Reiter gesehen haben. Wahrscheinlich haben sie also den Wraith erlegt."

„Dann lass uns abhauen. Ich werde mich nicht mit einem der vier anlegen. Und ich habe auch keine Lust, zu bleiben, bis er wieder von Schatten angegriffen wird." Völlerei zerrte am T-Shirt seines Bruders. „Lass uns schnell einem weit entfernten Ruf folgen."

„Aber dabei kann er nicht mitkommen." Lusts grüne Augen funkelten. „Sieh ihn dir doch an: Er ist wie wir, aber doch nicht wie wir."

„Dann vergiss ihn. Er wird dir sowieso nur Ärger machen." Das Laster zog heftiger an seinem Bruder. „Ich habe nicht vor, den Reitern in die Quere zu kommen, nur weil du etwas willst, das du nicht haben solltest."

„Wir können mit ihm zusammen fliehen." Lust schüttelte Völlerei ab. „Wir mischen uns unter die Sterblichen, bis ich uns an einen sicheren Ort bringen kann."

„Ich kenne kein gutes Versteck", mischte sich Kismet mit heiserer, samtiger Stimme ein. Seine Augen leuchteten vor Leidenschaft, doch das Heroin machte ihn so träge, dass er beinahe in Lusts Armen zusammenbrach, da seine Glieder ihm nicht gehorchten. „Und ich kann mich kaum bewegen. Die Schatten lassen mich nicht in Ruhe. Dabei bin ich zugedröhnt. Sie sollten mich in Ruhe lassen."

„Ich stimme immer noch für verrückt." Völlerei riss die Tür auf und ließ seine Gedanken schweifen, suchte nach dem Ruf eines Menschen. „Ich sehe dich später, Bruder. Oder deinen Ersatz, falls die vier dich auseinandernehmen."

„Du elendes Arschloch, komm sofort zurück!", fluchte Lust, während er ins Leere griff, da sich Völlereis fülliger Körper bereits in die Falten der Grenze geschoben hatte, um einem Ruf zu folgen. „Wer hat dir geholfen, als du Ärger mit den Tugenden hattest? Und jetzt muss ich den Jungen alleine verstecken."

„Aber ich kann nicht weg. Mein Zeug ist hier", protestierte Kismet, der sich an Lusts Schultern festhielt. „Jemand wird es klauen."

„Aber hier sind wir nicht sicher, mein Hübscher." Lust schmiegte sich dicht an Kismets Körper und schob eine Hand zwischen seine Schenkel. Er grinste breit, als Kismet unter seinen Fingern zum Leben erwachte. „Solange du dich in meinem Bann befindest, werden andere nicht auf dich aufmerksam. Und du wirst doch bestimmt nicht nach einem der vier rufen."

Kismet streckte eine Hand aus, stieß gegen den Deckel der Truhe. „Kann es nicht hierlassen."

„Ich kann dir mehr davon beschaffen." Lust legte ihm einen Arm um die Taille und schob ihn auf die offene Tür zu. Seine Möglichkeiten in San Diego hielten sich vorerst in Grenzen, da das Nachtleben noch nicht begonnen hatte. Doch mit der untergehenden Sonne wuchsen die Sehnsüchte der Menschen und damit auch seine Kräfte. „Komm mit. Ich kenne einen Ort, wo wir dir etwas besorgen können."

Plötzlich waren im Hof Geräusche zu hören – quietschende Reifen, zuschlagende Autotüren und Hungers Stimme, die mit ihrem schrillen Akzent einem anderen Reiter etwas zurief. Lust warf einen vorsichtigen Blick durch den Türspalt, um zu sehen, wer von den Reitern dort draußen war. Er hoffte auf die jüngeren, denn er hatte nicht das Bedürfnis herauszufinden, ob Tod ihn durch reine Willenskraft umbringen konnte.

Er legte noch einmal die Hände an Kismets Gesicht und nahm seinen Mund in Besitz. Seine Lippen schmeckten etwas säuerlich. Völlerei hatte recht gehabt: Kleine Spuren von Wahnsinn hafteten an der Seele des Jungen, ein kindliches Gespenst, das durch Schuldgefühle in ihm verankert war. Kismets lusterfüllte Augen wurden noch verklärter und seine Pupillen verdrängten die Farbe, während ihm auch die letzte Willenskraft entzogen wurde. Obwohl er sich von Lust losriss, war er kaum in der Lage, seine Lunge mit Luft zu füllen.

„Na los, mein Hübscher." Lust zerrte an Kismets Arm und zog ihn aus der Tür. „Wir müssten uns zur Rückseite schleichen und durch die Gasse verschwinden können, bevor uns jemand bemerkt. Und mit etwas Glück werde ich dann bald herausfinden, wie viel du wirklich wert bist."

10

Tod an seiner Seite zu wissen war beruhigend. Anfangs, bei ihren ersten gemeinsamen Kämpfen gegen Wraith, hatte Ari alles um sich herum vergessen und sich vom Geschmack des Blutes in seinem Mund mitreißen lassen. Keiner von ihnen war besonders geschickt darin gewesen, sich zu verteidigen, was dazu geführt hatte, dass Ari für einen großen Teil von Tods Verletzungen verantwortlich gewesen war.

Mit der Zeit hatten sie gelernt, im Kampf zusammenzuarbeiten – erst aus Notwendigkeit heraus und später aus Gewohnheit, bis es ihnen letztendlich ganz natürlich erschien. Mittlerweile fehlte Ari etwas, wenn sich Tod nicht an seiner Seite befand und er sehnte sich schmerzlich nach ihm, wenn er allein in seinem kalten Bett lag. Während eines Kampfes konnte er Tod berühren. Nachdem die ersten Waffen geschmiedet worden waren, orientierten sie sich häufig am Klirren ihrer Klingen. Ari liebte dieses Geräusch.

„Warum braucht es so lange?", fragte Ari ungeduldig. Dennoch behielt er seine Umgebung aufmerksam im Auge.

Tod grinste neben ihm – herausfordernde Verführung, durch die silberne Narbe in dem hübschen Gesicht getrübt. Aris kindliche Art amüsierte ihn. Eine wilde, in purer Freude ausgedrückte Unschuld.

Ari streckte den Arm aus, um die Grenze fester um sie zu schließen, denn eine Frau starrte sie plötzlich schockiert an. Als er den Blick kurz von dem Vogel löste, um sich umzusehen, stellte er fest, dass sie nicht die Einzige war. Sogar der Wachmann war aufgetaucht und schien mit seinem Funkgerät Verstärkung anzufordern.

„Scheiße, wir sind sichtbar. Die verdammten Menschen *sehen* uns." Ein Ruck ging durch Ari, als die Grenze immer weiter aufriss. Verzweifelt bemühte er sich, sie zu schließen, bekam jedoch nichts zu fassen. „Fuck, Tod. Wir haben ein Problem."

Tod versuchte jetzt ebenfalls, die Grenze zu verdichten, als sie sich erst um Ari und dann um sie beide herum vollkommen auflöste. Er griff mit seiner gesamten Willenskraft in die Schatten, da seine Fähigkeit, sie zu manipulieren, stärker war als Aris. Doch die Grenze brach unter seiner Berührung zusammen und entglitt ihm.

„Verdammt. Sie lässt sich nicht schließen", fluchte Tod, als der schattenhafte Vorhang sich zurückzog.

Eine Frau, die einen mit Tüten voll beladenen Einkaufswagen vor sich herschob, starrte sie mit einem Stirnrunzeln an, bevor sie sich hastig an den bewaffneten Männern vorbeischob.

„Streng dich an." Der Blonde schluckte schwer, als durch das Flackern der Grenze Übelkeit in ihm aufstieg.

„Es geht nicht, Ari." Tod musste gegen Wut ankämpfen. Ohne die schützenden Schatten fühlte er sich nackt. „Die Grenze versucht ja, sich zu schließen, aber sie ist zu dünn. Sie zerreißt einfach."

Der Wraith kreiste weiter über ihnen, schien etwas zu suchen. Tod starrte zum Himmel hinauf, der ohne den schützenden Schleier der Grenze in leuchtendem Blau erstrahlte. Ari folgte seinem Blick und zuckte mit den Schultern.

„Tod, wir haben Besseres zu tun, als den Himmel anzustarren." Ari stupste Tod mit dem Ellbogen an. „Es ist ein sehr hübsches Blau, aber jetzt ist nicht der richtige Zeitpunkt."

„Sei ausnahmsweise mal still und pass auf", antwortete der Ältere, während er den kreisenden Schatten betrachtete. „Es fliegt von uns weg. Dabei sollte es eigentlich von uns angezogen werden."

„Scheiße, du hast recht. Was ist hier nur los?" Der Vogel schwebte weiter und suchte den Boden ab, während Ari zunehmend ungeduldiger wurde. Er hatte fest mit einem Kampf gerechnet, bei dem er seine Frustration loswerden konnte – davon hatte er in den letzten Tagen ziemlich viel angestaut. Der Wraith hätte ihn so gut von seiner Sehnsucht nach Tod ablenken können.

„Es interessiert sich wirklich nicht für uns", murmelte Tod und zeigte auf die schwarze Spur, die eine Kralle an einem Fetzen der Grenze hinterließ, als der Vogel zum Sturzflug ansetzte. „Es will woanders landen."

„Verdammt." Ari knirschte mit den Zähnen. „Wahrscheinlich hat es den Jungen gewittert."

„Wie weit ist es zum Motel? Erinnerst du dich noch?", fragte Tod. Eine kleine Menschenmenge hatte sich mittlerweile am Ende des Gehwegs gebildet, um die Männer zu bestaunen, die mitten in der Einkaufsmeile ihre Waffen schwangen. Die Blicke der Sterblichen, deren kurzes Leben ihm aus ihren neugierigen Augen entgegenleuchtete, beunruhigten Tod. „Wenn wir uns dichter an dem Jungen befinden, können wir es vielleicht besser von ihm ablenken."

„Es ist nicht weit, gleich um die Ecke. Man kann es mit seinem hellblauen Dach nicht übersehen." Ari zeigte auf eine Gasse hinter einem Supermarkt. „Colm hat seinen Autoschlüssel mitgenommen, aber wenn wir abkürzen, müssten wir auch zu Fuß ziemlich schnell hinkommen."

„Gut. Keine toten Menschen", befahl Tod und sprintete los.

Ari folgte ihm seufzend durch die Menschenmenge vor dem Supermarkteingang. „Wir müssen etwas gegen deine Sprachfaulheit unternehmen", murmelte er, während er sich einige Meter hinter Tod durch eine Lücke im

Maschendrahtzaun schob. „Und falls das witzig sein sollte, müssen wir außerdem an deinem Humor arbeiten."

In der Ferne waren Sirenen zu hören – ein Vorbote von Komplikationen, auf die sie lieber verzichtet hätten. Die Luft um sie herum erzitterte, als die Schatten weiter versuchten, den Riss hinter ihnen zu schließen. Für alle sichtbar zu bleiben wurde immer gefährlicher. Tod packte Ari entschlossen am Arm und zerrte ihn auf die Lücke zwischen den Gebäuden zu.

Die Sirenen wurden lauter, als sie hineinschlüpften und in Schatten eintauchten, die sich am Ende der Gasse zu verdichten schienen. Sie sprinteten darauf zu und traten in den schwachen Schattenvorhang.

„Wir müssen jemanden nervös gemacht haben." Ari sah zu, wie die Schattenkreatur immer tiefere Kreise zog. „Polizisten mögen wohl keine Leute mit Schwertern." Er stieß ein erleichtertes Brummen aus, als sie tiefer in die Grenze eintauchten und der Schatten in seine Brust wallte und in seine Adern floss. So entblößt mitten auf dem Gehweg zu stehen hatte ihn bis in die tiefste Seele erschüttert. Das wollte er nie wieder erleben.

Tod zog den Vorhang um sie herum zusammen, bis sie vor Blicken geschützt waren. Durch die nach wie vor geschwächte Grenze warfen ihre Körper lange dunkle Schatten an die Wand.

„Da!" Tod zeigte auf den Vogel, der seine Kreise unterbrach, als er die Reiter die Grenze betreten fühlte.

„Hier haben wir wenig Schutz." Aris Lunge füllte sich mit der süßen Essenz der Grenze, ließ sie in seinen uralten Körper strömen. Er schob sich in eine kleinere Seitengasse und versuchte abzuschätzen, wie gut sich die Umgebung für einen Kampf eignete. Nicht weit von ihnen entdeckte er zwei grüne Müllcontainer, die ihnen Deckung und dem Wraith weniger Angriffsmöglichkeiten bieten würden. „Da rüber, Shi. Damit schränken wir das Ding ein."

„Es umzubringen würde es am meisten einschränken", merkte Tod an, folgte Ari aber zu den Containern.

Während er vorsichtig über den auf dem Boden verstreuten Müll hinwegstieg, hob Tod den Kopf zum Himmel, um ihn nach der Kreatur abzusuchen. Ein rußiger Streifen war zu sehen, wo das Wesen die Grenze durchschnitt. Als es ein ohrenbetäubendes Kreischen ausstieß, suchte Tod sich eine sichere Standfläche und bereitete sich auf den Angriff vor.

Je näher der Wraith kam, desto heftiger stieg Ari sein überwältigender Gestank in die Nase, der sogar den süßlich-fauligen Geruch des Mülls überdeckte. Ari versuchte mit einem Schnauben, ihn aus seiner Nase zu vertreiben. Tod hatte mittlerweile sein Schwert gezogen und sich in Aris Rücken positioniert.

„Warum machen wir das noch mal?", fragte Ari würgend. Er kratzte mit den Schneidezähnen an seiner Zunge entlang, als könnte er so den Geruch und Geschmack loswerden. „Warum lassen wir das Ding nicht den Jungen fressen?"

128

„Das ist erst der Anfang, Ari“, antwortete Tod. „Es wird immer stärker werden und aus der Grenze hervorbrechen.“

„Und weitere Menschen fressen“, ergänzte der blonde Mann seufzend, machte sich jedoch ebenfalls für den Angriff bereit. „Und die Menschen muss man ja schließlich retten und kann sie nicht einfach den Schatten überlassen.“

„Willst du wirklich, dass dieses Ding den Jungen bekommt?“

„Nein“, knurrte Ari. „An mir kommt das verdammte Vieh nicht vorbei. Nimm nicht immer alles, was ich sage, so ernst.“

Ari klang kein bisschen besorgt, was Tod nicht überraschte. Ari war schon immer der unerschütterlichen Überzeugung gewesen, dass er jeden Kampf und jeden Streit gewinnen konnte, wenn er es nur wirklich wollte. Verlieren war für ihn undenkbar. Er ließ – egal ob es um ein Problem oder eine Person ging – nicht locker, bis er sein Ziel erreicht hatte. Soweit Tod es beurteilen konnte, würde Ari ihn niemals aufgeben. Und soweit Tod es beurteilen konnte, hatte das Monster keine Chance.

Bevor sich Menschen so sehr darauf konzentriert hatten, einander zu hassen, bedeutete ein Riss in der Grenze eine verhältnismäßig einfache Jagd. Kriechende dämonische Kreaturen sammelten sich in einem kleinen Bereich und die Löcher im schattigen Grenzvorhang waren schnell wieder geschlossen. Die Grenze reparierte sich selbst und verstärkte ihre Schwachstellen. Doch als die Menschheit immer weiter anwuchs und mit ihr Paranoia und Feindschaften, beschworen Blut und Flüche Wraith herauf, meistens unabsichtlich durch schwache Zauber oder Missgunst.

Dann lernten Menschen, die Schatten absichtlich zu rufen, was den Reitern heftige Kämpfe gegen die Grenzgänger bescherte.

Tod und Ari hatten Jahrhunderte durchlebt, in denen riesige Schattenwesen ganze Dörfer verwüstet und nichts als verkohlte Knochen hinterlassen hatten. Oft brachten sie in der Winterkälte Stunden damit zu, sich die graue Asche von den Körpern zu waschen, nachdem sie durch Leichenfelder voll von trockenen, knisternden Skeletten gewandert waren. Ihr Leben hatte damals aus einer verschwommenen Abfolge von Kämpfen bestanden, bei der sie oft völlig erschöpft dort eingeschlafen waren, wo auch immer sie sich gerade befanden, nur um eine Stunde später bereits wieder auf der Jagd zu sein.

Sie mussten die Person ausfindig machen, die für diese Beschwörungen verantwortlich war, wenn sie vier nicht zu diesen langen, rauchigen, deprimierenden Tagen zurückkehren wollten, in denen Kreaturen mit gierigem Entzücken über die Menschheit hergefallen waren. Tod war nicht sicher, wie viel Hilfe er von anderen Unsterblichen erwarten konnte.

Zurzeit fanden sie nur selten Unterstützung, und diese nur sehr widerwillig, wenn Tod ausdrücklich darum bat. Sollten in Zukunft weitere Wraith die Grenze durchbrechen, würde sich diese Haltung vermutlich eher verschlimmern.

Doch immerhin war sich Tod, im schmierigen, stinkenden Müll dieser schmutzigen Gasse stehend, wieder Aris Hingabe bewusst geworden. Ari trug eine wilde Entschlossenheit in sich, mit der er sich den Reitern und vor allem ihrem Anführer hingab. Tod fragte sich, ob Ari ewig bei ihm sein würde, ein treuer Begleiter bis ans Ende aller Zeiten. Waren seine Zweifel daran vielleicht unvernünftig? Der Gedanke, Ari für immer bei sich zu haben, war zugleich traumhaft und erschreckend.

„Konzentrierst du dich auch, Shi?", fragte Ari, als er Tods abwesenden Blick bemerkte. „Ich werde dich jetzt nämlich davor retten, von diesem Ding auseinandergenommen zu werden. Das könntest du wenigstens zur Kenntnis nehmen."

Der Wraith schoss mit ausgestreckten Klauen und angelegten Flügeln auf Aris Kopf zu und hätte mit einer diamantharten Kralle beinahe seine Wange erwischt. Doch Ari zog den Kopf ein, drehte sich und ließ sich vom Schwung einen Schritt zur Seite tragen, um Tod Platz für seinen Angriff zu lassen.

Der dunkelhaarige Reiter schwang sein Schwert durch die Luft, wo gerade noch Ari gestanden hatte, und schnitt ein Stück schattenhaftes Fleisch aus dem ausgestreckten Bein. Dickflüssiges Blut spritzte aus der Wunde und Tod knirschte mit den Zähnen, als die ätzende Flüssigkeit seinen nackten Unterarm traf. Nichtsdestotrotz brachte er den Schwertstreich zu Ende und duckte sich um Aris Hüften herum, da dieser jetzt vorschnellte.

Aris lange Dolche blitzten auf, als er sie im Rücken des Wraith versenkte, bevor sich dieser von ihnen abwandte. Der Blonde fluchte, denn er hätte auf dem rutschigen Asphalt um ein Haar das Gleichgewicht verloren und musste zurückweichen, um nicht gegen Tods Beine zu prallen.

Aris Gesicht strahlte eine wilde Freude aus. Seine Hände schlossen sich fester um seine Waffen, während die Kreatur mit den bösartigen roten Augen einen Schmerzensschrei ausstieß und abdrehte. Sie schwankte leicht in der Luft und ihr rechtes Bein baumelte unbrauchbar herab, da Tods Katana das Gelenk durchtrennt hatte. Die länger werdenden Schatten in der Gasse erzitterten, als Flüssigkeit aus den Wunden des Vogels herabtropfte und zischend auf dem Boden landete. Kaulquappenartige Wraith stürzten sich gierig auf die quietschenden Körper ihrer sterbenden Schwarmgefährten. Die Dunkelheit zu ihren Füßen floss hungrig auf das Massaker zu.

„Alles okay?" Ari wagte es nicht, den Vogel aus den Augen zu lassen, dessen Flügel stürmische Windböen durch die schmale Straße fegen ließen. Der Aasgeruch brachte ihn beinahe wieder zum Würgen.

„Ja." Tod fiel es ebenfalls nicht leicht, auf dem glatten Boden das Gleichgewicht zu halten. „Er ist weicher und fleischiger, als ich gedacht habe."

„Ich finde ihn hart genug", knurrte Ari. Der Wraith schlug heftig mit den Flügeln, um die nötige Höhe für seinen nächsten Sturzflug zu erreichen. „In solchen

Momenten wünsche ich mir einen richtig langen Speer – also abgesehen von dem, den ich schon habe."

Tod warf durch seine Wimpern einen Blick in Aris grinsendes Gesicht. Ari zwinkerte ihm zu und sein Grinsen wurde noch lüsterner. Tod wandte sich angewidert ab, um sich wieder auf die geflügelte Kreatur zu konzentrieren.

„Das war lustig", protestierte Ari und stupste seinen Freund mit dem Ellbogen an. „Wenn du nicht wenigstens ab und zu über meine Witze lachst, nehme ich es irgendwann persönlich."

Tod verzichtete auf eine Antwort, da der Wraith zum nächsten Angriff ansetzte. Nach einigen schrillen Schreien schnappte er mit seinem Schnabel in die Luft, sodass ein lautes Klacken durch die Gasse hallte. Dann riss er den Schnabel wieder auf, brachte seinen Körper in eine möglichst stromlinienförmige Haltung und schoss auf sie zu.

Während Tod sich bereithielt, wurde ihm klar, dass der Vogel stark genug war, um ihnen ernsthaft gefährlich zu werden. Das hier war kein kampferprobtes Wesen, das sich mühsam die Nahrungskette hochgearbeitet hatte und einem neuen Feind mit Vorsicht begegnete. Dieser Wraith war ohne jegliche Angst vor Auseinandersetzungen aus der Dunkelheit aufgetaucht und wurde vom Willen seines Schöpfers angetrieben, ohne sich seiner Sterblichkeit bewusst zu sein. Solche Kreaturen waren am gefährlichsten, da sie sich mit ganzer Kraft auf die Vernichtung ihres Gegners konzentrierten, ohne sich um ihr eigenes Überleben zu sorgen.

Er und Ari durften nicht die kleinste Schwäche zeigen. Das Wesen war zu stark für einen einzelnen Reiter. Sollte einer von ihnen verletzt oder kampfunfähig werden, würden sie den Wraith nicht töten können.

Tod hob das Schwert hoch über seine Schulter, während er auf der anderen Seite Aris Wärme spürte, die sich in seinen Körper zu brennen schien, bis der Blonde aus Gewohnheit einen Schritt nach vorn machte, um seine breite Brust als Ziel darzubieten und den Vogel von dem schlanken Mann abzulenken.

„Pass auf den Schnabel auf", warnte Tod.

„Ich mache das nicht zum ersten Mal, Shi." Der Blonde lachte, als Tod mit einem Brummen antwortete.

„Ich will nur nicht, dass dir etwas passiert", sagte Tod leise.

Aris Herz schmolz dahin, als er diese Worte hörte. Augenblicke wie dieser mit dem dunkeläugigen Mann an seiner Seite machten die Unsterblichkeit, so schwer sie auch manchmal sein konnte, erträglich. Er presste seine Schulter sanft gegen Tods und murmelte: „Danke."

Dann hatte der wütende Wraith sie erreicht, schnappte nach Ari und streifte seinen Unterarm. Ari wurde herumgedreht, schaffte es jedoch, ihm seinen Dolch in die Brust zu rammen. Er knirschte mit den Zähnen, als das Blut über seine Hände lief und die Haut Blasen warf. Ein ohrenbetäubendes Donnern hallte durch die Gasse, als der Vogel gegen die Müllcontainer prallte. Ein Mann, der gerade am

Eingang der Seitenstraße vorbeijoggte, warf verwundert über den Lärm einen Blick hinein. Die Reiter bemerkten ihn nicht, da sie das Geräusch seiner Sneaker auf dem Asphalt wegen des lauten Krachs nicht wahrnahmen.

Der Vogel warf sich gleich auf seinem unverletzten Bein herum, um sich diesmal auf Aris Schulter zu stürzen, setzte seinen Hals dabei allerdings schutzlos Tods Katana aus. Der Ältere hieb mit der Klinge in den schattenhaften Körper, durchdrang ledrige Haut und feste Muskeln, bis das burgunderrote Fleisch darunter sichtbar wurde. Das Schwert rauchte, als der Stahl wiederholt in das säurehaltige Blut eintauchte, ohne dabei Ari zu nahe zu kommen.

Der Wraith stolperte blutend in die umzäunten Mülltonnen. Einer seiner unkontrolliert flatternden Flügel traf Tods Gesicht und kratzte die Haut seiner Wange auf. Ari näherte sich, den ungeschickten Hieben des Vogels ausweichend, bis er ihm seinen Dolch gleich unter seinem Schnabel in die Kehle rammen konnte.

Der Vogelkopf löste sich vom Hals, als Aris scharfe Klinge die Halswirbelsäule und die zähen Sehnen durchtrennte. Mit einem dumpfen Knall landete der Schnabel auf dem Asphalt und der abgetrennte Kopf rollte mit ungleichmäßigen Hüpfern noch ein kleines Stück die Gasse hinunter. Der Körper des Vogels schlug wild um sich, wobei er Tod mit einem Flügel gegen einen Müllcontainer warf und dort einklemmte.

Ari rammte noch ein letztes Mal seine Dolche in den muskulösen Vogel, bevor er seinen Flügel packte und feine Knochen darin brach, als er ihn beinahe vom Körper losriss, um Tod zu befreien. Anschließend zog er seinen Freund von den verbeulten Müllcontainern fort und überprüfte seine Arme auf Brüche.

„Alles in Ordnung, Shi?" Sein besorgter Tonfall machte seine raue Stimme samtig. „Scheiße, das Ding war stark."

„Mir geht's gut", nickte Tod, nachdem er den Mund weit geöffnet hatte, damit sich mit einem lauten Knacken sein Kiefer wieder einrenkte. „Alles tut ein bisschen weh, aber es ist nichts Ernstes."

„Ich habe dir ja gesagt, dass ich dich vor diesem Ding rette", erwiderte Ari grinsend. „Verdammt, hat das Spaß gemacht!"

Ari legte dem Älteren die Hände an die Wangen und streichelte kurz mit den Daumen über seine Unterlippe, bevor er sich vorbeugte. Durch das Adrenalin in seinem Körper überschwänglich nahm er stürmisch Tods Mund in Besitz.

Tod schmeckte wie grüner Tee und Orangenmarmelade, die Süße durch die erotische Würze der Dunkelheit verfeinert, welche die Seele seines Freundes durchzog. Ari gab ein zufriedenes Murmeln von sich, als Tod in seinen Mund keuchte, und saugte seinen Atem ein, um ihn kurz in seiner Lunge zu behalten, bevor er ihn widerstrebend entließ. Dann knabberte er an Tods Oberlippe und gönnte sich ein letztes federleichtes Küsschen, bevor er sich von ihm löste.

„Du …" Tod bekam kaum Luft. Seine Gedanken flatterten unkontrolliert umher wie silbergraue Tauben auf der Flucht vor einer goldgelben Wildkatze. „Du gibst wohl niemals auf."

„Das wusstest du doch schon, Shi." Ari reagierte mit einem frechen Grinsen auf den halbherzigen Protest, denn der ältere Reiter machte keine Anstalten, sich seinen Händen zu entziehen. „Und ich werde mir immer Mühe geben, dir den Arsch zu retten. Für den habe ich nämlich noch Pläne. Aber jetzt lass uns die anderen finden und nach Hause fahren. Töten macht mich hungrig."

COLM SCHAUTE sich um, obwohl er die zwei Reiter, die sie zurückgelassen hatten, nicht mehr sehen konnte. Als die Reifen des Mustangs auf die Bordsteinkante trafen, wurde Colm gegen die Autotür geworfen und biss sich auf die Zunge. Der widerliche Eisengeschmack seines Blutes, der bis in seine Nase hochstieg, verursachte ihm Übelkeit.

Sie fuhren an einer Bank vorbei, an deren Wand Schatten flackerten. Ein großer Wraith löste sich daraus, als er die Reiter witterte, und sein sich ausformender Kopf suchte die Straße nach der Bewegung in der Grenze ab, die ihn anzog.

Dann jagte die Kreatur mit gefletschten Zähnen dem Auto nach.

Min bemerkte den roten Schimmer eines Auges und trat das Gaspedal durch, um den Abstand zu ihrem Verfolger zu vergrößern. Sie machte sich trotz des Autos keine Illusionen darüber, eine so starke Kreatur dauerhaft abhängen zu können. Der Sirenengesang der Reiter würde sie anziehen und das Echo, das sie durch die Grenze sandten, war für das aus dem Chaos erschaffene Wesen kaum zu übersehen.

„Min, wir werden von einem Wraith verfolgt." Colm klammerte sich am Armaturenbrett fest, während er zusah, wie die Kreatur sich näherte.

„Colm, halt die Klappe und erklär mir den Weg." Min wechselte die Spur, um nicht mit einem schwerfälligen Fahrzeug des Straßendienstes zusammenzustoßen. „Und ich weiß, dass wir verfolgt werden."

„Entschuldige." Colm drehte sich wieder um. Die Straßen jagten an ihm vorbei wie mit grünen Schildern gespickte Flüsse. Ein vertrautes, von Türmchen eingerahmtes Büro mit von der Wüstensonne verblichenem blauem Dach, schoss durch sein Sichtfeld. Das neben dem kleinen Gebäude aufragende Motel verschwand in der Ferne, als der Mustang weiterraste, ohne langsamer zu werden. „Warte, wir sind vorbeigefahren. Das Motel ist hinter uns."

„Irgendwann erwürge ich dich", knurrte Min zähneknirschend. Sie trat so heftig auf die Bremse, dass der Mustang schlingerte. Schotter spritzte auf, als das Auto in eine Gasse einbog und Min einem Müllcontainer hinter einem Taco-Shop ausweichen musste. „Wie weit müssen wir zurück?"

„Nicht weit." Colm zählte im Kopf die Straßen ab. „Ich glaube, zwei Seitengassen und dann kommt schon das Motel."

„Wehe, der Junge ist nicht da. Ich will ihn mir schnell schnappen und mich nicht mit diesem Wraith anlegen müssen." Min riss das Lenkrad herum.

An einer Stelle der Wand hatte sich ein Betonklotz gelöst, den sie erst sah, als es bereits zu spät war. Eine Mörtelwolke regnete auf den Seitenspiegel herab, als die scharfe Kante mit einem herzzerreißenden Geräusch am Seitenblech des Autos entlangkratzte. Lack, Plastik und Blech des bis vor Sekunden noch makellosen Mustangs gaben in einem wellenförmigen Streifen nach.

Min verzog das Gesicht. „Fuck. Dafür darf ich mir von Ari einiges anhören."

„Da!" Colm zeigte auf eine Lücke zwischen zwei Gebäuden. Der Griff seines langen Dolchs fühlte sich in seiner Hand wie ein unbekanntes Objekt an. Trotz der langen Trainingsstunden mit einem geduldigen Tod war er weit davon entfernt, sich verteidigen zu können. Er klammerte sich an seinem Sitz fest, als sie über Wellen im Asphalt rasten. „Bieg da ab. Ich glaube, so müssten wir zum Parkplatz auf der Vorderseite kommen."

„Du glaubst? Müssten wir?" Min schlug frustriert mit der Faust auf das Lenkrad, dessen Leder darunter nachgab. Doch als sie die Öffnung erreichten, trat sie auf die Bremse und lenkte das schleudernde Auto um die Kurve in die schmale Seitengasse hinter dem Motel, auch wenn sie dabei einen Stapel Holzpaletten mitriss, den ein Spirituosengeschäft dort abgeladen hatte.

Der größte Teil prallte lediglich auf die Kühlerhaube, doch ein Holzbrett kratzte über den Lack und rollte bis zur Windschutzscheibe hoch, wo es ein Spinnennetz aus Rissen hinterließ. Die Glasteile begannen, sich nach innen durchzubiegen und Min dachte darüber nach, Colm darum zu bitten, das Glas mit dem Fuß nach außen zu treten. Doch Colms unruhiger Blick verfolgte die Schatten, die sich am Himmel sammelten. Sie beschloss, seine offenkundigen Gedanken an die beiden anderen nicht zu unterbrechen.

Colm umklammerte die Armlehne und widerstand dem Drang, sich die Lippe blutig zu beißen. Seine Sorge wuchs ständig an. Der beschworene Vogel war mittlerweile deutlich ausgeformt und senkte seinen riesigen Körper jetzt mit ausgestreckten Schwingen und im Wind flatterndem Schwanz zu Boden. *Tod wird nichts passieren*, sagte Colm sich. Ari war bei ihm. Und Krieg war zum Kämpfen geboren.

Beinahe unsichtbar ragte ein dunkler Betonpfahl aus dem Asphalt hoch. Der Mustang blieb daran hängen und wurde kurz hochgehoben. Min fluchte, als der Unterbau des Wagens wild schwankte, und riss das Lenkrad herum, um sowohl einem Maschendrahtzaun als auch vorbeifahrenden Autos auszuweichen. Dann trat sie ein letztes Mal das Gaspedal durch und schlitterte auf den Parkplatz des Motels. Kaum war das Auto zum Stehen gekommen, stieg sie aus und warf einen Blick auf die dunkle Gestalt, die in der Entfernung kreiste.

„Lass uns schnell den Jungen finden und abhauen." Nachdem sie ihren Morgenstern aus dem Auto geholt hatte, schloss sie die Tür, wurde allerdings vom Flattern eines Vorhangs im Fenster einer angrenzenden Wohnung abgelenkt. Ein Mann schien dahinter hervorzuschauen – zumindest deuteten kurze Fingernägel und ein kräftiges Profil hinter dem schmutzigen Stoff darauf hin.

Als Min sich über den Parkplatz bewegte, spürte sie die geschwächte Grenze, die unangenehm wie klebriger Honig ihr Gesicht überzog. Sie haftete an ihr und machte ihr die Fortbewegung schwer. Sie würgte kurz, da die Dunkelheit einen widerwärtigen Geschmack in ihrem Mund hinterließ, und musste um ihr Gleichgewicht kämpfen, als es in ihren Ohren knackte.

Colm litt noch mehr darunter, da das Manipulieren der Schatten für ihn so neu war. Sein Körper kribbelte, als schöben sich kleine Ranken durch seine Poren, während seine Lunge mit Sand gefüllt zu sein schien, der blubbernd durch seine Nase in seinen Körper eindrang und seine Adern verstopfte. Die mühsamen Schläge seines Herzens verlangsamten seine Schritte, als er gegen den Druck in seiner Brust ankämpfte.

Er war einmal ins Meer gestürzt und hatte feststellen müssen, dass sich der Körper, den er aus der Welt der Sterblichen mitgebracht hatte, nicht mit dem Schwimmen auskannte. Wasser war in seinen Mund eingedrungen und er hatte nicht mehr atmen können. An diesem Tag hatte Colm zwei Dinge gelernt: Obwohl er nicht ertrinken konnte, erstickte ihn das Wasser doch, bis er bewusstlos wurde; Ertrinken verblasste im Vergleich zu dem Gefühl, fest von der Grenze umschlossen zu sein. Während er sich am Rande einer Ohnmacht befand, fragte er sich, ob seine Lunge gerade aus seinem Körper gerissen wurde und ob es ihm möglich war, schlimmere Schmerzen zu haben als in diesem Moment.

„Colm", sagte Min und tätschelte ihm kräftig die Wange. „Reiß dich zusammen, Kleiner. Der Wraith kommt auf uns zu und jemand klaut deinen Jungen."

Colm folgte mit dem Blick Mins Finger und blinzelte, als er einen jungen Mann sah, der Kismet aus der Tür und in Richtung der Rückseite des Gebäudes führte. Als Colm gerade den Mund öffnete, um ihm zuzurufen, wurde er von einer plötzlichen Bewegung vor der Wohnung auf der anderen Seite des kleinen Hofs abgelenkt.

Colm wusste, dass manche Sterbliche vom Wahnsinn geplagt wurden, einer schleichenden Geisteskrankheit, die bis in ihre Gesichtszüge zu kriechen und ihnen die normale Beweglichkeit zu nehmen schien. Doch der breitschultrige Mann, der jetzt auf sie zugestürmt kam, hatte seinen Verstand irgendwo in dem dunklen kleinen Raum zurückgelassen, den Colm durch die offene Tür sehen konnte.

Der verzerrte Schrei des Mannes wurde lauter, als seine kraftvollen Beine ihn näher herantrugen. Seine Hände umklammerten gefährlich aussehendes schwarzes Metall. Der Mann konnte sie offenbar sehen – entweder war die Grenze tatsächlich so dünn geworden oder es hatte mit seinem Wahnsinn zu tun. Der in seinen Mundwinkeln schäumende Speichel deutete auf Letzteres hin.

„Eine Pistole." Min identifizierte die Waffe und tat sie als ungefährlich ab. Solange der Verrückte sie nicht mit einem Messer angriff oder versuchte, sie mit der Waffe zu schlagen, stellte er für die Reiter keine Gefahr dar. Min konzentrierte sich wieder auf ihr Ziel und das Laster, das gerade versuchte, sich um das Gebäude herum wegzuschleichen.

„Dieses Arschloch von Lust." Min deutete auf den jungen Mann, ohne dem Verrückten Beachtung zu schenken. „Du schnappst dir den Jungen, während ich mich um das Laster kümmere. Beeilen wir uns, damit wir Tod und Krieg helfen können."

Für Colms Ohren klang das wie ein einfacher Plan. Doch er hatte erst drei Schritte vorwärts gemacht, als die Zeit plötzlich stillzustehen schien und seine Welt von einer Explosion des Schmerzes erschüttert wurde. Er hatte sich kaum dafür interessiert, dass der Verrückte die Hand mit der Waffe gehoben hatte. Auch der Knall der Pistole bremste ihn nicht – schließlich wusste er, dass ein Reiter gegen Schusswaffen immun war.

Nur wurde Colms Körper plötzlich herumgeworfen, als eine Kugel seine Brust aufriss und sich tief darin vergrub. Colm wusste, wie es sich anfühlte, ein Messer zwischen die Rippen gerammt zu bekommen – das war bei einem seiner Ausflüge mit Ari in ein Kriegsgebiet passiert. Doch die Schmerzen, die er jetzt spürte, waren unbeschreiblich. Sein Herz stolperte, als sein Oberkörper von dem winzigen Metallstück zerrissen wurde. Blut stieg in seiner Kehle auf und füllte seinen Mund. Er fiel auf die Knie, gleich neben dem bröckelnden Skelett des Wraith, von dem kleinere Schatten nichts als die Knochen zurückgelassen hatten.

Sein erster Gedanke war, dass ihn eine Kugel verletzt hatte, eigentlich ein Ding der Unmöglichkeit. Sein zweiter Gedanke war, jetzt endlich den Beweis für Ari zu haben, dass man sie doch töten konnte – auch wenn er auf diese zweifelhafte Ehre lieber verzichtet hätte.

Blut spritzte Min ins Gesicht und raubte ihr die Sicht, bis sie es aus ihren Augen gezwinkert hatte. Der Schuss hallte ihr noch in den Ohren nach und brachte sie aus dem Gleichgewicht. Erst war ihr nicht klar, wen die Kugel getroffen hatte. Schließlich hatten sich keine anderen Menschen in ihrer Umgebung befunden und der Junge, den Lust hastig mit sich zog, war unverletzt. Dann sah sie Colm zusammenbrechen.

Die Grenze war aufgerissen und setzte sie schutzlos der Waffe des Verrückten aus. Min schrie, als Colm auf dem Boden landete. Sein Gesicht hatte sich zu einer gequälten Grimasse verzogen und er kämpfte um jeden Atemzug. Blut sprudelte aus dem dunklen Loch in seiner Brust, obwohl er die Hände darauf presste.

„Tut mir leid, Tod." Sie biss die Zähne zusammen und hob ihren Morgenstern, als der Mann erneut auf Colm zielte, diesmal auf seinen Kopf. Seine Hand zitterte, als er darum kämpfte, in dem wabernden, sich zusammenziehenden Schattenvorhang sein Ziel zu erfassen. „Aber den bring ich um."

Sie ließ sich von ihren Instinkten leiten und stieß zu ihrer eigenen Überraschung einen wilden Schrei aus, während sie ihre Armmuskeln anspannte, ausholte und die Stacheln des Morgensterns in der Haut des Menschen versenkte. Der Mann schien den Schlag jedoch kaum wahrzunehmen und drehte sich lediglich um, damit er seine Pistole jetzt auf Min richten konnte. Min hob erneut ihre Waffe, um diesmal auf sein Gesicht zu zielen.

Plötzlich verdrehte er die Augen. Das Krachen seines zersplitternden Schädels übertönte das Echo des Schusses in Mins Ohren. Der Anblick des nachgebenden Kopfes war so unangenehm wie die fleischige Gehirnmasse, die ihr entgegenspritzte. Eine Mischung aus Grau und Rot lief über ihren Hals und die Hand, die sie sich schützend vors Gesicht gehalten hatte. Angewidert wich sie dem zusammensinkenden Körper des Mannes aus, dessen Augen bereits blind in Richtung Himmel starrten.

Dann richtete sie den Blick auf Kismet. Der Junge stand stumm und schockiert auf dem blutbespritzten Asphalt, während ihm der große Betonklumpen, mit dem er dem Mann den Kopf eingeschlagen hatte, aus den Fingern rutschte. Er zersprang in kleinere Stücke, als er auf den Boden prallte, und streute grauen Staub über die roten Flecken. Kismets braune Augen waren durch Drogen getrübt und er hatte Mühe, das Gleichgewicht zu halten, doch er flüsterte Colms Namen und seine verzweifelte Wut bohrte sich in Mins Eingeweide.

„Colm. Gott, das Arschloch hat auf Colm geschossen." Kismet spuckte auf den am Boden liegenden Mann und taumelte vorwärts, um zu Colm zu gelangen. Als Lust ihn am Arm packte und festhielt, protestierte er. „Lass mich los. Er braucht Hilfe."

„Vergiss ihn, Baby." Lust zerrte heftiger an Kismet, dessen Sneaker laut quietschend über den Boden rutschten, als er sich dagegenstemmte. „Die Reiter kommen allein zurecht."

„Verdammter Mensch", fluchte Min. „Du solltest jetzt hier liegen, nicht Colm."

Sie fuhr herum, als Colm zwischen zusammengebissenen Zähnen ein leises Stöhnen ausstieß. Lust machte sich die Ablenkung zunutze, um Kismet aufs Neue in seinen Bann zu ziehen und ihn von den beiden wegzuführen. Mit von Verlangen vernebelten Gedanken folgte er dem Laster instinktiv ein Stück.

Doch am Ende des Gehwegs blieb er erneut stehen und wehrte sich mit einem Jammerlaut dagegen, Colm zurücklassen zu müssen.

„Komm schon, mein Hübscher", drängte ihn Lust. Er war erschaffen worden, um Menschen zu etwas zu verführen, das sie tief im Innern wollten. Auch wenn der junge Mann sich wehrte, war Lust sicher, dass er am Ende gewinnen würde. „Komm mit. Wir müssen dich in Sicherheit bringen."

„Nein." Kismet versuchte energisch, sich loszureißen. „Ich lasse Colm nicht hier. Er ist nur wegen mir gekommen."

Dunkelheit schloss sich um die Unsterblichen, als sich die zerrissenen Schatten verwoben, um den Vorhang zu erneuern, der sie vor der Welt der Menschen verbarg. Hinter ihnen schob sie sich in Fraziers Körper und ermunterte seine Seele, ihn zu verlassen. Sie riss sich von der Leiche los wie eine dunkle, beinahe gesichtslose Marionette und schwebte stumm in der Luft. Min warf dem Geist einen Seitenblick zu, während sie weiter ihre Hände auf Colms Wunde presste, um die Blutung zu stillen.

Der Geist griff mit seinen formlosen Händen nach ihr, die allerdings durch sie hindurchglitten. Kurz brach er unter dem Gewicht der Grenze zusammen, nur um sich dann neu zu formen und sich verzweifelt an eine Form der Existenz zu klammern, um seine Aufgabe zu beenden.

Min konzentrierte die eingeschränkte Macht, die sie über die Toten hatte, um die Seele mit der Kraft ihrer Gedanken festzuhalten und sie nicht an Colm heranzulassen. Dann wandte sie sich unsicher wieder ihrem jüngeren Bruder zu. Sie presste ihre zitternden Finger fester auf die Wunde und fragte sich, wie lange er noch bluten und wann sein Körper endlich mit der Heilung der Verletzung beginnen würde.

„So viel Blut." Colm starrte mit offenem Mund seine vor roter Flüssigkeit tropfenden Hände an. „Ich wusste nicht, dass so viel Blut in uns ist. Dabei habe ich schon oft genug davon gesehen. Also warum überrascht es mich so?"

„Rede lieber nicht." Min schob Colms T-Shirt aus dem Weg, um sich die Wunde besser ansehen zu können. Die Haut schien sich schließen zu wollen, doch auch vor dem Stück sterblicher Welt zurückzuschrecken, das mit der Kugel hineingeschoben worden war. „Ich glaube, wir müssen das Ding da rausholen. Warum passiert das nicht von selbst? Das sollte es eigentlich."

„Du solltest dich nicht so lange mit mir beschäftigen." Colm versuchte, sich umzusehen. „Kismet. Du musst ihn retten."

Min warf einen Blick auf Lust. „Wir haben jetzt andere Sorgen."

„Aber wir müssen ihm helfen." Der verletzte Unsterbliche zischte vor Schmerzen. Seine Gedanken wurden immer verworrener, als der Blutverlust ihn schwindlig machte. „Er ist mein Freund. Oder sowas. Jedenfalls ist er wichtig."

Lusts Hand hatte sich mittlerweile so fest um Kismets Arm geschlossen, dass Blut aus einem der Einstichlöcher auf die geschundene Haut tropfte. Doch der junge Mann blieb weiterhin stehen und ließ sich keinen Zentimeter bewegen. Sowohl sein Verlangen als auch der Drogenrausch hatten nachgelassen, da sie Wut und Sturheit gewichen waren.

Obwohl er schwankte, warf Kismet Lust einen herausfordernden Blick zu. „Lass mich los. Ich will zu ihm."

„Na gut, dann scheiß drauf!" Lust spuckte in Colms Richtung auf den Boden, bevor er Kismet einen Stoß versetzte, der den jungen Mann umwarf, und über den Fußweg davoneilte. „Behaltet den verdammten Jungen. Ich hoffe, ihr bereut es noch."

„Du musst ihn finden." Colm biss sich auf die Lippe, als er erneut von Schmerz durchflutet wurde. Sein Körper fühlte sich immer kälter und verkrampfter an und er hatte das Bedürfnis, sich zu übergeben. Min schüttelte den Kopf, während sie sich fragte, ob sie ihn zum Mustang tragen konnte.

„Er ist doch gar nicht weg, Colm." Min schob einen Arm unter ihn, um ihn anzuheben. Als sie hörte, wie Kismet sich geräuschvoll übergab, wurde ihr ebenfalls übel – der beißende Gestank fraß sich feucht in ihre Ohren. „Deine kleine Schlampe kotzt gerade hinter uns auf den Rasen."

Neben ihnen lag noch die abkühlende Leiche des wahnsinnigen Mannes, die von Fliegen umschwirrt wurde. Sie gruben sich in sein Fleisch und legten Eier, die wahrscheinlich niemals schlüpfen würden. Andere Wraith waren noch nicht aufgetaucht – vermutlich, da die schwächeren die Reiter zu sehr fürchteten. Auch der Himmel über ihnen war leer. Min war dafür dankbar – Colm war im Augenblick wichtiger.

„Mache mir Sorgen um ihn", keuchte Colm, der sich vor Schmerzen am Rand einer Ohnmacht befand. „Möchte nicht mehr allein sein, Hunger."

Kismet hatte begonnen zu zittern, als die Wirkung der Droge endgültig nachließ. Mit bebenden Lippen schlug er nach den Schatten, die sich vor seinem Gesicht zusammenzogen. Aus dem Augenwinkel konnte Colm neben Kismet eine schmächtige Person sehen, die gerade eben innerhalb der ausgedünnten Grenze kauerte. Es handelte sich um den Geist eines kleinen Jungen, der dem jungen Mann ähnlich sah, an den er sich klammerte.

Fraziers in der Luft gefangene Seele wand sich in Mins Griff, als sie sich konzentrierte, um die nötige Kraft zu sammeln. Hoffnung keimte in ihr auf und sie flüsterte Colm mit einem erleichterten Seufzer ins Ohr: „Halt still. Ich weiß, was ich tun muss."

11

AUF TODS blasser Haut glitzerte Schweiß wie Morgentau. Ari steckte seine Dolche ein, bevor er eine Hand hob, um ihn von Tods Wangenknochen zu wischen.

„Nicht." Tod hob abwehrend eine etwas zittrige Hand. „Du störst meine Konzentration. Ich weiß nicht, wie lange ich die Grenze hier zusammenhalten kann. Es ist, als wollte man zerrissene Fäden verweben."

„Na, wenigstens ist das mal ein guter Grund, um mich abblitzen zu lassen." Ari bemühte sich, seine Verbitterung hinter einem breiten Grinsen zu verbergen. „Mit der Ausrede kann ich leben."

„Krieg." Tod war erschöpft von der Anstrengung, die Schatten um sie herum zu schließen. Trotzdem streifte er mit seiner Schulter sanft Aris, während ihn die Kräfte verließen. Doch er musste durchhalten, um sie vor Blicken zu schützen, bis sie Colms Jungen gefunden hatten.

„Ich weiß. Tut mir leid." Ari sehnte sich schmerzlich danach, Tod zu berühren und die blasse Narbe in seinem Gesicht nachzuzeichnen. Stattdessen musste er sich damit begnügen, mit der Hand durch die Luft über Tods Wange und Mund zu streichen.

Tod erstarrte überrascht, als sich durch die Überreste der Grenze Zweige der Panik zu ihm ausstreckten. Ein trotz der schwachen Grenze lauter Ruf. Auch Ari hob den Kopf und versuchte, den Ausgangspunkt zu finden.

„Das ist Min. Zumindest fühlt es sich so an." Ari wandte sich wieder Tod zu. „Was zum Teufel ist da los?"

„Jemand stirbt. Oder versucht zu sterben", antwortete Tod. „Sie hält eine Seele fest. Verdammt, ob es der Junge ist?"

„Scheiße, komm." Ari deutete auf das Ende der Gasse. „Das Motel ist da drüben."

Es war nicht leicht für Ari, mit Tod mitzuhalten, dessen lange Beine ihn in Windeseile über den Asphalt trugen. Mit seinen breiten Schultern musste Ari sich manchmal seitwärts durch enge Stellen zwängen, während der schlankere Mann problemlos hindurchpasste. Als sie die Einmündung der Gasse erreichten, zog Ari an Tod vorbei und bog ab, um das Gebäude zu umrunden und zur Vorderseite des Motels zu gelangen.

Als er sich dem Seiteneingang näherte, bremste er abrupt. „Was zum …?" Dann wandte er den Kopf und rief Tod zu: „Guck mal, was ich gefunden habe!"

„Scheiße." Lust starrte zu dem blonden Reiter hoch, der über ihm auffragte. „Alles geht schief."

„Lust. Was für eine Freude, dich hier zu sehen." Tods Gesicht war wie versteinert. Schatten, von der Macht des ältesten Reiters angezogen, sammelten sich um sie herum. „Krieg, such Hunger und Pestilenz. Ich regle das."

Ari zwinkerte Tod noch einmal zu, bevor er weiterlief. Das Laster wich vor dem Reiter zurück, taumelte gegen die Wand. Der Mann gab ein überraschtes Zischen von sich, als seine Hände über den rauen Putz kratzten.

„Ich könnte behaupten, ich wollte ihn euch bringen." Lust gab sich selbstbewusst, da er hoffte, sich so herausreden zu können. Tods Macht hallte in der Grenze wider und machte es ihm schwer, sich zu orientieren. „Aber wir wissen beide, dass es eine Lüge wäre."

Tod machte ihm schlicht und einfach Angst. Dunkle Krähenaugen schienen bis in seine Seele vorzudringen und das geheimnisvolle und vernarbte, aber hübsche Gesicht wirkte mehr als nur etwas gefährlich. Zwar weniger kraftvoll gebaut als Krieg übertraf er den anderen noch, was seine Bedrohlichkeit anging. Schließlich hatte er das Ende ständig griffbereit. Die Grenze um ihn herum war hungrig und das Laster versuchte, die Schatten ein wenig von sich zu schieben.

„Gibt es einen Grund für deine Anwesenheit, Lust?", fragte Tod. Der Junge war in der Nähe. Ein seltsamer Geruch ging von Lust aus, fast menschlich, und mischte sich mit dem seines Schweißes.

Lust grinste, als sich Erstaunen in dem hübschen Gesicht abzeichnete. Tods Verdacht hatte sich bestätigt: Colms Mensch war eindeutig ein Unsterblicher.

„Ja, ich war auch verdammt überrascht. Ich dachte, er wäre einer von uns … oder, besser gesagt, einer von euch. Er ist ein Unsterblicher, aber kein richtiger." Lusts Angst kehrte zurück, als Tod ihn eindringlich musterte. „Da ist nichts. Keine Berufung. Nur Leere."

„Hattest du etwas damit zu tun? Damit, dass er so geworden ist?" Tod packte das Laster beim Arm.

„Ich habe ihn so gefunden. Es war nicht meine Schuld." Lust schüttelte den Kopf. „Das schwöre ich."

Einige Türen weiter begannen zwei Frauen, sich hinter geschlossenem Vorhang zu küssen, und ihre Erregung war für Lust klar und deutlich zu spüren. Als Ari den Kopf um die Ecke steckte und nach Tod rief, nutzte Lust es aus, um sich Tods Einfluss zu entziehen. Abgelenkt durch Aris drängende Schreie spürte Tod noch, wie Lust die Grenze dichter um sich zog und einem Ruf in der Nähe folgte.

„Tod!", dröhnte Aris Stimme erneut durch die Gasse. „Komm endlich her. Jemand hat auf Colm geschossen!"

TOD BEUGTE sich über den keuchenden Reiter, dem Blut aus der Brust strömte. Während er die Grenze schützend um sie geschlossen hielt, untersuchte er die Wunde. Ein Splitter der Realität war aus der Welt der Sterblichen gerissen worden und hatte sich tief in Colms Herz gegraben, wo es den natürlichen Fluss seines

Körpers unterbrach. Min ging eilig wie ein schlanker Derwisch neben ihnen auf und ab, ohne ihren stechenden Blick von dem zitternden jungen Mann abzuwenden, der sich am Rand des Fußwegs zusammengekauert hatte. Fraziers Körper lag unbeachtet neben einem Haufen Abfall – Ari hatte seine Leiche fortgezerrt und sie hinter einem Müllcontainer versteckt.

„Es war gut, dass du die Seele des Menschen festgehalten hast", lobte Tod die besorgte Reiterin. „Ich konnte sie spüren."

„Es war das Einzige, was mir eingefallen ist. Und lange konnte ich sie nicht halten. Ich habe Mist gebaut. Ich habe mir wegen der Waffe überhaupt keine Sorgen gemacht." Min klang immer hilfloser, als ihre Wut gegen ihre Angst ankämpfte. Als die Eisernste von ihnen fiel es ihr jetzt schwer, mit ihren Gefühlen umzugehen. Sie war verärgert darüber, dass sie die Pistole nicht ernst genommen und anschließend so hilflos auf den blutenden Colm reagiert hatte. „Ich habe Colm im Stich gelassen, Tod. Es tut mir leid. Und dich habe ich auch enttäuscht."

„Nein, das hast du nicht", antwortete der Älteste. „Du hast alles getan, was du konntest. Und es war genug."

Colm war die meiste Zeit über ohnmächtig. Einmal wachte er lange genug auf, um nach Kismet zu fragen, nur um sich dann wieder der Bewusstlosigkeit zu überlassen, nachdem Tod ihm versichert hatte, dem jungen Mann gehe es gut. Tod machte sich wesentlich mehr Sorgen um Colm als um den zitternden, wütenden Jungen, der neben Ari auf dem Boden hockte. Der blonde Mann lehnte an der Betonsteinwand des Gebäudes und verlagerte unruhig sein Gewicht – seine Version des nervösen Auf-und-ab-Gehens – während er aufmerksam die Straßen um sie herum im Auge behielt.

„Wir müssen möglichst bald hier weg, Tod. Der Junge kann hier nicht bleiben – er scheint gerade von irgendwas runterzukommen." Er warf einen Blick auf Kismet, der immer heftiger zitterte. „Außerdem ist alles voller Blut und es dauert sicher nicht mehr lange, bis die Polizei anrückt."

„Ich bin kein Stuhl. Ich kann hören, was ihr sagt", schnaubte Kismet. Der kleine Ausbruch brachte seinen Kopf zum Pochen. Der unbekannte Mann schaute zu ihm herüber, während Kismet die Arme fest um seinen Körper schlang, um das Zittern im Zaum zu halten. „Können wir Colm wegbringen? Nach Hause? Ich meine, in euer Zuhause? Könnt ihr ihm da helfen?"

„Er wurde von einer Kugel getroffen, du Miststück." Min stürzte mit geballter Faust auf ihn zu. „Wegen dir wurde er verletzt. Nur weil der Idiot dir helfen wollte. Das ist der Dank."

Ari schob die zierliche Frau energisch zur Seite. „Lass ihn in Ruhe, Min. Er kann nichts dafür."

„Nein", stimmte Tod leise zu. „Und dich trifft auch keine Schuld."

Als Tod bei ihnen angekommen war, hatten sie Min von dem jungen Mann wegzerren müssen. Der durch Colms Verletzung ausgelöste Schock hatte sie so wütend gemacht, dass sie mit ihren Fäusten auf den jungen Mann losgegangen war.

Kismet hatte sich zu einer Kugel zusammengerollt, um seinen Kopf vor den Schlägen zu schützen. Zwar war es Ari gelungen, ihr den Morgenstern wegzunehmen, bevor sie damit ernsthaften Schaden anrichten konnte, doch ihre Fäuste hatten einen kräftigen Bluterguss auf seinem Wangenknochen hinterlassen.

Nachdem die Wirkung des Heroins jetzt abgeklungen war, wurde Kismets Körper träge. Schweiß bildete sich auf seiner kalten Haut und durchnässte sein dünnes T-Shirt, während er mühsam um jeden Atemzug kämpfte. Sein Verstand schien zu brodeln, während sein Körper nur einzelne Details spürte. Es gelang ihm, seine trockenen Lippen mit der Zunge zu befeuchten, doch die Tränen, die er aufgrund seiner schmerzenden, aufgeschürften Hände am liebsten vergossen hätte, wollten einfach nicht unter seinen kaum blinzelnden Lidern hervorfließen.

Ari kam der Geruch des jungen Mannes entfernt bekannt vor, allerdings konnte er die Mischung aus verbranntem Fleisch, Salz und Metall nicht einordnen. Er bemerkte, dass der Junge immer benommener wirkte, als sein Körper versuchte, den letzten Nachklang der Droge festzuhalten.

„Ich glaube, wir müssen Tante Kay finden." Tod kaute auf seiner Lippe. „Mit der Kugel scheint ein Teil der Außenwelt in ihn eingedrungen zu sein und seinem Körper gelingt es nicht, ihn auszustoßen."

„Verdammt." Ari schaute auf ihren Jüngsten hinunter. „Wie bei dieser Weisheit damals."

„Hoffentlich nicht wie bei dieser Weisheit", korrigierte ihn Tod. „Die ist schließlich gestorben."

„Colm kann sterben?", stotterte Kismet mit klappernden Zähnen. Das Zittern war so heftig geworden, dass er kaum noch sprechen konnte. „Was soll das? Ich dachte, ihr wärt unsterblich."

Tod hob Colm auf seinen Schoß und betrachtete ihr jüngstes Familienmitglied besorgt. Die Wunde beunruhigte ihn. Zwar blutete sie kaum noch und die Haut begann zu verheilen, doch dadurch würde ein Stück Realität in Colm versiegelt werden. So konnte es sich durch seinen Körper arbeiten und ihn zum Wahnsinn treiben oder ihn sogar dazu bringen, sie zu verlassen.

„Müssen wir wirklich zu Tante Kay?" Ari rieb sich seufzend das Gesicht, während er den zitternden Künstler auf dem Boden betrachtete. „Sie ist nicht immer hilfsbereit. Wenn wir Pech haben, finden wir sie und sie schlägt uns die Tür vor der Nase zu."

„Ich glaube, wir haben keine andere Wahl", antwortete Tod und verlagerte das Gewicht, um seinen verkrampften Rücken zu entlasten. Als er den jüngeren Mann wieder dichter an sich zog, spürte er, wie Colms Herzschlag stotterte, bevor er sich wieder fing. „Sie mag Colm. Sie wird ihm helfen."

„Weißt du denn, wo sie ist?"

„Vor kurzem war sie noch in San Francisco." Tod überprüfte die Stärke der Grenze um sie herum, die stetig zunahm, als die Droge im Blut des Jungen schwächer wurde. „Vermutlich ist sie noch dort. Kay verlässt einen Ort nicht so schnell, wenn sie sich da wohlfühlt."

„Ich komme mit." Min ging auf sie zu. Sie rieb sich mit den Händen über die Arme, als der Anblick des Reiters auf Tods Schoß eisige Kälte in ihr aufsteigen ließ. „Ich habe ihm das eingebrockt, also will ich bei ihm bleiben."

„Du bist zu müde, um noch jemanden außer Colm mitzunehmen", protestierte Ari an Tod gewandt.

Tod schaute zum besorgten Gesicht seines Freundes auf. Min machte einen herausfordernden Schritt auf sie zu.

„Denk doch mal nach, Min. Tod hat heute schon so viel Energie verbraucht ..."

„Aber du gehst bestimmt trotzdem mit", wandte sie ein.

„Ich bin ja auch alt genug, um es aus eigener Kraft und ohne einen Ruf zu schaffen. Ich kann dich nur nicht mitnehmen." Ari näherte sich ihr und sah sie eindringlich an. „Außerdem musst du auf den Jungen aufpassen."

„Der Junge ist mir egal", fauchte sie.

„Allmählich kommt es mir vor wie dieses Rätsel mit dem zu kleinen Boot, in dem man den Wolf, die Ziege und den Kohlkopf über den Fluss bringen muss", merkte Tod an. „Ich kann Min nicht bei Kismet lassen. Kismet kann nicht allein hierbleiben. Und dich kenne ich schon zu lange Ari: Du würdest mich in so schwachem Zustand nicht ohne dich gehen lassen – außerdem muss sowieso irgendjemand mit Tante Kay reden. Mit mir will sie schließlich nichts zu tun haben." Tod zog Colm etwas weiter auf seinen Schoß. „Ich nehme Min mit", beschloss er. „Und der Junge muss auch mit. Das weißt du."

Ari legte frustriert den Kopf in den Nacken und knirschte mit den Zähnen. „Manchmal hasse ich dich so sehr, wie ich dich will. Aber du hast recht: Wir können den Jungen nicht hierlassen. Lust ist bestimmt nicht der Einzige, der sich ihn schnappen möchte. Jemand hat dafür sogar extra diesen Vogel geschickt."

„Wir können ihn doch einfach bewusstlos schlagen, fesseln und im Penthouse lassen. Das Wichtigste hat er bestimmt sowieso schon gestohlen", schlug Min vor. In Anbetracht der bösen Blicke, die sie damit erntete, hob sie abwehrend die Hände. „War ja nur so eine Idee."

„Eine schlechte, Min. Bei seinen Verletzungen und Entzugserscheinungen kann er eine Gehirnerschütterung gerade nicht gebrauchen." Tod nickte in Richtung des jungen Mannes. „Bring Kismet hier rüber, Ari. Dann ist es leichter, alle mitzunehmen."

„Ich warte da auf dich. Und wenn du zu erschöpft bist, bleiben wir erst in der Stadt." Ari warf seinem Mustang einen letzten betrübten Blick zu. „Mach's gut, mein Liebling. Es war schön mit dir."

„Heb dir den Abschiedskuss für das Auto für später auf, Ari", ermahnte ihn Tod und deutete auf Colm, damit Ari ihm half, den jungen Mann anzuheben. „Min,

144

halte Kismet fest, aber erwürg ihn nicht. Komm näher." An Ari gewandt fügte er hinzu: „Wir sehen uns in San Francisco."

„Verirr dich nicht." Ari streichelte mit den Fingern über Tods Schulter. „Bitte."

„Das werde ich nicht", beruhigte Tod seinen besorgten Freund. „Versprochen, Ari. Wir sehen uns."

SAN FRANCISCO war an den Tod gewöhnt. Die Straßen der Stadt beherbergten neben dem bunt verpackten Paket aus Gebäuden und Straßenbahnen auch jede Menge Schmerz und Tränen. Unter Tonnen von Erde und Asphalt, wo ruinierte Leben lagen, wanderten Geister auf der ewigen Suche nach in Feuern und Schutt verlorenen Familien, von der sie sich manchmal zu den Hügeln erhoben, um ihren Schmerz in den Nebel hinauszuschreien – einen Nebel angefüllt mit wabernden Gesichtern. Die Grenze über der Stadt trug beinahe so viele Erinnerungen wie Schatten in sich. Diese Stadt war für Tod leicht zu finden und schwer zu durchschreiten.

Und am leichtesten gelangte er nach Chinatown. Kleine Ecken und Winkel halfen ihm, durch den Raum zu gleiten und einen Menschen auszumachen, der dabei war, die Welt der Sterblichen zu verlassen. Schwieriger war es dann, die Geister der Umgebung abzuschütteln, die in Tod das Ende ihres Leidens sahen. Hätte er ihnen zu viel Zeit gewidmet, wäre Colms Zustand noch kritischer geworden.

Tod gelang es gerade so, den nötigen Ruf zu finden, bevor er die Kontrolle über die Grenze verlor. Er trug nur sehr selten andere durch den Schattenvorhang, da es ihn zu viel Kraft kostete. Lange Zeit hatte er höchstens andere Reiter mitgenommen, bis er durch einen im Kampf zwischen den Dunkelelfen verletzten Frieden herausgefunden hatte, dass er auch andere Unsterbliche transportieren konnte. Manchmal bereute er dieses Wissen – wie jetzt, als sein Magen energisch protestierte, obwohl sie gerade erst San Diego verlassen hatten.

In den Falten der Grenze wurden sie von Wolken begrüßt und von Schatten umschlossen. Sich in der Grenze zu bewegen war nicht besonders kompliziert, doch aus dem Chaos heraus einen bestimmten Ort in der menschlichen Welt zu finden konnte problematisch sein, besonders zwischen den nach ihm schreienden und rufenden Geistern.

Ein teilnahmsloser Kismet und ein ohnmächtiger Colm verlangsamten Tod. Min bemühte sich zwar, ihn beim Tragen dieser Last zu unterstützen, wurde allerdings von ihrer eigenen Berufung abgelenkt, die sie beinahe in andere Teile der Welt zog, in denen sie mit eiserner Hand zu herrschen schien.

Tod musste ihr seinen stärkeren Willen entgegensetzen, um sie wieder auf den richtigen Weg zu bringen, während er hoffte, die Stadt der Brücken zu erreichen, ohne Colms Körper zusätzlichen Schaden zuzufügen. Kismet war einfach da, weder Hilfe noch Hinderung, da er keine Berufung besaß und von nichts angezogen wurde.

In der Dunkelheit flackerte eine helle, vertraute Seele auf. Aris Ruf hallte mit Frustration, Sorge und Zuneigung in Tods müdem Verstand wider. Er konzentrierte sich auf Aris Licht in dem dunklen Vorhang, während er die anderen durch wallende Schatten mit sich zog.

Als sie auf der Straße landeten, ließ Tod beinahe Colm fallen, der glücklicherweise von Ari aufgefangen wurde. Tod sank auf ein Knie hinunter, um sich zwischen weggeworfenen Fast-Food-Verpackungen und verrotteten Lebensmitteln in den Rinnstein zu übergeben. Der gelblich-bittere Geschmack von Galle blieb an seinen Zähnen hängen und brannte an seinem Gaumen.

Die dunkle Stadt wurde von Straßenlaternen und dem halb hinter Wolken verborgenen Mond erleuchtet. Als sie San Diego verlassen hatten, war die Sonne gerade erst dabei gewesen, sich langsam in Richtung Horizont zu senken. Da es jetzt bereits Nacht war, mussten Stunden vergangen sein, schlussfolgerte Tod durch seine Übelkeit hindurch. Der anstrengende Weg durch die Grenze hatte seine letzten Kraftreserven aufgezehrt.

Sie hatten zu viel Zeit verloren. Aris Hände halfen ihm hoch, Aris Finger legten sich unter sein Kinn und streichelten über seine Augenringe. Tod schaute zum Himmel auf, bevor er sich beunruhigt den anderen Reitern zuwandte.

Der Mond hätte noch nicht am Himmel stehen sollen und Mins blaue Lippen und ihr Zittern waren kein gutes Zeichen. Beruhigender war, dass Colms Brust sich nach wie vor mit seinen Atemzügen hob und senkte. Kismet stand taumelnd neben ihnen, bevor er gegen eine Wand stolperte und unbeholfen auf dem Boden landete. Er stieß einen Schmerzenslaut aus, als er sich Knie und Ellbogen aufschürfte, doch sein Blick wirkte wieder wesentlich wacher und klarer als vor ihrem Aufbruch.

„Gott, Shi." Ari legte starke Arme um den Älteren und ignorierte Colm und Min für einen Augenblick, um Tod fest an sich zu ziehen und den Duft seines Haars einzuatmen. „Was ist passiert? Du hast so lange gebraucht. Ich dachte schon fast, ich hätte dich verloren."

„Mir geht es gut. Den anderen auch? Ich muss wissen, ob sie es heil überstanden haben." Tod tätschelte einen der muskulösen Arme, die ihm beinahe die Luft abschnürten. „Es war einfach ungewöhnlich schwer, vorwärtszukommen. Aber ich habe deine Gegenwart gespürt. Du hast mir geholfen. Beim nächsten Mal ..."

„Kein nächstes Mal. Das machen wir nie wieder." Ari legte Tod eine Hand an die Wange und küsste ihn sanft, ließ sich nicht abschütteln. Tod genoss die süße Wärme, löste sich jedoch, bevor er zu sehr darin versinken konnte. Diesmal ließ Ari ihn los, da er in Tods Zustand keinen neuen Streit beginnen wollte.

„Ich habe mich gerade übergeben. Das kann nicht besonders gut schmecken." Tod wandte sich von ihm ab. „Was ist mit den anderen?"

„Min kümmert sich um den Kleinen und sein Haustier. Sieht doch aus, als ginge es ihnen gut", antwortete Ari mit vor Emotionen heiserer Stimme. „Und für mich schmeckst du perfekt."

„Wie lange waren wir unterwegs?" Tod ließ sich widerspruchslos von Ari stützen. Sein ganzer Körper schmerzte, vor allem seine verspannten Schultern. „Bist du in Ordnung?"

„Es ist bald Mitternacht. Siehst du? Die Vogelbisse sind alle verheilt", stellte Ari erleichtert fest. Tod dachte bereits über ihr weiteres Vorgehen nach und konzentrierte sich auf ihr Ziel. „Die Frau ist nicht weit weg", sagte Ari, der es bemerkte. „Du bist fast auf ihrer Türschwelle gelandet."

„Gut." Die Stadt nach der Seherin durchsuchen zu müssen war für Tod nämlich ein schrecklicher Gedanke. Er betrachtete die zusammengedrängten Gebäude um sie herum und fragte sich, in welchem sie sich befand. Sie hatten bereits zu viel Zeit verschwendet. Glücklicherweise schien die Grenze Colms Zustand stabil gehalten und die Realität in ihm sicher eingeschlossen zu haben.

Min hatte Kismet gleich nach ihrer Ankunft fallen lassen, da sie allein auf ihre Sorge um den Jüngsten konzentriert gewesen war. Mittlerweile zitterte sie nicht mehr und ihr Gesicht hatte eine gesündere Farbe angenommen. Colm, der bei Bewusstsein war, bemühte sich um einen ermutigenden Gesichtsausdruck, als sie seinen Kopf anhob. Obwohl ihm das Atmen noch schwerfiel und die Schmerzen ihm Tränen in die Augen trieben, sah er sich nach Kismet um.

Dieser hatte sich auf die Füße gekämpft, obwohl sein Körper ihm kaum gehorchen wollte. Er warf einen Blick auf seine aufgeschürften Hände. Schottersteinchen und Schmutz waren in die Wunden eingedrungen und aus einem tiefen Kratzer an seinem Arm lief wässriges Blut. Seinen Beinen ging es nicht viel besser: Die Löcher in seiner mitgenommenen Jeans waren größer geworden und mit neuen Blutflecken durchtränkt. Kismet zischte, als er sich bewegte und der Jeansstoff schmerzhaft von den Wunden losgerissen wurde.

Als ihn ein Gesprächsfetzen herumfahren ließ, musste Kismet sich mit einer brennenden Handfläche an der Wand abstützen, um nicht erneut das Gleichgewicht zu verlieren. Er versuchte herauszufinden, wo er war. Die Luft kam ihm anders vor als in San Diego, irgendwie schwerer. Anstelle des trockenen, braunen Wüstengeruchs schien sie die Aussicht auf starken Regen in sich zu tragen. Zwischen den dichtgedrängten Gebäuden hörte er Echos einer fließenden Sprache mit runden Vokalen, die sich sehr von den lateinamerikanischen Dialekten seiner Heimatstadt unterschied. Die Gasse endete in einer wild zusammengewürfelten Ansammlung hölzerner Schuppen, bei deren Anblick einem schwindlig wurde. Kismet schüttelte den Kopf, um den letzten Rest seiner Benommenheit loszuwerden.

Schließlich entdeckte er Colm. Die zierliche Frau, die ihn bewachte, warf ihm böse Blicke zu. Auch der blonde Mann, der in ihrer Nähe stand, kam ihm entfernt bekannt vor. Er beobachtete Kismet, während er sich leise mit einem Asiaten unterhielt.

„Hast du schon mit Tante Kay geredet?", fragte Tod, dessen Blick ebenfalls Kismets langsamen, auf Schmerzen hindeutenden Bewegungen folgte. Bisher machte er nicht den Eindruck, fliehen zu wollen, doch er war schon einmal davongelaufen. Weder er noch Ari hatten Zeit, Kismet durch die Stadt zu jagen.

„Ich habe ihr das mit Colm erzählt. Sie ist bereit, ihn zu heilen, falls sie es kann." Ari nickte in Richtung einiger scheinbar planlos errichteter Wände aus schief angebrachten Brettern, die mit goldenen Mustern verziert waren. „Sie ist älter, als ich dachte. Lange wird sie wohl nicht mehr leben. Mir war nicht klar, dass wir sie seit so langer Zeit nicht gesehen haben."

Der kleine Laden, auf den Ari deutete, war trotz der Dunkelheit hell. Zerfledderte rote Quasten hingen von grünen Plastikperlen herab, in die Formen geschnitzt worden waren, als handelte es sich um kostbare Jadefigürchen. Die durch das raue Wetter verblichenen Gussnähte hoben sich weiß vom grünen Plastik ab. Neben dem Eingang hingen marineblaue Stoffstücke, die in vier Teile unterteilt und grob gesäumt waren. Weiße Farbe war auf chinesische Kalligrafie getropft und machte die ohnehin schwer erkennbaren blassgelben Schriftzeichen noch unleserlicher. Ein Bambusvorhang rasselte, als er von einer faltigen, mit Altersflecken bedeckten Hand zur Seite geschoben wurde.

Eine gebeugte chinesische Frau humpelte aus der Dunkelheit im Innern des heruntergekommenen, beengten Ladens hervor. Die schlaffe Haut unter ihrem spitzen Kinn wackelte bei jedem Schritt und zwischen den weißen Haarbüscheln auf ihrem Kopf, an denen sie nervös zupfte, war rosa Kopfhaut zu sehen. Ihre schmalen Augen unter der absackenden Stirn verengten sich noch weiter, als sie den großen, schlanken Reiter entdeckte, der ein Stück weit entfernt in der Gasse stand.

„Tod ist hier nicht willkommen", kreischte sie überraschend laut, während sie mit einem knochigen Finger zittrig auf den ältesten Reiter zeigte. Zwischen ihren rissigen Lippen tropfte etwas von dem dunklen, halluzinogen wirkenden Kräutertee hervor, der die Schatten von ihr fernhielt. Sie leckte ihn von der durch jahrelanges Trinken des Tees verfärbten Haut.

Sie humpelte einige Schritte vorwärts, um dem verhassten Reiter einen bösen Blick zuzuwerfen, auch wenn ihr Kinn dabei zitterte. „Weder in meinem Haus noch in meinem Laden bist du willkommen. Den Tod dulde ich nicht in meiner Nähe. Niemals."

„Wir sind wegen Pestilenz hier", antwortete Tod ruhig in höflichem, etwas altmodischem Wu. „Ich werde die Schwelle nicht übertreten."

„Wenn ich ihn heile, möchte ich eine Gegenleistung", antwortete sie mit einem Blick auf den Jüngsten, der mit Mins Hilfe zittrig zwischen den anderen stand.

„Ich möchte mehr Zeit. Ein längeres Leben."

„Das geht nicht, Tantchen", sagte Tod. Geister flehten ihn häufig an, da sie hofften, er könne sie in ihre sterblichen Hüllen zurückbringen. Ein Mensch hatte ihn allerdings schon lange nicht mehr um ein verlängertes Leben gebeten. „Ich kann keine Seele an einen sterbenden Körper binden."

„Irgendwie muss es doch gehen." Die alte Frau starrte an Tod vorbei zu dem jungen Künstler, den Min zwischen sie geschoben hatte. „Was ist mit ihm? Sein Leben wurde verlängert. Er ist wie ihr, wie ein fünfter Reiter. Das kann ich sehen. Ist Tod nicht für seine Ehrlichkeit bekannt?"

„Ich weiß nicht, warum er so geworden ist." Tod hob beschwichtigend die Hände. „Aber Pestilenz ist jetzt wichtiger. Krieg hat dich um Hilfe gebeten und du hast zugestimmt. Bricht Shen On-Sang etwa ihr Wort?"

„Nein! Sag nicht meinen Namen!" Ihr lautes Zischen löste ein Husten aus ihrer Brust. „Nimm niemals meinen wahren Namen in den Mund. Und ich halte meine Versprechen."

Die Aufregung schien der alten Frau zu viel zu sein, denn sie musste erneut heftig husten, bis bräunlicher Speichel auf dem Boden vor der Ladentür landete. Die kleinen Wraith am verzierten Vordach wirkten unentschlossen – einerseits wollten sie zu der Flüssigkeit gelangen, andererseits wollten sie sich von Tod fernhalten, der sich jetzt näherte. Der älteste Reiter hatte die Frau beinahe berührt, als sie mit weit aufgerissenen Augen vor seiner ausgestreckten Hand zurückwich.

„Nein! Du wirst mich nicht anfassen, bevor meine Zeit gekommen ist!" Ihre ängstliche Stimme wirkte wie ein Sirenengesang, der die Schatten noch dichter heranlockte. Sie presste zitternde Hände auf ihre Brust, um ihre gereizte Lunge zu beruhigen. „Krieg, bring den Jungen rein. Ich will ihn mir ansehen, ohne dass Tod dabei ist."

„Ich kann laufen, Tantchen", brummte Colm. Doch Min legte einen Arm um Colm und trug ihn praktisch durch die Tür, während ihr störrischer Gesichtsausdruck ihn davor warnte, zu protestieren.

Colm lächelte nur und flüsterte: „Danke, Min."

„Ich bleibe mit dem Jungen hier draußen", sagte Tod leise, als Ari sich von hinten näherte und ihm eine große Hand auf den Rücken legte. „Im Moment wäre ich wahrscheinlich nicht in der Lage, ihn zu verfolgen, aber er sieht nicht aus, als würde er in seinem Zustand weit kommen, selbst wenn er weglaufen wollte."

„Wenn er es doch versucht, ruf mich einfach", antwortete Ari. „Ich fange ihn dir wieder ein – wenn es sein muss, mit meinem Dolch."

Ari legte seine Finger um Tods Kinn und ließ seinen Daumen die silberne Linie entlang über Tods Nase und Wange gleiten. Kühn beugte er sich für ein kleines Küsschen auf Tods Mundwinkel vor. Der Ältere lehnte sich Aris liebevoller Berührung entgegen und erlaubte sich, die tröstende Wärme zu genießen. Schließlich löste sich Ari, um sich nicht zu sehr in Tod zu verlieren, und presste mit einem Lächeln seine Stirn gegen Tods.

„Ich rufe dich, wenn ich dich brauche", stimmte Tod bereitwillig zu. „Und jetzt geh – sie möchte sich bestimmt schnell um Colm kümmern und uns wieder loswerden. Wir sind schlecht fürs Geschäft. Selbst der begriffsstutzigste Mensch wird diesen Ort meiden, solange wir hier sind."

„Wir sind immer schlecht, und zwar für jedes Geschäft", neckte Ari. Er wandte sich noch einmal Kismet zu, um den sie so heftig gekämpft hatten, und streckte ihm einen strengen Zeigefinger entgegen. „Du bleibst schön hier, Kleiner. Falls ich dich suchen muss, wird es für dich verdammt übel ausgehen."

Ari trat durch die offene Tür und rümpfte die Nase, als ihm die beißenden Gerüche des Ladens entgegenschlugen. Durch ihre Arzneien, von trüben Tränken bis hin zu abgetrennten Tierpfoten, die von den Deckenbalken baumelten, fühlte er sich zu sehr an die Schatten der Grenze erinnert. Die dunklen Fingerspitzen eines Affen, die seine Wange streiften, waren denen einer ausgezehrten Leiche ähnlicher, als ihm lieb war.

„Fangt nicht ohne mich an", rief Ari, da im Laden niemand zu sehen war. „Sonst darf man Colm ja nie aufschlitzen." Staub kitzelte seine Nase. Er kämpfte verzweifelt gegen ein Niesen an und fragte sich, ob eine Schnodderpfütze auf der Theke auffallen würde. Mins Stimme, die seinen Namen rief, drang durch das Durcheinander und schien aus einer Tür im hinteren Teil des Ladens zu kommen. Ari bahnte sich zwischen Kisten hindurch einen Weg hinter die Theke und in den Wohnbereich.

Dort lag Colm auf einem mit einer Plastikplane und Handtüchern bedeckten Futon. Sein Oberkörper war nackt, wodurch die Anzeichen der Realität unter seiner Haut deutlich sichtbar wurden. Lange, dunkelrote Streifen zogen sich über eine Seite seines Brustkorbs. Den Rand eines Brustmuskels hatte das vergiftete Blut beinahe schwarz gefärbt. Über der Wunde hatte sich bereits eine beinahe wässrig wirkende, glatte Narbe gebildet.

Kay tastete mit einem Finger die Ränder ab und sah zu, wie die Haut sich wieder hob. Dann griff sie nach ihrer Teetasse und trank so gierig, dass das ölige Getränk über ihre Finger schwappte, während sie die Reiter musterte. Nach einigen Sekunden näherte sich Ari, um ihr die Tasse aus den zitternden Fingern zu nehmen.

„Trink nicht zu viel, Tantchen", warnte er. „Sonst kannst du bald nicht mehr klar sehen."

„Es war nicht zu viel", fauchte sie. Der Tee hatte ihre Zähne schwarz gefärbt. „Aber ich muss *ihn* deutlich sehen. Und der Tee hilft dabei. Er hält alles andere von mir fern. Außerdem lasse ich mir von einer Plage für die Menschheit wie dir bestimmt nichts über meine Arbeit erzählen. Ich habe so etwas schon gemacht, bevor …"

„Wenn du jetzt ,bevor du geboren wurdest' sagst, muss ich widersprechen." Er zog mit einem selbstzufriedenen Grinsen eine Augenbraue hoch. „Hilf ihm einfach, alte Frau, dann lassen wir dich in Ruhe."

„Ich darf alles behalten, was ich dabei finde, oder?"

Tante Kays listiger Blick wanderte über Colms Körper. Der junge Mann sah Ari überrascht an, doch dieser verzog nur das Gesicht und warf ihm einen einigermaßen beruhigenden Blick zu.

„Blut und die Kugel", antwortete Min. „Und die Realität, die du in ihm findest."

„Die wird sich auflösen, sobald sie aus seinem Körper gelangt." Tante Kay spuckte angewidert auf den schmutzigen Boden. „Davon habe ich also nichts, solange ich sie nicht mit einem Stück von ihm herausschneiden kann."

„Dann eben nur etwas Blut und die Kugel", sagte Ari. „Ich lasse dich nicht noch Nieren ausgraben oder so. Die braucht der Kleine zum Pinkeln."

„Daran habe ich mich sehr gewöhnt", stimmte Colm zu, den ihre Begeisterung dafür, ihn aufzuschneiden, noch immer etwas verunsicherte. Er schnappte nach Luft, als Schmerzen seine Lunge durchzuckten. Mins Finger schlossen sich fest um seine nackten Schultern, pressten sich in seine sonnengebräunte Haut. „Min, das tut fast so weh wie die Kugel. Etwas vorsichtiger."

„Hast du den Hurensohn mit der Pistole wenigstens schön langsam kaltgemacht?", erkundigte sich Ari bei Min.

„Das war ich nicht." Sie kaute kopfschüttelnd auf ihrer Unterlippe. Colms Zustand beunruhigte sie – es kam ihr vor, als strömte das Leben aus ihm heraus. „Der Junge hat es getan. Mit einem Betonklumpen, glaube ich."

„Ernsthaft? Der Junge?" Ari stieß einen leisen Pfiff aus. „Verdammt, er scheint ja doch Mumm zu haben. Falls Colm stirbt, kann er unsere neue Pestilenz werden."

„Leck mich, Ari." Colm zuckte zusammen, als sich die Schmerzen bis in seinen Bauch zogen.

„Wir sollten anfangen." Die alte Frau räusperte sich und schluckte drogenversetzten Speichel herunter.

Ari verzog das Gesicht, als er die Instrumente betrachtete, die Kay auf einem niedrigen Tisch neben dem Futon ausbreitete. Klingen glänzten schwach im trüben Licht der nackten Glühbirnen an der Decke. „Ich habe einen kleinen Schleifstein bei mir. Soll ich die für dich schärfen, Tantchen?"

„Schmerzen sind gut für ihn. Sie reinigen seine Wunde." Aris böser Blick ließ sie zögern. „Na gut. Aber wenn sich die Wunde entzündet, ist es deine Schuld."

„Danke, Ari", murmelte Colm durch die Schmerzen. „Falls ich an einer Infektion sterbe, kann man das aber schon als Ironie betrachten, oder?"

„Nein, immer noch armselig", konterte Min, die ihm das Haar aus der Stirn strich.

Der ältere Reiter kümmerte sich zügig um die Skalpelle, bevor er sie an Mins T-Shirt abwischte und sie auf das Tuch zurücklegte.

„So. Jetzt muss Tod nur noch dein Aua küssen, wenn die verrückte alte Frau mit dir fertig ist, und dann haben alle von uns dazu beigetragen, dir aus dem Schlamassel zu helfen, in das du mal wieder geraten bist." Ari hockte sich neben den immer blasser werdenden Jüngsten und nahm Colms Hand so fest in seine, dass er ihm fast die Finger zerquetschte. „Spürst du das, Bazille? Und Tod wäre auch hier, wenn er dürfte."

„Er muss sich um Kismet kümmern." Colm biss die Zähne zusammen und kämpfte gegen die stechenden Nadeln an, die in seinen Kopf zu kriechen schienen. Er schwitzte so heftig, dass sein Haar an seinen Schläfen klebte und seine Brille beschlug. Zwischen zusammengekniffenen Lippen stieß er ein schmerzerfülltes Keuchen aus, während er hoffte, noch eine Weile durchhalten zu können.

„Ja, aber wenn das hier vorbei ist, bist *du* für das kleine Frettchen verantwortlich. Wenn du glaubst, dass ich ihn für dich füttere oder ausführe, bist du so verrückt wie die alte Frau hier." Ari grinste, als er Colm ein kurzes Lachen entlockte. „Oh, es geht dir also schon wieder gut? Dann muss die verrückte Frau dich erst gar nicht aufschlitzen."

„Die verrückte Frau ist so weit." Kay schlurfte zu ihnen hinüber und tätschelte Colms nackte Brust. In ihrer Muttersprache fuhr sie fort: „Verstehst du mich?"

„Mein Chinesisch ist nicht gut", antwortete Colm mit verklärtem Blick in derselben Sprache. „Oh, Moment … Mist. Was ist nur mit mir los? Anscheinend … ja."

„Ach, er ist so jung und dumm. Warum wisst ihr nie, wozu ihr fähig seid?" Die Frau nahm Colm die Brille ab und legte sie in Mins wartende Hände. „Was habt ihr bloß mit ihm gemacht? Habt ihr ihn einfach alleine rumlaufen lassen wie einen wilden Wasserbüffel?"

„Wir hatten in den letzten Jahrzehnten eben viel zu tun." Ari ließ sich von ihrer Kritik nicht beeindrucken. „Und Wasserbüffel sind vernünftiger."

„Halt ihn bitte fest." Tante Kay wählte ein Skalpell, das im Licht gefährlich aufblitzte. „Ich habe leider nichts, um dich zu narkotisieren."

„Oh, keine Sorge." Colms Atemzüge wurden zunehmend schneller und er klammerte seine Hände fest um Aris lange Finger. „Ich bin ziemlich sicher, dass ich ohnmächtig werde, wenn ich mein Blut sehe."

Ari legte seine freie Hand an Colms Kopf und streichelte ihm durch das verschwitzte Haar. Er bemühte sich, ihn mit seiner Wärme und der Stärke ihrer Bindung als Reiter zu beruhigen. Während er ihn sanft auf die Stirn küsste, wünschte er sich, Tod hätte bei ihnen sein können, um dem Jüngsten zu helfen.

„Keine Sorge, Kleiner", flüsterte Ari. „Wir sind alle für dich da."

12

ROT-BLAUE LICHTER flackerten über Becketts Gesicht, als er aus der Hintertür seiner Limousine stieg, die sein Fahrer hinter ihm schloss. Nachdem er dem Mann bedeutete hatte, zu warten, näherte sich der Magus dem Motel, neben dem Begrenzungen aus Flatterband die Leiche eines Mannes umgaben. Aus dem nicht ganz verschlossenen Leichensack ragte eine große, blasse Hand.

Beckett schob sich durch einige Schaulustige, um sich dem Tatort zu nähern.

Er hatte sich bei diesem Ausflug bewusst für einen teuren Anzug entschieden, der im Zusammenspiel mit der schwarzen Limousine auf seinen Reichtum hinwies. Als die Polizei ihn über den Tod des Mannes informiert hatte, war seine Reaktion ein tiefer Seufzer gewesen – nicht so sehr, weil er nun ohne Frazier auskommen musste, sondern viel mehr, weil der Junge erneut entwischt war. Das Motel wurde zum zweiten Mal Schauplatz einer großen Enttäuschung.

Ein Polizist verwies Beckett an den zuständigen Detective, einen kleinen Mann mit Bierbauch, der gerade einen Blutspritzer an der Wand untersuchte. Er kritzelte etwas in das braune Notizbuch, das er fest umklammert hielt, bevor er ein Stück zurückblätterte, um etwas zu überprüfen. Eine Apartmenttür war ebenfalls mit Flatterband versperrt worden, was einige weitere Neugierige angezogen hatte, die mit ernsten Gesichtern leise murmelnd dastanden.

„Detective Brown?" Er setzte eine besorgte Miene auf und musste ein Lächeln unterdrücken, als der Detective ihm gleich die Hand schüttelte und ihm sein Beileid über den Verlust eines wertvollen Angestellten aussprach. Er erwartete nicht, mit Fraziers Tod in Verbindung gebracht zu werden. Beim Anruf des Polizisten hatte er anfangs gefürchtet, der Junge sei das Opfer und Frazier wolle ihn um die Zahlung seiner Kaution bitten.

„Gab es etwa andere Tote?" Er bemühte sich um mehr Besorgnis, legte mehr Kummer in seine Stimme. „Das ist ein furchtbarer Gedanke."

„Der Manager des Hotels ist tot." Detective Brown kratzte sich an der Wange. „Fällt Ihnen ein Grund für Mr. Fraziers Anwesenheit ein? Hat er ein Treffen an diesem Ort erwähnt?"

„Nein, mir fällt nichts ein", antwortete Beckett. Er versuchte, nicht zu häufig an dem Mann vorbei zu Glaube zu schauen. Sie bewegte sich vorsichtig und um möglichst wenig Kontakt mit den Menschen bemüht durch die Menge. „Ich kann mir nicht vorstellen, was er hier vorhatte. Es ist sehr weit von seinem Wohnort entfernt und mit meinen Geschäften hatte es ganz sicher nichts zu tun."

Glaube schenkte ihm ein verführerisches Lächeln, bevor sie hinter dem Detective hervorschlüpfte und dabei die Dunkelheit um sich herum zu verschwommenen schwarzen Rüschen zusammenschob. Die winzigen Spuren der Droge in Becketts Blut ließen sie zu einer nebelhaften Erscheinung verwischen und machten es ihm schwer, ihre Bewegungen zu verfolgen. Ihr wie ein Heiligenschein leuchtendes Gesicht tauchte auf und verschwand, als sie sich näherte.

„In welcher Funktion haben Sie Frazier beschäftigt?" Der Detective warf einen Blick in sein Notizbuch. „Hat er immer eine Waffe bei sich getragen?"

„Ja." Beckett gab vor, etwas Staub von seiner Hose zu wischen, um die undeutlich sichtbaren Finger seiner Geliebten zu berühren, die sich auf seine Hüfte gelegt hatten. „Er ist ... war mein Leibwächter. Und ein Freund. Er hat mir das Leben sehr erleichtert. Ich war kaum noch unpünktlich."

„Wir brauchen Informationen", flüsterte die Unsterbliche ihm ins Ohr. „Ich werde ihn beeinflussen, sodass du nur die richtigen Fragen stellen musst. Aber sei vorsichtig. Gib dich einfach interessiert, dann wird er sich mehr als hilfsbereit zeigen."

Es war so leicht. Glaubes Kräfte umfingen den Menschen und brachten ihn dazu, Becketts Fragen zu beantworten. Innerhalb weniger Minuten erfuhr der Magus, dass der Manager erschossen worden war – möglicherweise mit Fraziers Waffe – und dass eine weitere Kugel fehlte, die vermutlich mit einem zweiten Opfer entfernt worden war, das Blutflecken auf dem Parkplatz und Gehweg hinterlassen hatte.

Beckett bedankte sich und stimmte zu, etwas abseits zu warten, bestand allerdings darauf, über weitere Neuigkeiten informiert zu werden. Wieder allein hielt er sich sein Handy ans Ohr, um sich unauffällig mit der Grenzgängerin neben ihm unterhalten zu können, während er hin und wieder heimliche Blicke auf ihr undeutlich erkennbares Gesicht warf.

„Also haben wir den Jungen wieder verloren." Wut stieg in ihm auf und verdrängte beinahe auch den letzten Rest seiner Vernunft. Jeder Versuch, den Junkie zu bekommen, wurde vereitelt und sogar sein Vogel war vernichtet worden. „Weitere Vorfälle dieser Art dürfen an diesem verdammten Ort nicht passieren. Am Ende findet die Polizei den Jungen im zugedröhnten Zustand und steckt ihn ins Gefängnis."

„Das kann ich mir nicht vorstellen." Sie hielt inne, als einer der Polizisten in ihre Richtung schaute und sich die Augen rieb. Sein Blick war nicht auf Beckett gerichtet, sondern auf die Stelle, an der sie stand. „Wir müssen hier weg. Die Grenze ist zu dünn. Wenn sie so um mich herum verschwimmt, könnten mich die Menschen bald bemerken."

Sie eilten zum Auto, wo er sie zuerst einsteigen ließ und den Fahrer anwies, draußen auf den Detective zu warten, falls dieser Informationen für sie hatte. Dann schloss er die Tür, sodass die getönten Scheiben sie vor neugierigen Blicken schützten. Sie löste sich sofort aus den Schatten und beugte sich für einen leidenschaftlichen Kuss vor, den Beckett hungrig erwiderte.

„Ich hasse es, nur diese heimlichen Momente mit dir zu haben. Dich nicht berühren zu können bringt mich um", flüsterte er gegen ihren Hals, dessen Haut sich unter seinen Lippen aufzulösen schien. „Ich kann es kaum erwarten, dass wir endlich den Jungen haben und herausfinden können, ob das Mittel wie geplant wirkt. Lange halte ich es nicht mehr aus."

„Mir fällt es auch schwer." Sie verzog die Lippen zu einem Schmollmund, während sie über seine Verzweiflung besorgt die Stirn runzelte. „Trotzdem sollten wir uns auf unser Vorhaben konzentrieren. Das Blut dort draußen riecht nach einem Unsterblichen. Ich frage mich, ob die Grenze so dünn wurde, dass Frazier tatsächlich auf einen solchen schießen konnte. Oder hat er vielleicht auf den Jungen geschossen, bevor er vollkommen auf der anderen Seite war?"

„Hoffentlich nicht." Beckett lehnte sich in das weiche Leder zurück und knabberte an einem Fingernagel. „Die Polizei wird sicher das Blut analysieren. Wenn es von dem Jungen stammt, werden sie das Heroin darin finden."

„Aber bräuchte er in diesem Fall nicht medizinische Versorgung?" Sie beugte sich vor, um flüchtig über Becketts Bein zu streicheln. „Vielleicht könnte man ihn so aufspüren. Ein Krankenhaus müsste eine Schussverletzung doch der Polizei melden. Ist es nicht so?"

„Ja", stimmte Beckett zu, während er bereits über ihre Möglichkeiten nachdachte. „Dem sollten wir definitiv nachgehen."

Der Junkie war die Antwort auf all ihre Probleme – ein Mensch, der unsterblich geworden war. Er hatte unzählige Stunden damit verbracht, die Rituale mithilfe gemahlener Kräuter und verkohlter Knochen zu perfektionieren. Es war Zufall gewesen, dass sich ein Brownie über die von ihm genutzten magischen Strömungen zu ihm verirrt und ihm damit zu seiner größten Entdeckung verholfen hatte: die Existenz von Unsterblichen und anderen Kreaturen, die ihre Kraft aus den in Zwischenräumen seiner Welt verankerten Schatten zogen. Dieser zufälligen Entdeckung verdankte er alles. Sie hatte ihn zu Glaube geführt, weshalb er jetzt nach einer Möglichkeit suchte, sein Leben mit ihr zu verbringen.

„Lass mich das hier noch schnell klären", sagte Beckett, als er den Fahrer auf das Auto zukommen sah.

„Lass dir Zeit." Sie küsste ihn flüchtig auf die Wange, ließ ihren Willen in seine Seele strömen. „Meine Anwesenheit würde nur stören. Außerdem bin ich nicht sicher, wie lange ich auf deiner Seite der Grenze bleiben kann. Sie ist so unbeständig."

„Na gut." Becketts ausgestreckte Hand schob sich durch sie hindurch, als sie wie ein Geist verschwand. Er lehnte die Stirn auf die Faust und kämpfte um seine Fassung, bevor der Fahrer das Auto erreichen konnte. „Wir werden zusammen sein, Glaube. Das verspreche ich. Selbst wenn ich den Jungen dafür eigenhändig auseinandernehmen muss. Ich komme zu dir."

GLAUBE SAH vom Gehweg aus dabei zu, wie das Auto davonfuhr. Ihr Herz schmerzte, denn sie vermisste bereits Becketts sanfte Berührungen. Als sich Hände auf ihre Hüften legten, hätte sie sich vor Schreck beinahe auf die Zunge gebissen.

„Wie geht's, Schwesterchen?" Nachdem er sie auf die Wange geküsst hatte, stützte Güte sich mit dem Kinn auf ihrer Schulter ab.

Sie hatten nahezu ein Jahrhundert miteinander verbracht, in dem ihr Leben zunehmend durch ihre Berufung und die allgemeine Entwicklung der Menschheit erschwert worden war. Nach und nach war Glaube mit ihrer Rolle immer unzufriedener geworden und hatte auch Güte davon überzeugt, dass ihr Leben besser sein könnte. Als sie sich in Beckett verliebt hatte, war es für beide wie ein Zeichen gewesen. Plötzlich hatten sie die Hoffnung, ihren Traum wahr zu machen.

„Es geht mir gut." Glaube lehnte sich seufzend an ihren Bruder. „Ich hasse Menschen. Na ja, Michael nicht, aber ich möchte frei von ihnen sein und mein eigenes Leben leben."

„Vorsicht, meine Liebe. Je mehr du darüber nachdenkst, nicht Glaube sein zu wollen, desto größer wird das Risiko, dass du uns verlässt." Er legte einen Finger an ihre Lippen. „Und wir wollen dich auf keinen Fall verlieren. Du musst für uns noch etwas länger Glaube bleiben."

„Ich weiß." Sie presste ihre Schultern an Gütes Brust und zog seine Arme um sich, wiegte sich leicht darin. Die Lichter der Streifenwagen erleuchteten die Wände des Motels und färbten ihre Gesichter abwechselnd rot und blau.

„Frazier wird uns fehlen. Beckett braucht einen Untergebenen", bemerkte Güte.

„Michael braucht keine Untergebenen", antwortete Glaube stirnrunzelnd.

„Aber man kann sie so praktisch einsetzen", widersprach Güte, während er mit dem Daumen über ihre zu einem Schmollmund verzogenen Lippen rieb. „Und wenn du so ein Gesicht machst, erzähle ich dir nicht, was ich herausgefunden habe."

„Die Polizei weiß, wo der Junge ist und wir können ihn uns holen und Michael mit ihm überraschen?" Ein Blick ins Gesicht ihres Bruders zeigte ihr einen ähnlichen Ausdruck, wie sie ihn gerade noch gehabt hatte. „Das wäre wohl zu einfach gewesen."

„Ja. Es wäre natürlich schön, aber das hier ist fast noch besser", versicherte er seiner Schwester, während er sie fester an sich zog. „Das Blut auf dem Boden stammt nicht von unserem Jungen, sondern von einem der vier Reiter. Und ich vermute, dass ein gewisser Leibwächter mit seiner Pistole dafür verantwortlich war."

„Wirklich?" Sie löste sich etwas, um ihm einen erstaunten Blick zuzuwerfen. „Aber wie?"

„Ich glaube, die Veränderung des Jungen hat die Grenze so sehr aufgewühlt, dass sich die Kugel tatsächlich in den Körper eines Reiters verirrt hat", sagte Güte. „Und ich habe Rückstände von einem Ruf nach Hoffnung gespürt: die Bitte, jemanden nicht sterben zu lassen. Wahrscheinlich war es der Junge. Obwohl er jetzt unsterblich ist, besitzt er noch eine Seele. Ich denke, er gilt noch als Mensch." Güte hob eine Hand, um Glaube die Blutrückstände unter seinen Fingernägeln zu zeigen. „Es hat mich überrascht, einen von uns an meinen Fingerspitzen zu schmecken. Es müsste einer der beiden Jüngeren gewesen sein. An Tods oder Kriegs altem Blut hätte ich mir vermutlich die Zunge verbrannt."

Selbst dieses Blut hatte so viel Macht in sich getragen, dass es ihn beinahe umgeworfen hatte. Viel mehr als jeder andere Unsterbliche, dem er bisher begegnet war. Glaubes Blut, das einmal auf seine Zunge geraten war, als eine verrückte Frau sie gekratzt hatte, war davon weit entfernt gewesen. Es gab nichts Vergleichbares.

„Aber das ist unmöglich", flüsterte Glaube erschüttert, als sie über die Folgen nachdachte. „Glaubst du, die Grenze wird wieder so stark werden wie früher? Wir können nicht riskieren, diese Welt für Wraith zu öffnen."

„Ich weiß es nicht." Güte schüttelte den Kopf. „Wir wussten, dass sich einiges ändern würde. Was wir tun, wird die Welt der Grenzgänger erschüttern. Nachdem wir das Mittel benutzt haben, gibt es kein Zurück. Wir werden wieder Menschen mit freiem Willen sein, aber doch unsterblich – wenn Michael alles richtig macht. Das ist unser Plan. Daran musst du immer denken."

„Ich weiß." Sie holte tief Luft, um sich zu beruhigen. „Ich habe nur Angst, dass doch noch etwas schiefgeht, obwohl wir schon so nah dran sind."

„Was den Jungen auf die andere Seite gebracht hat, wird uns befreien", erinnerte er sie. „Schließlich hat es beinahe schon einmal funktioniert und wir werden die Ersten sein, denen es wirklich gelingt. Du weißt doch, dass uns niemand mehr etwas anhaben kann, wenn wir erst unsere Berufung losgeworden sind. Nicht einmal Tod."

„Dann müssen wir schnell den Jungen finden", beschloss Glaube. „Wenn die Reiter von ihm wissen, haben sie ihn vielleicht schon. Und wir können nur vermuten, was sie planen. Wahrscheinlich haben sie auch Frazier auf dem Gewissen. Krieg würde keine Sekunde zögern, den Jungen zu töten, wenn es um das Wohl der Welt ginge. Selbst Tod könnte da nicht widersprechen."

„Aber Tod würde es nicht einfach tun, ohne andere Möglichkeiten in Betracht zu ziehen. Außerdem sollte der Junge mittlerweile unsterblich sein. Zwar ohne eine Berufung, aber unsterblich", antwortete Güte. „Eines haben wir allerdings schon herausgefunden."

„Was?"

„Wenn die Grenze so dünn ist, kann man wahrscheinlich auch einen von uns töten. Das können wir zu unserem Vorteil nutzen."

„Wenn der Junge sich völlig hinter der Grenze befindet, wird sie in seiner Nähe nicht mehr geschwächt." Glaube schüttelte den Kopf, als sich durch die Schatten ein Ruf näherte. Sie überprüfte, ob er so stark war, dass sie sich gleich darum kümmern musste, oder ob sie ihn ignorieren konnte. Sie antwortete jeden Tag seltener auf die kleineren Gebete und reagierte nur, wenn sie fürchtete, sonst aufzufallen. Je näher sie ihrem Ziel kamen, desto mehr ärgerte es sie, eine Sklavin der Menschen zu sein.

„Du vergisst den einen Ort, an dem wir uns ganz außerhalb der Grenze befinden." Güte stupste gegen ihre Nase. „Wo wir wohnen, sind wir ungeschützt. Und wenn die Reiter den Jungen haben, bringen sie ihn sicher in ihr Zuhause. Wir könnten einfach hingehen und ihn uns schnappen, weil sie bestimmt nicht damit rechnen würden."

„Und wenn es zu einem Kampf mit Tod und Krieg kommt? Den könnten wir niemals gewinnen", widersprach Glaube.

„Dazu müssen wir es nicht kommen lassen. Wenn eine Pistole uns verletzen kann, wo die Grenze schwach ist, müsste sie doch auch funktionieren, wo wir leben."

„Ich möchte Michael nicht in Gefahr bringen." Sie starrte in die Dunkelheit hinaus, während sie über ihre Probleme nachgrübelte. Die Schatten sammelten sich wieder. Winzige Wraithkrümel, die aus den Rissen der Grenze hervorkrochen, um das Blut des Reiters aufzulecken. „Und dich genauso wenig."

„Aber das kannst du nicht für uns entscheiden, Schwesterchen", antwortete Güte. „Da würde Michael mir sicher zustimmen. Gib mir etwas Zeit. Vielleicht können wir den Tod ins Heim der Reiter bringen."

KISMET ZITTERTE im kalten Wind der Gasse. Sein dünnes T-Shirt und die zerrissene Jeans waren weit besser für das Wüstenklima in San Diego geeignet als für San Franciscos Nebel. Er versuchte zu rekonstruieren, wie sie in die Bay Area gelangt waren, doch sein Kopf schmerzte, wenn er zu genau über die Reise nachdachte. Also kauerte er sich stattdessen in die Nähe eines Hauses, da er hoffte, auf diese Weise dem eisigen Wind zu entkommen.

Der von allen Tod genannte Mann saß nicht weit von ihm mit ausgestreckten Beinen auf der Bordsteinkante. Seine Hände hatte er in die Taschen seiner Jeans gesteckt. Er hob den Kopf, als Kismet bei einer kräftigen Windböe heftig zitterte und laut mit den Zähnen klapperte.

„Komm her." Tod klopfte neben sich auf den Boden. „Mein Körper hält den Wind ab. Wo du sitzt, ist es viel zu ungeschützt."

Kismet rieb sich die Arme, als er aufstand und sich langsam und misstrauisch dem Mann näherte. Wenigstens das Brennen in seinem Blut hielt sich in Grenzen, da seit seinem letzten Schuss noch nicht allzu viel Zeit vergangen war. Bis sich seine Sucht ernsthaft meldete, hatte er die vier hoffentlich abgeschüttelt. Kismet ließ sich neben Tod nieder, hielt allerdings eine Armlänge Abstand. Gegen die Kraft und Schnelligkeit des anderen Mannes hätte er keine Chance gehabt.

„Besser?", fragte Tod, dessen Blick sich wieder auf den Laden richtete.

„Ja, danke." Kismet entspannte sich ein wenig, als die eisige Kälte nachließ. Von einem ein Stück weit entfernten Restaurant wehte warme Luft zu ihnen herüber und Kismet spürte, wie das Gefühl in die Stelle zwischen seinen Schulterblättern zurückkehrte und sich der Metallstab in seiner linken Brustwarze langsam erwärmte. Zwar hatte er noch eine Gänsehaut, doch sein Körper bekam allmählich wieder Farbe.

Kismet nahm seinen ganzen Mut zusammen, um zu fragen: „Was habt ihr mit mir vor?"

„Ehrlich gesagt weiß ich das noch nicht", antwortete Tod, ohne die Ladentür aus den Augen zu lassen. „Wie viel weißt du über das, was um dich herum passiert?"

„Nur das, was Colm mir erzählt hat", sagte Kismet. „Zu dem Zeitpunkt habe ich ihm nicht geglaubt, aber jetzt sieht es aus, als hätte er die Wahrheit gesagt."

Tod zuckte innerlich zusammen, als der Junge Colms Namen aussprach. Die anderen suchten sich Namen aus, um eine Identität außerhalb ihrer Berufung zu schaffen. Diese Namen verrieten sie niemandem, nicht einmal anderen Unsterblichen. Doch Colm hatte diese Regel einfach gebrochen und seinen Namen mit der neuen Komplikation in ihrem Leben geteilt.

„Du kennst Colm nicht. Er ist immer ehrlich." Tod konnte sich gut vorstellen, dass Colm praktisch jedes ihrer Geheimnisse an den jungen Mann neben ihm weitergegeben hatte. „Aber es überrascht mich, wie viel dir seine Verletzung ausmacht."

„Ich mache mir Sorgen um ihn." Kismets Stimme klang belegt, heiser vor Emotionen. „Er ist ein netter Kerl und von der Sorte lerne ich nicht viele kennen. Ich will nicht, dass er stirbt."

„Daran wird er nicht sterben", versicherte Tod. „Er ist stark genug, um bei uns bleiben zu wollen. Es gibt noch zu viel, das ihn neugierig macht."

„Wenn mir das der Tod persönlich verspricht, muss ich es wohl glauben." Auch wenn es Kismet nach wie vor schwerfiel, die Geschehnisse der letzten Zeit zu akzeptieren. „Sind wir wirklich in San Francisco? Oder spielt mir mein Verstand wieder Streiche?"

„Nein, mit deinem Verstand ist alles in Ordnung." Tod hörte, wie der junge Mann ein leises Schnauben ausstieß. „Wir sind wirklich in San Francisco, weil ich dich durch die Grenze hergetragen habe. Diese Frau kann die Kugel entfernen und Colm helfen."

„Tja, es scheint das erste Mal in meinem Leben zu sein, dass mein Verstand in Ordnung ist", antwortete Kismet.

„Falls du etwas darüber weißt, was mit dir passiert ist, würde es mich sehr interessieren", sagte Tod.

„Verdammt, ich verstehe ja nicht mal, was hier gerade vor sich geht." Kismet lehnte sich zurück und stützte sich auf seine Hände. Als er feststellte, dass sie nicht mehr wehtaten, betrachtete er seine Handflächen. „Das ist verrückt. Aber wenn meine Wunden so schnell verheilen, warum funktioniert es bei Colm nicht?"

„Wahrscheinlich hat die Kugel ein Stück aus der Realität gerissen und es in seiner Wunde verankert. Es wäre nicht das erste Mal." Tod berührte seinen Bizeps. Die Weisheit, die gestorben war, erwähnte er lieber nicht. Allerdings hatte sie auch jede Hilfe abgelehnt. Colm hatten sie hoffentlich schnell genug zu der Seherin gebracht. „Mir ist das mal mit einem Speer passiert. Wenn die Grenze schwach ist, mischt sich die Realität mit den Schatten. Dann ist es möglich, dass ein Stück der realen Welt in unsere Körper gerät."

„Und das muss dann jemand entfernen?" Kismet betrachtete den Mann aus dem Augenwinkel. „Warum macht das keiner von euch?"

„Weil keiner von uns die Realität erfassen könnte, selbst mit einem Instrument", erklärte Tod. „Die vier sind, genau wie andere Unsterbliche, zu eng mit der Grenze verbunden. Nur jemand, der aus der wirklichen Welt stammt, kann sie aus der Wunde entfernen. Sobald derjenige das Stück berührt, gerät es in Kontakt mit der Realität – wie bei einem Stromkreis."

„Ich finde das alles immer noch unglaublich." Kismet rieb sich die Stirn, als könnte er so seine schmerzhaft chaotischen Gedanken entwirren. „Ich soll einer von euch sein? Ich bin wie ihr?"

„Wie viel hat er dir über uns und unsere Rolle erzählt?" Der älteste Reiter wandte sich dem neu erschaffenen Unsterblichen zu.

„Er hat gesagt, dass es eine andere Welt gibt – außerhalb oder innerhalb der wirklichen, da bin ich nicht mehr ganz sicher." Kismet verschränkte die Arme vor seinem Bauch und fragte sich, ob irgendwann auch die Kälte in seiner Seele verschwinden würde. „Ich dachte eben, er hätte sich über mich lustig gemacht. Oder dass es nur wegen dem Stoff nach einer vernünftigen Erklärung geklungen hätte. Das passiert manchmal: Alles ergibt plötzlich einen Sinn, aber wenn die Wirkung nachlässt, ist es wieder wie vorher."

„Man könnte eher sagen, dass sie die wirkliche Welt umschließt. Ich nehme an, die Drogen hast du genommen, um damit umzugehen, dass du die Grenze sehen konntest? Da wärst du nicht der Erste", sagte Tod leise und ohne jeden Vorwurf in der Stimme. „Wir leben nämlich hinter der sogenannten Grenze. Hat Colm dir erklärt, warum wir hier leben?"

„Er hat etwas von den vier apokalyptischen Reitern erzählt." Kismets Magen knurrte, verlangte nach etwas Essbarem. Allerdings wagte er es im Augenblick nicht, dieses unwichtig erscheinende Bedürfnis auszusprechen. „Ich muss zugeben, dass ich ziemlich zugedröhnt war. Und dass er wirklich verrückt klang."

„Dabei ist Colm vermutlich der Vernünftigste von uns", sagte Tod lächelnd. „Weißt du nicht, wer die apokalyptischen Reiter sind?"

„Ich habe mal ein Tattoo zu dem Thema gestochen. Ich glaube, die Vorlage stammte von einem Gemälde. Und ich kenne dieses Lied." Kismet versuchte, sich an den Text zu erinnern. „Ähm … Zeit, Pestilenz, Hunger und Tod. Oder?"

„Nah dran. Und Ari hasst dieses Lied", antwortete Tod. „Tatsächlich ist es nicht Zeit, sondern Krieg. Zeit existiert nicht als Unsterblicher. Sie ist ein lineares Konstrukt, keine Manifestation. Und wenn ich mir so dein Gesicht ansehe, kannst du mir nicht mehr folgen."

Kismet zuckte mit den Schultern. „Ich war nur auf einer öffentlichen Schule. Wenn ich überhaupt mal hingegangen bin."

„Die Reiter kommen in der Bibel vor, auch wenn wir älter sind als ihre Texte. Einer der Wahnsinnigen hat uns aus irgendeinem Grund eingebaut. In anderen Kulturen gibt es ebenfalls Namen für uns, aber die Beschreibung der apokalyptischen Reiter kommt unserer Existenz und Rolle am nächsten." Tod bemerkte den ungläubigen Gesichtsausdruck des Jungen, dessen Welt durch die neuen Informationen ins Wanken gebracht wurde. „Es gibt vier von uns: Ich bin Tod, der arrogante Blonde ist Krieg, Pestilenz kennst du als Colm und die Vierte ist Hunger und heißt Min."

„Das Mädchen", stellte Kismet fest.

„Ja, aber nenn sie bloß nicht Mädchen, wenn sie dich hört", warnte Tod. „Die Reiter und andere Unsterbliche sind hier, um der Menschheit die Konzepte der Existenz zu liefern. Aber warum du unsterblich bist, verstehe ich noch nicht. Niemand von uns ist je auf die andere Seite gegangen und hat seine Identität behalten. Also muss mit dir irgendetwas Unnatürliches passiert sein."

„Als Tod herumzulaufen ist also natürlich?" Ein Schauer lief Kismet über den Rücken.

„Für mich ist es das. Ich war schon immer Tod." Er beugte sich vor, als aus dem Laden ein Schrei zu hören war. Colms Qualen hatten begonnen und es war nicht leicht, trotz seiner Sorge um den Jüngsten ruhig zu bleiben. Er zwang sich, den Blick vom Laden abzuwenden und auf den jungen Mann zu richten, der ebenfalls blass geworden war. „Diese Existenz ist alles, was wir kennen."

Eine gedrungene Gestalt huschte hinter einem Müllcontainer hervor. Aus der Entfernung hielt der Junge sie anfangs für einen Hund, bis er den breiten Mund in dem länglichen Gesicht und die nach hinten gebogenen Hörner bemerkte. Schimmernde grüngraue Haut spannte sich über einen rundlichen, unförmigen Körper und von kaum ausgeprägten Schultern hingen dünne Ärmchen herab. Kräftige Beine trugen die Kreatur, obwohl sie sich gelegentlich auf allen vieren fortbewegte, und erlaubten ihr, auch höhere Abfallhaufen abzusuchen.

„Was zum Teufel ist das?" Kismet beobachtete, wie sich das Wesen vorsichtig durch die Gasse schob und dabei den Schatten auswich, die sich an der Backsteinmauer sammelten. Als sich die Kreatur zusammenkauerte, um an einem Gitter zu schnüffeln, fiel ihr Blick auf Tod, woraufhin sie sich mit weit aufgerissenen Augen noch weiter duckte, um den vermeintlichen Feind nicht zu provozieren.

„Das ist ein Troll", antwortete Tod. Das am Ende abgebrochene Horn und die schlaffe Haut am Hals der Kreatur wiesen darauf hin, dass sie bereits älter war und sich dem Ende ihres Lebens näherte – erst recht, falls das Hinken des einen Beines sich noch verschlimmern sollte. „Sie gehören zu den Wesen, die hinter der Grenze leben, und sind sehr entfernt mit den Dunkelelfen verwandt. Ungefähr so wie Menschen mit Affen."

„Was sind bitte Dunkelelfen?"

„Sie sind Grenzgänger, die meistens in Clans dem Hof der UnSidhe angehören. Die Elfen betrachten Dunkelelfen als minderwertig – sie sind intelligent, aber selbst

161

aus Aris Sicht ziemlich unzivilisiert", erklärte Tod. „Viele Leute, um sie mal so zu nennen, leben hinter der Grenze. Die meisten haben mit Menschen nicht viel zu tun und bevorzugen unbewohnte Gegenden. Einige Elfen und Dunkelelfen halten sich allerdings auch außerhalb der Grenze auf und manche leben sogar dort."

„Das hier ist also eine Art Grenzen-Affe." Nach Tods Nicken fuhr Kismet fort: „Was macht er da?"

Der junge Mann beugte sich vor, um besser zu sehen. Als der Troll die Bewegung wahrnahm, erstarrte er im Licht eines Fensters, hielt sich allerdings weiter von den Schatten an den Mauern fern. Als sich nichts auf ihn stürzte, widmete er sich wieder seinem Müll und zerrte eine Tüte unter dem Haufen hervor.

„Nach etwas Essbarem suchen, nehme ich an. Und ‚er' ist eigentlich eher ein ‚es' – je nachdem, welches andere in der Nähe ist, können sie ihr Geschlecht ändern." Ein Seitenblick auf den Jungen zeigte dem Reiter ein fasziniertes Gesicht. „Trolle sind nicht sehr intelligent. Sie sind eher wie Tiere."

Tod betrachtete die Kreatur und stellte sich vor, wie es sein musste, zum ersten Mal diese eigenartige Kreuzung aus Reptil und Wasserschwein zu sehen. Die rote Zunge des Trolls zuckte zwischen seinen dünnen blauen Lippen hervor und sein Kehllappen wackelte, als er zur nächsten interessanten Mülltüte trottete. Das abgebrochene Horn, vermutlich die Folge eines Revierkampfes oder eines misslungenen Paarungsrituals, war jetzt deutlicher zu sehen. An einer Wunde am Hinterbein klebte getrocknetes Blut und das Gewebe in ihrem Umkreis sah schwarz und abgestorben aus.

„Kann es nicht einfach diese Schattendinger fressen?"

„Nein, es ist nicht wie die Wraith. Diese entstehen aus der Grenze, und zwar durch sehr starke Gefühle. Die meisten können nur andere Schatten fressen. Das hier ist ein Wesen aus Fleisch und Blut wie wir."

„Das verdammte Hundevieh hatte kein Problem damit, mich zu fressen", gab Kismet zu bedenken.

„Weil es stark genug war, dich zu überwältigen. So ein Wraith kann beschworen werden oder sich so weit entwickeln, indem er genug kleinere frisst. Wenn man ihm nicht Einhalt gebietet, kann ein solches Wesen irgendwann ganze Städte vernichten", sagte Tod. „Trolle sind aus Fleisch und Blut wie die Elfen und müssen fressen, um zu überleben. Siehst du, wie er sich von den Schatten fernhält? Kommt er ihnen in seinem Alter zu nahe, werden ihn wahrscheinlich selbst die kleinen Wraith durch ihre große Zahl überwältigen. Sie fressen gern Fleisch, finden nur meistens nichts, das schwach genug ist."

„Irgendwie unfair, dass sie ihn fressen können, aber er sie nicht."

„Das Leben ist eben ungerecht."

„Diese kleinen Dinger sind wie Ratten." Kismet verzog das Gesicht. „Wenn man draußen schläft und nicht seinen ganzen Körper zudeckt, versuchen sie nämlich manchmal, einen anzuknabbern. Und genau so knabbern diese Dinger am Gesicht einer Freundin, wenn sie ihre Medikamente nicht nimmt. Ich dachte immer, ich hätte sie mir nur eingebildet, weil ich nüchtern war."

„So sind sie", bestätigte Tod. „Wenn jemand schwach oder verletzt ist, nutzen sie es aus."

„Hinter uns müsste es doch was zu essen geben." Kismet zeigte auf den Müllcontainer eines Restaurants, der mit einem Haken verschlossen war. „Wenn ich den aufmache, traut er sich dann her? Kann er so hoch springen? Frisst er so etwas?"

„Ich denke schon, dass er die Reste fressen würde, aber mit dem verletzten Bein kommt er nicht so hoch. Und in unsere Nähe traut er sich bestimmt auch nicht. Wir sind größere Grenzgänger, die er als Gefahr betrachtet. Die kleinen Schatten haben nur keine Angst vor uns, weil sie zu jung sind, um uns als Gefahr zu erkennen. Sie sind ungefähr so intelligent wie Urschleim."

„Mistviecher." Der junge Mann stand auf und klopfte sich den Schmutz von der Hose. „Verdammte schwarze Maden."

Kismet näherte sich dem Müllcontainer, schob den schweren schwarzen Deckel nach hinten und kletterte auf den Rand, um in den stinkenden Container hineingreifen zu können. Er zerriss mit seinen kräftigen Fingern einige der weißen Mülltüten und fischte Pappschachteln mit Resten von Nudeln und duftendem frittiertem Hähnchen heraus.

Als er zittrig vom Rand kletterte, hätte er beinahe das Gleichgewicht verloren. Tod sprang auf und legte seine Hände an die Hüften des Jungen, um ihn vor einem Sturz zu bewahren, doch Kismet schüttelte den verwirrten Reiter gleich wieder ab und ging vorsichtig ein paar Schritte die dunkle Gasse hinunter, um sich dem ängstlichen Troll zu nähern.

„Ich komme dir schon nicht zu nahe, Junge", murmelte Kismet in beruhigendem Tonfall, während er den Inhalt der Pappschachteln möglichst weit von den zuckenden Schatten entfernt auf dem Boden verteilte. Anschließend kehrte er langsam an Tods Seite zurück.

„Auf Dauer wird das nicht helfen", sagte Tod leise. „Er ist zu schwach, um noch lange zu überleben."

Der Troll pirschte sich langsam und misstrauisch an das Essen heran. Dann vergrub er die kleinen Hände darin und schob sich die langen *Chow-fun*-Nudeln in sein weit aufgerissenes Maul. Er schloss genüsslich kauend die Augen, bevor er sich mehr davon hineinstopfte.

„Egal." Kismet betrachtete den fressenden Troll. „Wenn er satt und zufrieden stirbt, hat er mehr Glück als viele andere Leute, die ich gekannt habe. Verdammt, mehr wünsche ich mir selbst nicht."

Ein weiterer Schrei hallte durch die Nacht, auch wenn er hinter der Grenze blieb. Der Troll floh zu einem Loch in der Mauer, wobei er den Schatten auswich, die nach seinem altersschwachen Körper griffen. Kismet stiegen Tränen in die Augen, als seine Angst um Colm ihn beinahe überwältigte.

163

Tod musste schwer schlucken, um eine ähnliche Reaktion wie die des jungen Mannes zu unterdrücken, der seine Ängste offensichtlich teilte. Er hatte sich neben Tod zusammengekauert und die Arme um seine Schienbeine geschlungen. Die Nacht war wieder still, ohne dass jemand aus dem Laden gekommen wäre, um sie über Colms Zustand zu informieren.

Als sich Kismet in seine Richtung lehnte, berührte Tod sanft sein Bein. Wenigstens konnten sie gemeinsam die Tür anstarren. Wenn sie beide stark genug hofften, würde Glaube dem jüngsten Reiter vielleicht helfen.

13

„DU. GEH mir aus dem Weg. Du bist zu groß." Kay schob Ari mit ihrem spitzen Ellbogen zur Seite.

Pulver landete in der in ihre Armbeuge geklemmte Schüssel, dicht gefolgt von einem kräftigen Schluck heißen Reisessigs, der daraus einen dickflüssigen Trank machte.

Als der Geruch ihn erreichte, erblasste Colm, was Ari ein Grinsen entlockte. Colm brummte leise: „Sie macht noch eine *Nori-Maki*-Rolle aus mir."

Von den Reitern war Min die Einzige, die sich in dem kleinen Raum mit dem Labyrinth aus von den Balken herabhängenden Säckchen und Töpfen frei bewegen konnte. Aris Schläfen hatten bereits gelitten, da sich sein Kopf genau auf der ungünstigsten Höhe befand.

An einer Wand des Raumes waren riesige Regale mit Glasgefäßen angebracht. In einem zeichnete sich durch milchige Flüssigkeit eine flache Schnauze ab. In einem anderen befanden sich getrocknete Käfer, deren schimmernde Panzer aufgebrochen worden waren, um die zerbrechlichen, seidigen Flügel darunter zum Vorschein zu bringen. Die alte Frau sah sich in dem Regal um und betrachtete die Gläser, bis sie das Richtige gefunden hatte. Eiterfarbene feine Körner mischten sich in die Flüssigkeit in der Schüssel, die jetzt an Haferbrei erinnerte.

Ari tätschelte dem Jüngsten den Arm, während er sich mit fast schmerzhafter Heftigkeit Tod herbeiwünschte. Trost zu spenden lag Ari nicht. Dagegen leitete Tod die Reiter, führte sie mit sanfter Hand und freundlichen Worten, während er zugleich Disziplin und Respekt erwartete. Ari fühlte sich in seiner Rolle als Taugenichts wesentlich wohler. Sie machte das ewige Leben leichter.

„Halt still, bis sie fertig ist, Pest", sagte Ari. „Sonst wird dir schon schlecht, bevor sie dir ein Messer zwischen die Rippen rammt."

„Hast du so etwas schon mal gemacht?", erkundigte sich Min, während sie an der Schüssel roch und die Nase rümpfte, als ihr der heiße Dampf entgegenstieg. „Etwas aus jemandem von uns herausgezogen, meine ich."

„Bei den Elfen ziemlich oft." Kay blieb stehen, um zu überlegen. „Bei Unsterblichen insgesamt dreimal in meinem letzten Leben. In diesem noch nicht, aber das ist kein Problem. So etwas verlernt man nicht."

„Moment! Warte mal." Colm versuchte mit weit aufgerissenen Augen, sich aufzusetzen, woraufhin Ari ihn wieder auf den Futon schob. „Vorsicht, Ari. Das tut weh!"

„Bleib liegen Junge", sagte Ari nachdrücklich. „Du musst uns jetzt einfach vertrauen."

Die Frau war an Colms Seite zurückgekehrt und tauchte ihre Finger nun in das schleimige Gebräu. Sie murmelte leise, während die eitrige Flüssigkeit auf die Wunde tropfte und sich brodelnd und zischend in Colms Haut grub. Colm kämpfte gegen eine Ohnmacht an, als seine Haut aufplatzende, nässende Blasen warf.

„Könnt ihr etwas tun, um die Schatten von ihm fernzuhalten?", fragte Kay, die jetzt hastig neues Puder in den Essig rührte, bis alle Klumpen verschwunden waren. „Oder seid ihr so stark, dass sie gar nicht erst kommen?"

Die betreffenden Wraith wanden sich in den Ecken des Raumes und krochen über die rauen Holzbretter, aus denen die alte Frau ihre Regale gebaut hatte. Die Dunkelheit in den Ecken nahm zu, als sich, angelockt von Colms Blut, das unter dem ätzenden Trank zum Vorschein kam, mehr und mehr Schatten sammelten. Hungrig blitzten ihre Zähne und Klauen auf, da sie ein geschwächtes Opfer spürten.

„Ich kann die Grenze zurückhalten", sagte Ari. „Das sollte die Blutsauger stoppen."

„Bis auf den, der ihn gerade aufschneidet", brummte Min, die zusah, wie die Frau mit Seidentüchern Colms Blut auffing. „Mir gefällt es nicht, sie sein Blut behalten zu lassen."

„Für Colms Leben ist das ein geringer Preis." Ari zwinkerte Colm zu, als dieser ihm einen verblüfften Blick zuwarf. „Tja, zumindest würde Tod das sagen. Spar dir also den Hundeblick, Pest. Weißt du nicht mehr, wie sauer ich über die Sache mit der Rotkappe war? Ich würde ihr bestimmt nicht so viel geben, wenn Tod es nicht so wollte."

Colm setzte gerade zu einer Antwort an, als seine Lunge plötzlich ihren Dienst versagte. Die Schmerzen waren mit voller Kraft zurückgekehrt und schienen ihn zerreißen zu wollen. Er konzentrierte sich darauf, wie sehr er an diesem Leben hing, um gegen die Depression anzukämpfen, die sich mit jeder Welle des Schmerzes verstärkte. Er stemmte sich dagegen, rief sich seine Verbindung zu den Reitern ins Gedächtnis.

Als er sich so bemühte, Halt zu finden, wanderten seine Gedanken zu dem jungen Künstler, zu seinem Lächeln und seiner sanften Stimme. Bei seinem Gespräch mit ihm hatte er sich für wenige Minuten einfach normal gefühlt, war sich einer Verbundenheit mit dem Rest der Welt bewusst geworden, die er vorher nie gespürt hatte.

Zwischen ihnen war etwas gewesen. Mehr als nur der Beschützerinstinkt, den Kismet in Colm weckte. Aufregende Möglichkeiten schienen dort zu warten, wenn Colm nur diese Prozedur überstand. Die durch die Kugel verursachten Schmerzen kamen ihm nicht so überwältigend vor wie die Angst, seine Chance auf eine Zukunft mit Kismet zu verlieren. Selbst eine Freundschaft erschien ihm so viel besser als das oft einsame Reiterleben.

Min hielt Colms Knöchel fest, während sein Körper gegen die Schmerzen ankämpfte. Ein schreckliches Heulen löste sich aus seiner Kehle, heiser und verzweifelt. Ari, der nicht beide Arme festhalten konnte, ohne der alten Frau im

166

Weg zu sein, kniete sich auf den Boden und löste seinen Gürtel, um ihn um das Gestell des Futonbetts zu schlingen. Dann hielt er Colm die Lederschlaufe hin. „Den einen Arm musst du selbst festhalten. Schaffst du das, Kleiner? Sonst muss ich dein Handgelenk festbinden."

„Nein, ich schaffe es", keuchte Colm, während sich das Gebräu bis in das schlecht verheilte Fleisch tief in der Wunde fraß.

Es roch, als würde er gekocht – der beißende Gestank verbrennenden menschlichen Fetts überdeckte sogar den des Gebräus. Eine weitere heftige Welle des Schmerzes jagte durch seine Nerven und hinterließ einen öligen, metallischen Geschmack in seinem Mund. Selbst die Zähne taten ihm weh und die Knochen seines Schädels schienen sich unter dem Hämmern in seinem Kopf zu verbiegen. Colm verkrallte seine Hand in Aris Gürtel, bis sich die Schnalle schmerzhaft in seine Handfläche bohrte.

„Kannst du ihm wirklich nichts geben?", zischte Min in vor Wut knisterndem Wu.

„Nein." Kay schüttelte den Kopf, was ihr verschwitztes Haar zum Hüpfen brachte. „Es ist besser, wenn er wach ist. Die Schmerzen werden schlimmer, je näher ich der richtigen Stelle komme. So weiß ich, wo ich suchen muss. Ich kann es nun mal leider nicht sehen, weil sich eure Wunden so schnell schließen."

„Toll. Mehr Schmerzen." Colm biss sich auf die Lippe, bis er Blut schmeckte.

Ari hielt die freie Hand des jungen Reiters fest zwischen seinen. Colm wusste, dass eine von ihnen den Reiter repräsentierte, den sie draußen zurückgelassen hatten. Er fühlte ihn in Aris Berührung. In Aris beruhigender Kraft spiegelte sich die enge Verbindung der zwei Ältesten wider.

Trotz ihrer häufigen Auseinandersetzungen brauchten und unterstützten sie einander und gaben dieses Mitgefühl und diese Lebenskraft jetzt an Colm weiter, der sie so nötig hatte.

„Bilde dir nur nicht ein, dass ich dich nach dieser Sache mehr mag, Bazille", flüsterte Ari mit warmem Atem in Colms Ohr. „Ich werde dich immer noch genauso nervig finden, bis du dich endlich zusammenreißt."

„Wenn du mir etwas anderes sagen würdest, hätte ich auch die Befürchtung, gerade im Sterben zu liegen, du Arschloch", antwortete Colm, was Ari ein leises Lachen entlockte.

„Vielleicht tut dir die Sache mit dem Jungen doch ganz gut." Der ältere Reiter lenkte Colm ab, als Kay ein glitzerndes Skalpell in die Hand nahm. „Du zeigst ja endlich mal Rückgrat."

Der erste Schnitt wand sich brennend durch Colms Haut. Die alte Frau durchtrennte Nerven und Muskeln auf der Suche nach zurückgebliebener Dunkelheit, die ihr den Weg zeigen würde. Dann tauchte sie ihre Finger in die auf dem Boden abgestellte Schüssel und ließ etwas von der ätzenden Flüssigkeit in die Wunde tropfen.

Colm wurde schwarz vor Augen und ein entferntes Summen dröhnte ihm in den Ohren. Es dauerte mehrere Sekunden, bis ihm klar wurde, dass es sich um seinen eigenen in seiner Kehle vibrierenden Schrei handelte. Er kämpfte um Fassung und versuchte, sich wieder auf Aris Stimme zu konzentrieren, die ihm eindringlich ins Ohr flüsterte.

Kay schob die Klinge tiefer, bis sie auf einen Silberfaden stieß, der sich fest um eines von Colms Blutgefäßen geschlungen hatte.

Bevor sie ihn berühren konnte, schoss er aufwärts in die frische Luft der Außenwelt. Da der Weg nun frei war, entließ Colms Körper das quälende Stück Realität problemlos in die Freiheit. Doch die zerschnittenen Muskeln begannen gleich, sich wieder zu verbinden, während die Haut sich um die Klinge herum schloss. Kay setzte fluchend zu einem neuen Schnitt an, um die Wunde wieder zu vergrößern, damit sie auch den Rest befreien konnte.

„Gott, Ari", zischte Colm, dessen Magen sich zusammenzog. „Ich kann nicht …"

„Bestimmt ist sie schon ganz nah an der Kugel", beruhigte Ari ihn, während er Kay einen bösen Blick zuwarf. „Das bist du doch, oder?"

„Es verheilt zu schnell." Die Klinge war mit so viel Blut überzogen, dass das Metall kaum noch zu sehen war.

Kay wischte sich mit dem Unterarm über die Stirn, während sie das Skalpell auf ein Tablett legte und nach einem größeren griff. „Der Schnitt schließt sich, bevor ich nach der Kugel suchen kann."

„Warte. Tut mir leid, Colm, aber es muss sein." Ari streckte eine Hand aus und schob seine Finger in Colms Wunde. „Jetzt kannst du tiefer schneiden. Um meine Finger herum kann sein Körper nicht heilen."

„Fuck", fluchte Min, die sich auf die Zunge biss, als Colms zuckende Beine sie fast wegschleuderten. Sie legte sich mit dem ganzen Körper über seine Knie und schlang die Arme um Colms Hüften, damit er sie nicht abschütteln konnte.

„Bitte beeilt euch." Die Welt verschwamm vor Colms Augen, als sein Körper vor Schmerzen schreiend gegen Aris Finger protestierte. „Scheiße. Das tut so weh."

„Halt bloß still", warnte die alte Frau Ari. „Wenn ich irgendetwas abschneide, kann ich mich nicht darum kümmern, bis ich mit der Kugel fertig bin."

„Meine Liebe, der einzige Körperteil, um den ich mir jemals Sorgen mache, ist weit genug von deinen Messern entfernt", erwiderte Ari trocken. „Du hast es fast geschafft", fügte er an Colm gewandt hinzu. „Halt noch ein bisschen durch."

Doch Colm spürte, wie er der Bewusstlosigkeit immer näher kam, und kämpfte nicht mehr dagegen an. Als die Schmerzen nachließen, gab er sich seufzend seiner Ohnmacht hin. Leider dauerte die Erleichterung nicht lange an: Schon bald wurde er von einem heftigen, scharfen Brennen in seiner Brust aufgeschreckt und das Hämmern in seinem Kopf kehrte zurück.

Ein stechender Geruch stieg in seine Nebenhöhlen, bis er keuchend nach Atem rang. Dann roch er wieder den feuchten Raum, was verglichen mit dem Inhalt des Fläschchens, das Kay ihm unter die Nase gehalten hatte, beinahe angenehm war. Aris Finger steckten noch immer in seiner Wunde, um sie an der Heilung zu hindern, während Mins vor Anstrengung blasses Gesicht beinahe auf seinem Bauch lag, als sie ihn mit aller Kraft festhielt.

„Tut mir leid, Colm." Ari beugte sich weiter über ihn, damit er die Finger tiefer in den von Kay geöffneten Schnitt schieben konnte. „Aber du musst wach bleiben. Sie kann die Kugel nicht finden, wenn du nicht ‚heiß' oder ‚kalt' schreist."

„Merke keinen Unterschied zwischen der Kugel und deinen verdammten Fingern", keuchte Colm, während er sich bemühte, seine Atmung wieder unter Kontrolle zu bringen.

„Ich werde ganz still halten", versprach Ari mit einem Blick auf Min, die ihre Arme noch fester um Colm schlang. „Dann kannst du genau darauf achten, was an welcher Stelle wehtut."

Colm lag dort mit seinen beiden Gefährten, während ein anderer draußen auf ihn wartete – oder vielleicht eher zwei andere. In diesem Moment hätte er alles dafür gegeben, nur einen winzigen Teil von Tods Selbstbeherrschung zu besitzen. Er dachte darüber nach, wie es Kismet ergehen würde, wenn er seine Berufung jetzt einfach aufgab und sich dem Universum überließ. Zu verschwinden machte ihm nicht so viel Angst, wie er gedacht hatte, erfüllte ihn allerdings auch mit Bedauern: Er war niemals von jemandem geküsst worden, der nicht durch Aris Charme oder Geld dafür bezahlt worden war. Er hatte nie gemütlich mit jemandem beim Essen gesessen, der nicht seine gesamte Existenz damit verbrachte, durch die Dummheiten der Menschheit zu waten.

Neue Schmerzen durchzuckten seine Brust, als sich sein Herz zusammenzog. Neben dem Brennen der Wunde spürte er das letzte Stück Realität, das sich als Fremdkörper in seine Muskeln gegraben hatte, nur wenige Zentimeter von Kays Klinge entfernt.

„Links. Von mir aus links." Colm schloss die Augen und konzentrierte sich darauf, bleiben zu wollen. Ein einziger noch so kurzer Moment, in dem er sich aufrichtig wünschte, diesen Schmerzen zu entfliehen, würde ihn aus dieser Welt lösen und hinbringen, wo Unsterbliche eben hingingen, wenn sie aufgegeben hatten. „Unter Aris Hand. Direkt unter dem Mittelfinger."

„Da." Kays Skalpell stieß auf Metall und ein kleiner Wirbelsturm schien von der verformten Kugel aufzusteigen. Sie tauschte das Skalpell gegen eine lange Pinzette, die sie vorsichtig in die Wunde schob. Metallsplitter waren mit der Realität in Colms Körper verwoben und hatten sich fest in der Verletzung verankert. „Du musst jetzt still halten. Ich weiß nicht, wie tief ich gehen muss, und will dein Herz nicht verletzen."

„So nah musst du dran?", hörte Colm Aris besorgte Stimme wie aus weiter Ferne. „Wir brauchen Tod."

169

„Er bleibt draußen. Sonst schneide ich dir die Finger ab und lasse sie in der Wunde." Kays Stimme kam Colm schrill und blechern vor.

Die Schatten schienen sich immer weiter zu nähern – eine andere Art von Dunkelheit, die Colm nicht deutlich sehen konnte. In der Hoffnung, die Schatten auf diese Weise zu vertreiben, stieß er instinktiv die Grenze von sich. Als nichts passierte, griff er frustriert noch heftiger nach der Grenze und schlug nach den sich nähernden Wraith. Die Dunkelheit verweilte noch einen Moment, bis sie langsam zu einem Aschgrau verblich und sich bald ganz auflöste.

Aris Gesicht tauchte in vertrauter Verschwommenheit, die es in einen von blonden Vorhängen umrahmten beigen Ballon verwandelte, vor seinen Augen auf. Schwindlig vor Schmerz musste Colm leise prusten. Min sprach mit ihm, wovon er jedoch durch das Klackern der Kugel abgelenkt wurde, die auf etwas Hartem landete. Ari zog seine blutverschmierten Finger aus der Wunde. Trotz seiner Sehschwäche konnte Colm deutlich das breite Grinsen auf seinem Gesicht erkennen, als Ari sich über ihn beugte.

„Sie hat es geschafft, Kleiner." Aris überschäumende Freude war ansteckend und zugleich so überwältigend, dass sie ihn beinahe betäubte. „Und du auch."

Min tätschelte ihm den Bauch, wobei ihm dank ihrer Kraft beinahe die Luft wegblieb. „Wie fühlst du dich?"

„Grauenhaft", stöhnte Colm über die Schmerzen in seiner Brust hinweg. „Also schon viel besser, danke."

„Gern geschehen, Pest." Ari klopfte ihm vorsichtig auf die Schulter. „Vergiss nur nie, dass ich praktisch dein Herz in der Hand hatte, aber so nett war, es an seinem Platz zu lassen."

„Aber du solltest auch etwas wissen." Colm hustete, während seine Wunde sich zügig schloss. Das Gefühl der Nerven, die sich miteinander verbanden, brachte den Schmerz in seine Zähne zurück. „Wenn ihr mir das nächste Mal erzählen wollt, dass mir etwas nichts anhaben kann, verpasse ich euch einen Arschtritt – und wenn ich dafür noch Jahrhunderte trainieren muss."

„Träum weiter, Bazille", lachte Ari. „Kümmerst du dich um ihn, Kay? Ich möchte Tod sagen, dass es unserer Pestilenz gut geht."

TOD LAUSCHTE der stillen Welt um sie herum. Der Morgen war noch weit entfernt und selbst von der nahegelegenen Hauptstraße war kaum noch Verkehrslärm zu hören. Der Geruch von Öl und starken Gewürzen aus dem Restaurant hinter ihnen entlockte Kismets leerem Magen ein Knurren. Tod warf ihm einen Blick zu, denn der magere Körper des Jungen machte ihm Sorgen. Kismet, der den Blick bemerkte, zuckte lediglich mit den Schultern, als sein Magen erneut knurrte.

Abgesehen von Mins Stimme, die einmal laut fluchte, hörten sie mehrere Minuten nichts aus dem Laden. Allerdings war Tod sicher, dass Ari ihn trotz des

Verbots gerufen hätte, wenn Colms Zustand zu ernst geworden wäre. Auch Tod hätte kein Problem damit gehabt, es zu ignorieren, wenn es Colm schadete.

„Ist das mit mir normal?", fragte Kismet irgendwann mit einem Seitenblick auf Tods ausdrucksloses Gesicht. „Wie oft passiert so was?"

In Gedanken versunken hatte Tod den stillen Jungen beinahe vergessen, während sich um sie herum immer mehr von Kismets spürbar neuer Verbindung zur Grenze angezogene Wraith gesammelt hatten. Besonders die größeren von ihnen hielten ihn für ein leichtes, schmackhaftes Opfer, das sie in kürzester Zeit in seine Einzelteile zerlegen konnten. Tods Kraft sorgte dafür, dass sie einen gewissen Abstand einhielten, doch je mehr er sich auf den Laden konzentrierte, desto weiter näherten sie sich.

Ein kleines Pseudopodium streckte sich in der Hoffnung vor, nur ein winziges bisschen von Kismets Haut oder Blut zu erwischen, woraufhin Tod die Schatten ein Stück fortschob, indem er gegen die Grenze drückte. Eingeschüchtert von dem mächtigeren Feind zogen sie sich in die Dunkelheit zurück.

Seufzend fand sich Tod mit dem Gedanken ab, Kismet schützen zu müssen, wie es die Elfen mit ihren Kindern taten, bis sie stark genug waren, um selbstständig die äußere Schicht der Grenze zu beeinflussen.

„Nein", antwortete Tod, während er sich fragte, ob der Junge die lauernden Schatten bemerkt hatte. „Und dir ist immer noch nichts eingefallen?"

„Leider nicht", sagte Kismet. „Jedenfalls ist nicht einfach ein Kuchen auf dem Tisch aufgetaucht, auf dem ‚iss mich' stand."

„Du hast *Alice im Wunderland* gelesen, aber nicht die Bibel?", fragte Tod nachdenklich. „Die Gesellschaft hat sich wirklich verändert. Noch vor ziemlich kurzer Zeit kannten die meisten Menschen nur religiöse Texte. Jetzt ist das Gegenteil der Fall."

„*Alice im Wunderland* war eben wesentlich interessanter." Der junge Mann zuckte mit den Schultern. „Wenn man die Bibel liest, während man high ist, schläft man nur ein. Dann träumt man von Schlangen und Tieren auf großen Schiffen. Und wie gesagt: öffentliche Schule. Da gibt es keinen Religionsunterricht."

„Warst du nie in der Kirche?"

Kismets Gelächter hallte laut durch die Gasse. „Mann, in die Kirche geht man höchstens für eine warme Suppe und nicht, um zu Gott zu finden."

„Jedenfalls bin ich ziemlich sicher, dass dir das mit Absicht angetan wurde", kehrte Tod zum Thema zurück. „Sterbliche werden nicht einfach zu Grenzgängern. Selbst Menschen, denen es gelungen ist, die Grenze zu manipulieren, haben es bisher niemals ganz auf die andere Seite geschafft. Sie sind immer in der Welt der Sterblichen verankert geblieben. Es ist beunruhigend, dass du eine Ausnahme bist. Aber wir werden damit zurechtkommen müssen."

„Verdammt, ich bin doch schon in meiner normalen Welt überfordert", schnaubte Kismet. „Wie soll ich da in ihren Zwischenräumen leben?"

171

„So genau weiß ich das noch nicht", gab Tod zu. „Ich habe in dir nach einer Berufung gesucht, aber keine gefunden ..."

„Was ist eine Berufung?", wollte Kismet wissen. „Hat Colm das gemeint, als er von euren Aufgaben erzählt hat? Oder bin ich wirklich verrückt und habe mir das nur eingebildet?"

Tod lehnte sich zurück und stützte sich mit den Händen auf dem kühlen rauen Asphalt ab. Ein kurzes, bitteres Lachen brach aus ihm hervor. Nie zuvor hatte er jemandem seine Existenz erklären müssen. Er war der Tod. Andere Unsterbliche reagierten ängstlich auf seine Berufung und die Menschen, die ihn sehen konnten, flohen bereits bei seinem Anblick.

„Nein, du bist nicht verrückt. Irgendetwas hat deinen Körper an den Ort gebracht, den du bereits sehen konntest", antwortete Tod. „Manche Menschen können von Natur aus durch die Grenze und in die Schatten schauen. Oft sind sie wahnsinnig oder stehen zumindest kurz davor. Einige bezeichnen wir als Seher – sie können die Schatten um sich herum manipulieren oder die Wesen hinter der Grenze sehen."

„Wie Geister?" Kismet zog die Beine an und senkte den Blick. „Die sehe ich nämlich immer wieder. Jedenfalls glaube ich, dass es Geister sind – ich habe sie nie als lebende Menschen gekannt. Na ja, außer Chase."

„Der kleine Junge, der dir folgt? Ist das Chase?" Tod gab ein Brummen von sich, als Kismet verblüfft nickte. „Du brauchst nicht so überrascht zu sein. Ich habe ihn nur in deiner Nähe gesehen. Geister sind in der Grenze gefangene Seelen. Sie ist wie ein Vorhang, den wir zur Seite schieben können, um gesehen zu werden. Aber normalerweise ist sie immer da", erklärte Tod. „Wenn Tote sich dagegen sträuben, die Welt zu verlassen, verfangen sie sich manchmal zwischen der wirklichen Welt und der Grenze."

„Weiß Chase, dass er tot ist?"

„Oft wissen sie es nicht. Manchmal gehen sie immer wieder einen vertrauten Weg entlang, wie ein Echo ihres Lebens. Allerdings kommt es auch vor, dass sie sich an eine bestimmte Person klammern", fuhr Tod fort. „Das scheint bei ihm der Fall zu sein. Folgt er dir immer?"

„Er ist mein Bruder. War mein Bruder." Kismet schluckte.

Er schmeckte auch jetzt noch den Saft, den ihre Mutter ihnen an diesem Abend gegeben hatte. Es war der unangenehme, schwere Geschmack gewesen, der immer bedeutete, dass sie einen Mann eingeladen hatte. Doch er hatte ihn nicht ausgetrunken und den Rest der zu süßen Flüssigkeit seinem Bruder überlassen.

„Meine Mutter ... ich war sechs oder sieben ... und wir sollten nicht mitbekommen, wenn ein Mann bei ihr war. Ich glaube, sie hat uns ein Schlafmittel gegeben. Aber einmal ist Chase nicht wieder aufgewacht. Und dann war da nur noch dieser Schatten."

Kismets Herz zog sich schmerzhaft zusammen. Er erinnerte sich noch an den säuerlichen Geruch, der vom kalten Körper seines Bruders auf dem blutdurchtränkten Laken ausgegangen war. Er hatte hustend und weinend versucht, Chase wachzurütteln, doch seine blauen Augen waren bereits offen gewesen und hatten blind an die Decke gestarrt. Manchmal sah er im Traum noch das Spinnennetz aus roten Äderchen in Chase' Augen vor sich und spürte die nasse Matratze.

„Ah, tragisch. Ein klassischer Fall von Kindstötung." Der Unsterbliche bemerkte Kismets seltsamen Blick. „Was ist?"

„Wenn andere Leute etwas Trauriges hören, sagen sie meistens, wie leid es ihnen tut oder so was", antwortete Kismet trocken.

„Ich bin nicht wie andere Leute."

„Stimmt", gab Kismet zu. „Es ist schon ironisch, dass ich hier mit Tod über meinen toten Bruder rede. Er ist also ein Geist?"

„Ja." Tod fragte sich, wie lange Colms Operation noch dauern würde. „Und ja, es ist ironisch."

Er hatte noch nie ein Talent dazu gehabt, mit Menschen zu reden. Das überließ er normalerweise Ari. Zwar lenkten ihn die Fragen ein wenig von Colms Schmerzen ab, doch in seinem Hinterkopf flüsterten hitzige Gedanken. Er hätte ihren Jüngsten besser schützen sollen. Er hätte ihn besser auf Kämpfe vorbereiten sollen. Er schwor sich, in Zukunft einiges zu ändern, wenn Colm diesen Vorfall überlebte.

„Wird er jemals verschwinden?", fragte Kismet. Mit den anderen Schatten würde er irgendwie zurechtkommen. Dennoch stiegen Schuldgefühle in ihm auf und seine Augen wurden feucht, als er den Wunsch nach einem Leben ohne Chase laut aussprach. „Chase, meine ich", fügte er mit einem Kloß im Hals hinzu, „nicht Colm."

„Nein, vielleicht nicht." Tod teilte ihm die schlechte Nachricht so sanft wie möglich mit. „Er müsste selbst den Weg finden."

„Passiert mit Colm dasselbe, falls er stirbt?" Kismet stiegen erneut Tränen in die Augen, als er sich den liebenswerten Blonden als Schatten vorstellte.

Er hatte sich immer bemüht, keine engen Beziehungen zu anderen aufzubauen. Oberflächliche Freundschaften waren in Ordnung. Lange hielten diese ohnehin nicht, denn Menschen kamen und gingen, oft ohne sich zu verabschieden. Eine Beziehung dagegen war gefährlich, da man damit jemandem sein Herz öffnete, der es gnadenlos zerfetzen konnte – das hatte er bereits gelernt und wollte es nicht wiederholen. Doch mit Colm, so flüsterte sein Verstand, konnte es anders werden: Der Reiter war so einsam wie er, vielleicht sogar noch mehr. Nur hämmerte sein Herz bereits beim Gedanken daran vor lauter Angst und errichtete eine undurchdringliche Barriere, bevor sich Hoffnung darin ausbreiten konnte.

„Nein", beruhigte ihn Tod. „Ein Unsterblicher ist einfach nicht mehr da, wenn er die Welt verlässt. Unsere Körper und Seelen vereinen sich mit dem Universum. Genaueres weiß leider niemand. Ich kann dir nicht einmal sagen, wohin menschliche Seelen gehen. All das liegt außerhalb unseres Einflussbereichs. Wir haben unsere Berufungen, können aber nicht über den Tod hinausblicken."

„Und deine Aufgabe ist es, allen Menschen beim Sterben zu helfen?" Kismet rieb sich die Stirn, da Hunger und die nachlassende Wirkung des Heroins ihm Kopfschmerzen verursachten. „Bist du dann wie der Weihnachtsmann an jedem Ort gleichzeitig?"

„Normalerweise muss ich nicht bei ihnen sein, meine bloße Existenz hilft ihnen dabei", erklärte Tod, der die Gesellschaft des Jungen und ihre geteilte Sorge um Colm mittlerweile als beruhigend empfand. „Obwohl viele es vielleicht nicht als Hilfe betrachten. Wenn aber durch irgendeine Katastrophe Tausende grausam getötet werden, sind die Seelen oft verwirrt und bleiben hier." Der Reiter dachte kurz über seine Aufgabe nach.

„Dann muss ich hingehen und sie beim Verlassen dieser Welt unterstützen, bevor sie sich zu sehr in der Grenze verfangen und nicht mehr von dieser Seite loskommen", fuhr Tod fort. „Wenn sich nämlich zu viele an einer Stelle sammeln, zerreißt die Grenze – und du hast ja erlebt, was dann passieren kann: Wraith gelangen viel leichter in die Welt der Sterblichen und werden ihnen gefährlich."

„Klingt nach einem ziemlich miesen Job." Kismets Magen knurrte wieder. Er war nicht sicher, wann er das letzte Mal etwas gegessen hatte. Appetit hatte er wegen seiner Sorge um Colm zwar nicht, was seinen Magen allerdings kaum zu interessieren schien.

„Es ist der mieseste Job, den man haben kann", sagte Ari, als er aus der Ladentür trat.

Tod erhob sich und ging auf ihn zu. Ari schloss seinen Freund in die Arme, um ihn fest an sich zu ziehen. Tod erwiderte die Umarmung kurz, bevor er sich von Ari löste und ihn fragend ansah.

„Alles in Ordnung. Es geht ihm gut. Kay will nur noch warten, bis alles etwas besser verheilt ist, und drängt ihm irgendeinen Tee auf."

„Ich möchte zu ihm", sagte Tod.

„Ich auch." Kismet wollte aufstehen, wurde allerdings von Aris Hand auf seiner Schulter gebremst.

„Du bleibst hier, Kleiner." Ari betrachtete den zitternden jungen Mann zu seinen Füßen. „Er ist bald draußen, Shi. Sie wäscht Colm noch mit ein paar stinkenden Tränken, damit die Wunde schneller heilt oder damit ihn nie wieder jemand anfasst – ich bin nicht ganz sicher. Min glaubt, sie kann Colm nach Hause bringen – schließlich ist unser Zuhause für uns am leichtesten zu finden. So musst du dich nicht noch einmal überanstrengen." Als Tod den Mund öffnete, legte Ari ihm einen Finger an die Lippen und streichelte sanft darüber. „Keine Widerrede, Shi. Und ich nehme den Jungen mit. Nach Hause müsste ich es schaffen."

„Kismet. Mein Name ist Kismet", sagte der junge Mann mit zusammengekniffenen Augen. „Nicht Junge oder Kleiner. Kismet."

„Kalifornier und ihre dummen Kindernamen", war Aris Kommentar.

„Ich bin froh, dass es Colm gut geht." Die Erleichterung, mit der Tod trotz seiner Erschöpfung zu strahlen schien, ließ Wärme in Ari aufsteigen. „Vielleicht hat er ihm ja sogar Glück gebracht. Glück ist noch wankelmütiger als du, also wer weiß."

„Vielleicht habe ich das wirklich." Der junge Mann spähte um die Beine der Reiter herum. „Was unser Karma angeht, schulde ich ihm wahrscheinlich mehr als er mir."

„Merk dir eins: Nichts ist vorherbestimmt. Weder bei dir noch bei anderen." Ari schüttelte die Hand ab, die Tod ihm beschwichtigend auf die Brust gelegt hatte. „Lass mich ausreden, Shi. Dir zuliebe habe ich Min nicht erlaubt, ihn auseinanderzunehmen, aber er ist nun mal der Grund, aus dem es Colm schlecht geht."

„Krieg." Das leise, vorwurfsvolle Wort brachte Ari zum Schweigen. „Nicht Kismet ist für Colms Verletzungen verantwortlich, sondern die Person, die ihm das angetan hat. Der Junge ist nur ein Werkzeug."

„Trotzdem: Es gibt kein Schicksal, kein Karma … nichts davon. Das wissen wir beide, Tod. Und dieser Junge sollte es auch wissen, bevor er denkt, seine Anwesenheit hier wäre etwas Besonderes." Ari packte Kismet beim Arm und zog ihn auf die Füße. „Es gibt keine drei Frauen, die Schicksalsfäden spinnen und Leben abschneiden. Du solltest nicht hier sein. Du bist nur Zufall. Ein dummer Zufall, der uns nichts als Ärger macht."

Tod legte eine Hand auf Aris Schulter und drehte den Blonden zu sich herum. „Lass ihn in Ruhe. Er kann nichts dafür."

„Ich wollte nur ein paar Dinge klarstellen", antwortete Ari stur. „Wenn so etwas noch mal passiert, werde ich nicht mehr so nachsichtig sein. Colm hätte wegen diesem kleinen Miststück sterben können."

„Du hattest recht", bemerkte Kismet, während er sich von Ari losriss. „Er ist ein arrogantes Arschloch."

Ihre Blicke wandten sich der Tür zu, als Colm vorsichtig hinaustrat. Min hatte ihre Hände neben seinen Hüften in Position gebracht, um ihn notfalls zu stützen. Kismet ging zögerlich auf den jungen Reiter zu, da er nicht wusste, was er von Colms strahlendem Lächeln halten sollte.

Colm schloss ihn in die Arme und zog ihn fest an sich.

Kismet gab ein überraschtes Quietschen von sich, bevor er die Umarmung erleichtert erwiderte. In dieser neuen Schattenwelt ein bekanntes Gesicht zu sehen, war wirklich beruhigend. Er ignorierte Mins böse Blicke, als er unter das von Kay zur Verfügung gestellte übergroße T-Shirt mit seinem Jahr-der-Ratte-Aufdruck spähte, um sich Colms verheilte Wunde anzusehen.

„Toll. Jetzt hat sich Colm auch noch in das Arschloch verknallt." Ari stieß einen angewiderten Seufzer aus. „Das hat uns gerade noch gefehlt."

„Colm?", fragte Tod kopfschüttelnd. „Du glaubst wirklich, dass Colm …? Nein."

„Glaub mir, ich kenne diesen Blick. Ich sehe ihn oft genug im Spiegel." Ari verschränkte die Arme vor der Brust. Allmählich spürte er ebenfalls die Erschöpfung eines langen Tages. Da es ihrem Jüngsten nun besser ging, sehnte er sich nach seinem Bett. „Lass uns nach Hause gehen. Um den Rest können wir uns morgen kümmern. Mit ein bisschen Glück haut der Junge wieder ab und wird von einem Geistermüllauto überfahren, womit dann all unsere Probleme gelöst wären."

„So leicht lassen sich unsere Probleme nie lösen", antwortete Tod, während er eine Hand nach dem strahlenden Colm ausstreckte, der auf sie zukam.

„Man wird doch wohl noch hoffen dürfen", brummte Ari hinter Tods Rücken. Er ließ zu, dass Min ihm überschwänglich vor Freude auf die Schulter klopfte, auch wenn die kräftige Faust der kleinen Reiterin ihm fast die Knochen brach. Dann packte er Kismets Arm und zerrte an ihm, bis Colm ihm versichert hatte, dass Ari ihn nur in ihr Zuhause bringen würde, und der Junge sich widerstrebend von Colm wegziehen ließ. Ari nahm den letzten Rest seiner Kraft zusammen, um den Jungen mit sich an der Grenze entlang zu ihrem Heim zu tragen.

„Wir sehen uns zu Hause, Krieg", sagte Tod. Die kühle Porzellanmaske, der sein Gesicht normalerweise in der Öffentlichkeit ähnelte, war für einen Moment einem liebevollen Blick gewichen.

„Du schuldest mir was, Tod", antwortete Ari mit einem breiten Grinsen. „Aber wenn du zu Hause mit mir schläfst, sind wir quitt."

„Wir können uns ein Bett teilen, aber nur zum Schlafen, Krieg. Danke für deine Gesellschaft, Kismet. Du hast mich von meinen Sorgen abgelenkt." Dann schlüpfte Tod in die Falten der Grenze und ließ sich von der Anziehungskraft ihres Heims leiten. Als die Schatten ihn verschlangen, drangen seine geflüsterten Abschiedsworte an Aris Ohren. „Ich bin müde, Ari. Lass uns nach Hause gehen."

„Weißt du Junge, ich mag dich vielleicht hassen …" Ari schaute auf ihn hinunter, als er ihn durch den schattenhaften Vorhang zog. „Aber wenn du ihn immer in so gute Laune versetzt, werde ich dich wohl doch nicht umbringen."

14

DIE DUNKELELFEN kamen in der Nacht und traten aus dem Schutz der Grenze auf Becketts Veranda. Sie zogen die Schatten mit sich wie dunkle Nebelbanner, die hinter ihren breiten Schultern wehten. Als Güte die Tür öffnete, um den Ersten von ihnen hereinzulassen, stieß Beckett ein Keuchen aus.

Die Kreatur, die das Zimmer betrat, ragte mächtig und bedrohlich über ihm auf, bewegte sich jedoch trotz ihres gewaltigen Körperumfangs erstaunlich anmutig. Auf beiden Seiten des breiten Mundes befanden sich spitze Hauer und der Unterkiefer stand weit vor, um ihnen Platz zu bieten. Das Haar war von der Stirn bis in den Nacken mit Messingringen in kleine Zöpfe zusammengefasst worden. Gesicht und Arme des Elfen schimmerten mit einem leicht blauen Farbstich und gingen in den Hautfalten in einen etwas dunkleren Ton über. Als er dieses Wesen jetzt vor sich sah, verstand der Magus, warum Verrückte manchmal davon überzeugt waren, dass lebendig gewordene Wasserspeier durch die Straßen streiften.

Über die Jahre hatte Beckett viele Teile von Grenzgängern gesammelt, bei denen es sich allerdings um leblose Dinge handelte, die er widerstrebend für seine Zaubersprüche zerkleinerte. Was jetzt hier vor ihm stand, war ein Überfluss an Macht – schattendurchsetztes Fleisch, das ihm für eine ganze Armee von Wraith gereicht hätte, die seinem Willen unterstand. Doch dieser Gedanke verschwand, so schnell er gekommen war, als ihn der Dunkelelf mit dem glühenden Blick seiner roten Augen fixierte.

„Güte", begrüßte der Elf den Unsterblichen. Ein harter Akzent begleitete seine Worte.

„Aegus." Güte nickte ihm zu. „Ich würde dir einen Platz anbieten, aber das Gespräch dürfte nicht lange dauern."

„Es ist mutig von dir, das vor einem Menschen zu tun. Ist er verrückt genug, um uns zu sehen? Oder willst du ihn mit unseren Stimmen erst in den Wahnsinn treiben?" Mit einem feuchten Prusten ging die Kreatur um Beckett herum.

„Ich bin kein bisschen verrückt", antwortete Beckett, während er mit Güte belustigte Blicke tauschte. „Und ich sehe dich sehr gut, danke."

„Seher oder Magus?" Das Wesen beugte sich vor und schnupperte in die Luft. Ihr warmer Atem traf Becketts Gesicht und brachte seinen Hemdkragen zum Flattern, als sie ein weiteres verächtliches Schnauben ausstieß. „Ich tippe auf Magus. Sein Blut riecht nicht vergiftet."

„Vergiftet?", wiederholte Beckett fragend.

„Andere Menschen, die durch die Schatten sehen können, riechen oft nach Drogen, die ihre Nerven beruhigen." Die Kreatur zeigte beim Lächeln ihre scharfen

Zähne. „Menschen sind Feiglinge. Schwer zu glauben, dass sie der Grund für unsere Existenz sind."

„Dieser Feigling hier wird dein Boss sein", gab der Magus zu bedenken.

„Güte hat uns wissen lassen, dass er unsere Hilfe braucht", erwiderte Aegus trocken, während er auf den Menschen hinabstarrte. „Gegen Bezahlung stelle ich meine Dienste zur Verfügung, aber mein Boss ist niemand, auch kein Mensch. Also, worum geht es?"

„Wir wollen einen menschlichen Jungen in unseren Besitz bringen", mischte sich Güte ein, um das Gespräch endlich voranzubringen.

„In euren Besitz bringen?" Der Elf wandte seinen schräg abfallenden Kopf in Gütes Richtung, was die Zöpfe in einer Wellenbewegung hüpfen ließ. „Lebendig oder in Einzelteilen?"

„Lebend", antwortete Beckett. „Ich brauche ihn lebend."

„Das ist die angebotene Belohnung kaum wert und die Aussichten auf eine Trophäe sind auch nicht gut." Der Dunkelelf musterte Güte aus zusammengekniffenen Augen. „Was steckt noch dahinter?"

„Dass die vier ihn haben." Güte sah zu, wie die Kreatur die Information verarbeitete und die großspurige Arroganz in ihrem Gesicht einer nachdenklichen Vorsicht wich.

„Ein Mensch bei den Reitern?", murmelte das Wesen. Seine Lederkleidung knarzte, als es mit seinen O-Beinen ein Stück auf und ab ging. „Unmöglich."

„Nichts ist unmöglich, Aegus", widersprach Güte. „Bevor ich dir mehr sage, muss ich wissen, ob du dabei bist."

„Für die Summe lohnt es sich nicht, sein Leben zu riskieren", grübelte der Dunkelelf. „Wenn Tod und Krieg den Jungen haben, sollen sie ihn doch behalten. Es gibt so viele Menschen – sucht euch einfach einen anderen aus."

„Es muss dieser sein", antwortete Beckett. „Wir haben zu viel in ihn investiert."

„Du bekommst dafür mehr als nur Geld." Güte stützte sich auf die Rückenlehne einer Couch. „Es geht dabei auch um Ruhm und Ehre. Mit ein bisschen Glück sogar um eine Clantrophäe."

Er wusste, wie die Gesellschaftsstrukturen der Dunkelelfen funktionierten. Wer einen niedrigen Rang einnahm, verbrachte den größten Teil seines Lebens mit der Suche nach Möglichkeiten, den Status seiner Blutlinie zu verbessern. Erbeutete Trophäen fielen dabei wesentlich mehr ins Gewicht als finanzielle Bereicherung. Geld gab man aus, während Ruhm und Ehre fortdauerten.

Güte verließ sich bei seinem Plan auf diese Bestrebungen und sah jetzt, dass sein Köder bereits Wirkung zeigte. Er hatte unter den unzivilisierten Dunkelelfen sorgfältig nach geeigneten Kandidaten gesucht. Neben Kampferfahrung war die Motivation wichtig. Er musste ihnen etwas beinahe Unwiderstehliches bieten, damit er sich auf sie verlassen konnte. Geld allein war nicht genug, um sicherzustellen, dass sie mit vollem Einsatz kämpfen würden.

„Ich kenne deinen Rang, Aegus." Güte bemühte sich, seinen Ehrgeiz noch weiter zu wecken. „Das hier könnte deiner Familie dazu verhelfen, eine Menge Einfluss zu gewinnen. Vielleicht sogar eine Führungsposition."

„Das ist für uns nicht möglich." Aegus kehrte den Männern den Rücken zu. Doch trotz der großen Versuchung, einfach zu gehen und Güte mit seinem Problem alleinzulassen, hatte der Unsterbliche einen wunden Punkt getroffen: Sein Status im Clan und die Position in seiner Familie ärgerten ihn. Stieg er weit genug auf, konnte er seinen Vater töten und zum Anführer seiner Sippe werden, ohne mit ernsthaften Konsequenzen rechnen zu müssen. Sein Clan hätte bereitwillig auf einen beliebten Anführer verzichtet, wenn der neue ihnen größeres Ansehen brächte.

„Doch, das ist es", widersprach Güte. „Ich kann dir eine Möglichkeit geben, wenn du das Angebot annimmst. Neugierig?"

„Also gut. Ich bin dabei." Der Dunkelelf nickte mit einem Seitenblick auf den Magus. „Aber wenn du mich übers Ohr haust, ist dein kleiner Mensch als Erster dran."

„Verstanden." Der Unsterbliche winkte hinter seinem Rücken mit der Hand, um Beckett zu bremsen, bevor dieser zu einem Einwand ansetzen konnte. „Aber das habe ich wirklich nicht vor. Versprochen."

„Auch wenn der kleine Mensch da vielleicht noch ein Wörtchen mitzureden hat", murmelte Beckett leise dem Bruder seiner Geliebten zu. Güte wandte leicht den Kopf, um ihm schnell zuzulächeln.

„Also, wie habt ihr vor, ihn den Reitern wegzunehmen?", fragte der Dunkelelf, der noch immer unruhig sein Gewicht verlagerte. „Und wie viele andere von uns braucht ihr?"

„Ich hatte an fünf gedacht", antwortete Güte. „Und ihnen den Jungen abzunehmen wird nicht so schwer, wie du denkst."

„Ich halte es immer noch für eine verrückte Idee, einfach hinzugehen und sich an ihrem Eigentum zu vergreifen." Aegus verzog um die Hauer herum das Gesicht.

„Lass das nur unsere Sorge sein", beruhigte Beckett ihn. „Über die Details können wir reden, wenn wir alle zusammenhaben."

„Ich hoffe für dich, dass es sich lohnt", warnte Aegus den Unsterblichen. „Wo kann ich warten, bis ihr euch durch den Haufen da draußen gearbeitet habt? Und ich brauche etwas zu trinken – es könnte dauern, bis ihr unter denen etwas Brauchbares findet."

LETZTENDLICH HATTE Güte fünf der seinem Ruf gefolgten Dunkelelfen ausgesucht. Die Kandidaten kannten einander entweder von früheren gemeinsamen Aufträgen oder hatten zumindest bereits von ihren Mitstreitern gehört. Sie unterhielten sich leise, bis er auch den Fünften ausgesucht hatte. Allen war dasselbe versprochen worden: Geld und eine Gelegenheit, ihren Status und den ihres Clans zu erhöhen. Zum Teil hing das auch vom Versagen der anderen ab, weshalb die Dunkelelfen einander bereits berechnende Blicke zuwarfen.

„Sind das jetzt alle?", nuschelte ein kleinerer Elf mit breiten, muskulösen Schultern. Sein Mund war nicht besonders gut zum Sprechen geeignet, da große, kräftige Zähne seine Unterlippe vorschoben. Seiner Blutlinie von Minenarbeitern verdankte er die starken O-Beine und den gekrümmten Rücken, auch wenn dieser Beruf in der modernen Welt überflüssig geworden war.

„Der Höhlenfisch will wissen, wie viele Stiefel er polieren muss." Die anderen Elfen lachten, während sich das Gesicht des kleineren verfinsterte, als er den abwertenden Clanspitznamen hörte.

„Ich erwarte nicht, dass ihr euch gut versteht", mischte sich Güte ein, als er die im Raum versammelten Kreaturen um eine bessere Position drängeln sah. „Allerdings erwarte ich zumindest, dass ihr zusammenarbeitet. Ihr könnt euch später gegenseitig umbringen, wenn ihr das unbedingt möchtet. Bei diesem Auftrag tötet ihr nur für mich und auf meine Anweisung hin. Gibt es noch Fragen, bevor wir anfangen?"

„Was ist mit dem Menschen?", fragte der Elf, der den kleineren beleidigt hatte. „Gibt er uns etwa auch Befehle?"

„Der Mensch heißt Beckett." Güte winkte den Magus zu sich nach vorn. Beckett ließ einen Eiswürfel in ein Wasserglas fallen, bevor er sich zu dem Unsterblichen gesellte.

„Wie irre ist er?" Der Dunkelelf grinste, als die anderen auf seine Frage mit lautem Gelächter reagierten. „Er kann uns deutlich sehen und scheint keine Drogen genommen zu haben."

„Ich bin nicht wahnsinnig", antwortete Beckett. „Zumindest nicht mehr als andere."

„Beckett ist ein Magus", erklärte Güte. „Und er besitzt ein Mittel, mit dessen Hilfe er in die Grenze blicken kann."

„Wurde für dieses Mittel einer von uns zerstückelt und zu einem Trank verarbeitet?", wollte einer der grauhäutigen Dunkelelfen wissen. Seine leicht spitz zulaufenden Ohren und die schrägstehenden schwarzen Augen deuteten auf UnSidhe unter seinen Vorfahren hin. „Das machen Magi doch? Stücke von Grenzgängern sammeln und sie für Experimente benutzen?"

Ein wütendes Brummen hallte durch den Raum und Unruhe brach aus. Beckett seufzte genervt. Die Engstirnigkeit seiner eigenen Spezies war ihm häufig zu viel. Diese hier machte einen noch intoleranteren Eindruck. Er unterdrückte seine Verärgerung und räusperte sich.

„Ja, das tut ein Magus. Und dafür werde ich mich nicht entschuldigen. Wie Güte bereits angedeutet hat, bezahle ich euch. Wollt ihr euch diese Gelegenheit wirklich wegen sinnloser Verbitterung entgehen lassen? Von Stolz allein werdet ihr nicht satt, oder?" Beckett musterte die Gruppe. Als niemand einen Einwand vorbrachte, fuhr er fort: „Gut. Dann wird Güte euch jetzt eure Aufgabe erklären."

„Ihr habt gesagt, dass ihr einen Menschenjungen wollt", sagte Aegus aus der hinteren Reihe der Gruppe. „Und dass die vier ihn haben. Was ist der Plan?"

„Der Plan ist einfach." Güte verteilte Blätter mit einem Grundriss. „Wir bringen diesen Kampf zu den Reitern. Hier seht ihr eine Skizze ihres Hauses in San Diego."

„Also ist der Mensch normal und *du* bist der Verrückte." Den Worten der kleinsten Kreatur folgte gemurmelte Zustimmung. „Das ist eine unmögliche Aufgabe. Sie werden uns abschlachten."

„Beckett wird für eine Ablenkung sorgen", fuhr der Unsterbliche ungerührt fort. „Ihr müsst die vier lange genug beschäftigen, um ihm Zeit zu geben. Dann können wir uns den Jungen schnappen und verschwinden."

„Und wenn die vier uns jagen?", fragte Aegus nachdenklich. „Was machen wir dann?"

„Das werden sie nicht", versicherte Güte dem misstrauischen Dunkelelfen. „Sie werden zu sehr damit beschäftigt sein zu trauern."

„Trauern?", fragte ein anderer mit schräggelegtem Kopf.

„Einer von euch wird Tod umbringen. Vielleicht auch noch Krieg." Die schockierte Stille im Raum brachte Güte zum Grinsen. Er zog eine kleine Pistole aus seiner Tasche hervor. „Und jetzt werde ich euch verraten, wie."

COLM GING vorsichtig die Treppe zur unteren Etage seiner Räume hinunter, was beinahe ein böses Ende nahm, als er mit dem Fuß am Rand einer Stufe hängenblieb. Kismet konnte verhindern, dass er fiel, bis Min den Menschen über Colms Leichtsinnigkeit fluchend aus dem Weg geschoben hatte, um Colm selbst zu stützen. Colm wollte nur noch in sein Bett, durch die Vorhänge vor der aufgehenden Sonne eines neuen Tages geschützt.

Nach ihrer Ankunft in der Wohnung hatte Tod die Tür abgeschlossen und – soweit Colm sich erinnern konnte zum ersten Mal – den Schlüssel abgezogen. Mit einem einzigen leisen Klicken war das Penthouse für Kismet zu einem Gefängnis geworden. Der junge Mann hatte sich bemüht, seine Wut herunterzuschlucken, die bitteren Worte jedoch letztendlich nicht zurückhalten können. „Ihr verdammten Arschlöcher. Warum setzt ihr mir nicht gleich einen Mikrochip ein?"

Jetzt warf er Min, die ihn fortgestoßen hatte, einen wütenden Blick zu und schob sich mit einem frustrierten Schnauben wieder neben Colm, um ihm einen Arm um die Taille zu legen und dem Unsterblichen zu seinem Bett zu helfen.

Dort angekommen ließ sich Colm müde auf die Matratze sinken und fragte sich, warum das Badezimmer so weit entfernt war.

Nach den wenigen Schritten zur Toilette war er völlig erschöpft und kehrte mit letzter Kraft schweißüberströmt zum Bett zurück.

„Okay", keuchte der Unsterbliche mit einer Hand auf seinen Rippen. „Ich werde mich jetzt einfach ins Bett fallen lassen und hoffen, dass beim Aufwachen alles verheilt ist."

„Ruf mich, falls du etwas brauchst", sagte Min, bevor sie Colm widerwillig mit Kismet allein ließ. Als sie ging, warf sie dem jungen Mann einen letzten bedrohlichen Blick zu, den dieser nicht weniger aggressiv erwiderte.

Kismets Sucht begann sich zu melden, um an seinen Nerven zu zerren und seine Geduld auf die Probe zu stellen. Es war ein Kampf, an den er sich gewöhnt hatte. Meistens gab er dem verführerischen Gedanken an die Ruhe nach, die das Heroin ihm verschaffen konnte. Doch im Heim der Reiter schien der Druck durch die erschreckende, beinahe aufdringliche Stille weniger stark zu sein. Wenn es ihm gelingen sollte, die Sucht noch einige Minuten zu ignorieren und seine Gedanken etwas zu beruhigen, würde er einschlafen können. Er holte tief Luft und beschloss, sich auf etwas anderes zu konzentrieren. Zum Beispiel darauf, Colm die Schuhe auszuziehen, da dieser gerade mit seinen Schnürsenkeln kämpfte.

„Warte, ich helfe dir." Kismet beugte sich zu Colms Schuhen hinunter. Die letzte Person, für die er das getan hatte, war Chase gewesen. Sein kleiner Bruder hatte oft Knoten in den Schnürsenkeln gehabt, die kaum noch zu lösen gewesen waren. Nachdem er Colm geholfen hatte, seine Schuhe abzustreifen, sagte er: „Ich lege mich oben aufs Sofa. Da habe ich sowieso schon draufgesabbert."

„Du kannst hier schlafen." Colm spürte, wie er errötete. Doch so einladend sich die kühle Matratze auch anfühlte, war es ein seltsam beunruhigender Gedanke, nicht in Kismets Nähe zu sein. „Schließlich ist das Bett groß genug für fünf Personen. Ari hat es mir bestellt. Wahrscheinlich hat er gehofft, ich würde hier unten Orgien veranstalten."

„Orgien?"

„Am Anfang war er wohl noch zuversichtlich, einen schlechten Einfluss auf mich haben zu können." Colm errötete erneut und rückte verlegen seine Ersatzbrille zurecht, die er in der oberen Etage gefunden hatte. „Aber es wäre mir wirklich lieber, wenn ich wüsste, dass du sicher bist."

„Na gut, wenn es dich nicht stört. Ein Bett ist natürlich bequemer als die Couch." Kismet zuckte mit den Schultern – Colms rote Wangen bemerkte er nicht. „Lass mich auch noch kurz ins Bad gehen und das Licht ausmachen. Kannst du dich alleine ausziehen oder soll ich dir helfen?"

„Nein, ich komme zurecht." Während Kismet ins Badezimmer verschwand, presste Colm eine Hand gegen seine Stirn und fragte sich, warum sich seine Zunge plötzlich zu groß für seinen Mund anfühlte. „Falls du duschen willst, kannst du dir aus dem Schrank eine Jogginghose und ein T-Shirt nehmen."

„Danke. Ich glaube, ich stinke ziemlich", rief Kismet aus dem Badezimmer. „Warmes Wasser ohne Rost ist eine schöne Vorstellung. Bei mir ist es manchmal so rot, dass man das Gefühl hat, mit Blut zu duschen."

Colm schaute unter schweren Augenlidern hervor und war froh, eine intakte Brille zu haben: Der große Badezimmerspiegel reflektierte Kismets blassen Körper. Colm sah zu, wie der junge Mann mit einer unbekümmerten Anmut sein T-Shirt auszog, von der Colm nur träumen konnte.

Während er einen Finger in eine angerissene Gürtelschlaufe hakte, um seine Jeans herunterzuziehen, rieb er sich mit der anderen Hand über die kleine Unebenheit auf seiner Nase. Der verheilte Bruch milderte die beinahe zu starke feminine Schönheit seines Gesichtes etwas ab. Colm fragte sich, ob die Verletzung aus einer Prügelei stammte.

Unter Kismets blasser Haut waren an den Armen deutlich die blauen Adern zu erkennen, die an den Armbeugen mit verheilenden Einstichen bedeckt waren. An einer Stelle hob sich eine unschöne rötliche Narbe ab. Unter den Nägeln der leicht zitternden Finger schienen sich Farbreste zu befinden.

Als sich Kismets zerrissene Jeans an seinen Beinen herunterschob, wurde ein Tattoo sichtbar, das sich über seinen Hüftknochen spannte und sich um seinen Oberschenkel schlang. Die leuchtend orange Flosse eines Kois schaute unter seinen Boxershorts hervor. Der Fisch schwamm an Kismets Haut entlang, und über der Rundung seines Hinterteils sprühte zartgrüne und weiße Gischt auf. Colm musste schlucken, als sich der Karpfen bewegte, weil der Künstler mit einer Hand die Wassertemperatur prüfte. Dann verschwand Kismet aus seinem Sichtfeld unter den Wasserstrahl.

Colm wandte den Blick ab. Er schämte sich für die Hitze zwischen seinen Beinen und atmete tief ein, um die kühle Luft in seine Lunge zu saugen, bevor er aus der schmutzigen Jeans und dem geliehenen T-Shirt schlüpfte, das er wahrscheinlich nie zurückgeben würde. So lag er dann auf der Matratze und ließ sich vom Rauschen des Wassers beruhigen, während er sich bemühte, die erotischen Bilder aus seinem Kopf zu vertreiben.

Leise Schritte ließen ihn aufschrecken. Kismet hatte das Badezimmerlicht hinter sich ausgeschaltet. Er trug eine von Colms Jogginghosen, die er bis zu den Knöcheln hochgekrempelt hatte, und ein abgetragenes T-Shirt, dessen Saum seinen Hintern streifte, wenn er sich bewegte.

„Ich habe eine Packung Zahnbürsten gefunden und mir eine geklaut. Das macht dir doch hoffentlich nichts aus." Kismet rubbelte sich mit einem Handtuch durch das feuchte Haar. „Hast du einen Föhn? Dann mache ich dein Bettzeug nicht so nass."

„Das macht nichts." Colm schluckte. Er fragte sich, ob es sich bei dem Engegefühl in seiner Brust um eine Nachwirkung der Schussverletzung handelte. „Ich gehe dauernd mit nassen Haaren ins Bett. Aber wenn es dich zu sehr stört, suche ich ihn für dich."

„Ach nein, zu müde. Wenn es dir egal ist, lasse ich sie so." Nachdem er das Handtuch ins Badezimmer zurückgebracht hatte, ließ Kismet sich mit so viel Schwung auf die Matratze fallen, dass er beinahe gegen Colm geprallt wäre. Dann streckte er seufzend die Arme über den Kopf, als er von der Erschöpfung der letzten Tage eingeholt wurde. Bis ihm etwas einfiel. „Willst du eigentlich nicht duschen?" Kismet setzte sich trotz seiner dunklen Augenringe wieder auf. „Ich kann dir ins Badezimmer helfen, wenn es nicht alleine geht."

„Rieche ich schlecht?" Colm hob den Kopf und drehte sich auf die Seite. Die Decke, die er hastig über sich geworfen hatte, rutschte ein Stück herunter und brachte die rote Stelle auf seiner Brust zum Vorschein, die sich deutlich von seiner leicht gebräunten Haut abhob.

Kismet verzog mitfühlend das Gesicht und stützte sich auf einen Ellbogen, um die noch verheilende Wunde zu betrachten.

„Tante Kay hat mich abgewaschen, aber die Seife hat komisch gerochen. Allerdings hat sie gesagt, es würde dem Heilungsprozess helfen. Also sollte ich das Zeug lieber drauflassen – auch wenn es vielleicht nur aus verbrannten Katzenhaaren und zermahlenen Hühnerknochen besteht."

„Kein Problem, du riechst nicht schlecht, nur nach Kräutern." Kismet streckte eine Hand zu Colms Brust aus und strich mit einem Seufzer gerade eben über die vernarbte Stelle auf der glänzenden Haut. „Ich glaube, das ist meine Schuld. Ich bin sogar ziemlich sicher."

„Denk nicht so", sagte Colm und bedeckte Kismets Hand mit seiner. Die schlanken Finger des jungen Mannes fühlten sich beinahe zerbrechlich an. „Ob du es glaubst oder nicht, war es vielleicht sogar ganz gut für mich. Beim nächsten Mal denke ich hoffentlich besser nach. Tod sagt mir immer, dass ich das nicht vergessen darf. Ich muss endlich lernen, überlegter zu handeln."

„Das war aber eine ganz schön heftige zusammengerollte Zeitung." Der junge Mann legte seinen Kopf auf seine Unterarme und betrachtete Colm.

„Außerdem habe ich es so geschafft, Min eifersüchtig zu machen. Keiner von uns ist je von einer Kugel getroffen worden." Colm fragte sich, warum Kismet ihm seine Hand weggezogen hatte. Am liebsten hätte er gefragt – nur wie fragte man jemanden danach, ob man abstoßend war? „Sie möchte immer bei allem die Erste sein und jetzt bin ich ihr zuvorgekommen."

„Freut mich, dass du sie ärgern konntest." Kismet rückte etwas näher an Colm heran und stützte sein Kinn vorsichtig auf Colms Brust, ohne der Wunde zu nahe zu kommen.

Etwas in den Augen des jungen Mannes machte Colm traurig. Er sah Schmerz darin, eine zögerliche Ungewissheit, über die Colm ihn irgendwie hinwegtrösten wollte. Vorsichtig berührte er Kismets Wange mit seinen Fingerspitzen, streichelte über die seidige Haut und zog seinen Mundwinkel ein wenig nach oben.

„Alles in Ordnung?", fragte Colm.

„Ja. Nein." Kismet konnte nicht aufhören, an den Mann zu denken, der auf dem Boden zusammengesunken war, während Teile seines Gehirns am Stein in Kismets Hand geklebt hatten. Ein Zittern durchlief seinen Körper, bis seine strapazierten Nerven sich eisig anfühlten. „Ich habe noch nie jemanden so schwer verletzt. Ich habe nie jemandem wehgetan, der mich nicht als Erstes angegriffen hat. Und jetzt habe ich jemanden getötet."

„Ich bin froh, dass du es getan hast." Colm legte eine Hand auf Kismets Schulter, um ihn dichter an sich zu ziehen. Er wollte ihn trösten, wollte den Schmerz aus seinen Augen vertreiben. Der Mensch schmiegte sich widerspruchslos an seine Seite. „Außer den anderen Reitern hat niemand je so etwas für mich getan."

„Kumpel, der Typ ist *tot*." Er zögerte kurz, schob dann aber einen Arm über Colms Oberkörper. Dem Reiter stockte der Atem, als sich seine Brust zusammenzog. Dann holte er tief Luft und legte Kismet eine Hand auf den Rücken, streichelte sanft darüber. Die tröstende Berührung brachte Kismet zum Seufzen. „Es lässt sich nicht mehr ändern, Colm. Ich habe ihn umgebracht. Und die Polizei wird es herausfinden."

„Wenn das passieren sollte, kümmern wir uns darum", versicherte Colm ihm. „Tod kennt sich damit aus. Glaubst du etwa, du bist der Einzige, der die Polizei auf sich aufmerksam gemacht hat? Ari hat ein Talent zum Mistbauen und Tod muss ihm ständig aus der Patsche helfen. Davon abgesehen war dieser Mann nicht ganz richtig im Kopf. Gegen einen Verrückten mit einer Pistole muss man sich wehren. Das kann einem niemand vorwerfen."

„Dann werde ich nie mit einer Pistole in deine Nähe kommen", antwortete Kismet trocken.

„Gewöhn dich endlich dran, dass du nicht verrückt bist." Colm wurde immer entspannter. Das ungewohnte Gefühl eines warmen Körpers neben seinem hatte sich in ein angenehmes verwandelt. Er war sicher, dass er sich daran gewöhnen konnte. Den anderen Mann in den Armen zu halten wärmte und beruhigte ihn. „Alles, was du in den Schatten gesehen hast, war real. Ist real. Das musst du mir glauben, auch wenn es niemand anders verstanden hat."

„Aber Colm, wenn man Zeug in den Schatten rumkriechen sieht, *halten* einen leider alle für verrückt." Kismets bitteres Lachen trug das Gift unzähliger mitgehörter Flüstereien in sich. „Und dann wird man gemieden. Man kann sich nur schwer einreden, dass man normal ist, wenn Leute einem misstrauische Blicke zuwerfen und ihre Kinder von einem fernhalten."

„Das klingt traurig." Colm strich über Kismets lange Haarsträhnen. „Und einsam."

„Wir sind alle einsam. Zumindest wir Menschen", sagte Kismet nachdenklich, während er eine Hand unter seinen Bauch schob, um eine juckende Stelle zu kratzen. „Vielleicht haben wir deshalb so oft Sex – dann sind wir für ein paar Minuten gemeinsam einsam und können uns einbilden, miteinander verbunden zu sein. Aber es ist eine Illusion."

„Glaubst du das wirklich?" Der Gedanke beunruhigte Colm. Mit dem jungen Mann in seinem Bett zu liegen, erfüllte ihn mit einer Wärme, die seine Erschöpfung von ihm nahm. „Dass du allein bist?"

„Meistens schon", gab Kismet zu. „Allerdings nicht, als ich heute diesen Mann erschlagen habe. Ich war wütend, weil er dir wehgetan hat, und wollte ihm genauso wehtun. Vielleicht fühlt man sich einfach einsam, bis man etwas hat, das einem nicht egal ist. Keine Ahnung. Jedenfalls fühlt es sich schlimm an, wenn jemand abhaut, weil er einen für wahnsinnig hält. Verrückt zu sein macht einsam. So ist das eben."

„Das tut mir leid. So sollte es nicht sein." Das leichte Zittern in Kismets Stimme zu hören war beinahe schmerzhaft. „Ich hatte immer die anderen drei. Ich gehöre einfach zu ihnen, selbst wenn ich mich manchmal ein bisschen anders fühle. Ich habe wohl einfach mehr mit Menschen gemeinsam als sie. Als wäre ich immer noch einer."

Kismet betrachtete ihn. „Bist du nicht menschlich? Oder warst es wenigstens mal?"

„Laut Tod schon. Zumindest fast", antwortete Colm. „Und so fühle ich mich eben auch. Aber trotzdem zeichnet sich ein Mensch ein bisschen anders vor der Grenze ab als ein Grenzgänger. Da ist eine Art silberner Schimmer in der Schwärze. Es ist schwer zu beschreiben. Einen Menschen erkenne ich ziemlich schnell, aber die Unsterblichen auseinanderzuhalten fällt mir schwer. Min kann das besser – allerdings gehört sie auch schon wesentlich länger zu den Reitern."

„Als das alles angefangen hat, habe ich mich gefragt, ob ich noch ein Mensch bin. Oder ob ich tot bin. Das war ziemlich schlimm." Kismets Hand schob sich Colms Brust hoch, bis er darunter den Herzschlag des Reiters spürte. „Mein ganzes Leben lang hat mir so viel im Kopf herumgespukt und an mir genagt. Manchmal hätte ich mir am liebsten den Schädel gespalten, um alles rauszuzerren. So verzweifelt war ich. Und dann habe ich erfahren, dass alles real ist. Das macht mir verdammt viel Angst."

„Das müsste hier bei uns doch besser werden", fand Colm.

Kismet schnaubte. „Also im Moment habe ich immer noch verdammt viel Angst. Vielleicht dauert es einfach ein bisschen."

„Das wird schon wieder." Zumindest hoffte Colm es. Er verspürte selbst ein nervöses Kribbeln, wenn er an die Veränderungen in seinem Leben dachte. Trotzdem waren sie ihm willkommen, was sie auch bringen würden. Er hatte nämlich das Gefühl, eine Veränderung zu brauchen, um endlich mutiger zu werden. „Mach dir keine Sorgen, wir kümmern uns um dich. Tod wird dich beschützen, so gut er kann. Und ich helfe ihm. Versprochen."

„Vielleicht bin ich auch nur in einem schlechten Abklatsch von *Ich bin das, was übrigbleibt* gefangen und suche in irgendeiner Klapsmühle nach meinem toten Bruder." Der junge Mann schmiegte sich dicht an Colm. Nach diesem Tag spürte er jede Minute seines kurzen Lebens in den Knochen. „So funktioniert das übrigens nicht. Nur weil du hoffst, dass alles gut wird, muss es das noch lange nicht werden. Man kann sich die ganze Scheiße auf der Welt nicht einfach wegwünschen."

186

„Aber hier ist nicht der Rest der Welt", widersprach Colm eng an den jungen Mann gepresst. „Hier bist du sicher. Hier kann dir niemand etwas anhaben. Es ist eines der unantastbaren Gesetze in unserem Leben: Sobald man die Türschwelle eines Unsterblichen übertreten hat, ist man in Sicherheit."

„Selbst vor Ari?"

„Ganz besonders vor Ari." Colm schlang zögernd einen Arm um Kismets Taille und hielt ihn noch fester, wie um ihn mit seinem Körper zu schützen. Kismets ungezwungene Berührungen und die Wärme des jungen Mannes sandten ein Prickeln durch seine Nerven. Doch er unterdrückte seine Reaktion und fuhr fort: „Du hast ihm vorhin die Meinung gesagt. Sonst macht das nur Min, aber die ist selten auf meiner Seite. Meistens verbünden sich die zwei gegen mich. Deshalb war es ziemlich nett."

„Er ist ein Idiot." Kismet begann zu zittern. Er fragte sich, ob es mit seiner Sucht zusammenhing oder ob er endgültig vom Grauen des letzten Tages eingeholt wurde. „Haben er und Tod was miteinander?"

„Haben? Oh, du meinst, ob sie zusammen sind."

Der junge Mann nickte. „Ja."

„Nein, aber das war mal anders. Und vielleicht sollten sie es wieder sein. Manchmal kommt es mir fast so vor, als herrschte in der Welt so viel Chaos, weil sie so heftig über ihre Gefühle streiten. Aber das ist natürlich albern."

„Kann ich dich was Komisches fragen?", erkundigte sich Kismet blinzelnd. Er wurde immer schläfriger. Bald würde er herausfinden, ob er einschlafen konnte, bevor sich seine Sucht zu heftig meldete. Wann sie sich aufbäumte, war oft so frustrierend unvorhersehbar. Glücklicherweise war die Unterhaltung mit Colm beruhigend – dieser schüchterte ihn weit weniger ein als Tod. Als er so in seinen Armen lag, flüsterte ihm der Schlaf bereits verführerisch ins Ohr.

„Klar."

„Hast du dir Colm ausgesucht oder haben dir die anderen den Namen gegeben?"

„Das ist … ein seltsamer Themenwechsel."

„Ich musste nur gerade darüber nachdenken", antwortete Kismet. „Hattest du den Namen schon? Wusstest du ihn noch? Und weißt du, wer du warst, bevor du einer von diesen Typen wurdest?"

„Ich habe ihn mir ausgesucht. Es hat gedauert, bis ich einen gefunden habe, der mir gefiel", antwortete Colm. „Ich mochte den Klang. Ari nennt sich schon lange Ari und Min wollte einfach etwas Praktisches. Aber keiner von uns weiß, wer wir vorher waren."

„Und Tod ist einfach Tod?", wollte der junge Mann wissen. „Einen anderen Namen hat er nicht?"

„Nein. Ari nennt ihn manchmal Shi." Colm erinnerte sich daran, wie er Tods Namen das erste Mal aus dessen eigenem Mund gehört hatte, ernst und kalt. „Ari

187

ist der Einzige, der ihn anders nennt. Eigentlich hat er keinen anderen Namen. Ich glaube, er möchte einfach niemals vergessen, dass er der Tod ist."

„Jedenfalls bin ich froh, dass du dich nicht für Len entschieden hast. Das ist ein ätzender Name."

„Darauf bin ich überhaupt nicht gekommen." Er stellte sich den Klang vor, bevor er ihn laut sagte: „Len wie in Pestilenz. Aber ich glaube, das passt wirklich nicht. Ari nennt mich manchmal Pest."

„Er ist ja auch ein Arschloch. Wenn du als Pestilenz gebraucht wirst …" Kismet gähnte und ihm stieg der Geruch der Seife in die Nase. Sie roch nicht allzu unangenehm – ein bisschen wie zu starker Oolong-Tee. „… begleiten dich die anderen dann?"

„Selten. Normalerweise erledigen wir unsere Aufgaben nicht als Gruppe. Ari und Tod gehen manchmal zusammen. Ich gehe meistens allein."

Als Kismet blinzelte, warfen seine Wimpern lange Schatten auf sein Gesicht. Der Reiter betrachtete den immer schläfriger werdenden jungen Mann fasziniert im dämmrigen Licht des Raumes.

„Und da hältst du *meine* Situation für traurig?", murmelte Kismet heiser. „Ihr gehört doch zusammen. Warum ist man Teil einer Gruppe, wenn man dann alles alleine machen muss?"

„Das liegt an meiner Berufung. Meine Aufgabe hat mit denen der anderen nicht viel zu tun. Genau wie Mins. Manchmal folgen wir Ari", erklärte Colm. „Oft helfen wir damit der Menschheit, sich in eine bessere Richtung zu entwickeln – auch wenn es auf den ersten Blick nicht so wirkt. Ich bemühe mich, die Spezies als Ganzes zu stärken, was natürlich nicht immer gleich funktioniert. Aber so schlimm ist es nicht. Oft bin ich zurück, bevor jemand meine Abwesenheit bemerkt."

„Falls du heute Nacht gerufen wirst, kannst du mich wenigstens wecken?" Kismet stiegen Tränen in die Augen, als er erneut herzhaft gähnte. Seine Zähne glitzerten scharf im schwachen Licht. „Ich möchte nicht, dass niemand auf dich wartet. Ari hat gesagt, er hätte es bei Tod getan. Also solltest du auch jemanden haben."

Sprachlos vor Überraschung wagte Colm kaum zu atmen, als sich Kismet weiter unter seinen Arm schob und sich in die Decke kuschelte. Bald hatte er die Augen vor dem am Rand der Vorhänge hereinkriechenden Tageslicht verschlossen und seine gleichmäßigen Atemzüge beruhigten Colms Nerven. Das noch zerbrechliche Vertrauen zwischen ihnen hatte vorerst gehalten.

Mit dem fest in seine Arme geschlossenen jungen Mann ließ Colm den Kopf ebenfalls ins Kissen sinken. Doch als er einen Blick auf Kismets nur wenige Zentimeter entferntes Gesicht warf, siegte die Versuchung über seine ängstliche Zurückhaltung: Er beugte sich vor, um seine Lippen einmal sanft über Kismets Wange gleiten zu lassen und von der Haut des jungen Mannes zu kosten.

„Natürlich", versprach Colm dem schlafenden Künstler. „Ich sage dir Bescheid, falls man mich ruft."

Eine schwere Süße hing in seiner Kehle, ein heftiges Verlangen, das er nicht zu stillen wusste. Letztendlich vergrub er sein Gesicht in Kismets trocknendem Haar und überließ sich ebenfalls dem Schlaf, während er sich vornahm, sich mit seinen Gefühlen am nächsten Morgen auseinanderzusetzen. Auf seiner Zunge schmeckte er noch Kismets Haut.

15

ALS COLM aufwachte, war er hungrig. Die Heilung hatte seinen Körper viel Energie gekostet. Die warme Gestalt neben ihm überraschte ihn, bis er sich daran erinnerte, wie er zu Kismets leisen Atemzügen eingeschlafen war. Kismet lag im gedämpften Sonnenlicht unbedeckt da. Lediglich seine Füße waren noch in die Decke gewickelt. Das kräftige Violett seiner Armbeugen war in ein helles Rot übergegangen, das trotzdem noch schmerzhaft wirkte.

Kismets ungekämmtes Haar fiel über eines seiner Augen, ein Hauch von Rot unter Kaffeebraun. Der Mann war schlank – beinahe zu schlank – und unter dem fast bis zu seiner Brust hochgerutschten T-Shirt war ein flacher Bauch zu sehen. Sein Gesicht hatte etwas beinahe Wildes, Katzenhaftes, das auf Colm zugleich gefährlich und verführerisch wirkte, als wüsste man nie genau, ob er eine Berührung hinnehmen oder zubeißen würde – was Colm ihm allerdings nicht verdenken konnte.

Farbe klebte unter Kismets Fingernägeln wie ein mitternachtsdunkler Regenbogen zwischen abgeknabberter Nagelhaut. Türkise Tinte schaute unter der Jogginghose hervor, durchbrochen vom Rotorange des Kois. Colm fragte sich, ob man das Tattoo unter seinen Fingern spüren konnte. Die glatte Haut lockte ihn. Ari hatte einmal erwähnt, dass es dauerte, bis eine Tätowierung unter die Haut gesunken war. Der lebhaft leuchtende Fisch zog ihn beinahe magisch an, doch Colm widerstand der Versuchung und schlüpfte leise aus dem Bett.

Nachdem sich der Wasserstrahl in der Dusche erwärmt hatte, betrat Colm die von Dampf erfüllte Glaskabine. Das heiße Wasser fühlte sich wundervoll auf seiner Haut an, die auch auf seiner Brust wieder glatt und verheilt war. Nach einiger Zeit riss er sich widerstrebend von dem warmen Wasser los, da sein Magen laut knurrte und unter seinem Zwerchfell mit stechenden Schmerzen auf sich aufmerksam machte. Er schlüpfte in Jeans und ein T-Shirt, um zu sehen, ob einer von den anderen wach war.

An Mins offener Tür klebte ein Zettel, auf dem ihre unleserliche Handschrift ihn darüber informierte, dass sie sich entweder in Thailand aufhielt oder von Eichhörnchen gefressen worden war – es war schwer zu entziffern. Tods Tür war verschlossen und verbarg vor Colm, ob sich dahinter eine der nicht seltenen hitzigen Auseinandersetzungen abspielte.

In der Speisekammer sah er nichts, was ihn begeisterte – hauptsächlich verschiedene Pilze und überwürzte Fertiggerichte. In der Küche fand er eine Papiertüte mit einigen Jeans und T-Shirts vor. Ein weiterer Zettel von Min teilte ihm mit, dass sich ihre Spende an den Menschen hierauf beschränke und sie weiteres Stibitzen nicht tolerieren werde.

„Hi." Kismets heisere Stimme strich samtig über Colms Bauch und weckte die Schmetterlinge, die darin geschlafen hatten. Der junge Mann rieb sich gähnend das Gesicht, auf das sich ein Spritzer Zahnpasta verirrt hatte, und streckte sich ausgiebig.

„Guten Morgen. Auch wenn der fast vorbei ist", fügte Colm mit einem Blick auf die Uhr hinzu. Als er in den Kühlschrank schaute, verzog er beim Anblick der gähnenden Leere das Gesicht. „Min hat dir ein paar Klamotten rausgesucht."

„Das ist nett." Der junge Mann zog sich Colms T-Shirt über den Kopf und durchsuchte die Tüte nach etwas, das ihm gefiel. Kismet schlüpfte auch aus der Jogginghose und stand nackt im Morgenlicht, bevor er eine abgenutzte Jeans und ein graugrünes T-Shirt mit dem Aufdruck einer Buchhandlung in Clairemont Mesa anzog. Als er die ausgezogenen Kleidungsstücke in die Tüte schob, bemerkte er, wie Colm ihn anstarrte.

„Was ist?" Er verengte die Augen und legte den Kopf schief. „Hier sind doch nur wir zwei. Oder stört es dich?"

„Nein, schon okay. Ich bin nur nicht daran gewöhnt, dass jemand hier ist." Colm schluckte und bemühte sich, die Bilder farbiger Tinte auf nackter Haut aus seinem Kopf zu verbannen. „Sollen wir uns irgendwo Frühstück besorgen? Hier gibt es kaum etwas außer Mins Sachen."

„Ihr geht wirklich einkaufen?", Kismet stieß einen leisen Pfiff aus. „Ich kann mir euch nicht in einem Supermarkt vorstellen."

„Leider gibt es kein Füllhorn, aus dem wir uns einfach bedienen können", neckte Colm. „Aber zum Einkaufen raffen wir uns meistens wirklich nur auf, wenn wir bestelltes Essen nicht mehr sehen können. Und manchmal bestellen wir uns auch einfach Lebensmittel."

„Moment, willst du mir damit sagen, dass ihr vier Unsterbliche seid, die alle nicht kochen können?"

„Na ja, Tod kocht manchmal", antwortete Colm und dachte an die Gerichte, die der Älteste gelegentlich zubereitete. „Wenn man es so nennen kann. Er mag rohe Sachen. Und Ari mag Fleischstücke, die außen schwarz und innen noch blutig sind."

„Ich muss dir dringend beibringen, wie man eine Mikrowelle benutzt. Und wie man Käsemakkaroni kocht – dabei kann man nicht viel falsch machen."

„Wenn wir was kaufen wollen, müssen wir zu Fuß gehen. Tods Auto ist in der Werkstatt, Aris Mustang wurde wahrscheinlich schon zu einem Schrottplatz gebracht und mein SUV steht noch beim Motel." Zumindest hoffte Colm, dass er dort noch stand. Die Gegend hatte nicht besonders vertrauenerweckend gewirkt.

„Ich muss sowieso nach Hause", antwortete Kismet, der in der Tüte nach Socken suchte. „Wenn du willst, kannst du mitkommen und das Auto holen. Die Straßenbahn ist um die Uhrzeit erträglich."

191

„Scheiße", platzte es überrascht aus Colm heraus. Ein seltsamer Druck breitete sich in seiner Brust aus. „Ich habe gar nicht darüber nachgedacht, dass du vielleicht zurückwillst. Du bist jetzt unsterblich."

„Ich will ja nicht nach Europa auswandern oder so. Nur nach Hause." Als er Colms niedergeschlagenen Blick sah, beugte er sich vor. „Was dachtest du denn, was ich jetzt vorhabe?"

„Ich dachte wohl, du bleibst bei uns." Colm schluckte seine Enttäuschung herunter. Natürlich würde der junge Mann nicht bei ihnen wohnen. Ari hatte seine Meinung dazu ziemlich deutlich gesagt, und auch wenn Tod sich noch nicht dazu geäußert hatte, war Kismets Entscheidung bereits gefallen. Er würde sich zurück in die Welt mit all ihren Gefahren begeben.

„Klar, das würde ganz toll funktionieren", lachte Kismet. „Außerdem werde ich in ein paar Stunden ernsthaft zittrig sein und bin keine gute Gesellschaft mehr. Aber wir können trotzdem zusammen Frühstück kaufen – ich müsste noch ein paar Dollar in meiner Jeans haben."

„Mach dir ums Geld keine Sorgen, davon habe ich mehr als genug", sagte Colm. „Um die Ecke gibt es einen Laden mit guten Bagels. Da kann ich auch ein paar für die anderen kaufen – Min ist meistens am verhungern, wenn sie zurückkommt."

Das Foyer vor dem Penthouse hatte die Form eines kurzen „L", damit man von der Tür nicht direkt auf den Aufzug schaute. In Blumenkübeln kämpften breitblättrige Pflanzen und dünne Bambushalme um Platz. An einer Seite floss, eingezwängt zwischen einer Glasscheibe und einer geriffelten Granitwand, Wasser von der Decke zum Boden hinab. Doch Kismets Aufmerksamkeit galt allein dem Rand der Grenze, die sich entlang der Wände sammelte.

Eine graue Schicht überzog die Fußleisten unter den hellen Birkenholzwänden wie zerknitterter Samt. Sie lag völlig bewegungslos da, zurückgedrängt durch die pure Kraft des Heims der Reiter. Als Colm feststellte, dass Kismet ihm nicht zum Aufzug folgte, drehte er sich verwundert um.

„Was ist los?" Er machte ein paar Schritte auf Kismet zu, um zu sehen, was er anstarrte.

„Ich kann diesen Rand sehen." Kismet näherte sich der Wand, bis seine Sneaker beinahe gegen die raue Steinwanne unter dem Wasserfall stießen. „Die Grenze, von der ihr immer redet. Ich sehe ihren Rand. Und ich höre immer noch nicht dieses Summen. Das ist mir schon beim letzten Mal bei euch aufgefallen. Keine Geräusche in meinen Ohren, während ich hier war. Es war so still. Eine solche Stille habe ich zum ersten Mal gehört."

„Ich bin mittlerweile wohl einfach daran gewöhnt", antwortete Colm. „Aber es gibt nichts Besseres, als hierher nach Hause zu kommen. Wenn ich mein ganzes Leben in den Schatten verbringen müsste … Tja, es wundert mich nicht, dass manche Menschen wahnsinnig werden."

„Ja", stimmte Kismet so leise zu, dass er beinahe vom Rauschen des Wasserfalls übertönt wurde. „Ich bin immer noch nicht ganz sicher, ob ich nicht doch verrückt bin."

„Wir haben ja alle Zeit der Welt, dich davon zu überzeugen", erwiderte Colm grinsend. Er legte Kismet einen Arm um die Schultern und bemühte sich, es möglichst beiläufig wirken zu lassen. „Komm, lass uns frühstücken gehen."

IM TREPPENHAUS breitete sich ein unangenehmer Geruch aus, als sich die Gruppe von Dunkelelfen dicht um den Notausgang scharte. Lange Hauer ragten aus einem flachen Gesicht mit wulstigen Lippen. Der normalerweise weiße Teil der zu Schlitzen verengten Augen erinnerte eher an Goldrute. Ein weiterer Elf kratzte sich mit seiner dreifingrigen Hand das Gesicht, aus dessen Stirn ein rissiges Horn ragte, das sich bis auf eine Wange bog. Neben den Unsterblichen und Beckett waren fünf Dunkelelfen anwesend – stille, finster dreinblickende Männer mit glänzender, dicker Haut, die an den Armen mit kleinen Schuppen und weichem Haar bedeckt war.

„Es ist so kalt hier." Glaube rieb sich ihre nackten Arme, während sie versuchte, die Schatten dichter um ihren Körper zu ziehen. „Sind die anderen im Treppenhaus bereit?"

„Alle sind so weit. Sie warten auf das Signal zum Angriff, sobald wir die obere Etage erreicht haben", versicherte Beckett. „Die anderen Dunkelelfen bewachen vorsichtshalber die Ausgänge."

„Gut. Wir werden sie brauchen, wenn wir Tod umbringen wollen." Die Grenze wurde immer spröder und dünner. Glaubes Einfluss schwand. Sie spürte Tod in der Luft, dessen Macht alle Schichten des Vorhangs von sich stieß. „Hier riecht alles nach den Reitern. Trotz der zurückgedrängten Grenze."

„Ich hoffe doch sehr, dass wir bald nur noch Blut riechen", entgegnete Güte. Der Unsterbliche suchte in den Schatten nach einer kräftigeren Stelle und schob seine Hände in den tiefschwarzen Vorhang, um so viel Kraft wie möglich aus der dünnen Grenze zu schöpfen. „Hast du alles, was du brauchst, Beckett?"

„Ja." Der Magus hielt eine kleine Reisetasche hoch. „Wenn wir erst im Foyer sind, können sie sich nicht verstecken, oder? Es wäre ein Problem, wenn wir den Jungen nicht erreichen könnten."

„Nein, sie werden nicht in die Schatten tauchen können", antwortete Glaube. „Wir müssen unsere Zufluchtsorte verlassen, um durch die Grenze zu reisen."

„Denk nur daran, nicht die Hand gegen die vier zu erheben", warnte Güte den Menschen. „Sie können dir nichts anhaben, solange du sie nicht angreifst."

„Das soll ich dir glauben? Einer von ihnen hat Frazier getötet."

„Dein Schoßhündchen war allerdings auch so dumm, auf Pestilenz zu schießen", wandte der Unsterbliche ein. „Wenn er sie angreift, dürfen sie sich auch gegen einen Menschen wehren. Tod ist ziemlich streng mit ihnen, aber alles lassen sich die vier nicht gefallen."

„Unsterbliche", grunzte einer der Männer seinem Auftraggeber zu, während er mit einem dicken Finger den Notausgang einen Spalt geöffnet hielt. „Zwei von ihnen, im Foyer. Einer ist Pestilenz. Der andere müsste der Junge sein."

„Das ist fast schon zu einfach." Güte nickte dem Dunkelelfen zu. „Lasst den Jungen unversehrt – zumindest so gut es geht. Bringt die anderen um. Ganz egal, wie. Vielleicht tut es der Welt gut, für ein paar Stunden von den Reitern befreit zu sein."

KISMET ZUCKTE zusammen, als plötzlich der Lärm schwerer, stampfender Schritte auf Metallstufen an seine Ohren drang. Colm fuhr herum, als die Tür zum Treppenhaus aufflog und große Gestalten hineinstürmten. Eine Faust in seinem Gesicht betäubte ihn und sandte stechenden Schmerz durch seinen Kopf. Während er sich noch bemühte, durch das Blut hindurch etwas zu erkennen, schrie er Kismet zu, hinter ihm zu bleiben.

Als er wieder etwas sehen konnte, holte er mit einem Ellbogen aus und hörte ein lautes Grunzen, als dieser ein Gesicht traf. Sein Angreifer war mindestens einen Kopf größer als er, sodass er auf ein kantiges, mit schwarzem Haar bedecktes Kinn starrte. Colm blinkte verwirrt und spuckte das warme Blut aus, das sich in seinem Mund sammelte.

Weitere Dunkelelfen drängten aus dem Treppenhaus in das Foyer der Reiter. Ein Knacken hallte jedes Mal durch den Raum, wenn sich ein weiterer kräftiger Körper aus der schattigen Grenze schob. Als ein Dunkelelf zwischen ihnen auftauchte, stieß Colm Kismet in Richtung Haustür und warf sich auf den Angreifer.

Kismet stolperte zurück, als sich plötzlich ein Arm um seinen Hals legte und ihn so heftig gegen einen steinharten Körper zog, dass er kaum noch atmen konnte. Er wand sich im Griff seines Angreifers, riss ihn herum. Die Kreatur reagierte, indem sie den Jungen gegen die Wand schleuderte, um ihn zu betäuben. Doch obwohl Kismet Sterne sah, stieg Wut in ihm auf.

Schnell zuschlagen. Fest zuschlagen. Weglaufen. Bei Bedarf wiederholen. Kismet kannte dieses Rezept gut. Wenn man es beim ersten Mal richtig machte, war das Wiederholen selten nötig. Mit seiner schlanken Gestalt und seinem hübschen Gesicht wurde er häufig für ein leichtes Opfer gehalten. Er hatte bereits als Junge gelernt, dass schwere Gegenstände und schnelle Reflexe oft gegen größere Kraft gewannen, wenn man nicht zögerte oder nachließ.

Allerdings befand sich kein geeigneter Gegenstand in Reichweite und ihm wurde allmählich schwarz vor Augen. Ohne Sauerstoff blieb ihm nicht mehr viel Zeit.

Ein Terrakottatopf mit einer hochgewachsenen immergrünen Pflanze sah vielversprechend aus, doch auch wenn er den Arm ausstreckte, konnte er sie nur gerade eben mit den Fingerspitzen streifen. Die Kreatur warf ihn erneut nach vorn, knallte ihn mit der Schläfe gegen die harte Wand. Schwarze Flecken tauchten in seinem Sichtfeld auf und der Rand verschwamm. Er musste etwas unternehmen.

Er spuckte das Blut auf die Wandverkleidung, das in seinen Mund geflossen war, als er sich auf die Zunge gebissen hatte, und nahm seine ganze Kraft zusammen. Dann warf er den Kopf nach hinten, um ihn mit voller Wucht ins Gesicht seines Angreifers zu schlagen. Das Knirschen eines brechenden Nasenbeins und der sich lockernde Arm versetzten Kismet einen neuen Adrenalinstoß.

Er warf sich herum, nutzte den Schwung, um seine Faust in die Magengegend seines Angreifers zu rammen, und wurde mit einem schmerzerfüllten Stöhnen belohnt, das heiße Luft über sein Gesicht blies. Kismet wich hastig vor dem gequält vornübergebeugten Mann zurück, erstarrte jedoch, als er eine ganze Gruppe weiterer Personen auf sich zukommen sah.

Weitere der riesigen Kreaturen waren darunter und verständigten sich mit lauten, heiseren Worten, die Kismet nicht verstehen konnte.

Im Kontrast zu ihnen stand eine zierliche, betörend schöne Frau, neben der sich ein Mann befand, der wie ihr Zwillingsbruder aussah, und ein weiterer mit rasiertem Kopf. Sie hatte den Blick von der Auseinandersetzung abgewandt, als könnte sie diese nur schwer ertragen.

Der große Mann mit der Glatze schien weniger Skrupel zu haben. Er sah zu, wie sich die Kreaturen Kismet näherten, während seine Hände zuckten, als hätte er am liebsten selbst angegriffen. Als er Kismet kühl zulächelte, wich dieser einen Schritt zurück.

Der blonde Mann rief den zwei vorderen Kreaturen etwas zu, woraufhin diese sich auf Colm und Kismet stürzten. Die mit dem fehlenden Horn hob brüllend die Arme und schwang eine lange Machete zu Colms Schulter hinunter.

Colm war selten dankbar für Tods Kampftraining. Meist dauerte es Stunden, bis er sich von den Angriffen des Älteren erholt hatte, die ihm beibringen sollten, sich zu verteidigen. Doch jetzt gelang es ihm, der Machete auszuweichen, sich zu Seite zu rollen und in der Hocke zu landen – obwohl er dabei beinahe über Kismets Beine gefallen wäre. Während er sich mit den Fingerspitzen auf dem Boden abstützte, bemühte er sich, die Entfernung zur Tür abzuschätzen.

„Kismet!" Colm legte eine Hand an die Hüfte des jungen Mannes und stieß ihn kräftig in Richtung Wand. „Zur Tür! Geh wieder rein! Lass die Dunkelelfen nicht zwischen dich und den Eingang."

Colms Stimme drang zu Kismet durch und riss ihn aus seiner Starre. Er rammte erneut eine Faust in den Bauch einer Kreatur, schadete sich damit allerdings hauptsächlich selbst, als seine Fingerknöchel von hartem Leder abgefangen wurden. Effektiver waren da seine Zähne, als er kräftig in den haarigen Arm biss, der ihn festzuhalten versuchte.

Er rechnete mit dem metallischen Geschmack von Blut in seinem Mund, der ihm so vertraut war – er hatte sich in seinem Leben häufig auf die Zunge oder in die Wange gebissen, war ins Gesicht geschlagen oder zu Boden gestoßen worden. Als Kind hatte er sogar einmal ganz naiv über eine blutende Einstichstelle am Arm seiner Mutter geleckt und das bittersüße Heroin gemischt mit dem schweren

Lebenselixier ihres Körpers geschmeckt. So war er nicht auf den beißenden, sauren Geschmack vorbereitet, der ihm aus der Wunde entgegenspritzte und brennend in seine Kehle rann. Er spuckte angewidert und riss sich los, um hinter Colm zurückzuweichen. Mittlerweile war er schweißnass und das Logo des Buchladens klebte an seiner Haut, als das geliehene T-Shirt seine Nervosität aufsaugte.

„Glaube!" Die blonde Frau zu erkennen fühlte sich wie ein Schlag in die Magengrube an. Plötzlich erschien Colm der Angriff der Dunkelelfen noch bedrohlicher. Sie waren von einer anderen Unsterblichen hergebracht worden – ein unerwarteter Verrat. Dass eine von ihnen auf diese Weise ihr Zuhause entweiht hatte, ließ ihn vor lauter Wut beinahe die Dunkelelfen vergessen. „Und Güte! Was zum Teufel soll das?"

„Colm, ich kriege die verdammte Tür nicht auf!" Kismet hatte die Tür erreicht und kämpfte mit dem Knauf. Die Tür war fest hinter ihnen zugefallen und hatte die Welt ausgesperrt. Jetzt zitterte Kismet zu heftig, um den Knauf zu drehen. „Scheiße, nicht jetzt." Die Spinnenbeine seiner Sucht hatten begonnen, unter seiner Haut umherzukrabbeln und sich in seinem Fleisch zu verkrallen. Er atmete tief durch, legte seine Hände fester um den Knauf und presste seine Schulter gegen die dicke Tür. „Warum kannst du nicht dieses eine Mal warten?"

Kismet zuckte zusammen, als eine Faust gegen Colms Schläfe krachte, weil dieser den Angreifer nicht rechtzeitig bemerkt hatte. Seine Brille rutschte ihm halb von der Nase und blieb an seinem Wangenknochen hängen. Mit ihren muskulöseren Körpern waren die Dunkelelfen klar im Vorteil. Auf der Suche nach einer Schwachstelle trat Colm instinktiv gegen das Knie seines Angreifers und wurde mit einem lauten Knacken und dem schmerzverzerrten Gesicht der Kreatur belohnt, als zersplitterte Knochen die Haut durchstießen.

„Haltet die Tür zu! Lasst ihn nicht rein!", schrie Güte den Dunkelelfen zu. Er bemühte sich, durch das Gedränge zu dem noch neuen Unsterblichen zu gelangen. Hinter ihm beugte sich Beckett zu seiner Reisetasche hinunter.

Ein Dunkelelf näherte sich mit einem großen Brecheisen und zielte auf Kismets Kopf. Der junge Mann duckte sich und warf sich zur Seite, woraufhin der Elf ihm einen Tritt in die Rippen verpasste, der die Luft aus seiner Lunge presste. Der Elf holte erneut mit dem Brecheisen aus, zielte diesmal allerdings auf den Knauf und schlug zu, bis dieser abgebrochen war. Dann legte er eine riesige Hand auf Kismets Gesicht, die ihn beinahe erstickte.

Der junge Mann würgte und biss in die Finger, die sich in seinen Mund schoben, bevor er Colm zurief: „Die Tür ist kaputt. Wir kommen nicht mehr rein!"

Kismet versuchte erfolglos, sich den Händen der Kreatur zu entziehen. Angst kochte in seinem Blut hoch, als sich die Dunkelelfen vor ihm teilten, um ihn und seinen Peiniger durchzulassen. In dem verzweifelten Versuch, zu entkommen und Colm zu helfen, trat er nach den Beinen des Mannes und wand sich in seinem Griff.

Doch es war vergebens. Er wurde halb auf dem Boden hockend durch den Tunnel aus Kreaturen geschoben, bevor sich ihre Reihen hinter ihm schlossen. Er wehrte sich heftiger, woraufhin der Dunkelelf seine Finger tiefer in Kismets Mund schob, um ihn unter Kontrolle zu bringen, so fest er auch zubiss. Kismets Kiefer schmerzte und er würgte, hätte sich beinahe übergeben.

„Bring ihn her." Der Mann, der ihn so kalt angesehen hatte, näherte sich und deutete auf die Wand. „Haltet den anderen von uns fern, aber versucht noch nicht, ihn umzubringen. Güte, hilfst du mir bitte? Sein T-Shirt ist im Weg."

Ein unbekannter Metallgegenstand glänzte bedrohlich in der Hand des Mannes. Er war röhrenförmig, scharf und spitz an einem Ende und mit einer Art Hahn am anderen. Mit einem angespannten Lächeln beugte der Mann sich über Kismet und in seinem Blick war Lust zu sehen, ein Lodern in seinen kalten Augen. Kismet gefror das Blut in den Adern. Die Metallröhre war beunruhigend. Seine Angst nahm noch zu, als sich der blonde Mann näherte und Kismets T-Shirt zerriss, um seine Brust freizulegen.

„Beckett, du musst dich beeilen. Ich bin sicher, dass die anderen bald auftauchen werden." Güte ballte die Faust und versetzte Kismet einen Schlag, der ihn beinahe betäubte. „Was ist das für ein Ding?"

„Damit hat man früher Fässer angestochen. Ich habe es schon öfter benutzt – das Blut fließt dann schön gleichmäßig." Der Magus positionierte die Röhre über Kismets Körper. „Halt ihn fest, damit es beim ersten Versuch funktioniert. Für einen zweiten haben wir keine Zeit."

„Was zum Teufel soll das?", keuchte Kismet, bevor seine Worte in einen lauten Schrei übergingen. Seine schmerzerfüllte Stimme drang durch den Lärm der hartnäckigen Dunkelelfen und erfüllte Colm mit Panik. „Bitte nicht", schrie der Reiter. „Lasst ihn in Ruhe!"

„Was ist denn, Junge?" Beckett verlagerte sein Gewicht, um besseren Halt zu haben. „Es ist doch fast dasselbe wie deine Spritzen. Nur ein bisschen größer."

Er rammte das spitze Ende tiefer in Kismets Brust, schob es durch Haut und Muskeln, bis unter dem harten Metall Knochen knirschten. Blut begann aus dem oberen Ende zu fließen.

Kismet kämpfte ein letztes Mal verzweifelt gegen seine Peiniger und die unerträglichen Schmerzen an. Dann schienen seine Nerven einfach durchzubrennen, denn eine Taubheit machte sich in ihm breit, kroch von Panik begleitet aus seiner Brust nach oben bis in sein Gesicht. Seine Beine wurden schwer, er sackte in sich zusammen und ihm wurde schwarz vor Augen.

„Kismet!" Colm schlug hektisch um sich. Eine Messerklinge kam seinem Auge gefährlich nahe, rutschte jedoch an seinem Brillengestell ab. Colm blieb beinahe das Herz stehen und er konnte nicht mehr klar denken, als er einen Blick auf Kismet erhaschte, der gegen die Wand gepresst wurde, während dunkles, schaumiges Blut aus einer Metallröhre in seiner Brust floss. Er wurde von Panik ergriffen. Da es ihm einfach nicht gelang, sich durch die Wand aus riesigen Körpern zu drängen, versuchte er verzweifelt, die Unsterblichen mit Worten zur Vernunft zu bringen. „Glaube!", schrie er. „Was macht ihr mit ihm? Lasst ihn los!"

„Das geht nicht, Pestilenz." Sie warf dem panischen Reiter einen traurigen Blick zu. „Wir müssen es tun. Es tut mir leid. So leid."

Währenddessen strahlte Beckett in Anbetracht des erfolgreichen Plans. Als das Blut des jungen Mannes aus dem Hahn floss, hielt er eine Hand darunter, um etwas davon aufzufangen und zu trinken. Die Flüssigkeit kitzelte seine Zunge wie ein kräftiger, metallischer Wein. Im Körper des Jungen hatte sich eindeutig etwas verändert. Er konnte es schmecken, als er sich das Blut von den Händen leckte.

Güte versetzte dem Magus einen nicht allzu sanften Stoß, der ihn aus seinem Rausch riss. Beckett hob den Kopf und wischte sich die roten Spritzer aus dem Gesicht.

„Reich mir die Dose aus meiner Tasche." Beckett deutete mit dem Kinn auf die Reisetasche. „Wir brauchen einen knappen Liter. Dann wird er auch schwach genug sein, um ihn problemlos wegzuschaffen."

Colm hörte jedes Wort ganz deutlich, als hätte er den Lärm der Dunkelelfen irgendwie ausgeblendet. Er spürte ihre Hände auf seinem Körper, die ihn von dem jungen Mann fortstießen, doch er beachtete sie nicht. Er sah nur Kismets reglosen, blassen Körper.

Seine Angst schnürte ihm die Kehle zu. Er war der Schwächste der vier und nutzlos im Kampf, woran Ari und Min ihn nur zu gern erinnerten. Doch der junge Mann, der gerade mit der Hilfe eines anderen Unsterblichen so schlimm verletzt wurde, hatte mehr verdient. Kismet hatte für Colm getötet. Colm schuldete ihm dasselbe.

Er erinnerte seinen jammernden menschlichen Verstand daran, dass er von Tod gelernt hatte. Das Zittern musste aufhören. Die Panik half ihm nicht. Ari sagte ihm das so oft – meistens, nachdem er ihn unsanft auf den Boden ihres Trainingsraums befördert hatte. Und Tod würde sie sicher auch hier erreichen können. Er war in der Lage, selbst die schwächsten Schatten zu nutzen. Irgendwie würde er in das Foyer gelangen.

Colm griff schnell und mit aller Kraft an, um den Überraschungseffekt zu nutzen. Sein Fuß traf das Bein eines Dunkelelfen, der heulend zusammenbrach und sein verletztes Knie umklammerte. Es gab Colm die Gelegenheit, sich seinem eigentlichen Ziel zu nähern: Ein ans Schienbein der Kreatur geschnallter Dolch würde den Kampf fairer machen. Er griff nach der Waffe des verwirrten Elfen und zog sie aus der Lederscheide. Der geschnitzte grüne Griff fühlte sich zu groß für seine Hand an und ihm blieb keine Zeit, die Schärfe der Klinge zu überprüfen. Er konnte nur hoffen, dass der Elf sein Werkzeug gut pflegte.

Seine gesamte Konzentration war auf die rote Iris der Kreatur gerichtet, in der sich die eckige Pupille im durch die vielen Körper gedämpften Licht des Foyers weitete, als sie Colms Bewegungen folgte. Der Dolch ließ sich ganz leicht ins rechte Auge des Elfen stoßen, das um die Metallklinge herum zerplatzte und klare, leicht rötliche Flüssigkeit verspritzte. Colm schob sich auf ein Knie vor und rammte die Waffe mit aller Kraft hinein. Er spürte, wie etwas hinter dem Auge nachgab und die Klinge an den Knochen der Augenhöhle stieß.

Sein einziger Gedanke war, den Dunkelelfen an die Schwelle des Todes zu bringen. Ein leises Knirschen schien durch das Metall bis in den Griff zu murmeln, während er den Dolch so tief wie möglich hineinstieß, und Colm verzog kaum eine Miene, als Gehirnmasse aus der Wunde spritzte und bittere Flüssigkeit seinen Mundwinkel traf. Er zog den Dolch heraus und griff nach der Seele, die ihrem Gefängnis aus Fleisch und Blut entschlüpfte, bevor er sich auf seine Verbindung zu den anderen konzentrierte und seinen Willen am Rand des Schattenvorhangs entlangschob, der untrennbar mit ihrem Leben verwoben war. Sie existierten in einer Welt, die sich in den Zwischenräumen der Realitäten verbarg. Diese Welt und ihre Macht über die vier würde er jetzt ausnutzen.

Auch wenn die Dunkelelfen nicht direkt Tods Einfluss unterlagen, hoffte Colm, dass ein sterbendes Wesen zusammen mit seinem Ruf genug war. Er legte den Kopf in den Nacken und sandte einen stummen Schrei durch die Grenze, um Tod auf die in seiner Hand schwebende Seele aufmerksam zu machen.

Dann sank er vor Erschöpfung keuchend auf dem Körper des sterbenden Dunkelelfen zusammen und weigerte sich, zu weinen. Er hatte nicht vor, kampflos aufzugeben. Er hatte nicht vor, Kismet an seiner Seite sterben zu lassen.

Ein Wort hallte durch die Dunkelheit, eine geflüsterte, aber heftige Bitte, die dem Ältesten beinahe befahl, herzukommen.

Tod.

„Komm schon, Tod", fügte Colm laut hinzu. Mit der versperrten Tür war es jetzt das Einzige, was er noch tun konnte. Hoffentlich war es genug und rechtzeitig. „Ich brauche dich."

16

ALS TOD dem Ruf folgte, spürte Colm es im ganzen Körper. Seine Lunge schien zusammengedrückt zu werden und die Grenze gab unter der unheilvollen Macht des ersten Reiters nach, der wegen einer Seele gekommen war. Selbst in den schwachen Schatten war Tod mächtig genug, durch die Grenze zu gehen, und als er erschien, strömte sein schlanker Körper pure Kraft aus. Im diffusen Licht des Foyers glänzte die Narbe in seinem ernsten Gesicht, während sein kalter, dunkler Blick die Gruppe von Dunkelelfen auf seiner Türschwelle musterte.

Tods Anwesenheit weckte eine instinktive Furcht in ihnen. Sie duckten sich, während ihre Panik beinahe greifbar war. Als Grenzgänger erkannten sie das wahre Wesen ihrer Bewohner und Tod trug die Schatten tief in sich wie einen aus fortgesandten Seelen gewebten Mantel des Kummers, zu eng zusammengehalten durch jene, die er an eine geisterhafte Existenz in der Erinnerung ihres Lebens verloren hatte. Was die Dunkelelfen sahen, war ein wahr gewordener Albtraum.

Die unter dem Land der UnSidhe lebenden Dunkelelfen flüsterten sich Geschichten über die Reiter zu, die grausamen, gnadenlosen vier. Als sie jetzt einem ihrer Dämonen gegenüberstanden, waren sie wie erstarrt. Auch manchen Menschen war der schreckliche Anblick des ältesten Reiters bekannt, der so häufig am Rand eines Schlachtfeldes erschien, wenn ein Soldat sein Leben aushauchte, doch für die Dunkelelfen war er wesentlich realer.

Die innerhalb ihres Clans weitergegebenen Geschichten wurden niemals vergessen und Tods Einfluss war in der schwankenden Dunkelheit zu spüren – ein bebendes Zittern, das warm über alle hinter dem grauen Vorhang geborenen Kreaturen hinweglief. Einige Elfengeschlechter erholten sich noch immer von Angriffen auf die Menschheit, bei denen die Reiter auf der Seite der chancenlosen Menschen eingeschritten waren und die Angreifer beinahe ausgelöscht hatten. Die Auseinandersetzungen dauerten niemals lange, hinterließen jedoch einen bleibenden Eindruck bei Elfen und Dunkelelfen.

Jetzt glühten Tods dunkle Augen, als er das glänzende Katana aus der hölzernen Scheide zog, während er in seinem Innern nach der Verbindung zu Ari suchte, um ihn zu sich zu rufen. Es dauerte nur einen Augenblick, bis die Grenze erneut erbebte, als der blonde Reiter Tods Gegenwart in dem Schattenvorhang aufspürte und sich in das Foyer schob. Ari war so beständig wie die Sonne. Solange es ihn gab, konnte Tod sich immer auf ihn verlassen.

Einer der Dunkelelfen wich zurück, als er die mit finsterer Vorfreude leuchtenden Augen des blonden Reiters erblickte. Obwohl Feigheit unter den

Dunkelelfen normalerweise verpönt war, schwiegen die anderen nicht nur, sondern folgten gemeinsam dem Beispiel ihres Gefährten.

„Hallo, Tod", murmelte Colm, während er sich das Blut aus dem Gesicht wischte. Die roten Spritzer brannten auf seiner Haut und verklebten die Gläser seiner Brille. Nachdem sie ihm beim Kampf mit dem Elfen vom Gesicht gefallen war, hatte er sie mit zitternden Fingern auf dem Boden ertastet. Da er mit ihrer Hilfe wieder einigermaßen sehen konnte, kämpfte er sich als Erstes in Kismets Richtung vor.

„Glaube, aus dem Weg." Ari sah sich zügig um und verschaffte sich einen Überblick. Er war beinahe über den Beinen des bewegungslosen jungen Mannes aufgetaucht. „Wo zum Teufel kommen die Dunkelelfen her, Pest?"

„Wir haben sie zu euch gebracht, Krieg. Um uns hierbei zu helfen", sagte Güte und holte aus, um Ari ein scharfes Messer in die Seite zu rammen.

Die Klinge zerriss sein T-Shirt und durchstieß die strahlenförmige Narbe an seinem Oberkörper, bevor sie von einer Rippe gebremst wurde. Güte rutschte vom Griff ab, als Ari sich schockiert über den Verrat des Unsterblichen von ihm losriss. Der Reiter beugte sich vornüber, um eine Hand auf die Wunde zu pressen, und hätte beinahe einen seiner Dolche verloren. Doch er zögerte nicht lange, sondern rammte seine Schulter in Gütes Brust und stieß den jüngeren Unsterblichen zu Boden.

„Arschloch." Ari trat nach dem anderen Mann, während er seinen Arm weiter fest auf die Wunde presste, und traf mit einem zufriedenstellenden Knacken seinen Wangenknochen.

Güte wurde durch den Raum geschleudert und schlitterte über den Boden an seiner vor Schreck aufkeuchenden Schwester vorbei, während Beckett den Plastikbehälter, den er mit Kismets Blut gefüllt hatte, hastig mit einem Deckel verschloss. Dann packte er Glaube beim Arm und zerrte sie aus Aris Reichweite. Güte sprang vom Boden auf und folgte ihnen. Die Dunkelelfen positionierten sich vor ihnen und bildeten eine Wand aus langen Messern, um ihren Auftraggeber zu beschützen.

Beckett war nicht sicher gewesen, wie er sich Tod vorstellen sollte. Diesen schlanken, hübschen Mann mit der Narbe im Gesicht hatte er allerdings nicht erwartet. Tods Ruhe erschütterte ihn. Er kam sich unsichtbar vor, ein in der Luft schwebendes Staubkorn. Kriegs Aussehen war passender: muskulös mit breiten Schultern und Bewegungen, die von Wut angetrieben zu sein schienen.

Tod und Ari befanden sich einige Meter voneinander entfernt, doch die Dunkelelfen und anderen Unsterblichen hatten sich aus dem Bereich zwischen ihnen zurückgezogen. So gelang es Colm endlich, über den nassen Boden rutschend zu Kismet zu gelangen. Die beiden Älteren positionierten sich rechts und links von ihm und hielten sich zum Angriff bereit.

„Geht es Ari?" Tod wagte es nicht, den Blick von den Kreaturen abzuwenden. Sich ablenken zu lassen, konnte fatale Folgen haben. „Brauchst du Hilfe?"

„Schon gut, Shi." Ari zog das Messer mit einem schmatzenden Geräusch aus seiner Seite. Tod näherte sich etwas, um ihn zu schützen, auch wenn Ari den einen

Dolch nur unter den Arm geklemmt hatte, wo er ihn schnell erreichen konnte. Als Ari die verbogene kurze Klinge betrachtete, musste er lachen. „Was für ein Witz. Jemanden mit so einem Kleinen würde ich ja noch nicht mal ficken."

„Du bist schrecklich." Da Aris Verletzung harmlos zu sein schien, nutzte Tod die Gelegenheit, um einen Blick auf Colm zu werfen, der neben Kismet kniete und unentschlossen das aus seiner Brust ragende Metallstück anstarrte. „Du musst es rausziehen, sonst kann die Wunde nicht verheilen."

„Aber ich kann das nicht." Colm biss sich auf die Lippe, während er ängstlich auf seinen wie leblos daliegenden Freund hinunterblickte. „Am Ende verletze ich ihn noch schlimmer."

„Bazille, für dein Gejammer haben wir jetzt keine Zeit." Ari stupste mit seinem Fuß Colms Bein an. „Je mehr er blutet, desto mehr musst du putzen, nachdem wir mit diesen Typen fertig sind. Also kümmer dich um ihn – Tod und ich haben zu tun."

Die zwei Gruppen musterten einander finster, still und angespannt. Die Dunkelelfen schwankten zwischen instinktiver Angst und der Hoffnung auf Ruhm für ihren Clan. Die Unsterblichen starrten einander mit unterschiedlich starker Wut und Abneigung an. Glaube schob sich nach vorn, um Tod und Ari im Auge zu behalten, doch niemand griff an. Eine Weile waren nur Kismets gequälte Atemzüge zu hören, hin und wieder unterbrochen von leisem Stöhnen.

„Zieh es raus, Colm", befahl Tod. „Und zwar sofort."

Das Blut war beinahe zu viel für Colm. Es sickerte um das Metall herum auf Kismets Brust und rann aus dem kleinen Hahn am oberen Ende. Das Gesicht des jungen Mannes war so kalkweiß, dass sich blaue Adern deutlich unter der Haut abzeichneten. Seine Brust bewegte sich kaum noch, als er um Sauerstoff kämpfte, den Kampf jedoch allmählich verlor. Colm nahm sich zusammen und streckte eine Hand nach der Metallröhre aus.

Doch als er daran zog, blieb sie an einem Knochen hängen und rutschte ihm aus den blutverschmierten Fingern. Er beugte sich erneut vor, legte diesmal beide Hände darum und zog mit aller Kraft. Das Metall löste sich und Colm landete auf seinem Hinterteil.

„Versuch die Blutung zu stoppen, Pest. Es ist nicht so schlimm, wie es aussieht." Ari knurrte, als Beckett einen Schritt nach vorn machte. „Bleib, wo du bist, Miststück – sonst kann ich keine Rücksicht nehmen."

Colm presste seine Hände auf Kismets Wunde und hoffte, dass sich die Haut bald schließen würde. Fäden des zerrissenen T-Shirts klebten im Blut und er war nicht sicher, ob er sie entfernen sollte, bevor sie in der Wunde versiegelt wurden.

„Lass nicht nach, schön gleichmäßig." Ari bewegte sich etwas zur Seite, bis er auf trockenem Boden stand. „Wenigstens stehen die Schweine, die dafür verantwortlich sind, hier vor uns."

„Warum habt ihr sie hergebracht, Glaube?", durchschnitt Tods ruhige Stimme das laute Atmen der Dunkelelfen.

„Wir brauchen nur den Jungen, Tod. Gebt ihn uns, dann gehen wir. Daraus muss sich kein Streit entwickeln." Glaube kam auf sie zu, wurde allerdings von Becketts Hand an ihrem Arm gestoppt. „Überlass das mir", murmelte der Magus. „Wir können es schnell beenden."

„Also hat euer Mensch das dem Jungen angetan?" Tod deutete auf Kismets zitternden Körper an der Wand. Glaubes Seitenblick auf den Magus bestätigte seinen Verdacht. „Dann muss er auch derjenige sein, der ihn auf die andere Seite gebracht hat. Die Unsterblichen, die dazu klug genug wären, würden es niemals tun."

„Also knöpfen wir uns erst den Menschen vor?", fragte Ari mit einem wölfischen Grinsen, bei dessen Anblick die Dunkelelfen einen weiteren Schritt zurückwichen. „Und Güte und seine hinterhältige Schwester heben wir uns für den Schluss auf?"

„Du kannst keinen Menschen töten", erinnerte ihn Glaube. „Nicht, solange er dich nicht angegriffen hat. Und er hat einen *Menschen* mit seinen Tränken verändert, keinen Unsterblichen. Ihr habt nicht das Recht, Beckett etwas anzutun, Tod. Es gibt keinen Grund."

„Wie schön, dass jemand die Regeln kennt", brummte Ari leise. „Die elenden Schweine haben uns verraten, Shi."

„Das wäre ganz leicht zu vermeiden gewesen, Krieg", widersprach Güte undeutlich durch seinen schmerzenden Kiefer. Aris Tritt hatte ihm den Wangenknochen gebrochen und seine Augenhöhle in Mitleidenschaft gezogen. Das geschwollene Auge und die damit verbundene verschwommene Sicht störten ihn und es würde noch einige Stunden dauern, bis alles verheilt war. „Ihr hättet euch nur ausnahmsweise aus fremden Angelegenheiten raushalten müssen."

„Ist euch nicht klar, was er getan hat, Glaube? Es ist eine Gefahr für uns alle. Für unsere Existenz", sagte Tod. „Ihr habt die Zeiten nicht erlebt, in denen jeder Tag ein blutiger Kampf war, weil Wraith durch die geschwächte Grenze gedrungen sind. Dass ihr diesem Mann jetzt helft, das zu wiederholen, könnte die Menschheit um Jahrhunderte zurückwerfen und all ihre Errungenschaften zunichtemachen. Einfach so."

„Vielleicht ist es das, was die Menschheit gerade braucht", antwortete sie mit einem Seitenblick auf die Dunkelelfen und die Männer neben ihr. Allmählich wurden sie ungeduldig und die Anwesenheit der Reiter schien sie noch unruhiger zu machen.

„Du bist da, um Menschen zu helfen, du Miststück." Ari verlagerte ebenfalls ungeduldig sein Gewicht. „Glaub mir, sie können keine Wraith gebrauchen, die ihren Arsch anknabbern."

„Du musst gerade reden", höhnte Güte. „Du existierst doch nur, um die Menschheit zu quälen. Wenn Tods Befürchtungen wirklich wahr werden, könnt ihr euch doch richtig ausleben. Und wenn nicht, könnt ihr einfach weiterhin alles zu euren Gunsten manipulieren und uns kontrollieren."

„Verpass ihm eine für mich, Ari", knurrte Colm. Kismets Blut kühlte auf seinen Händen ab und seine Finger wurden allmählich taub. Doch auch wenn es für Colms Geschmack etwas zu langsam ging, regenerierte sich das Gewebe nach und nach. Das Gefühl der sich bewegenden Haut unter seinen Händen war unangenehm, und anstatt hinzusehen, warf er lieber böse Blicke auf die Unsterblichen hinter der Wand aus Dunkelelfen. „Er redet zu viel."

„Der Kleine hat recht, Tod." Ari zwinkerte seinem Partner mit seiner typisch selbstbewussten Arroganz zu und stupste Tod liebevoll mit der Hüfte an. „Zu viel Gerede, zu wenig Gemetzel."

„Bleib möglichst tief unten und pass auf Kismet auf, Colm. Versuch dafür zu sorgen, dass er hinter dir bleibt", sagte Tod leise. „Am Boden ist er am sichersten."

Der Kampf hatte begonnen, bevor Colm blinzeln konnte. Von einer Sekunde auf die andere hatte sich die Spannung in der Luft in Gewalt entladen, die sie in einer Welle aus wimmelnden Körpern und wütenden Schreien überrollte.

Heiße Flüssigkeit spritzte auf ihn, als Tods Katana den Arm eines Angreifers verletzte, und landete ätzend auf seiner Zunge. Kriegs T-Shirt war bereits blutdurchtränkt, während an seinen Händen Reste von Eingeweiden klebten. Ein bösartiges Grinsen hatte sich auf sein Gesicht gelegt. Tods Mundwinkel verzogen sich zu einem schiefen Lächeln, als er das freudige Leuchten in den Augen seines ältesten Freundes sah.

Dann wurde er von einer Bewegung abgelenkt und stürzte sich wieder ins Getümmel, um mit einem Hieb seiner Klinge wie mit einem Silberfaden die Kehle eines Dunkelelfen zu durchtrennen. Sie mussten den Jungen beschützen, bis Colm ihn aus dem Foyer bringen konnte. Erst dann würden sie sich voll auf den Kampf konzentrieren können, während Colm sich um ihren Schützling kümmerte.

Durch Colms Körper einigermaßen geschützt hustete Kismet plötzlich und spuckte Blut. Seine zitternden Glieder verkrampften sich und er rollte sich auf dem Boden zusammen. Als er keuchend die Augen öffnete, versuchte er, sich aufzusetzen, wurde allerdings von Colm auf den Boden gedrückt.

„Scheiße", keuchte Kismet, als Hitze in seinem Blut aufwallte. „Ich brauch 'nen Schuss."

Ari knurrte: „Ob es die ganze Zeit in seinen Drogen war?"

„Klingt nach der einfachsten Möglichkeit", stimmte Tod zu, während er ein zwischen seine Rippen zielendes Messer abwehrte. Nachdem das erste Blut vergossen worden war, näherten sich die Dunkelelfen langsamer und vorsichtiger und zogen sich zwischen kurzen Angriffen zurück, um die Reaktion der Reiter zu beobachten. „Colm, du musst Kismet beruhigen."

„Das könnte schwierig werden", seufzte Colm. Kismet wehrte sich gegen ihn, als er verwirrt und unter Schmerzen zu sich kam. „Ich bin ja selber nicht ruhig."

„Gib einfach dein Bestes", antwortete Tod.

„Oder schlag ihn bewusstlos, bis das hier vorbei ist", spottete Ari. „Und dich selbst am besten auch."

„Pass auf, Krieg." Tod verpasste seinem Freund einen Stoß. „Sie kommen von der Seite."

Colm kämpfte sich auf die Füße, achtete jedoch darauf, nicht von Kriegs Dolchen getroffen zu werden. Die Grenze erbebte erneut, als ein weiterer Ruf die Schatten passierte: Tod sandte eine Botschaft an ihr viertes Mitglied. Schwingungen breiteten sich in der Dunkelheit aus und trugen eine widerhallende Dringlichkeit mit sich. Min würde den Ruf spüren, davon war Colm überzeugt. Wäre er nicht bereits dort gewesen, hätte er ihn sicher hergebracht.

„Beckett!" Glaube hob den Kopf und klammerte sich mit wildem Blick an Becketts Arm.

Der Magus drehte sich um und riss die Augen auf, als die Wand sich ausbeulte und die zierliche Min ausspuckte – bewaffnet mit einer langen Klinge und jeder Menge Wut.

„Hunger ist hier! Wir können nicht alle von ihnen bekämpfen. Wir sollten jetzt gehen."

Min kämpfte mit kräftigen Hieben und schob sich unter den Armen der größeren Kreaturen hindurch, um ihre Waffe von unten in ihren Brustkorb zu rammen. Während sie anfangs noch durch Knochen und Sehnen behindert wurde, hatte sie bald ein Gefühl dafür entwickelt, wo sich die weichen inneren Organe der Dunkelelfen befanden. Doch sie erstarrte mitten im Kampf, als sie Glaube und Güte entdeckte, die auf der anderen Seite der Elfen standen.

„Glaube! Güte!" Min bemühte sich, zu den beiden vorzudringen. „Ich bin gleich da!"

„Nicht, Min", warnte Tod sie. Sein schneidender Tonfall ließ sie erneut erstarren.

„Sie haben die Dunkelelfen hergebracht."

„Was?" Sie sprang nach hinten und lehnte sich zurück, um einem Schlag auszuweichen. „Warum?"

„Später", antwortete Ari. „Erst umbringen. Zum Reden haben wir nachher Zeit."

„Verdammt, er versucht die Tür aufzumachen." Beckett hatte Colm bemerkt, der an dem abgebrochenen Knauf zerrte, obwohl ihm die Leiche eines Dunkelelfen im Weg lag. „Wir hätten uns den Jungen nicht wegnehmen lassen dürfen."

„Ich werde versuchen, ihn zu holen – Colm ist nicht gefährlich", beschloss Güte. „Pass auf Glaube auf."

„Das schaffst du nicht." Glaube keuchte, als Beckett sie beim Arm packte und zu sich zog. „Du kommst nicht zu ihm durch! Güte, lass ihn einfach."

„Aber eine solche Chance bekommen wir nie wieder", wandte Beckett ein. „Und wir haben noch einen Vorteil." Beckett zog eine kleine Pistole aus dem Halfter an seinem Gürtel.

Er hob die Waffe, zielte auf Tod und drückte ab. Der Schuss hallte durch das überfüllte Foyer und wurde in Wellen zurückgeworfen.

Mins Herz raste erst und blieb dann stehen, als ihr Blick auf den dunkelhaarigen Mann inmitten der Dunkelelfen fiel. Ari fuhr mit einem Knurren herum und rammte wütend einen Dolch in die Kreatur, die ihm den Weg zu seinem Freund versperrte.

Tod blieb ruhig stehen und sammelte die schwache Grenze um sich. Er ging das Risiko ein, sich auf das Alter seines Körpers und sein langes Leben in den Schatten zu verlassen. Sein Körper zuckte, als er getroffen wurde. Die Kugel drang schimmernd durch ihn hindurch, bevor sie sich in die Holzwand hinter ihm bohrte. Ein sonnenförmiger dunkler Fleck erblühte auf seinem Hemd – Schießpulver und winzige Teile der Kugel.

„Du hast behauptet, es würde funktionieren!" Beckett hielt die Pistole so dicht vor Gütes Gesicht, dass die erhitzte Mündung eine Brandblase an seiner Lippe hinterließ. „Warum zum Teufel hat es nicht geklappt?"

„Vielleicht ist er zu alt", rief Glaube ängstlich. „Er trägt zu viel der Grenze in sich. Daran muss es liegen."

„Verdammt." Güte knirschte mit den Zähnen. Irgendwie musste er die Reiter von dem Jungen ablenken. Die Dunkelelfen würden nicht mehr lange durchhalten und dann hatten sie ihre letzte Chance, den Reitern den Jungen abzunehmen, vertan. Sein Blick fiel auf Colm, der sich noch mit der Tür abmühte.

Colm zerrte an den verbogenen Metallstücken, während er sämtliche Flüche ausstieß, die ihm einfielen – es schienen trotzdem nicht genug zu sein. Die Schläge des Dunkelelfen hatten den Knauf völlig ruiniert, sodass Colm sich jetzt bemühte, stattdessen die Schrauben zu lösen, obwohl sie in seine Finger schnitten.

„Hab Vertrauen zu ihnen", murmelte er vor sich hin. „Sie passen schon auf dich auf."

Mit einem letzten kräftigen Ruck landeten die Metallteile auf dem Boden. Ihr Klappern war Musik in Colms Ohren. Er schob seine Finger durch das Loch im Holz, um an der Tür zu ziehen, doch sie ließ sich kaum bewegen. Überrascht fiel sein Blick auf den am Boden liegenden Dunkelelfen.

„Scheiße, dich habe ich ganz vergessen." Colm ging in die Hocke, um an der riesigen Leiche zu zerren. „Hast du mir nicht schon genug Ärger gemacht?"

„Wenn Tod zu alt ist, dann eben einen von den anderen. Sie sind doch jünger." Beckett versuchte, auf Min zu zielen, doch die schlanke Frau wurde beinahe völlig von den massigen Dunkelelfen verdeckt. Er würde es mit Pestilenz versuchen müssen. Hoffentlich lenkte es Tod und Krieg eine Weile ab, wenn das Gehirn ihres Jüngsten auf der Wand verteilt war.

Beckett forderte die anderen auf, ihm aus dem Weg zu gehen, während er auf den jungen Reiter zielte. Colm befand sich noch auf dem Boden, wo er mit dem störenden Dunkelelfen kämpfte, halb verdeckt von Krieg, der über den rutschigen Boden fluchte. Ari plante ein Gespräch mit Tod über den für einen Kampf ungeeigneten Bodenbelag des Foyers.

Kismet zuckte zusammen, als Colm ihn berührte, während er sich keuchend bemühte, seinen Körper unter Kontrolle zu bringen. Etwas schien durch sein Blut zu krabbeln und seine Nerven zu reizen, bis sie brannten. Außerhalb des Einflusses der Reiter sah er kleine Wraith an den Wänden wabern, eine schwarze Strömung im Rücken der Dunkelelfen. Zitternd wandte er sich ab und kämpfte um Gefühl in seinen eisigen Gliedmaßen.

„Ich kann aufstehen", versicherte Kismet Colm und bemühte sich schwankend, auf die Knie zu kommen. „Mir geht es gut genug."

„Nein, das tut es nicht. Bleib unten", bat Colm. „Bitte, Kiz, bleib einfach auf dem Boden."

„Geht die Tür immer noch nicht auf?", rief Krieg und stupste Colm mit einem blutbeschmierten Fuß an. „Du musst den Jungen hier rausbringen!"

„Das Schloss ist kein Problem mehr", antwortete Colm, der immer panischer wurde. „Aber ein Dunkelelf liegt im Weg."

Kismet schien es immer schlechter zu gehen, als Entzugserscheinungen von ihm Besitz ergriffen, doch Colm war es endlich gelungen, den durch das Blut glitschigen Körper weit genug zu bewegen. Er schob einen Arm um Kismets Taille, um ihn auf die Füße zu hieven, und zog die Tür so weit auf, dass sie gerade hindurchpassen würden.

Beckett nutzte seine Gelegenheit. Mit grimmigem Blick drückte er ab, um wenigstens einen der Reiter zu töten. Als dunkles Blut in Kriegs Gesicht spritzte, verzogen sich seine Lippen zu einem boshaften Grinsen. Er war sicher, den Jüngsten getroffen zu haben.

Ari fuhr herum und schrie etwas, das Beckett über das Brüllen der Dunkelelfen hinweg nicht hören konnte. Doch Becketts Freude verwandelte sich in Entsetzen, als auch Glaube ihm etwas ins Ohr kreischte:

„Du hast den Jungen getroffen!" Erschüttert verkrallte sie ihre Hände in ihrem Kleid. „Du hast ihn umgebracht!"

Kismet schrie auf, als die Kugel in seinen Körper eindrang. Die Schmerzen waren so heftig, dass ihm kurz schwarz vor Augen wurde.

Mit Mühe hielt er sich schluchzend an Colms Arm fest, als ihn der Schmerz beinahe in die Knie zwang. Jeder Muskel in seinem Körper verkrampfte sich und selbst die wenigen Schritte bis zur hoffentlich hinter der Tür wartenden Sicherheit schienen unmöglich. Im nächsten Moment knallten seine Knie bereits auf den harten Boden.

Min war gerade dabei, einem Dunkelelfen einen Schlag gegen die Schläfe zu versetzen. Als ihr Angreifer zusammensackte, platzierte sie einen Fuß zwischen seinen Schulterblättern und stieß sich von ihm ab, um sich mit einem großen Satz den anderen Reitern zu nähern. Tod gab währenddessen Ari Deckung, der sich auf ihren Jüngsten konzentrierte. Als Krieg sich duckte, um einem Angreifer auszuweichen, griff Tod nach einem von Aris Dolchen und rammte ihn dem Dunkelelfen unter das Kinn.

„Kismet!" Colm hielt den Oberkörper des jungen Mannes fest, so gut er konnte, damit nichts von dem Meer aus Dunkelelfenblut in seine Wunde gelangte. Er spürte, wie Krieg ihm eine beruhigende Hand auf die Schulter legte. „Ari, ich weiß nicht, wie schlimm er verletzt ist."

Der zerrissene Stoff von Kismets T-Shirt war bereits zu durchnässt, um weiteres Blut aufzusaugen, sodass nicht weit von der beinahe verheilten Verletzung ein rotes Rinnsal seinen Körper herunterlief. Der Rand der neuen Wunde war durch die Wucht der Kugel ausgefranst. Kismet keuchte und hustete, überwältigt von den neuen Schmerzen in seiner Seite. Nachdem Colm die Wunde notdürftig mit seinen Fingern und Speichel gereinigt hatte, sah er, dass sich das Loch bereits schloss. Die Haut um die Wunde hatte sich zu einem blauen Bluterguss verfärbt.

„Das tut verdammt weh", hauchte Kismet, der kaum genug Luft zum Sprechen bekam. Dass unter den heftigen Schmerzen auch jetzt noch seine Entzugserscheinungen wüteten, machte alles noch schlimmer. Eine eisige Kälte breitete sich in seiner Brust aus. Als er sich bewegte, um das schreckliche Brennen in seinen Rippen zu lindern, wurde es nur noch unerträglicher. „Scheiße."

„Dieser Junge ist verflucht", brummte Ari Tod zu. „Nur falls du es noch nicht bemerkt hast."

Min hatte sich inzwischen genähert, wurde jedoch von dem Dunkelelfen verfolgt, der mit einer mächtigen Faust nach ihr schlug. Min lehnte sich beinahe unmöglich weit zurück, während Tods Klinge die Luft durchschnitt und das Gesicht der Kreatur traf, und musste einen Schritt nach hinten machen, um nicht das Gleichgewicht zu verlieren. Tod rammte dem Elfen seinen Ellbogen gegen die Kehle und schob ihn von sich, um Min wieder Platz zum Kämpfen zu verschaffen. Die verbleibenden Dunkelelfen näherten sich, als ihr flachgesichtiger Anführer sie antrieb.

„Güte gehört dir, Krieg", sagte Tod. „Glaube übernehme ich."

„Tod, was soll ich machen?", rief Colm.

„Du musst die Kugel rausschneiden." Tod stieß ein von einem Dunkelelfen fallengelassenes Messer in seine Richtung. „Benutz das hier. Komm seinem Herz nicht zu nah."

Ari fügte mit einem leisen Brummen hinzu: „Lass ihn nicht sterben, bevor ich die Gelegenheit hatte, ihn umzubringen. Er ist nämlich an dem ganzen Theater schuld."

„Ich kann kaum glauben, dass jetzt auch noch auf dich geschossen wurde." Colm beugte sich über Kismet und fragte sich, ob er die Kugel mit seinen zitternden Händen überhaupt befreien konnte. „Verdammt, ich kann kaum glauben, dass sie das so einfach getan haben."

„Du musst aufhören!" Glaube packte Becketts Hand und zog an der Pistole. „Wenn du so weitermachst, bringen sie dich um."

Als ein weiterer Schuss durchs Foyer hallte, zuckte Min so heftig zusammen, dass sie beinahe ihre Waffe fallen lassen hätte. Der Vorfall beim Motel hatte sie mehr erschüttert, als sie zugeben wollte. In ihren Albträumen klebte noch Colms warmes Blut an ihren Händen. Ein stechender Schmerz in ihrer Seite erschreckte sie, bis ihr klar wurde, dass es sich um einen Schnitt auf ihrer Haut von der Klinge ihres Widersachers handelte. Obwohl er brannte, war diese Tatsache beinahe beruhigend. Sie sah sich um und vergewisserte sich, dass keiner der vier getroffen worden war, bevor ihr Blick auf die anderen Unsterblichen fiel. Ein dunkles Loch befand sich in Glaubes Brust.

Glaube starrte auf das Blut hinunter und hob ihre Finger an die Wunde.

Seltsamerweise waren die Schmerzen nicht so groß, wie sie vermutet hätte. Sie waren eher wie kleine Tentakel, die sich entfalteten und ein scharfes Stechen in ihre Glieder aussandten. Die Welt schien sich um sie herum zu erheben, als ihr Verstand nur langsam begriff, dass sie auf die Knie gesunken war. Dann begannen die Schmerzen erst richtig, kreischende Dämonen, die ihre Krallen in ihren Schädel senkten. Ihr Herz bemühte sich angestrengt, trotz des fehlenden Blutes weiterzuarbeiten.

Als das kleine Metallstück so schmerzhaft ihren Körper schändete, überließ sie sich der Angst in ihrem Herzen. Ihr Oberkörper landete so unsanft auf dem Boden, dass die Luft aus ihrer Lunge gepresst wurde. Der Boden fühlte sich hart an und ihre Finger fanden auf dem rutschigen Untergrund keinen Halt. Ihre Atemzüge beschleunigten sich, als kalte Panik ihre Lunge ergriff. Da die Grenze im Gebäude so dünn war, versuchte die Unsterbliche verzweifelt, auch nur das kleinste bisschen Schatten zu erreichen.

„Glaube!" Güte stürzte auf sie zu, legte ihr eine Hand unter den Kopf. Mit der Pistole zwischen seinen gefühllosen Fingern stand der Magus wie betäubt neben ihnen. „Was hast du getan?"

„Ich weiß es nicht." Beckett ließ die Waffe fallen und sank ebenfalls zu Boden. „Sie hat die Pistole angefasst und da ist sie einfach losgegangen."

„Wir müssen dich hier wegbringen." Güte schob seine Arme unter Glaube, um sie hochzuheben, und sah sich hastig nach einem ausreichend großen Schatten um. „Wenn wir dich zu Frieden bringen können, hilft er dir. Versuch einen Ruf zu finden, dem du folgen kannst. Irgendeinen."

Glaube hörte nur das widerhallende Nichts in den Schatten, das nach den Reitern schmeckte. Die Grenze zog sich von ihr zurück, eine Einöde aus Geistern. Sie bemühte sich, wenigstens die Jüngste von ihnen dreien zu erreichen. Hoffnung war von allen Unsterblichen am leichtesten zu rufen und normalerweise eine ständige Präsenz in der Grenze, doch im Augenblick konnte sie nicht einmal das entfernteste Flüstern des jungen Mädchens spüren.

Die Schmerzen nahmen zu und ein bitterer Geschmack stieg ihr in den Mund. Auf ihrem Gesicht spürte sie die Hand ihres Geliebten – die Hand, die sie so schwer verletzt hatte. Wie ein fernes Echo nahm sie Gütes Stimme wahr, doch sie wurde von der Wut übertönt, die von Tod ausgehend durch die Schatten wallte. Kriegs Stimme, die Colm zurief, er solle dem Jungen helfen, trug ein weiteres

Echo zu dem summenden Chaos bei. Der zweite Reiter wollte offenbar eher einem Menschen helfen als einer anderen Unsterblichen, dachte Glaube, als sie in einem Ozean von Geräuschen versank.

„Güte, es tut mir so leid. Bitte kümmer dich für mich um Michael", sagte sie, während ihr heiße Tränen über die Wangen liefen. Beschämt darüber, wie weit sie sich von ihrer Berufung entfernt hatte, ließ sie sich davontragen. Mit einer letzten geflüsterten Entschuldigung an ihren Geliebten ließ sie los und wünschte sich, aus dieser Welt zu verschwinden.

Das Letzte, was Glaube vor ihrer Rückkehr in die Grenze erblickte, war Becketts schockiertes Gesicht. Der Magus sah die Frau, die ihn zur Liebe verlockt hatte, unter seinen Händen verschwinden. Nur die brennende Wut in seinem Herzen blieb zurück.

IN EINEM Haus auf einem grasbewachsenen Hügel hob Hoffnung den Blick vom langen blonden Haar ihrer Puppe. Frieden sah, wie die kleinste Unsterbliche, das ewige Kind, den Kopf neigte und die Augen schloss, strahlendes Blau mit hellem Karamell verdeckte. Dann öffnete sie sie wieder und betrachtete die Gäste ihrer Teegesellschaft. Die Puppen und Plüschtiere waren auf einem großen mahagonifarbenen Teppich vor einer Fensterwand aufgebaut, die einen See überblickte.

Ernst und dem Ende ihres Dienstes als Hoffnung nah, dachte sie einen Moment darüber nach, ob sie etwas sagen sollte, doch ihre Worte verloren sich in den flüsternd durch die Grenze wirbelnden Schatten. Das Murmeln nahm zu, verbreitete seine Nachrichten über Meilen hinweg. Ein einzelner Gedanke flackerte in ihrem Kopf auf wie eine stille Statue zwischen dem Klangteppich aus weit entfernten Schreien.

Hoffnung fand die winzige Plastikhaarbürste, die sie abgelegt hatte, und widmete sich wieder den goldenen Haarsträhnen ihrer Puppe. Die Grenze bebte erneut mit einem heftigen Zittern, das auf Hoffnung und ihre zwei Gefährten abgestimmt war. Sie nahm es wie ein Echo wahr, der unterdrückte Schrei einer Frau auf dem flatternden schwarzen Vorhang.

Hoffnung wandte sich dem Mann zu, der aus ihnen dreien einst vier gemacht hatte, und betrachtete mit ihren alles sehenden Augen sein schockiertes Gesicht und seine weißen Finger, die sich am Rand der Arbeitsplatte festkrallten. Ein Teekessel verlangte pfeifend nach seiner Aufmerksamkeit und sandte einen wütenden Dampfstrahl in Richtung der hohen Zimmerdecke.

„Oh, Glaube." Friedens Stimme brach, als Trauer sein Herz durchflutete. „Was macht ihr zwei nur?"

„Hoffentlich mag der nächste Glaube Kinder, Penelope." Hoffnung löste die Schnalle eines winzigen Schuhs und schob ihn auf den starren Fuß ihrer Puppe. „Es wäre schön, wenn wir jemanden zum Spielen hätten."

Hoffnung dachte darüber nach, sich in ihr Zimmer zurückzuziehen, konnte sich letztendlich jedoch nicht von dem nebligen See trennen, der ihrer Teegesellschaft zusammen mit den bunten Sprenkeln der Rosen unter dem Fenster einen herrlich englischen Touch verlieh.

Außerdem, so dachte sich die Unsterbliche, sollte ihr neuer Glaube gebührend empfangen werden. Güte würde sich dazu in nächster Zeit kaum in der richtigen Stimmung befinden und einer von ihnen musste doch stark sein.

Sie zog die Grenze um sich herum zusammen, schnitt Glaubes zitternden Ruf ab und trennte die Frau von ihnen, um sie in die Schatten zu verbannen, die sich von den Schwachen ernährten.

„So", murmelte sie vor sich hin. „Das ist doch schon besser. Jetzt wird alles besser, Penelope."

Für Penelopes zweiten Schuh brauchte sie trotz ihrer kleinen Finger etwas länger, da die Schnallen furchtbar winzig waren. Schließlich war es ihr mit einem Seufzer gelungen, das Leder auf den Puppenfuß zu schieben. Nachdem sie ein letztes Mal das dünne Söckchen zurechtgerückt hatte, setzte sie die Puppe auf ihren Platz. Friedens lautstarkem Kummer nach zu urteilen, würde sie sich heute mit aus Luft gebrautem Tee begnügen müssen. Sie zuckte mit den Schultern, als sie imaginären Chai in die zierlichen Porzellantässchen goss. Der Ausblick entschädigte sie für den fehlenden Tee und die Puppen würden sich ohnehin nicht beklagen.

17

BECKETT FIEL mit vor Schmerzen feuchten Augen auf die Knie. Er schrie und weinte, während sein Herz vor Kummer raste. Güte hatte ihm die Hände auf die Schultern gelegt und drückte so fest zu, dass es wehtat. Auch wenn er durch den Tränenschleier nichts sehen konnte, hörte er das Flüstern nach Rache in seinem Kopf nur zu deutlich.

„Sie müssen sterben."

Güte nickte mit schmerzverzerrtem Gesicht. „Dafür kannst du doch sorgen", erinnerte ihn der Unsterbliche. „Ruf einfach etwas. Was du dazu brauchst, findest du zur Genüge in mir. Zieh es raus. Tu ihnen weh, Beckett. Lass sie einander beim Sterben zusehen."

Die in Becketts Seele schlummernde Kraft war leicht zu entfesseln und erlaubte ihm, die kleinen Schattenfragmente um sich herum zu sammeln, bis er eine Verbindung zur tiefen Finsternis hergestellt hatte, in der sich die schwarzen Wraith tummelten. Beckett griff nach einem dunklen Faden, der nach draußen führte, und legte seine ganze Energie hinein, seine brennende Wut und seinen heftigen Schmerz.

Colm schob Kismet mit sanften Händen vorsichtig in eine bessere Lage. Das Gesicht des jungen Mannes glänzte weiß und blutleer. Kismet griff mit eisigen Fingern nach Colms Händen und presste sie an seine Brust, woraufhin Colm sich hinunterbeugte und die kalte Wange des Menschen vorsichtig mit seiner warmen streifte.

„Kiz, du musst jetzt still halten", bat Colm, während Kismet sich blinzelnd fragte, ob er lang genug bei Bewusstsein bleiben konnte, um Colm ein paar Flüche an den Kopf zu werfen, weil dieser ihn so schmerzhaft bewegt hatte. „Du machst mich sonst nur noch nervöser."

„Was hast du vor?", zischte Kismet keuchend. Stechende Schmerzen jagten durch seinen Magen, der sich heftig zusammenkrampfte. Er wand sich unter Colms Händen, als er die Qualen seines kämpfenden Körpers kaum noch ertragen konnte. „Gott, es wird immer schlimmer."

„Tu es endlich, Colm." Tod bemühte sich, weiter konzentriert zu kämpfen, während er einen Seitenblick auf den blutenden Menschen warf. Seine Blässe war besorgniserregend und Colms offensichtliche Nervosität machte das Ganze nicht besser. „Sein Körper ist nicht stark genug, um die Kugel auszustoßen."

„Bitte vertrau mir", sagte Colm leise in Kismets Ohr. Der Geruch seines eigenen Shampoos vermischte sich mit dem verführerisch männlichen Duft, den er mittlerweile fest mit dem eigensinnigen Menschen verband, den sie bei sich aufgenommen hatten. „Ich will dir nicht wehtun, aber Tod hat recht. Die Kugel muss raus, bevor sie dich umbringt."

„Dir vertrauen? Wenn du mich aufschneiden willst?" Kismet schloss fest die Augen und schluckte schwer. „Scheiße."

„Ja", gab Colm zu. „Aber wenn ich es nicht mache, wird Ari es tun."

„Oh, dann leg los." Kismet zwang ein Lachen aus seiner schmerzenden Brust. „Benutz Essstäbchen, wenn es sein muss."

Colm hörte, wie Tod Min anwies näherzukommen, um sie besser zu schützen, als er mit zitternden Fingern in die weiche Haut des Menschen schnitt. Kismet biss sich zischend auf die Zunge und stieß durch das Blut hinweg Flüche aus. Colm nahm all seinen Mut zusammen und schob das Messer tiefer hinein.

Kismets Magen zog sich zusammen und ihm wurde übel. Colm drehte den Kopf des jungen Mannes zur Seite, damit er sich nicht an seinem Erbrochenen verschluckte und noch heftiger würgte. Das hätte es Colm nur schwerer gemacht, die Kugel zu erreichen, ohne Kismet noch schwerer zu verletzen oder die Kugel sogar tiefer in seinen Körper zu schieben.

„Tut mir leid, Kiz." Colm zuckte zusammen, als die Klinge eine Rippe traf. Kismet gab ein gurgelndes Geräusch von sich, als er sich aufbäumte, bevor er plötzlich erschlaffte. „Kismet!"

Doch die Brust des Jungen hob und senkte sich noch, wenn auch etwas unregelmäßig. Er war lediglich ohnmächtig. Colm seufzte erleichtert und machte sich wieder daran, mit dem Messer das Metallstück in der Wunde zu finden, wurde jedoch schnell frustriert. „Wie soll ich Knochen von der Kugel unterscheiden?"

„Du musst deine Finger benutzen", rief Ari ihm zu. „Knochen fühlen sich rauer an als Metall."

„Klar. Das hätte ich natürlich wissen müssen – so oft, wie ich das hier mache." Dem jungen Mann flüsterte er ins Ohr: „Tut mir leid. Das wird schmerzhaft."

Er platzierte das Messer leicht erreichbar auf Kismets Bauch, holte Luft und schob seine Finger tief in die Wunde, weitete sie mit aller Kraft. Neues Blut floss heraus, lief über Kismets T-Shirt und versickerte im Stoff seiner Jeans. Colm tastete sich mit geschlossenen Augen an den Knochenbögen entlang, bis er endlich das Metallstück fand, das beinahe zu flach gedrückt war, um es zu fassen zu bekommen.

„Ich habe sie." Es gelang ihm, die Kugel zwischen die Fingerspitzen zu klemmen und herauszuziehen. Sogleich nahm er den schlanken Mann ganz in seine Arme und presste ihn an seine Brust, als könnte er Kismets Wunde durch reine Willenskraft zum Heilen bringen. „Bleib bei mir. Gib ja nicht auf."

Tod stieß mit seinem Katana aufwärts, merkte allerdings allmählich, dass seine Schultern durch die schwer zu durchdringenden Körper der Dunkelelfen müde wurden. Min war noch erschöpfter und es fiel ihr immer schwerer, den Arm zu heben. Tod machte einen Schritt auf sie zu, um eine auf ihre Brust zielende Klinge abzublocken, woraufhin sie dankbar lächelte und ihre vor Überanstrengung kribbelnden Arme schüttelte, um die Muskeln zu lockern.

Hinter sich hörte er Kismet keuchen und würgen, während Colms Worte sanft und beruhigend über die Schmerzenslaute hinwegzuspülen schienen. Die Luft neben Tod veränderte sich, wurde warm und sinnlich. Ari war aufgetaucht, um Tods ruhiges Wesen mit seiner Leidenschaft auszugleichen. Der sanfte Stoß einer Schulter fühlte sich so erotisch an wie die Küsse, die sie über die Jahrhunderte voneinander gestohlen hatten. Er erlaubte sich einen kurzen Seitenblick auf den blonden Reiter, der ihm zuzwinkerte und Tods Argwohn mit einem frechen Grinsen beantwortete. Ari schob Min zu Seite, holte aus und stieß seinen Dolch in den letzten Dunkelelfen.

„Ruh dich aus, Min." Tod nickte ihr zu, während er Blutspritzern auswich. „Wir kümmern uns um ihre weiteren Pläne."

Min ließ sich dankbar auf den Boden neben Colm und Kismet fallen. Ihr ganzer Körper tat weh und sie schnappte heftig nach Luft, obwohl sie versuchte, ihre Atmung zu beruhigen. Sie rieb sich die brennenden Arme, die noch stärker kribbelten als ihre zitternden Beine. Ihr Gesicht war klebrig vor Blut. Kleine Schnitte an ihrem Kiefer und ihrer Schläfe trockneten unter dem warmen Licht des Foyers, doch die schlimmste Verletzung war eine Stichwunde in ihrer Seite, da es ihr einmal nicht gelungen war, das Messer eines Dunkelelfen abzuwehren. Sie spürte, wie sich die Haut bereits um einige Fäden ihres T-Shirts herum geschlossen hatte. Sie würde sie später herausschneiden müssen – oder Ari darum bitten, sie einfach herauszuziehen.

„Wie geht es ihm?" Min griff nach Colms Bein, um sich über den rutschigen Boden näher an ihn heranzuziehen.

Colm schluckte nur. Die Angst schnürte ihm die Kehle zu. Min tätschelte ihm kopfschüttelnd die Brust, während sie den Kopf auf die flauschige Fußmatte legte, die Colm für sie gekauft hatte – damals hatte sie sich darüber lustig gemacht, war jetzt aber dankbar, ihren schmerzenden Kopf darauf betten zu können. „Er wird schon wieder, Colm. Gib ihm einfach ein bisschen Zeit. Er hat einen Kampf mit einem Wraith überstanden, also wird er auch eine Kugel überleben. Die hast ja sogar du überlebt – und du bist ein Weichei."

DAS GANZE Chaos hatte mit einem Buch begonnen, dachte Beckett. Mit einer Frau und einem Buch.

Bevor ihm Glaube in den Schatten erschienen war, hatte er es beinahe aufgegeben gehabt, die Welt hinter dem Vorhang zu begreifen. Die Grenze war ein Zaubertrick gewesen, das ultimative Blendwerk aller Illusionen – bis sie ihm die Realität ihrer Welt eröffnet hatte. Doch die Frau, die seine Hand und sein Herz gehalten und ihn durch die letzten Schritte des Verstehens geführt hatte, war jetzt von ihm gegangen wie ein Lufthauch in seinem Gesicht.

Es war ein kleines, unscheinbares Buch, in dem sich dennoch so viel verbarg. Die Worte, in golden glänzender Tinte und krakeliger schwarzer Druckschrift geschrieben, leuchteten dem Leser vom dünnen Zellstoffpapier entgegen. Obwohl der Text laut Glaube als das Geschwafel eines Verrückten abgetan worden war, fand Beckett ihn faszinierend.

Sie war fort, doch das Buch hatte sie zurückgelassen. Seine Seiten würden ihn ein wenig trösten. Auch wenn ihr Verrat Bitterkeit in seinem Mund und seinem Herzen hinterließ, konnte er nicht aufhören, die Unsterbliche zu lieben.

Wild vor Kummer ließ er seine Hände durch das Blut auf dem Boden gleiten und verschmierte die trocknende Flüssigkeit um sich herum. Mit zitternden Fingern zeichnete er einen Kreis hinein, bevor er sich der beinahe elektrischen Kraft in seinem Innern zuwandte. Hatte er sich vorher bereits an der Grenze des Wahnsinns befunden, so schob ihn sein Schmerz nun noch weiter in den endlosen dunklen Abgrund, der sich tief in jedem Menschen befand. Die Schatten am Rand des Foyers erzitterten unter den kraftvollen Emotionen, die aus Becketts Seele hervorkrochen. Von der Macht der Reiter durchdrungen schwärmten sie aus, um dem Ruf des Magus zu folgen.

„Jetzt werdet ihr sterben." Beckett hob seine blutigen Hände.

Er legte den Kopf in den Nacken und wob den Beschwörungszauber, der die Schatten zu einer Einheit zusammenzog. Die Dunkelheit erbebte mit gedämpftem Murmeln, als die animalischen Wraith sich zu einem einzigen dem entschlossenen Magus unterstehenden Bewusstsein vereinten.

Güte kannte das Gefühl der Grenze. Mit den Bewegungen der Schatten vertraut, spürte er, wie der Ruf des Magus etwas aus seinem Körper zog. Er wappnete sich mit seinem Kummer und gab der Kraft des Menschen nach. Ein langsamer Schmerz kroch durch seine Knochen, als Becketts Magie an ihnen zerrte.

„Beeil dich, Beckett", drängte Güte. „Die Dunkelelfen wurden alle getötet oder sind geflüchtet. Tod und Krieg werden sich uns als Nächstes vornehmen."

„Das schaffen sie nicht." Beckett konzentrierte sich darauf, die Schatten zu formen, wobei ihm Gütes Kraft half. Die Haut des Unsterblichen verdunkelte sich und schwarzes Blut tropfte auf den Boden. Die Flüssigkeit schimmerte, vibrierte, breitete sich auf dem Boden aus. „Warte beim Aufzug, Güte. Wir müssen schnell hier raus, sobald die Beschwörung beendet ist."

„Ich bin noch hier." Ein Dunkelelf schloss die Tür zum Treppenhaus hinter sich und trat aus den Schatten. Seine aus alten, nicht zusammenpassenden Teilen bestehende Rüstung glänzte nur schwach im Licht, doch die scharfe Schneide seines Schwerts glitzerte gefährlich. Ein silberner Ring baumelte von seinem Ohr und schaukelte bei jedem Schritt, als er sich den Reitern näherte. „Und ich werde meinem Clan den Kopf eines Reiters bringen. Die Toten werden weinen, wenn ich die Seelen der Reiter an ihre Seite in die Hölle schicke, und sie werden bedauern, dass sie mich als Wächter an der Tür zurückgelassen haben, wo ich sie nicht zum Ruhm führen konnte."

Vom Blutrausch angetrieben senkte der Elf den Kopf und stürzte sich mit seinen langen Hauern brüllend auf Krieg. Ari machte einen Schritt zur Seite, um ihn von den erschöpft und bewegungslos am Boden liegenden Jüngeren wegzulocken, ohne dabei eine zu große Lücke zu lassen.

Er hatte nicht vor, die drei in Gefahr zu bringen. Die Kreatur würde nicht an ihm vorbeikommen. Als sich ihm die Klinge des Dunkelelfen näherte, stieß Ari zu und grinste glücklich, als Fleisch unter seinem Dolch nachgab und heiße Flüssigkeit auf seinen Arm spritzte. Er liebte Kämpfe und Gemetzel, wenn Blutstropfen seine Sicht rot färbten. Mit Tod an seiner Seite und dem Tod um sich herum fühlte er sich lebendig.

Tod hatte ebenfalls auf den Angreifer gezielt und sein Katana von unten unter dessen Brustkorb gestoßen. Er streifte eine Rippe, die in den darunterliegenden Lungenflügel gedrückt wurde. Roter Schaum bildete sich um die Hauer und der Elf rang keuchend um Atem, als Tod das Schwert herauszog und erneut zustieß. Die Spitze traf das weiche, tief in der Brust vergrabene Herz. Tods Arm schmerzte von der Anstrengung, die Klinge durch die festen Muskeln zu stoßen, nachdem der lange Kampf seine Ausdauer bereits auf eine harte Probe gestellt hatte. Trotzdem bearbeitete er mit einer nüchternen Boshaftigkeit gnadenlos dieselbe Stelle, bis eine grauenhafte Wunde entstanden war.

Doch Ari zwinkerte seinem ältesten Freund zu und durchtrennte mit einem schnellen Schnitt die Wirbelsäule des Dunkelelfen. Er leckte sich die Tropfen von den Lippen und seine Seele frohlockte, als sich ein feiner Nebel der Grenze über sie senkte. Von seiner Berufung angelockt machten sich kleinere Wraith bereits über die Gefallenen her und warteten gierig auf das nächste Opfer.

Ari warf den Kopf in den Nacken und breitete die Arme aus, um den letzten Blutschwall über sich hinwegspülen zu lassen, wobei er mit der Hand einige Tropfen auffing. Mit leicht geöffnetem Mund sog er den Geruch von Schweiß und Blut ein wie ein duftendes Parfüm. Ein letzter Dolchstoß und der Dunkelelf lag still, nur noch ein Haufen Fleisch zu Aris Füßen.

„Mann, war das ein Spaß!" Ari drehte sich zu Tod um, sein Gesicht eine dunkle Maske aus frischem und getrocknetem Blut. Dicke Haarklumpen klebten an seinem Kiefer und an seinem Hals. Als er sich schüttelte, spritzte Blut auf Tods Gesicht.

„Krieg!", tadelte Tod, während er versuchte, das Blut von seinem Mund zu entfernen.

Ari streckte einen Arm aus, um Tod mit seinem relativ sauberen Handrücken über das Gesicht zu wischen. „So", sagte er mit einem seltsamen Lächeln. „Schon bist du wieder so hübsch wie vorher."

„Jungs, wenn ihr euch dann bald genug in eurem Erfolg gesonnt habt …" Min hatte sich auf die Ellbogen gestützt, klang allerdings nach wie vor außer Atem. Mit dem Kinn deutete sie in Richtung des auf dem Boden hockenden Magus, um den sich zwischen den Leichen der Dunkelelfen Schatten sammelten. „Ich glaube, wir haben ein neues Problem."

„Was ist denn los?" Colm bemühte sich, um die Beine der anderen Reiter herum etwas zu sehen. Kismets Brust hob und senkte sich mittlerweile gleichmäßiger in einem beruhigend langsamen Rhythmus und sein Gesicht hatte wieder etwas Farbe. Der junge Mann murmelte unzufrieden, als Colm seine Hände unter seine Achseln schob und ihn näher an sich zog. Da Beckett am dünnen Vorhang der Grenze zerrte, lag Kismet nackt und hilflos da, wehrlos gegen die von den Leichen angezogenen Wraith, die sich immer weiter näherten.

„Hi." Kismet regte sich in Colms Armen, nur um ein ersticktes Keuchen von sich zu geben, als sich Messer in seine Brust und seine Rippen zu bohren schienen. Trotz seiner Schmerzen bemühte er sich um ein müdes Lächeln. Durch den Blutverlust ein wenig unterdrückt, kroch seine Sucht mit gebrochenen Beinen durch seinen Körper. Kismet schluckte um seine trockene Zunge herum, bevor er heiser fragte: „Habt ihr gewonnen?"

„Verdammt, Shi. Wir sollten sie reinbringen, wenn du willst, dass sie überleben", brummte Ari.

„Wir haben nicht gewonnen", beantwortete Tod Kismets Frage. „Sie sollten lieber hierbleiben, Ari. Wir können nicht mehrere Orte gleichzeitig verteidigen. Am Ende kommen noch Wraith zu ihnen durch."

„Verteidigen? Wogegen?" Colm hörte den Menschen auf der anderen Seite des Foyers leise murmeln – zusammenhanglos erscheinende Wörter unterbrochen von rauem, heiserem Flehen. „Was macht er da?"

„Er ruft einen Wraith oder so was, Pest", sagte Ari, während er sich das Blut vom Arm schüttelte und seinen Dolch fester in die Hand nahm. „Als hätte er uns nicht genug Ärger gemacht."

Die Grenze krümmte sich um den Magus und stieß die letzte Welle wachsender Wraith in das sich ausdehnende dunkle Gebilde bei seinen Händen. Das getrocknete Dunkelelfenblut knisterte auf seinen Handflächen, als er seine Fäuste auf den Boden schlug. Während er auch den letzten Rest seiner Wut hineinleitete, rief er die Kreatur aus der Dunkelheit herbei und konzentrierte sich dabei auf einen einzigen Gedanken: alles und jeden zu töten.

„Hatten wir nicht gerade erst so ein Ding?", fragte Kismet. In seinem Kopf hämmerte ein unregelmäßiger, hartnäckiger Schmerz. Seine Haut juckte, wo Colms Finger sie geteilt und die Kugel aus seinem Körper gezogen hatten, obwohl die Wunde äußerlich bereits verheilt war. „Wie viele davon kann er denn rufen?"

„So viele er will." Tod verzog das Gesicht. „Hier gibt es ausreichend Fleisch und Blut von Grenzgängern, um etwas wirklich Großes zu beschwören."

„Oh." Kismet hustete, als sich Blut in seiner Lunge sammelte. Nach kurzem Würgen spuckte er die Flüssigkeit aus und konnte wieder atmen. Lediglich ein metallischer Geschmack blieb auf seiner Zunge zurück, weshalb Kismet sie an seinen Zähnen rieb. „So wie das Ding, das mich fressen wollte? Und dann bleiben wir einfach hier sitzen und lassen uns von dem Typen umbringen?"

„Wir sind Unsterbliche, Kismet. Wir müssen uns an Regeln halten." Tods Gesicht war wie eine Maske aus Eis, die dunkel von einem ernsten Mund und zusammengekniffenen Augen durchschnitten wurde. „Wir können uns nicht gegen einen Menschen wenden, wenn er uns nicht direkt angreift. Und bei einer Beschwörung ist das nicht der Fall. Wir können ihm nichts anhaben."

Mittlerweile sah Beckett weder die Reiter noch das Blutbad um sich herum. Er konzentrierte sich einzig auf die wachsende Schattenmasse, die vor ihm Form annahm. Hinter ihm floss das Wasser aus der Steinwanne, da der Arm eines gefallenen Dunkelelfen teilweise den Abfluss blockierte. Rot vor Blut bildete das Wasser kleine Bäche, die sich langsam um die verstreuten Körperteile in ihrem Weg wanden. Ari bewegte seine Füße ein wenig, um zu überprüfen, wie rutschig der Boden war.

„Nimm das hier, Colm. Dein Messer ist wahrscheinlich sowieso stumpf von deinem Menschen und mit dem hier hast du eine bessere Reichweite." Min reichte ihm ein Messer mit langer Klinge, das sie unter der Leiche eines Dunkelelfen gefunden hatte. „Nur falls ihr euch verteidigen müsst."

Colm nickte stumm. Die Waffe lag ungewohnt schwer in seiner Hand und das große, an die Hand des noch auf den Boden blutenden Dunkelelfen angepasste Heft ließ sich kaum von seinen Fingern umfassen.

Lange Schattenfäden strömten aus dem kühlen Treppenhaus hinein, als Becketts Ruf sie anzog. Die Aussicht auf Nahrung lockte die winzigen Wraith aus ihren sicheren Schwärmen zum Schmerz des Magus in der stillen Luft.

Beckett hockte bewegungslos auf dem Boden, während seine Kleidung langsam Blut aufsaugte. Seine Kraft strömte in den Kreis und zog jeden winzigen Fetzen Dunkelheit mit eigenem Willen in seine Kreatur. Seine Augen waren so weit nach oben verdreht, dass man das von kräftigem Rot durchzogene Weiße darin sah.

Güte entfernte sich ein Stück, um dem Magus Raum für seinen Zauber zu geben. Seine Augen füllten sich mit Tränen, sein Herz füllte sich mit Rachegelüsten. Die vier würden für Glaubes Tod bezahlen. Und wenn der für das ganze Chaos verantwortliche Junge dabei ebenfalls zerrissen werden sollte, wäre das umso besser.

Angst machte sich in Kismets Innerem breit, stach mit langen Messern in seine Eingeweide. Er war müde, mehr als müde, wenn er seinem abgekämpften Gehirn glaubte. Die Geschehnisse der letzten Tage überwältigten ihn und zwischen den allgegenwärtigen Schatten nicht den Verstand zu verlieren, war ein ständiger Kampf. Zwischen den toten und sterbenden Dunkelelfen saß er zitternd da, während die Drogensucht in seinen Adern aufwallte, und starrte blind auf den Boden.

Dieser Mann in der Blutpfütze hatte seine Albträume zum Leben erweckt. Wenn die Schatten ihn jetzt nachts bissen, hatten sie echte Zähne. Beckett musste etwas unter Nicks Heroin gemischt haben. Anders hätten keine fremden Substanzen in Kismets Körper gelangen können. Eigentlich hatten die Drogen die Kreaturen, die er aus dem Augenwinkel sah, von ihm fernhalten sollen. Jetzt sah er sie überall – und sie erwiderten seine Blicke.

Brennende Tränen stiegen ihm in die Augen. Er hatte den Magus gehasst und sich gewünscht, ihm ebenso viele Schmerzen zu bereiten, ihn dieselbe überwältigende Angst spüren zu lassen – so sehr ihn der Gedanke ans Töten auch erschütterte. Jetzt konnte er allerdings nicht mehr die Energie dazu aufbringen.

Kismet schaute zu den wartenden Reitern hoch, in deren Gesichtern sich sehr verschiedene Emotionen abzeichneten. Tod stand ruhig wie ein Pfeiler aus Schnee und Asche, während er stille Geduld ausstrahlte. Ari verlagerte unruhig sein Gewicht, als könnte er den Wraith des Magus kaum noch erwarten. Sein kantiges Gesicht und seine zusammengepressten Lippen ließen einen Hauch von Vergnügen erkennen, Vorfreude auf den Kampf. Min wirkte lediglich müde und resigniert, als bereite der zierlichen Frau allein das Aufrechtstehen Mühe.

Und Pestilenz – Colm, für Kismet würde er immer Colm bleiben – hatte mit glänzenden blauen Augen einen flehenden Blick auf Kismet gerichtet, wie um ihn zu bitten, an seiner Seite zu bleiben. Kismet hatte nicht damit gerechnet, jemals mit so starker Zuneigung angesehen zu werden. Es hinterließ einen Schatten des Bedauerns auf seiner Seele, dunkle Teeflecken auf schmutzigem Weiß. Er wandte sich ab, da er den Anblick der heftigen Gefühle nicht länger ertragen konnte.

Da ließ Colm das Messer fallen und schlang einen Arm um Kismets Taille. Kismet spürte seine Hände und drehte sich um. Als er die Angst in Colms Gesicht sah, wurde er von dem Bedürfnis ergriffen, sie daraus zu vertreiben. Colm zog ihn in eine warme Umarmung, die ihn endlich aus seiner kalten Furcht befreite. Er lehnte die Stirn an Colms Brust.

„Schon wieder etwas Hundeähnliches?" Ari warf Tod einen fragenden Blick zu. Durch die Regeln ihres Anführers zum Warten gezwungen, vertrieb er sich die Zeit damit, über die endgültige Form der Schatten zu spekulieren. „Ein bisschen Abwechslung wäre nett. Warum muss es immer ein Hund oder ein Vogel sein? Kreativer wäre doch ein Bär. Oder von mir aus sogar ein Oktopus."

„Du denkst über die seltsamsten Dinge nach, Ari", antwortete Tod kopfschüttelnd. Nachdem er Ari den geborgten Dolch zugeworfen hatte, schüttelte er seine müden Finger und zückte sein langes Schwert.

„Min, kannst du helfen?", fragte Tod, ohne sie anzusehen. Die Frau stieß sich mit einem zustimmenden Brummen von der Wand ab, um nach ihren abgelegten Waffen zu greifen. Tod nickte und warf einen Blick auf ihren Jüngsten.

„Ich werde tun, was ich kann." Colm begann widerstrebend, sich von Kismet zu lösen, als der ältere Mann den Kopf schüttelte. „Wirklich, ich kann helfen."

„Pass lieber auf Kismet auf, Colm", sagte Tod. „Falls das Wesen irgendwie an uns vorbeikommt, musst du ihn in Sicherheit bringen. Wir können nicht riskieren, dass er jemand anderem in die Hände fällt. Im Notfall bringst du ihn zu Frieden. Er wird euch Zuflucht gewähren."

„Scheiße, wenn der Junge *Frieden* um Hilfe bitten müsste, stünde es verdammt schlecht um diese Welt." Ari zog einen Schmollmund, als Tod ihm einen tadelnden Blick zuwarf. „Was denn? Ist doch wahr."

„Hör mir zu, Colm." Ein warmes, beruhigendes Lächeln taute für einen Moment das Eis seiner dunklen Augen. „Ich vertraue dir Kismet an. Versprich mir, dass du ihn hier rausbringst, falls wir dieses Ding nicht besiegen können. Wir dürfen nicht zulassen, dass der Magus ihn bekommt. Einverstanden?"

„In Ordnung." Colm nickte, während er seine aufsteigenden Ängste wieder in seinen Bauch schob.

„Das Beste wäre eigentlich, den Jungen umzubringen", murmelte Ari leise in Tods Richtung. „Und den Magus auch."

Die Kreatur war mittlerweile vollständig ausgeformt und drehte ihren breiten Kopf in Richtung der Reiter. Blutrote, stählerne Augen blinzelten ihnen entgegen. Sie sah tatsächlich einem Hund ähnlich und bewegte sich auf vier Beinen mit scharfen Krallen fort. Der Wraith trat aus dem Blutkreis, mit dem Beckett seine Wut zu dieser Schattengestalt geformt hatte.

Min schluckte hörbar und musste ihr Zittern angesichts der Größe des Wesens unterdrücken.

Es prüfte den Geschmack der Luft mit einer langen, schlangenhaften Zunge, die sich aus seiner flachen Schnauze schob. Hörner erhoben sich ungleich hoch von seinem Schädel, während die fleckigen Schatten seines Körpers sich in ständiger spiralförmiger Bewegung befanden.

„Gott, das ist ja riesig", flüsterte Colm vor sich hin. Vom Hartholzboden lösten sich Lackstreifen und Holzfasern, sodass hinter den langen Krallen honigfarbene Späne zurückblieben. Die kaum vorhandenen Lippen zogen sich von den Zähnen zurück, welche lang und spitz aus dem unebenen Kieferknochen ragten.

„Es sieht aus, als hätten ein Rottweiler und ein Triceratops ein bisschen zu viel Spaß gehabt und dabei das da produziert." Ari verzog das Gesicht. „Es wird verdammt schwer, das umzubringen. Wahrscheinlich müssen wir uns durch den Hals sägen."

„Sieht so aus", stimmte Tod zu. „Selbst bei den Augen könnte es schwierig werden – ich hätte Angst, an den Augenhöhlen mein Katana abzubrechen. Bist du so weit, Min?"

Min nickte stumm. Ihre Nerven waren zum Zerreißen gespannt. Ihre Oberschenkel und Arme schmerzten bereits bei der kleinsten Bewegung. Trotzdem stellte sie sich neben Kriegs Schulter, auch wenn sie sich fragte, wie viel sie gegen den aus Kummer und Rachedurst geformten Wraith ausrichten konnte. Die muskulösen Beine des Wesens beugten sich, als es zum Sprung ansetzte.

Beckett hockte auf dem Boden und wurde sich allmählich wieder seiner Umgebung bewusst. Heißer Atem ließ seine Kleidung flattern und wärmte seinen rasierten Kopf. Von der Kraft seiner größten Kreation angezogen, berührte er einen aus dem aufgerissenen Maul hängenden Speichelfaden und wickelte sich den zähflüssigen Strang um den Finger. Doch als der säurehaltige Speichel in Kontakt mit Becketts Haut kam, zischte sie laut.

Der Magus heulte vor Schmerz auf und schüttelte seine Hand, um die brennende Flüssigkeit loszuwerden. Diese zerteilte sich in einzelne Tropfen und flog durch die Luft, nur um auf dem schutzlosen Körper des Mannes zu landen. Von den Schreien angelockt kam das Monster näher, bis seine Nase fast Becketts Gesicht berührte.

Der Magus rieb sich mit seinem Hemd über seinen brennenden Arm, was allerdings nur dazu führte, dass sich die ätzende Flüssigkeit noch schneller durch die Hautschichten fraß. Das Gewebe darunter kochte mit einem leisen Knistern, während sich das Foyer mit dem unangenehm süßlichen Geruch von verwesendem Menschenfleisch füllte.

„Beckett!", rief Güte mit einem Schritt in seine Richtung. Der Wraith knurrte ihn wütend an und verspritzte mehr Speichel, als er gereizt den Kopf schüttelte. Der Unsterbliche wich schockiert zurück, während seine Vernunft gegen den Wunsch ankämpfte, Glaubes Geliebten zu retten.

Mehr Fäulnis tropfte aus dem Maul des Monsters auf Becketts Körper, fraß sich durch seine Kleider und durchdrang die Haut darunter. Kleine Schattentropfen gruben sich gierig in den Bauch des Magus und seine Eingeweide, die durch die Hitze anschwollen.

Dann biss die Kreatur zu und riss dem Magus ein Stück seiner Wange aus dem Gesicht, während sie eine schwere Pfote auf die Brust ihres Schöpfers stellte und die Krallen tief hineinschlug, um ihn festzuhalten. Sie hielt sich nur kurz mit dem Kauen auf und bald folgte ein Stück Arm, das sie mit einem kräftigen Ruck abriss.

Colm setzte sich instinktiv in Bewegung, als er die Schmerzensschreie des Mannes vernahm, die sich mit jedem heftigen Biss wiederholten. Tods ruhige Hand auf seiner Schulter stoppte ihn. Colm kämpfte dagegen an und riss sich los, woraufhin sich jedoch Aris Arme von hinten um ihn schlangen und ihn unnachgiebig festhielten. Wütend und frustriert sah er mit rotem Gesicht Tod an, der Ari zunickte, damit dieser den Jüngsten losließ. Colm stieß den Blonden von sich.

„Es geht nicht, Colm", sagte Tod leise. „Lass den Magus in Ruhe. Du kannst ihm nicht helfen."

„Aber er wird sterben, Tod." Colm warf einen Blick auf Krieg, der nur mit den Schultern zuckte. „Wir müssen etwas tun."

„Freier Wille, Pestilenz." Tods Gleichgültigkeit schockierte ihn so sehr, dass er kein Wort herausbrachte. „Dass wir uns nicht einmischen, gilt auch für solche Fälle. Wir sind nicht hier, um die Menschheit vor sich selbst zu schützen."

„Aber das ist falsch", protestierte Colm und entzog sich Tods Hand. „Wir können mehr tun. Wir können doch nicht zusehen, wie ihn das Ding bei lebendigem Leib auffrisst."

„Und ob, Bazille. Genau das werden wir tun", sagte Ari, ohne den Blick von der Kreatur abzuwenden. Bei der kleinsten Bewegung in ihre Richtung würde er angreifen. Es juckte ihm in den Fingern. „Es ist nicht falsch. Menschen treffen ihre eigenen Entscheidungen und leben – oder sterben – mit ihnen."

„Ihr zwei seid doch krank", warf Kismet ein, der mit hilfloser Wut kämpfte. Tränen glitzerten auf seinem blassen Gesicht und in seinen langen Wimpern klebte Salz. Er zitterte, als ein Schwindelgefühl seine Sinne einhüllte. Die Welt drehte sich so sehr, dass den Reitern Farbstreifen zu folgen schienen, als sie sich bewegten.

Güte riss sich aus seiner Starre los und rutschte beinahe in einer Blutpfütze aus. Trotzdem trat er nach der Brust des Wraith und bemühte sich, seine Hände unter Becketts Achseln zu schieben, obwohl dieser um sich schlug. Das Wesen wollte den Magus nicht loslassen und schnappte nach ihm.

Doch der Unsterbliche zerrte mit der Kraft der Verzweiflung an dem Mann, bis seine Schultern schmerzten. Ein dünner, dunkler Nebel wallte hinter ihm auf, kroch durch die Ritzen der Aufzugtür. Güte teilte die Grenze und griff hinein, um nach einer Verbindung zu Frieden zu suchen. Die Öffnung war instabil und flackerte an den Rändern.

„Das Arschloch nimmt ihn mit rein." Ari stieß einen leisen Pfiff aus, brach ihn allerdings ab, als der Wraith ihnen auf das Geräusch hin ruckartig den Kopf zuwandte. „Toll, jetzt helfe ich ihnen auch noch, zu entkommen."

„Lass sie", antwortete Tod. „Güte ist eigentlich nicht stark genug, um einen Menschen durch die Grenze zu tragen. Wenn sie überleben, spielt es keine Rolle mehr."

„Wenn sie nicht überleben, dann kann ich diesen Wichser nicht mehr höchstpersönlich umbringen", beschwerte sich Ari und verdrehte die Augen, als Tod genervt seufzte. „Lass mir doch meinen Spaß, Shi. Du sammelst staubige Bücher, ich töte Leute. Jeder braucht ein Hobby."

Ein silberner Faden stieg aus der Dunkelheit auf und tauchte das Foyer in sein Licht. Das wogende Band sandte einen Sirenengesang aus, der die menschliche Seele in Becketts Körper anlockte. Der Magus verlor in Gütes Umklammerung das Bewusstsein, überwältigt von der Anziehungskraft des Unbekannten jenseits der Grenze. Der Unsterbliche ließ nicht los, sondern stürzte sich mit seiner Bürde in die Öffnung.

Der Wraith stürzte brüllend hinterher, doch das Portal hatte sich bereits in einem dunklen Strudel geschlossen. Nur der Geruch von versengtem Fleisch und Metall bleib zurück. Wütend darüber, seine Beute verloren zu haben, biss der Wraith in einen Dunkelelfen, während er ein Knurren in Richtung der Reiter sandte. Bereit, seine neue Mahlzeit zu beschützen, ließ er sie nicht aus den Augen. Die Kreatur riss große Stücke aus dem weichen Fleischberg, schlang sie so schnell wie möglich herunter.

„Verdammt, das Ding wird uns fressen." Kismets Blut schien ihm in den Adern zu gefrieren und er konnte sich kaum noch bewegen. Der junge Mann fiel vornüber und wurde nur durch Colms schnelle Reflexe davor bewahrt, mit dem Gesicht auf dem Boden zu landen. Zitternd klammerte er sich am T-Shirt des Reiters fest und suchte seine Wärme. „Scheiße. Colm, mir ist so verdammt kalt."

„Wahrscheinlich hat er zu viel Blut verloren und braucht einen Schuss", sagte Ari mit einem Blick in ihre Richtung. „Leg ihn hin, bevor er ohnmächtig wird."

Colm gehorchte rasch. Er ließ sich an die Wand sinken, lehnte Kismet gegen sich und schlang ihm einen Arm um die Taille, damit er nicht von seinem Schoß rutschte. Kismets Augen schlossen sich zittrig und sein Körper wurde von Krämpfen geschüttelt. „Ich bin bei dir, Kiz. Ich gehe nicht weg."

„Warum stehen wir eigentlich hier rum und warten darauf, dass uns das Vieh angreift? Wir sollten es einfach umbringen", brummte Ari und ging mit gesenkten Dolchen, aber energischen Schritten auf den Wraith zu.

Tod folgte dicht hinter ihm, ohne die Kreatur aus den Augen zu lassen. Seine Füße klebten bei jedem Schritt am Boden fest und zähflüssige Fäden zogen sich zu seinen Fußsohlen hoch. Seine Schulter schmerzte, wo ein im Kampf mit einem Dunkelelfen angerissener Muskel noch nicht ganz verheilt war. Seufzend schloss er seine schweißnasse Hand fester um den Griff des Katanas und schob sich neben Ari.

Die Kreatur knurrte, wobei ihr zischender Speichel auf den Holzboden tropfte. Sie bohrte ihre Krallen fest in den Boden und spannte ihre Schultern an, legte den Kopf schräg. Ari näherte sich von rechts und wartete, bis Tod sich auf die linke Seite des Wesens begeben hatte. Er musterte die spitzen Hörner, deren Enden sich bis neben die schmalen Augen bogen, und den gedrungenen Körper, um nach einer Schwachstelle zu suchen.

„Scheiße, das Vieh ist echt riesig", sagte Ari anerkennend. „Es hätte Jahrzehnte gebraucht, um auf natürlichem Weg so groß zu werden."

„An diesem Ding ist nichts Natürliches, Ari. Selbst für unsere Verhältnisse." Tod deutete mit dem Kinn auf die Kreatur, die ihre Aufmerksamkeit auf die sich vorsichtig nähernde Min gerichtet hatte. In der scharfen, geschwungenen Klinge seines Schwertes spiegelte sich zwischen trocknenden Blutflecken der Körper des Wraith.

Ari wagte sich weiter vor und trat dabei kräftig auf, um das Monster zum Angriff zu provozieren. Die Schulter auf Tods Seite senkte sich etwas und kräftige Beinmuskeln spannten sich an. Ari sprang vor und stieß einen Dolch in die Seite des Wesens und unter eine Rippe. Der Knochen gab unter der Klinge nach, als sich der Wraith herumwarf, um sich auf Tod zu stürzen.

Aris Angriff hatte ihn überrascht und aus dem Gleichgewicht gebracht, sodass er jaulend ins Leere schnappte. Tod rutschte mit seinen nackten Füßen über den Boden, bis er sich außer Reichweite befand. Min schrie fast genauso laut auf, wie die Kreatur jaulte, als die scharfen Zähne Tods Arm um nur wenige Zentimeter verfehlten, fluchte dann über ihre unangebrachte Reaktion und verzog reuevoll das Gesicht.

„Du musst dich zurückhalten Min", merkte Ari an, während er Blut von seinem Fuß schüttelte. „So ein Geräusch macht man nicht, wenn man nicht angegriffen wird."

„Min, mach es nicht auf dich aufmerksam. Bleib hinter Ari." Tod machte ein paar Schritte zur Seite und der Blick des Wraith folgte seinen Bewegungen. „Lass es nicht aus den Augen, Ari."

„Dabei würde ich lieber dich ansehen", knurrte Ari und zielte versuchsweise mit dem Dolch auf den Hals der Kreatur, auch wenn der Geruch ihres Atems aus der Nähe beinahe unerträglich war. Die kräftigen Muskeln bremsten die Klinge, sodass sie nur harmlos daran entlangkratzte. Der Wraith schnappte nach Aris Arm und schaffte es, mit seinen scharfen Zähnen ein Stück Haut aufzureißen.

Ari stieß einen verärgerten Laut aus, als sich seine Haut unter dem ätzenden Speichel schwarz verfärbte und Blasen warf. „Das darfst du nachher gesundküssen, Shi."

Ari verdrehte auf beinahe akrobatische Weise den Oberkörper, um sich an dem Monster vorbeizuschieben und sein Hinterbein anzugreifen. Das Wesen folgte ihm mit einer Blutspur aus seiner verletzten Seite und bäumte sich auf, was seine Kehle für Tods Schwert angreifbar machte.

Als die Kreatur den Kopf in Aris Richtung drehte, holte Tod aus und seine Klinge durchschnitt die Luft, um auf die Unterseite des Halses zu treffen. Doch der Hieb sandte einen schmerzhaften Ruck durch seinen Arm: Er war von einer dicken Schicht Schuppen ausgebremst worden, die von den Falten aus Muskeln und festem Fett am Hals des Wraith nahezu völlig verdeckt wurde.

„Die Kehle ist zu gut geschützt", rief Tod über das Knurren der Kreatur hinweg. Ari schob sich näher heran, bis er direkt an Tods linker Seite stand. Tod täuschte einen Angriff auf die Schulter vor, damit das Wesen den Kopf hob und sein Auge in Aris Reichweite brachte.

Dieser nutzte die Gelegenheit, um seinen Dolch fest in sein feuerrotes Ziel zu stoßen.

Er traf den Rand des Auges, woraufhin eine stinkende Dampfwolke aus dem Augapfel schoss. Das Wesen riss sich kreischend von der Klinge los und schnappte wild nach den beiden Reitern. Min sah ihre Chance, als der Wraith eine Pfote hob, um seine Krallen in Tods Bein zu schlagen. Sie stieß der Kreatur ihre Klinge in den Kopf und fluchte, als sie an einer Knochenplatte über ihrem Auge hängenblieb.

Der Wraith fuhr herum, um Mins Arm mit den Zähnen zu folgen und sie musste sich weit zurücklehnen, damit sie ihm ausweichen konnte. Ihr Fuß blieb am Arm eines Dunkelelfen hängen, der sie aus dem Gleichgewicht brachte. Obwohl sie sich bemühte, den Sturz zu kontrollieren und sich abzurollen, landete sie so heftig auf dem Boden, dass ihr die Luft wegblieb. Keuchend rang sie nach Atem, während ihre Hände hektisch das Messer suchten, das sie beim Aufprall verloren hatte.

Doch das Wesen stürzte sich bereits knurrend und geifernd auf sie und versenkte seine Zähne in ihrem Bein. Mit einem heftigen Ruck zerriss es ihren Oberschenkelmuskel. Der säurehaltige Speichel verbrannte ihre Haut und kochte das darunterliegende Gewebe, bis es weiß war. Ohne ihre Schreie unterdrücken zu können, griff sie in ihrer Verzweiflung nach dem zerbrochenen Messer eines Dunkelelfen, dessen Griff sich im Kampf gelöst hatte. Die Schneide grub sich in ihre Hand, bis heißes Blut ihren schlanken Arm hinabrann. Min erlaubte sich allerdings nur einen kurzen gezischten Fluch, bevor sie die Klinge in der Hoffnung, einen weichen Punkt zu finden, unter das Kinn der Kreatur rammte.

Das abgebrochene Metall traf sein Ziel und schob sich durch das Kinn nach oben und bis in den geriffelten Gaumen. Der Wraith zuckte zurück, schüttelte wild den Kopf und versuchte, mit der Pfote das Metallstück zu entfernen. Blut tropfte auf Min, während sie sich bemühte, nicht vom wild zuckenden Körper des mächtigen Wesens getroffen zu werden.

Da warf sich Ari mit gezückten Dolchen von hinten auf den Wraith. Dieser riss den Kopf hoch und bot Aris Waffen das perfekte Ziel. Als er zustieß, spürte er, wie die weichen Augen zerplatzten und die Klingen bis ins Gehirn des Wesens drangen. Rauch stieg von Kriegs nackten Armen auf, als sich unter der herausspritzenden Flüssigkeit Streifen aus Blasen und verbrannter Haut bildeten.

„Hilf ihr da raus, Shi." Ari deutete mit dem Kinn auf Min, die vergeblich versuchte, sich aus dem Wirrwarr aus Leichen zu befreien. Dann holte er tief Luft und klemmte seine Dolche unter die Knochenkante der Augenhöhlen. Er zwinkerte Tod zu, der Min stützte, bevor er den Wraith zwischen seine Oberschenkel klemmte und ihm den Kopf umdrehte.

Das Genick der Kreatur brach unter Aris Händen, doch die Schatten zerrissen und der ganze Schädel löste sich. Als Ari hintenüberfiel, traf ein Blutspritzer aus der zerfetzten Kehle sein Gesicht. Die Haut seiner Wange löste sich auf und unterhalb seines feurigen Blicks kam weißer Knochen zum Vorschein. Wütende Flüche lösten sich undeutlich aus seinem von der brennenden Säure fast vollkommen versiegelten Mund.

Min schob Tod von sich und drängte ihn in Aris Richtung, woraufhin er sich mit von Mins Blut durchtränkter Kleidung durch die Leichenteile zu Ari vorkämpfte. Nachdem er Colm angewiesen hatte, Min und Kismet ins Penthouse zu helfen, kniete er sich besorgt neben seinen ältesten Freund. Er schob einen Arm unter Aris Schulter und hob den schwereren Mann mühsam hoch, obwohl sein müder Körper mit stechenden Schmerzen protestierte.

„Hi." Ari schlang einen Arm um Tods Taille. Die wilden Zuckungen des Wesens hatten ihm die Hüfte gebrochen, wodurch die Knochen jetzt bei jeder Bewegung aneinanderrieben. Das kurze Wort hatte die verklebten Lippen schmerzhaft auseinandergerissen und sie zum Bluten gebracht. „Um noch mal auf das Gesundküssen zurückzukommen …"

„Typisch für dich", antwortete Tod mit einem amüsierten Schnauben. „Immer willst du einen schönen Kampf mit Sex ruinieren."

Trotzdem beugte er sich vor, um über einen Riss in Aris Lippe zu lecken und am Mund des Blonden zu saugen. Ari schmeckte metallisch und männlich, eigensinnig und beruhigend. Wie jemand, der geliebte Menschen mit allen Mitteln verteidigte. Für Aris Verhältnisse war es ein kurzer Kuss, der allerdings bis tief in seine Seele schmerzte.

Als Tod sich löste, war sein Mund mit Aris Blut verschmiert, bis er sich abwandte und es von seinen Lippen leckte.

„Ja, Sex würde sehr gut dazu passen." Ari leckte sich ebenfalls einige Blutstropfen vom Mund, in denen er Säure schmeckte. Sie brannten in seiner Kehle, als das Gift des Wraith in seinen Magen wanderte. Doch er würde die widerliche Essenz des Schattenmonsters auch diesmal überleben. Im Augenblick wollte er nur den gewonnenen Kampf und Tods sanfte Berührung genießen.

„Aber erst mal haben wir ein Problem, Shi."

„Meinst du den Jungen oder etwas anderes?" Tod drehte sich seitwärts, als sie die Tür erreicht hatten, um mit Ari hindurchzupassen.

„Oh, den hatte ich ganz vergessen." Der Blonde schüttelte den Kopf und stieß mit seinem ebenfalls in Mitleidenschaft gezogenen Knie gegen die Wand. Kurz sah er Sterne, als eine rote Welle des Schmerzes seinen Körper überrollte. „Um den Jungen können wir uns später kümmern. Ich habe mich eher gefragt, wie wir die vielen Leichen wegschaffen sollen. Genau deshalb sollte man einen Kampf niemals vor seiner Haustür stattfinden lassen – man muss am Ende den ganzen Mist wegräumen."

HOFFNUNG TANZTE über die Hügel unter Friedens Blockhaus, während die untergehende Sonne sie in rotes Licht tauchte. Ihre Schuhe standen auf dem Kiesweg vor dem Eingang, ihre Socken hatte sie einige Meter weiter zurückgelassen. Ihre kleine Gestalt wiegte sich zwischen den am Wegesrand wachsenden Gänseblümchen und hielt bereits einen chaotischen Blumenstrauß in den schlanken Armen.

Friedens müder Blick folgte der jungen Unsterblichen, deren unbändige Freude so hell leuchtete wie die bunten Blumen.

Der furchtbar dünne Mann verlagerte sein Gewicht, um sich stärker gegen den breiten Balken der Veranda zu lehnen, die er um das große Haus gebaut hatte. In der Ferne ächzten die Rockies unter dem Gewicht unerwarteten Schnees, eine beinahe blau wirkende Bergkette im abnehmenden Tageslicht. Auch Güte betrachtete Hoffnung. Er wirkte gleichgültig und verbittert.

„Wie geht es dem Menschen?", erkundigte sich Frieden, ohne den Blick von der scheinbar endlosen unberührten Landschaft abzuwenden.

„Ich habe ihn mit Medikamenten vollgepumpt", antwortete Güte. „Er hatte zu schlimme Schmerzen. Durch das Blut des Jungen verbessert sich sein Zustand hoffentlich so weit, dass er zusehen kann, wie ich die vier umbringe. Ich weiß noch nicht, ob er es übersteht, aber ich muss es wenigstens versuchen. Das bin ich Glaube schuldig."

„Die Sache ging nicht von den Reitern aus, Güte."

„Aber sie haben sie umgebracht." Er warf Frieden einen entrüsteten Blick zu, doch der andere Mann blieb so ruhig wie die Steine auf dem Boden.

„Die Reiter töten niemanden von uns." Frieden entließ die leisen Worte in den Wind, der sie davonwirbelte. „Tod würde sie nie einen Unsterblichen töten lassen, selbst wenn es möglich wäre."

„Es ist möglich. Das wissen wir beide", murmelte Güte finster.

Der Unsterbliche mit dem hageren Gesicht ignorierte den Kommentar und konzentrierte sich wieder auf das kleine Mädchen, das am Hang unter ihnen spielte.

„Du musst für mich auf sie aufpassen."

„Bis ein neuer Glaube eintrifft?" Der Ältere zündete ein Streichholz an und schützte die Flamme mit einer Hand vor dem Wind, als er sie an eine selbstgedrehte Zigarette hielt. Der grobe Tabak leuchtete rot auf und begann nach einigen kräftigen Zügen von selbst zu glühen, woraufhin Frieden das Streichholz mit einem Schütteln seiner Hand löschte. Anschließend warf er es gewissenhaft in eine mit Sand gefüllte Kaffeedose und sog den Rauch tief in seine Lunge, bis er es ohne Luft nicht länger aushielt.

„Nein." Güte schüttelte den Kopf. „Bis sie uns verlässt. Hoffnung wird nicht mehr lange unter uns weilen. Ich gebe ihr noch ein paar Monate, dann wird sie gehen. Sie bleiben niemals lange. Das weißt du doch."

„Dabei ist diese hier noch kein Jahr bei uns, oder?" Frieden versuchte, sich an ihre erste Begegnung zu erinnern.

„,Die Hoffnung stirbt zuletzt' ist eben kein sehr zutreffendes Sprichwort", antwortete Güte.

„Und was genau hast du jetzt vor?" Frieden zog erneut an seiner Zigarette und genoss den herben Geschmack.

„Ich werde tun, was du bereits versucht hast." Güte wandte sich dem Mann zu, der sein ehemaliger Mentor und das fehlende Mitglied seiner Vierergruppe war.

„Das war nicht ich." Frieden schüttelte den Kopf, was die ergrauenden Strähnen seines Haars um sein scharf geschnittenes Gesicht wehen ließ. „Das war ein anderer Frieden und ein Fehler. Die vier sind nicht schlecht, Güte. Sie existieren wie wir alle, weil die Menschheit sie für ihre Zwecke erschaffen hat. Sie gehören genauso in diese Welt wie wir."

„Es gibt sie schon zu lange", widersprach Güte mit einem beinahe herausfordernden Schritt in Friedens Richtung. „Tod und Krieg haben die Menschheit fest im Griff. Sie sind zu alt … zu mächtig. Wie können die Menschen da gegen sie ankommen? Sie auszulöschen würde die Menschheit von einem Großteil ihrer Fesseln befreien. Sie wäre frei von der Last ihrer Berufung. Musst du mir da nicht recht geben?"

„Und Glaube willst du auch in diese Richtung lenken, wenn er oder sie bei uns ankommt?" Frieden warf seine Zigarette in den Sand. Ihr Genuss war ihm verdorben worden. „Du willst einen neuen Unsterblichen gegen die Reiter aufbringen? Wenn es so vorherbestimmt gewesen wäre, hätte der Frieden vor mir seinen verrückten Plan erfolgreich in die Tat umgesetzt – und ich stünde jetzt nicht hier, um dir dabei zuzusehen, wie du mit angeknackstem Stolz deine Wunden leckst."

„Die Reiter sind wie wir. Sie sind älter, aber immer noch menschlich. Wir haben zugelassen, dass die sich um sie rankenden Legenden uns Albträume bereiten und uns verängstigen. Wer weiß, vielleicht war dieser Frieden der Einzige, der unsere Rolle bei der Unterstützung der Menschheit richtig verstanden hat." Güte zuckte mit den Schultern. „Er hätte es schaffen sollen. Ich glaube, wir sind vom rechten Weg abgekommen, weil wir nicht mehr zu viert vorgehen."

„Und *ich* glaube, du machst dir nur was vor." Friedens Lachen war rau, Humor durchdrungen von Sarkasmus.

„Du hast doch nur Angst, alter Mann", erwiderte Güte. „Du solltest ein Teil von uns sein. Eigentlich sind wir vier, aber du hast dich von uns abgewendet. Schon bevor ich hier war. Ich hoffe, du fühlst dich wenigstens noch so weit mit uns verbunden, dass du mich versuchen lässt, das Gleichgewicht wiederherzustellen."

„Das tust du doch nur, weil Glaube dich verlassen hat – und nicht, weil du die vier für schlecht hältst", antwortete Frieden. „Du lässt dich auf einen Krieg mit jemandem ein, der zum Kämpfen geboren ist, und mit jemandem, der Seelen aus der Welt schickt. Wie willst du da gewinnen?"

„Ich erwarte nicht, dass du mir hilfst." Güte spürte, wie die Grenze schimmerte. Der neue Glaube war beinahe bei ihnen und wurde von Güte angezogen. „Aber kann sie wenigstens bei dir bleiben? Bis sie geht?"

„Ja, das dürfte kein Problem sein." Friedens scharfe Augen folgten einem Vogelschwarm, der einen weit entfernten Höhenzug überquerte. „Trotzdem bin ich der Meinung, dass du eine Dummheit begehst. Am Ende wirst du ebenfalls in die Grenze zurückgehen müssen, ohne etwas bewirkt zu haben. Wie kannst du als Güte den Untergang anderer Unsterblicher planen?"

„Im Gegensatz zu dir habe ich nicht vor, meine Berufung zu ignorieren", höhnte Güte. Frieden verbarg sich in der Einsamkeit der Berge vor den Menschen und reagierte lediglich auf die inständigsten Bitten.

Hoffnung kämpfte sich mit ihren Blumen den Abhang hinauf. In ihren Augen war ein Hauch von Traurigkeit zu erahnen, obwohl ihr Lächeln so unschuldig und strahlend leuchtete, dass Frieden es kaum ertragen konnte. Er zog seine leicht herabgerutschte Jeans hoch und ließ den Jüngeren mit einem knappen Winken stehen.

„Tu, was du nicht lassen kannst", murmelte Frieden vor sich hin, als er den Kiesweg entlangging. „Ich hoffe nur, dass du nicht der erste Unsterbliche wirst, den Tod umbringt. Und wenn doch, dann sollte es wohl so sein."

18

COLM STELLTE die letzte Kiste mit Kismets Besitztümern auf dem Boden ab
und bemühte sich, seine Abneigung gegenüber der Wohnung nicht zu zeigen. Dass
Kismet ins umgebaute Dachgeschoss einer alten Lagerhalle einzog, war eine Art
Kompromiss zwischen dem jungen Mann und den Reitern gewesen. Nachdem er
sich noch einmal umgesehen hatte, stimmte er innerlich beinahe Mins Meinung zu,
dass da nur noch eine Lötlampe und jede Menge Brandbeschleuniger half.

Kismets Weigerung, bei den anderen Unsterblichen zu leben, hatte zu langen,
hitzigen Diskussionen geführt, gelegentlich unterbrochen von Beleidigungen und
lautem Geschrei. Ari hatte angesichts der Sturheit des jungen Mannes irgendwann
frustriert aufgegeben, während Tod ihm ruhig Argumente dafür aufgezählt hatte,
warum er zumindest irgendwo wohnen solle, wo sie ihn im Auge behalten könnten.
Das Resultat waren weitere Kraftausdrücke und einige Gesten gewesen, die
Colm unbedingt lernen wollte. Am Ende hatte Kismet auf genau diese Wohnung
bestanden. Sein Eigensinn wurde unter den Reitern jetzt als beinahe legendär
betrachtet.

Auch wenn er Kismets wütende Reaktion auf Aufmerksamkeit von
anderen nicht ganz nachvollziehen konnte, verstand er zumindest, warum er die
schattenverseuchte Welt, in der er aufgewachsen war, nicht so einfach verlassen
wollte. Er konnte sich nicht vorstellen, jemals sein Leben unter den Reitern
aufzugeben.

Eine Reihe übereinander angeordneter rechteckiger Fenster warf diesiges
Licht hinein, da der größte Teil des Glases weiß gestrichen worden war. Die
südliche Seite wurde fast vollständig von Malutensilien und fertigen Bildern
ausgefüllt. Grauenhafte Kreaturen grinsten Colm aus blutigen Landschaften
entgegen. Darunter verborgen lagen einige freundlicher wirkende Werke: Colm
konnte ein Gänseblümchen vor schiefergrauem Regen und den Rand eines fast von
den schraffierten Albträumen verdeckten Gesichtes ausmachen.

Die Wände waren eine Mischung aus weiß gesäumten Backsteinen und
marmorierten Gipskartonplatten, während sich an der hohen Decke Ventilatoren
mit langen Blättern befanden. Neben der Tür war eine Küchenecke eingerichtet
worden, deren an einem Stützpfeiler befestigte lange Arbeitsplatte mit Stapeln von
Dosen bedeckt war. Während Colm in die muffige Luft schnupperte, sah er aus dem
Augenwinkel einige kriechende Schatten, die sich in der Nähe der Badezimmertür
sammelten. Die Wraith waren träge, gesättigt von den Obdachlosen an der
Straßenbahnhaltestelle unter ihnen, an denen sie sich gelabt hatten. Colm sammelte

seine Kräfte, um sie gegen sie zu richten, und drängte die schlangenartigen Schatten hinaus.

Kismet stand an der Arbeitsplatte und verzog das Gesicht, als er in einer Tupperdose pelzige Überreste fand, die in ihrem Plastiksarg ein Ende gefunden hatten, da der Kühlschrank erst jetzt wieder mit dem nötigen Strom versorgt wurde. Nachdem er das Ganze in eine Mülltüte befördert hatte, durchsuchte er systematisch die kleinen Schränke und wägte den Nutzen einiger zurückgelassener Küchenutensilien und einer einzelnen pinken Schüssel ab.

Gestapelte Matratzen mit einer Ansammlung verschiedener Kissen dienten als eigentlich zu weiche Wohnzimmermöbel. Colms Angebot eines neuen Bettes hatte er allerdings angenommen. Das teilweise noch in Plastik verpackte flache Möbelstück besaß Schubladen für Kismets Kleider. Mit einem an Bilderdraht befestigten Stoffvorhang wurde sein Schlafplatz zu einem sicheren Rückzugsort abseits des Chaos seiner auf Leinwand festgehaltenen Albträume, in denen er seinen Schmerz hinterließ, nachdem er ihn aus seinem Innern geschnitten hatte.

„Wir können jemanden herbestellen, der die Farbe von den Fenstern entfernt." Colm schabte mit einem Fingernagel über die abblätternde Schicht und war froh, dass eine Bleivergiftung für ihn kein Problem darstellte. Kratzer am unteren Rand der Scheibe wiesen auf frühere Entfernungsversuche der dicken Farbschicht hin.

„Oder ich mache es einfach nach und nach selber, wenn ich zwischendurch Zeit habe." Kismet schaute zu dem anderen Mann auf. Schweißperlen rollten Colms Nacken hinab und sein T-Shirt klebte ihm am Rücken. Mit einem anerkennenden Blick näherte er sich dem nachdenklichen Reiter und streichelte flüchtig an seiner Wirbelsäule entlang. „Mit einer Rasierklinge sollte das gehen. Vielleicht lasse ich auch etwas davon drauf. Ich muss erst sehen, wie viel Licht reinkommt. Du kannst mir ja beim Abkratzen helfen und Tod erzählen, dass es eine neue Trainingsmethode ist."

In den Wochen seit dem Kampf im Foyer hatte Colm sich verbissen auf das Training mit der Waffe konzentriert und viele Stunden mit Hanteln und Gewichten am Muskelaufbau gearbeitet. Obwohl er aufgrund seines Körperbaus niemals Kriegs breite Schultern bekommen würde, machte sich das Ganze bereits bemerkbar: Seine schlanken Glieder und sein Rücken hatten feste Muskeln gebildet. Kismet mochte die langsame Veränderung und er sah Colm häufig bei seinen Übungskämpfen mit Tod zu.

„Mir gefällt es hier nicht." Was Colm durch die nach Osten gerichteten Fenster sehen konnte, ließ einiges zu wünschen übrig. „Alles ist schmutzig. Es ist keine schöne Gegend."

„Tja, Colm", antwortete Kismet, „für mich ist das schon ein ziemlicher Fortschritt."

Der klappernde, mit Metallgittern eingefasste Aufzug schob sich bebend bis zur vierten Etage des Dachteils hoch. Draußen schlurften die Bewohner des

Innenstadtviertels vorbei, schrien und pinkelten in den Rinnstein. Die Grenze wimmelte vor Wraith, die sich von den lärmenden Menschentrauben ernährten wie schwarze Möwen, die sich aus der Luft herabstürzten, um sich Futter zu schnappen.

„Aber wir können etwas Besseres finden", widersprach Colm. „Wo du sicherer bist."

„Fang nicht wieder damit an, Colm." Kismet hatte sich hingehockt, um die Kiste zu Colms Füßen zu öffnen. Sie hatten sich in einem Gebrauchtwarenladen mit abgenutzten Töpfen, Pfannen und Ähnlichem für ihn eingedeckt. Dass Colm darauf beharrt hatte, auch ein Backblech zu kaufen, hatte ihn sehr verwundert – Träume von heißen Keksen waren bei einem nicht vorhandenen Backofen ziemlich unrealistisch. Trotzdem hatte Kismet mit den Schultern gezuckt und es dem Haufen ihrer Einkäufe hinzugefügt. Allerdings bereute er es bereits ein wenig, als er verzweifelt versuchte, das wesentlich wichtigere Abtropfgitter aus dem Durcheinander in der Kiste zu befreien.

Eine einsame Gestalt tanzte in einer Ecke der Wohnung, formlos bis auf wild umherfliegende Arme und Beine. Der Kopf war eine glatte Kugel ohne jegliche Gesichtszüge. Kismet ignorierte die Erscheinung und überließ sie ihrem Freudentaumel. Ursprünglich hatte er in dieser Ecke die große Halogenstehlampe aufstellen wollen, die sie vom Sperrmüll gerettet hatten, doch jetzt würde er sie einige Meter weit weg platzieren, um den Geist nicht zu stören. Als er endlich triumphierend das Abtropfgitter aus der Kiste zerrte, wäre er beinahe hintenübergefallen, was nur Colms Hände auf seinen Schultern verhinderten.

Der Reiter nahm ihm das Gitter ab und half ihm auf die Füße. Angesichts des muffigen Geruchs drehte er an der Spüle das heiße Wasser auf und wartete, bis es nach dem ersten rostroten Strahl klarer wurde, während der Abfluss gurgelnd mit dem plötzlichen Strom kämpfte.

Eine Kinderstimme klang durch den großen Wohnraum und wurde fröhlich von den Wänden zurückgeworfen. Unsichtbar lief Chase lachend durchs ganze Zimmer, bevor er ins Badezimmer stürmte, wo das Lachen von den Fliesen widerhallte. Kismet folgte dem Geräusch mit einem schwer zu deutenden, trüben Blick. Colm tat es in der Seele weh, den Schmerz in seinem hübschen Gesicht zu sehen, der sich gleich unter der Oberfläche befand.

„Dann lass uns diese Wohnung wenigstens zu einem sicheren Zufluchtsort machen. Vielleicht kann ich helfen, wenn Tod es mir beibringt. Er sagt, ich müsste einfach einen Teil von mir hier zurücklassen. Dann halten sich Schatten und Geister fern", bot Colm an. „Auch wenn ich nach wie vor der Meinung bin, du solltest bei uns wohnen."

„Colm, komm schon, hör endlich auf damit." Als Colm erneut zum Sprechen ansetzte, brachte Kismet ihn mit einer Geste zum Schweigen. „Die Diskussion hatten wir doch schon: Ich kann es Chase nicht antun. Selbst wenn er nicht wirklich hier ist. Außer dem, was von ihm zurückgeblieben ist, habe ich keine Familie mehr."

„Wir sind deine Familie." Kismets ungläubiger Blick war nicht zu übersehen. „Na gut, *ich* werde deine Familie sein. Und Tod auch. Er hat ein gutes Herz. Ari braucht nur etwas mehr Zeit und Min sorgt sich um dich. Auf ihre ganz eigene Weise."

„Ari braucht dringend Sex." Am Boden der Kiste befand sich ein weiterer Stapel Rührschüsseln. Kismet fragte sich, ob ein Mensch wirklich so viele Schüsseln brauchte. Er stellte die kleineren davon neben die Kiste, um sie vielleicht später zum Mischen seiner Farben zu benutzen. „Dabei hätte der alte Mustang, den Tod ihm gekauft hat, seine Laune doch eigentlich bessern sollen."

„Ein bisschen hat er das." Colm lehnte sich grinsend auf die Arbeitsplatte.

Ari waren vor Freude beinahe die Tränen gekommen, als Tod ihn in die Tiefgarage geführt und ihm das Grande Coupe präsentiert hatte. Colm war der erste Mitfahrer gewesen – eine große Ehre. Mittlerweile hatte er dem Älteren auch beinahe verziehen, dass er auf freier Strecke plötzlich das Gaspedal durchgetreten und mit dem Auto beinahe Schallgeschwindigkeit erreicht hatte.

„Ja, jetzt poliert er dauernd im Parkhaus das Auto, während er sich schmutzige Fantasien über Tod ausdenkt. Ein paar Pornos wären billiger gewesen." Kismet hielt mit vorwurfsvollem Blick einen Schneebesen hoch, den er in der Kiste gefunden hatte. „Was war beim Einkaufen eigentlich mit dir los? Du warst wohl von einer Elster besessen."

„Ich war abgelenkt", gab Colm widerstrebend zu. Er hatte nur Augen für Kismet gehabt, anstatt sich auf den Einkauf zu konzentrieren, und am Ende einfach wahllos Dinge in den Korb geworfen, damit es nicht auffiel. Er hatte bereits zwei Sets aus Salz- und Pfefferstreuern entdeckt – und wer wusste schon, was sich in den anderen Kisten noch verbarg.

„Ich nehme dich nicht mehr mit. Du scheinst einfach alles eingepackt zu haben, was im Entferntesten nach Küche aussah." Lachend zog Kismet eine Schürze mit Rüschen an den Bändern hervor. „Du hast echt Probleme, Kumpel. Warte, da sind noch mehr Schüsseln! Ist das dein Ernst?"

„Ich mag Schüsseln." Colm zuckte mit den Schultern, während er buntes Geschirr im Schrank verstaute. „Mir haben die Farben gefallen. Sie wirken so fröhlich."

„Du weißt aber schon, dass dich viele bunte Schüsseln nicht glücklich machen können?" Kismet ließ beinahe eine von ihnen fallen, als er einen kleinen Schatten über den Boden huschen sah. War es ein Wraith oder eine Küchenschabe? „Na gut, vielleicht können sie *dich* glücklich machen, aber mir geben sie einfach nichts."

„Ich möchte nur, dass für dich endlich mal alles gut läuft." Colm öffnete eine Umzugskiste und zog ungefaltete Kleidung und einen einzelnen Schuh heraus. Das zusammengerollte Handtuch darunter legte er auf den abgenutzten Resopaltisch, den sie aus seinem SUV hochgeschleppt hatten. „Wenn ich mich anstrenge, kann ich vielleicht alles in Ordnung bringen. Ich weiß nur nicht, wo ich anfangen soll."

Ein Stück Schlauch und Spritzen rutschten aus dem Handtuch, das sich auf dem Tisch ausgerollt hatte. Kleine Plastiktütchen glänzten auf dem verwaschenen

Frotteestoff. Obwohl die Gegenstände bewegungslos liegen blieben, kamen sie Colm bedrohlich vor. Kismet sah stumm zu, wie der Reiter sie sorgfältig einsammelte, wieder in das Handtuch schlug und es ihm reichte. Kismet legte seine Finger über Colms und drückte sie.

„Ich bemühe mich, Colm. Ich halte schon länger durch. Aber mit so was kann man nicht von heute auf morgen aufhören", flüsterte Kismet. „Und du kannst mein Leben nicht in Ordnung bringen. Das muss ich alleine schaffen."

„Aber du weißt jetzt, dass du nicht verrückt bist." Colm senkte frustriert seufzend den Kopf und lehnte seine Stirn an Kismets Schläfe. Seine Hände verkrallten sich in Kismets T-Shirt – um ihn von sich zu stoßen oder an sich zu ziehen, er war nicht sicher. Das Gefühl der Einsamkeit ließ nach, wenn der junge Mann in seiner Nähe war. Beim Einschlafen dachte er oft voller Zuneigung an sein heiseres Lachen. Dasselbe Gefühl des Friedens wünschte er sich für Kismet. „Was du siehst, ist alles real. Du musst dich nicht mehr mit diesem Scheiß davor verstecken."

„Ich habe einen schlechten Einfluss auf dich. Ich bin ziemlich sicher, dass du vor einer Weile noch nicht geflucht hast." Kismet rieb seine Wange an Colms, bevor er sich von ihm löste. „Tod ist bestimmt stolz auf dich."

„Ich meine es ernst", sagte Colm. Der Unsterbliche sah zu, wie Kismet das Handtuch zurück in die Kiste legte und es unter alte Kleidungsstücke schob, die er als Lappen für seine Malerei mitgenommen hatte. „Ich will dir helfen, damit fertigzuwerden."

„Ich arbeite ja daran", versprach Kismet, während er eine weitere Kiste näher an die Küchenschränke zerrte. „Ich kann dir nur nicht versprechen, dass ich ab morgen clean bin. Oder am Tag danach. Das dauert. Und es wird Rückschläge geben. Wenn du damit nicht umgehen kannst, solltest du dich von mir fernhalten."

„Ich habe es dir doch schon mal gesagt Kiz: Ich gehe nicht weg", antwortete Colm. „Verdammt, wir sind sogar schon fast zusammen erschossen worden. Oder so ähnlich. Das können selbst Tod und Ari nicht von sich behaupten."

Schweigend fuhren sie dann mit dem Auspacken fort, doch es war kein unangenehmes Schweigen. Manchmal holten sie einen Gegenstand aus den Kisten hervor und wunderten sich über den Geschmack des anderen. Als Kismet am Boden eines der Kartons angekommen war, stieß er auf einen kleinen Samtbeutel. Neugierig löste er die Schnüre, um hineinzuschauen, und fand ein Lederband mit fünf dunkelgrünen Jadeperlen. Mit einem fragenden Lächeln hielt er die Halskette hoch.

„Irgendwie kann ich mir nicht vorstellen, dass du die zwischen dem alten Zeug gefunden hast." Kismet strich über die Kanji und die kleinen Knoten im Leder, die die Perlen in der Mitte hielten. „Wo kommt die her?"

„Die habe ich für dich gekauft. Na ja, ich habe sie anfertigen lassen." Colm nahm das Lederband aus Kismets Fingern, legte es ihm um den Hals und verknotete die Enden. Dann machte er einen Schritt zurück, um es zu betrachten. „Es sind unsere Namen", erklärte er. „Wir vier und du. Das in der Mitte ist Kismet. Links sind Tod und Krieg, rechts Pestilenz und Hunger."

„Sag mir bitte, dass nicht Ari und Min neben mir sind." Kismet berührte die Perlen, die kühl auf seiner Haut lagen. „Na gut, gegen Min habe ich nichts. Aber Ari ist ein Idiot."

„Keine Sorge, das sind Tod und ich." Colm grinste. Es war ein befriedigendes Gefühl, seinen Namen an Kismets Hals zu sehen. „Jedenfalls wollte ich dir damit zeigen, dass du niemals allein bist. Die vier sind für dich da. Ich bin für dich da."

„Ari wollte mich umbringen, und zwar mehr als nur einmal", wandte Kismet ein. „Er hat behauptet, es wäre das Beste."

„Vielleicht ist das einfach seine Art, Zuneigung zu zeigen", antwortete Colm. „Er droht schon seit Jahren, mich zu töten. Laut Tod macht er das nur bei Leuten, die er mag."

„Dann muss er mich ja geradezu anbeten." Er streichelte noch einmal über die Kette und blinzelte die Feuchtigkeit aus seinen Augen, bevor er sich zu Colms Gesicht hochreckte. „Danke, Colm. Sie gefällt mir sehr."

Es war ein kurzer Kuss, eine weiche Zunge an Colms Unterlippe und ein warmer Seufzer in seinen Mund. Dennoch war es genug, um seine Seele erzittern zu lassen und er hielt ganz still, während Kismet ihn erkundete. Viel zu bald war es vorbei. Als der junge Mann sich von ihm löste, drang wieder kalte Luft in Colms Lunge.

„Gern geschehen." Colm atmete tief durch und stupste die Schulter seines Freundes mit seiner an. „Ich bin froh, dass du hier bist."

„Und ich bin froh, dass *du* hier bist."

Eine Schüssel flog von der Arbeitsplatte und wirbelte durch die Luft, bevor sie gegen die Wand knallte. Eine weitere folgte und verstreute größere Scherben auf dem lackierten Boden. Eine flog bis zu den Matratzen, die um den dickbäuchigen Ofen in einer Ecke platziert worden waren. Chase spähte mit durch den Lärm vor Schreck geweiteten Augen aus der Wand, nur um dann wieder in die Schatten zu sinken. Er hinterließ auf dem Gipskarton einen wie Schimmel wirkenden grauen Nebel, der sich auflöste. Zwischen den Geräuschen der belebten Straße war plötzlich das Kichern einer Frau zu hören und verhallte langsam, bis Colm und Kismet wieder allein waren.

„Zum Glück hast du ja einen Schüsselfetisch." Kismet zuckte mit den Schultern und schüttelte ein Geschirrtuch aus. „Sonst hätte ich mir das mit dem sicheren Zufluchtsort noch mal überlegen müssen."

„Das solltest du sowieso."

Kismet sah Colm lange an, offen und direkt. Dann stützte er die Ellbogen auf die Arbeitsplatte, legte das Kinn auf seine zusammengefalteten Hände und sagte lächelnd: „Das überlege ich mir nur, wenn es auch Ari fernhalten könnte. Oder dich am Gehen hindern."

RHYS FORD bekennt sich dazu, das Haus mit drei Katzen mit unterschiedlichen Mengen schwarzen Fells und einem roten Cairn-Terrier-Terroristen zu teilen. Außerdem ist Rhys der Instandhaltung eines 79er Pontiac Firebird verfallen, sowie einem Toshiba-Laptop und einer überstrapazierten roten Kaffeemaschine.

Ihr findet Rhys unter:

Blog: www.rhysford.com
Facebook: www.facebook.com/rhys.ford.author
Twitter: @Rhys_Ford

Von RHYS FORD

Die Seele im Metall

DIE COLE-MCGINNIS-KRIMIS
Dirty Kiss
Dirty Secret

HELLSINGER
Von Fischen und Geistern

PFAD DER WÖLFE
Es war einmal … ein Wolf

Veröffentlicht von DSP Publications
INK AND SHADOWS
Dunkle Schatten

Veröffentlicht von DREAMSPINNER PRESS
www.dreamspinner-de.com

Es war einmal ... ein Wolf

RHYS FORD

Pfad der Wölfe, Buch 1

Gibson Kellers Leben folgt einer ziemlich öden Routine: Aufstehen, Arbeiten und eine Menge Kaffee dazu. Nebenbei kümmert er sich noch um Ellis, seinen großen Bruder, der in seiner Wolfsgestalt steckt, seit er aus dem Krieg heimgekommen ist. Ein einfaches Leben mit vielen langen Läufen auf zwei oder vier Beinen … bis Ellis einen gut aussehenden Mann über eine Klippe ins eiskalte Wasser in der Nähe ihres Hauses jagt und Gibsons Leben damit für immer verändert.

Zach Thomas wollte einen Neuanfang machen, als er sich das alte B&B kaufte – sein Stadtleben hinter sich lassen und endlich die ersehnte Ruhe finden. Auf den Pfaden hinter seinem Grundstück zu wandern, klang eigentlich wie eine ziemlich sichere Idee – bis zu dem Augenblick, als ihn ein riesiger, schwarzer Wolf in den See jagt und Zach beinahe ertrinkt. Zu seiner Überraschung muss er erfahren, dass es wirklich Werwölfe gibt, doch das ist nichts gegen die Entdeckung des Mannes, der ihn aus dem eisigen Wasser rettet und dann einfach in sein Herz spaziert, als gehörte es ihm.

www.dreamspinner-de.com

DIE SEELE IM METALL

RHYS FORD

Wie kann man einen Mann vor dem Ertrinken retten, wenn man selbst dieser Mann ist?

Jake Moores Welt ist so beengend, dass sie ihn erdrückt. Er gibt jeden Cent, den er als Schweißer verdient, für seinen sterbenden Vater aus, einen gewalttätigen, kontrollierenden Mann, der Jakes einzige Familie ist. Weil Jake seiner toten Mutter versprechen musste, seinem Begehren nach anderen Männern zu widerstehen, droht die Dunkelheit ihn zu verschlucken.

Dallas Yates braucht seine ganze Vorstellungskraft, um das Potenzial zu erkennen, das in dem alten Art-Deco-Gebäude am Rand von West Hollywood steckt. Was ihn endgültig überzeugt, ist das schüchterne Lächeln des attraktiven Metallarbeiters aus der Werkstatt auf der gegenüberliegenden Straßenseite. Ihre Freundschaft vertieft sich, als Dallas – eine nach der anderen – die harten Schalen löst, die Jakes Seele die Luft zum Atmen nehmen. Es fällt ihm nicht schwer, den süßen, kunstbegabten Mann zu lieben, der sich hinter Jakes gebrochenem Äußeren verbirgt. Aber Dallas ist sich auch bewusst, dass Jake zuerst lernen muss, sich selbst zu lieben.

Als Jakes Welt in Scherben fällt, bittet er Dallas um Hilfe, den Mann, der immer auf seiner Seite stand. Es ist nur eine Frage der Zeit, bis er in ein Leben abdriftet, das er so nie führen wollte. Und obwohl er sich mehr ersehnt, lassen ihn die Geister der Vergangenheit nicht los. Er kann nicht glauben, die Liebe wert zu sein, die ihm Dallas so verzweifelt schenken möchte.

www.dreamspinner-de.com

EIN COLE-MCGINNIS-KRIMI

DIRTY KISS

RHYS FORD

Ein Cole-McGinnis-Krimi

Der ehemalige Polizist und Privatdetektiv Cole Kenjiro McGinnis kämpft noch damit, über die Ermordung seines Liebsten hinwegzukommen, als er mit einem scheinbar alltäglichen Fall beauftragt wird. Der Selbstmord des Sohnes eines erfolgreichen koreanischen Geschäftsmannes entpuppt sich als ganz und gar nicht gewöhnlich, vor allem, als Cole bei seinen Nachforschungen Jae-Min kennenlernt, den gut aussehenden Cousin des Toten.

Jae-Mins Cousin hatte ein schmutziges Geheimnis der Art, mit der Cole sich bestens auskennt und die Jae-Min selbst vor seiner Familie geheim hält. Die Ermittlungen führen Cole von geschmackvollen Villen zu zwielichtigen Begegnungen im Dirty Kiss, wo die Reichen und Verschwiegenen ihr Verlangen abseits ihrer konservativen Familien stillen.

Sie führen ihn außerdem in Jae-Mins Arme, was Probleme mit sich bringt. Der Selbstmord sieht mehr und mehr wie ein Mord aus, während Jae-Min das nächste Ziel zu sein scheint. Cole hat bereits einen geliebten Menschen auf diese Weise verloren – bei Jae-Min wird er es mit allen Mitteln verhindern.

www.dreamspinner-de.com

VON FISCHEN
UND GEISTERN

RHYS FORD

Als sein Onkel Mortimer starb und ihm Hoxne Grange hinterließ, die Familienvilla aus dem späten neunzehnten Jahrhundert, wurde Tristan Pryce der Zweite in der Familie, der sich als Verwalter um das Anwesen kümmerte, einer Zwischenstation für Geister auf ihrem letzten Weg ins Leben nach dem Tode. Tristan ist auf die Herausforderung vorbereitet, wenn auch nicht unbedingt durch die Geister, die er seit seiner Kindheit sehen kann. Fest entschlossen, zu beweisen, dass Tristan geisteskrank ist, um Zugriff auf sein Erbe zu bekommen, heuern seine liebenden Verwandten Dr. Wolf Kincaid und seine paranormalen Ermittler, Hellsinger Investigations, an, um zu beweisen, dass es auf dem Grange nicht spukt.

Der Skeptiker Wolf Kincaid hat es sich zur Lebensaufgabe gemacht, übernatürliche Phänomene zu entlarven. Nach Jahren voller Schwindel und Fälschungen kann er es nicht erwarten, zu beweisen, dass die Geister des Grange nur auf knarrende Bodendielen und ein zugiges, altes Haus zurückzuführen sind. Auf dem Grange erwarten ihn einige Überraschungen, inklusive des bissigen, verschlossenen Besitzers. Tristan Pryce ist viel attraktiver und viel weniger verrückt, als Wolf bereit ist zuzugeben, und als sein Team im Grange einen geisterhaften Serienmörder befreit, ist er hin und hergerissen zwischen seinem Skeptizismus und dem Verlangen, den Mann zu beschützen, den er eigentlich diskreditieren soll.